梨花雪後（下）

東籬菊隱 著
游素蘭 繪

目次

壹之章　峰迴路轉

大年夜，辛情被桃花攆著去睡覺，她卻執意要守到天亮，但是因為有孕在身，最近又折騰得夠嗆，所以最後還是支持不住，過了子時便忍不住趴在桌上睡著了。初一，辛情一整天都有點坐臥不安，雖不明顯，桃花還是看見了。

吃過晚飯，快到三更，辛情仍不想睡，丫鬟和婆婆再三勸了，她才回房去。回了房，也只是抱著被子靠著床圍，桃花輕手輕腳進來的時候，她馬上說道：「這麼小人的行徑妳也做得出來？」

桃花沒言語，一步三晃到了床邊坐下。黑暗中，兩人對視。

「等著蘇豫來帶妳走？可惜，他來不了了。」桃花雖笑著，辛情卻聽到她聲音裡的一絲落寞。

「我想去鄢陵。」

「拜祭蘇豫？妳不是說人死了是沒有感覺的嗎？拜與不拜有什麼差別？妳若是有愧就記在心裡吧，永遠記著蘇豫是因妳而死。」桃花的話很不留情。

「沒錯，是我害死他，我還害死了老爹，害魚兒沒了父親。對我好的人都會遭遇不測，我是不祥的人。」

「最可笑的是，他們卻不會怨恨妳。我一直很好奇，妳究竟有什麼魅力讓兩個皇帝迷戀，讓蘇豫甘心為妳送死，讓富魚兒從不恨妳，這個問題我到現在仍是不明白。我所看到的妳，是不擇手段、心機深沉、恃寵而驕、不守規矩，難道僅僅是為了妳這張臉？」

「妳問我？問錯人了吧？應該去問妳的主子。」

「好了，睡吧。冷心冷腸才是妳的本性，這樣多愁善感真是讓我一時接受不了。」桃花起身，「蘇豫既然為了妳死，就是不希望妳死，妳最好不要辜負了他的好心，否則他就白死了。」

辛情沒搭腔，躺下睡了。

桃花自從回來就再也沒有出去過，幾口人憋在院子裡與世隔絕，年冷冷清清地過完了。

辛情身體慢慢恢復著，肚子卻快速膨脹著。桃花偶爾會女扮男裝出門亂逛，回來總是用「我有話說」的眼神瞄辛情，辛情只會對她笑笑，然後說一句「我不感興趣」。到了二月，辛情肚子裡的孩子六個月大的時候，她又說要離開，桃花對著她搖頭，「我知道妳擔心什麼？說實話，我也不能保證妳的擔心是否會變成現實。」

「我現在好多了，慢慢走的話應該不會有問題。」如果她生了兩個兒子，拓跋元衡會不搶回去嗎？不太可能。

六皇子的親媽可以被利用完了喀嚓掉，她呢？她把拓跋元衡氣得快七竅流血了，他會不會把孩子帶回去報復她？她不想冒險，不想失去自己的骨肉。

桃花聳聳肩，讓她稍安勿躁，她要做周全的準備。

準備的過程桃花一點動靜也沒有，只不過是出門了兩趟。過了七八天，桃花說可以走了，卻不知道哪裡弄了張面具，辛情看到時心裡咯噔一下。

「這是人皮面具？」這東西電視裡見過，要是真貼在臉上，太可怕了。

「哪那麼多人皮？再說，真的是人皮我也不敢呼妳臉上啊。」桃花笑道，邊說著邊扶她坐下，要她仰面閉眼，三兩下就貼好了。辛情拍拍臉，似乎只是薄薄的一層，沒有憋悶的感覺。

「這到底是什麼皮？」

「豬皮。」桃花哈哈笑著，半真半假。拿了鏡子給辛情，鏡子裡是一張普普通通的臉，毫無特色。

辛情看看桃花，「有這本事，以前怎麼不用來偷梁換柱？」

「偷梁換柱有什麼意思？奚祁就是要明目張膽地搶！」桃花笑著說道：「好了好了，這下子不用擔心有人覬覦我美貌的小娘子了。」

「那我要開始擔心有人覬覦我貌比潘安的相公了。」辛情斜睨桃花一眼。娘子相公？

「放心放心，妳相公我心裡只有小娘子妳和我們兩個孩兒。」

辛情看著她那張妖孽臉搖搖頭，真是妖孽。

很快，上路了，辛情發現跟著的一個丫鬟一個婆婆都是不說話的，神情都很平靜，或者說面無表情。

「為什麼是向北走？」

「這麼絕情？怎麼著也得去看一眼鳳凰陵啊！」桃花笑著說道。此刻她已做了男子扮相，只不過，不肯犧牲自己的容貌，只黏了兩撇鬍子了事。

行了幾日到了溫泉鎮，鎮子裡的氣氛依然肅穆，繼續前行，溫泉宮遠遠可見。桃花特意掀開簾子讓辛情看，「那宮殿裡也有許多寶貝，可惜不能給我做酬勞，真是可惜。那邊，看到沒有？正修建鳳凰陵寢，皇帝肯定會用許多稀世珍寶給她陪葬的，到時候我就可以盜墓了。」

「不怕海棠花留下妳作伴？那鳳凰陵寢就可以改稱雙花陵寢了。」辛情也看溫泉宮，一片白茫茫，有雪還有許多巨大的靈幡飄著，溫泉宮看起來像是一個巨大的靈堂。

「鳳凰陵寢——便宜了那朵海棠花！美人兒，妳真的一點感動都沒有？」桃花湊過來看她。

「跟妳有什麼關係？」辛情挑起她的下巴，妖媚地笑著說道：「一個女人若是對另外一個女人時刻諷刺敲打，不是深仇大恨，就是因為——男人。海棠花和妳為什麼？」

「妳猜！」桃花妖嬈一笑。她一笑，辛情也笑了，鬆開了捏著她下巴的手。

辛情一笑，「沒興趣。」停了會問道：「我們去鄢陵吧。」

「拜祭蘇豫？」桃花斜睨她，雙臂環胸。

辛情沒言語。不是拜祭，她想留在那裡。

經過了溫泉鎮，馬車這才掉頭一路繼續南行。一路上，辛情小心翼翼的，倒也平安無事。路上晃晃悠悠地就走到了四月份，這天到了邊境處，辛情的肚子有些不舒服，桃花不敢大意，找了間上好的客棧安頓下來。男裝的桃花雖風塵僕僕，但難掩美色，更是惹人關注。這樣出色的男子陪伴一個大腹便便面目普通的孕婦，招惹來許多人側目。

「娘子小心。」桃花唯恐天下不亂，扶著辛情上樓時來了這麼一句，「我們的寶貝孩兒可不能出任何差錯。」

辛情掃她一眼，也不說話，神態自若地在四面八方投來的複雜目光中上了樓。

進了房間就見桃花又擺出了妖嬈姿勢看自己，辛情當她透明，輕輕扶著桌子坐下。肚子裡的兩隻這幾天胎動得厲害，她懷疑是不是這兩隻小妖孽在比劃拳腳功夫。又一下踢得重了，辛情皺眉，輕輕摸摸肚子，「老實點，再鬧我給你們斷炊。」

「虎毒不食子，妳這蛇蠍。」桃花眉毛微蹙，又捏蘭花指。

「我這蛇蠍和妳這妖孽不是天生一對，桃花相公？」辛情媚笑，

「做女人臉皮厚到妳這個地步也算前無古人了。」桃花一步三搖晃到她面前，看著她的眼睛，「我才發現，就算有了如此普通的面皮，妳媚笑起來這眼睛還是是如狐狸精一樣勾魂，難怪難怪……」

「勾了妳的魂兒沒有？」辛情笑得更燦爛，手指頭撫上桃花的臉，「小相公，我最想勾引的人是妳，妳讓我勾引嗎？」

「好啊，美人兒妳要怎麼勾引我啊？」桃花很配合。

「一吻定情！」辛情賊笑，好久沒有這麼開心捉弄人了。

桃花的美目放大，但是很快神態自若地說道：「美人兒賜香吻，求之不得。」

兩人的臉慢慢靠近，桃花篤定辛情不敢來真的，所以仍然笑著看辛情。辛情嘴角的笑容慢慢擴大，兩個妖精比膽量，她一個現代人怎麼可能輸了？

片刻之後，桃花被電擊一樣飛到離辛情好幾丈遠的地方，皺著眉，猛擦自己的嘴唇，辛情則是悠閒地舔了舔嘴唇，回味似的說道：「好軟的櫻唇。妳的初吻？」

「妳到底是不是女人？」桃花的嘴唇擦得殷紅如血。

「小相公，妳想知道？妳晚上來看看就知道了。」辛情手托著下巴開心地笑。跟她比噁心，她可是

連皇宮那種地方都混過的，還會怕這小陣仗，「鬧著玩的，別當真，我對女人不感興趣。」辛情笑著扶著桌子起身，「時候不早了，該睡的睡，該幹嘛的幹嘛去吧。」

肚子有些疼，她以為自己剛才笑多了抻著了肚子。

半夜時分，辛情知道自己錯了，不是抻著了肚子，而是裡面那兩隻迫不及待要出來見世面了。桃花警醒，卻有些手足無措，還好辛情看過左昭儀生孩子，所以忍著痛吩咐桃花該做什麼。

於是乎，大半夜的，這間客棧忽然熱鬧起來了，因為是帥哥相公，最重要的是這個「相公」很有錢，所以看在「錢爺」的分上，店小二懷揣著賞銀跑了四條街，催命一樣拍響了產婆家的門，然後用一點點銀子封住了產婆欲大罵的血盆大口。

有錢能使鬼推磨，辛情肚子裡的兩隻雖然選擇出門的時間不對，沒有陽光明媚，但還是順順利利地在微熹時刻降生了。一出生就哭了個驚天動地，不知道的以為孩子受多大委屈了呢。處於虛脫狀態的辛情本想就勢暈過去，好好睡一覺，可是那兩隻似乎天生就是為了折磨她的，哭個不停，被清洗完畢包好放在她身邊了，還是咧著嘴哭。辛情歪著頭，無力地靠在床頭看著兩個小傢伙。桃花在一邊睜大了眼睛好奇地看著。

「男孩還是女孩？」辛情心裡祈禱千萬要是女孩。

「女孩兒。」桃花說道，兩個一模一樣的女孩兒，真是神奇。

辛情笑了，蹭過去貼貼孩子的臉，心裡一股暖流流過。她終於有了骨肉，血管裡流著她一半的血液，這兩個加在一起就是一個完整的她。可是，她們加在一起也是一個完整的拓跋元衡。想到這裡，辛情嘆了口氣，然後又安慰自己，不管怎麼說，她們現在只屬於她。

因為這兩個提前降生的孩子體質較弱，她們不得不在這邊境小鎮安頓下來住幾個月再走。桃花變魔術般搞定了一處小小的宅院暫時安頓下來。由於辛情堅持自己親自餵養，所以每到嬰兒用餐時間，桃花總是會神不知鬼不覺地出現，饒有興趣地看辛情給娃娃餵奶，辛情低頭淺笑看娃娃的表情也收進她眼底。

辛情天生不是做人家母親的料，每次女兒們哭她只會皺著眉威脅她們再哭就打屁股，桃花就在一邊無奈搖頭，妖嬈地捏著蘭花指說：「蛇蠍，小心妳女兒們變成小蛇蠍。」

辛情的注意力都集中在兩個越來越粉嫩嫩的女兒身上，對外面的世界完全不關心，每天和那婆婆學著幫孩子換尿布、洗澡，還親自幫女兒洗尿布——這是她以前想都沒有想過的事。

看著屋子裡掛著的兩排尿布，桃花總是搖頭，說她已經徹底變成了一個沒有形象的女人。辛情自動過濾掉不喜歡聽的話，仍是高興地忙碌著，一時之間也忘了要南下的事。偶爾看到桃花略帶憂色的臉，她也刻意忽略，滿心只念著自己的兩隻精力十足的小妖怪。

轉眼，到了五月，辛情的身體還是虛弱，但氣色好多了，又因剛生育過，看起來豐滿了些。她對出門走走不感興趣，桃花說她可能是在皇宮裡被圈習慣了，對籠子習慣了。

辛情的兩隻小粉團很快就百天了，兩個小丫鬟不知道是吸收特別好，照顧得好，還是這裡的食品有催肥劑，反正都長得肉肉的，小胳膊小腿都像一節節蓮藕。

這天中午太熱，辛情和老婆婆折騰地拎著兩隻小粉團洗澡，桃花一如既往妖嬈地撫著下巴看，半天發了句感慨：「這兩個小妖精真是長勢喜人啊！」被辛情一眼瞪過去，長勢喜人？她就聽過莊稼是用長勢喜人來形容的，她女兒又不是莊稼地的玉米桿。摸著女兒小胳膊的手感，低頭看看，這胳膊看起來好粗！再往上看，肉呼呼的小臉蛋，不過，她女兒們真是漂亮得像兩個洋娃娃，睫毛像小扇子，眼睛像黑葡萄，撲閃撲閃地眨著，每次看都想咬一口。

「長勢是很喜人，有點過頭了。」辛情想了想又笑了，「不過沒關係，胖就胖點兒吧，胖點打起架來有力氣。」

「夫人，小姐是女孩子，怎麼可以教她打架呢？」本來很少開口說話的婆婆，自從兩個小傢伙出生之後話也多了，辛情每次說要對兩隻小粉團如何如何，她都會說上兩句。

辛情馬上點頭，從水盆裡撈出一隻抱到眼前，「聽到沒有，婆婆說妳不能和人打架，記住了，如果打架小心我揍妳。」瞥瞥那隻，「那一隻，妳也要記住。」

婆婆滿臉無奈，「夫人，妳怎麼又威脅小孩子。還有，小孩子哪有論隻的，妳不要總說這一隻那一隻。」

「不論隻的，論個的？」辛情笑著問道。

「夫人，妳該給寶寶取名字了，總不能這一個那一個的叫啊。」婆婆邊說著邊認真幫粉團洗澡。

「我知道叫什麼。」桃花笑著說道：「辛苦、辛酸、辛勤、辛勞、辛碎、辛傷、辛狠手辣、辛腸歹毒……」

辛情掃桃花一眼，又回頭看正在水裡撲騰得歡實的孩子，自言自語道：「叫什麼呢？要好好想一想才行……」

正巧這一天快到十五，月亮大而白地在天上明晃晃地掛著，兩隻小粉團手舞足蹈地在辛情和桃花懷裡「啊啊啊」地折騰著。

「快到中秋了。」婆婆端了水果出來。

辛情看看月亮又看看女兒，心裡一動，知道為孩子取什麼名字了。

第二天，辛情宣佈了她女兒的名字——辛弦、辛月。辛弦乳名良辰美景，辛月乳名花好月圓。婆婆慈祥地笑著說好聽，桃花說哪有那麼長的乳名，丫鬟小桃說不錯，辛情不做任何解釋。

自從小粉團有了名字，經常可以聽見「良辰美景」、「花好月圓」如此優美的詞語出自一個有些咬牙切齒的聲音中，還有酥掉人骨頭的「小弦弦」、「小月月」，還有溫柔夾雜著少許無奈的「弦兒」、「月兒」。

辛弦和辛月過了百天之後，持續著喜人的長勢，那模樣和辛情越來越像，桃花捏捏她倆的小臉蛋搖頭，說：「長大了又是兩個禍國殃民的主兒！」被辛情一把拍掉，說別把她閨女捏變形了，否則沒法做紅顏禍水了。

到了八月，天漸漸涼了，辛情想親自去為孩子買布料做厚衣服，便拉著桃花出門。外面的繁華出乎辛情意料，街上來來回回走著的，既有行色匆匆的旅人，也有妖豔嫵媚的女子，還有像是看破紅塵心如死灰面無表情的傢伙，也有仗劍走江湖的「武林人士」，還有從軍營裡來尋歡買笑、追逐酒肉的兵卒。總之，各色人等在這裡都找得到，而她身邊俊美白嫩的桃花總是招來路人的回頭。

到了綢緞莊，辛情挑了些上好的細棉布讓桃花拿著，桃花不知道哪根神經因溫度過高短路了，還是這美女蛇最近有百合傾向了，總之「他」溫柔地一笑，在辛情還沒看見她的信子的時候，她已搶先一步壓低了聲音開口說道：「娘子，不妨妳也挑些布料添置幾件衣服？自從生產之後，娘子豐滿了不少，我看以前的衣服似乎不合穿了。」

店內人的目光便似有若無地飄向辛情，上下看了看，沒有豐腴到哪裡去啊。那小腰雖不是盈盈一握，也算是楊柳細腰了。只不過，這娘子的姿色可比相公差遠了。

感受到這些探尋的目光，辛情微微笑了，不就是演戲嗎？上次輸了又來找麻煩！

「相公，你這是嫌我胖了？難怪你最近總是和丫鬟說笑，原來如此！相公，我會減肥的，你不要嫌棄我，否則，我拖著兩個孩子，又是個弱女子要怎麼生活啊！」辛情做泫然欲泣狀低了頭，微聳肩膀──笑。

「娘子這是說什麼玩笑話？為夫何時嫌棄過妳？不過是想給妳添置兩件衣服。」桃花笑著攬上了辛情的肩膀。

「謝謝相公，那我就挑一些吧。」辛情低著頭，忍住笑，一樣一樣看過去，手摸摸，再比劃比劃，七挑八撿地扯了一大堆的布。桃花付了錢，輕鬆捧起那一堆布。辛情笑了，倒忘了她是個練家子了，想了想，快步到她身邊，拿了最上面的幾塊布自己抱著，邊說道：「相公，布買完了，我們接下來去肉鋪吧。大姊說你最近太累，要補一補。不過，相公，為什麼不買骨頭熬湯補，卻要吃爆炒腰花呢？」

話音剛落，店內多數人都偷偷注視桃花，指指點點，偶爾發出一兩聲曖昧的笑。

桃花愣了一下，沒等人反應過來，已抱著布倏地消失了。

「哎呀，相公，你等等我呀！」辛情故意嬌聲喊道，也快步跟著跑了出去。

回到小院，辛情笑著囑咐婆婆晚上桃花相公要吃爆炒腰花，然後在一邊整理被桃花抱回來已凌亂的布匹。桃花手托腮坐在桌邊，陰陰地看著辛情。辛情沒感覺，兩個小粉團有些發毛，縮到辛情身邊，眼睛撲閃著看桃花。

「妳這麼含情脈脈地看著我幹什麼？真對我的身體感興趣了？」辛情抱著布回頭衝她嫵媚一笑。

「如果我是男人，沒準兒我真會對妳感興趣。」桃花一本正經，「如果有一天，妳的真面目被看去了，妳怕不怕？」

辛情想了想，說道：「怕。」

「怕？妳不喜歡被男人們眾星捧月的感覺嗎？」

「喜歡是喜歡啊，可是那男人要麼有權勢要麼有相貌要麼有金錢，什麼都沒有我圖什麼？這邊境上的男人們，要麼是亡命之徒，要麼是流離失所，要麼是低級士卒，還有些就是小商小販，豈不是賤賣了我的美貌。」辛情用嚴肅的口氣說道：「偃朝的江南是富庶之地，富貴閒人也多，不如我們就去那裡釣金龜婿好了。」

「說正經的吧！我想過了，妳的身分特殊，也許這邊境就是妳最好的藏身之處。到了偃朝，雖說拓跋元衡已在面上將妳的死做得十分逼真，但是奚祁生性多疑，難免不會繼續祕密追查。如今，拓跋元衡已然坐穩地帝位，不僅不需要奚祁的幫助，甚至可以說與奚祁勢均力敵了，奚祁顧全大局，應該不會再到北地搶人。」

「好笑，我和拓跋元衡蓋一條被子的時候他都敢琢磨，這時候不正是天時地利人和？神不知鬼不覺我就可以失蹤了。」

「神不知鬼不覺失蹤的都是無名之輩，那些聲名遠播的人不會輕易消失。」桃花看著她，又習慣性捏了蘭花指。

「妳的意思是讓我在這邊境之地占山為王，稱霸一方？」辛情語帶調侃。

「不稱霸一方，起碼要成為這邊境之地赫赫有名的人物。」桃花仍舊笑著，「但是，一個女人要赫赫有名，妳說捷徑是什麼？」

「說了半天，要我出賣色相。」辛情搖搖頭，「我呀，人老色衰了，而且那皮肉生涯過夠了，妳要是想玩自己玩，不必捎上我，我大不了帶著女兒去深山老林裡隱居。」

桃花搖搖頭，一副惋惜狀，「唉，以前是被男人圈著見不得人，深山老林裡自己圈著自己還是見不得人，這麼憋屈的過日子妳就認了？」

「妳要玩自己玩，反正銀子夠多，不要拉上我。」辛情淡淡地說道，她就是想過幾天消停日子。

「妳以前是開店的，現在不想再開起來？」

「妳的意思是讓我做麵條西施？」可憐的西施，麵條都西施了！

「是啊，用妳的色相勾引人們來吃高價麵條，時間久了，妳就在這邊境赫赫有名了。」桃花笑著說道。

辛情一把勾起她下巴，「那為什麼不是妳出賣色相呢？妳比我年輕比我還妖孽。」

「我是妳的相公啊！」桃花眨著妖孽的眼睛。

辛情微微一笑，「相公，養家糊口是男人的事，妳不怕人家說妳小白臉，吃軟飯？」

「我本來臉就白嘛，而且我不喜歡硬硬的米飯，吃了不舒服。」桃花硬是歪解，「娘子，考慮一下，怎麼樣？再說，如果我們在鎮子裡沒營生，人家會懷疑的。」

「有什麼懷疑？妳靠吃軟飯養家，到處播散桃花種，然後這鎮子上就桃花朵朵開了。」辛情忍不住撲哧笑出聲音。兩隻粉團雖啥也不懂，看見老娘笑了，也張牙舞爪地跟著鼓掌。

晚上，看著安靜睡著的女兒，辛情思來想去，折騰了一晚上。

第二天早飯，辛情默默吃完早飯，說吃完飯要去鎮上找一間店面做生意。桃花一笑，如同春風過處桃花盡開，爽快地換了裝扮，拉著辛情出門了。鎮子雖說與城市無法比，可規模也不小。兩人繞來繞去走了一個上午，辛情有點喘了，桃花正拉著她去茶樓喝茶歇息，在二樓找了靠窗的位置坐下。

等茶的空檔，辛情忽然發現正越走越近的一隊車轎人馬。馬上的人她認識。那隊人馬中還有幾輛很大的馬車，最大的那一輛，此刻車邊的簾子正掀開著，一個小小孩童和一個少婦的臉露了出來。辛情的表情呆了，像是被點了穴道。桃花順勢望出去，又看看辛情。

「妳老相好？」桃花故意用了酸酸的口氣。

「老相識。」辛情仍舊盯著那馬車看，那車簾被放下了。茶來了，辛情也不喝，起身往外走，桃花忙扔了幾個銅錢追著辛情去了，卻見她慢慢地跟在車隊後面，直到車隊在鎮上最大的客棧前停下，馬車裡的人露了臉，辛情的拳頭不自覺握了起來。桃花看到，不著痕跡地握了她的手，用袖子遮掩了。

那些人進了客棧，辛情眉頭皺了起來。

回了自己的院子，辛情拉住桃花，讓她去探查一下為什麼那些人會出現在這裡，還帶著妻小同行。桃花雖不解，不過看辛情的神態也知道必定是重要的人物，便笑著出去了。

辛情回房，和丫鬟、婆婆正玩得高興的女兒見到她回來，都揮舞著小胳膊讓她抱。親著女兒帶著奶香的小臉蛋，她想著剛才看到的人——宗馮和魚兒，魚兒臉上的笑容很幸福。

照剛才下車的那排場和魚兒的裝扮來看，魚兒是嫁給宗馮了，那小嬰孩應該是他們的孩子。那麼魚兒到北地來做什麼？宗家是做生意的，可都是遠在江南。若是生意上的事宗馮怎麼會拖家帶口？而且看那車隊的架勢明明就是搬家。心裡有個想法卻不敢真的去想，只好自我安慰沒事，焦急地等著桃花回來。

桃花回來的時候已是華燈初上了，表情似笑非笑，卻愣是不說話，重新換了衣服吃了飯，讓婆婆和丫鬟帶著兩個小傢伙哄著去睡覺了才開口。

「妳真不想知道這些日子京城發生了什麼事？」桃花第一句竟是這樣。

辛情看向她，「知不知道也不耽誤我吃飯睡覺，跟我還有什麼關係？」

「赫連若水跟妳也沒有關係嗎？」桃花歪著頭，哂笑地看她。

「本來有，後來沒有了。」辛情說道。本以為赫連若水看在水越城的日子可以讓她信任一次，沒想到她們要對付太后的手段居然是用她當餌——偷一塊拓跋元緒的玉佩，再神不知鬼不覺地放在賀蘭光猷宮中，嫁禍之後讓太后徹底和皇帝翻臉。可惜，赫連若水卻騙她，她早已拿到了玉佩，卻是要放在她身上的。

「赫連若水的父親——赫連德勖及某些邊將，在皇帝離京北上之時支持慶王造反，謀逆皇位，被拓跋元衡滿門抄斬，株連的官員上千，使京城流血漂杵。」桃花說著殘忍的話，臉上卻帶著妖異的笑。

「抄斬……」辛情的臉色黯然，這種罪拓跋元衡不會放過赫連家的任何人，雖然她失望於隨心的欺騙，但沒有想她死，否則也不會攆她出宮了，可是……又是白費了心思。

「抄斬，這種逆天大罪都是滅九族，可是慶王和赫連德勖的九族是不能滅的，不過，拓跋元衡狠心，能殺的都殺了，只有那些實在動不了的，比如太后——還被他送到離宮安養天年了。」桃花還是盯著她看。

「寧王呢？」辛情問道。這個人的下場怕也不會好到哪裡去。

「嘴上說誰都無關，妳怎麼偏偏問起了寧王？」桃花笑了笑，「寧王——落髮圈禁——至死方休。唉，皇家的兄弟自古就都是虎狼，不是你死就是我亡。」

「自古以來，爭奪帝位的多是親兄弟，你不殺他他便殺你，有什麼奇怪。」辛情淡淡說道。

「話是這樣沒錯，可是想想拓跋元衡和寧王以前的兄友弟恭，現在不覺得毛骨悚然嗎？」桃花玩著茶杯，「想知道妳怎麼死的嗎？」

辛情哂笑，搖搖頭。

「妳喝了藥並沒有立刻出宮，拓跋元衡讓人火速接回了六皇子，說是見他『母妃』最後一面，然後獨孤貴妃才『順應時勢』地死了。這死也是熱鬧得很，拓跋元衡先傳了海棠花來，令她陪飲，酒中下了軟骨散。拓跋元衡親自割開了她的手腕，一刀刺進她的胸口，她臉上那張和妳一樣的皮還是我貼上去的。然後宣佈錢世婦等人陷害貴妃、謀害昭儀的皇子，罪不容赦，錢世婦畏罪跳井而死，餘黨盡皆為貴妃殉葬。到現在，我還忘不了海棠花臨死時的那雙眼睛——妳知道嗎？是紅的。」桃花喝了口茶，接著說道：「餘黨就是奚祁送來的美人，除了昭儀，全部是餘黨殉葬了。我曾經的同伴們——是我一一動手解決的。」

「蛇蠍！血腥！」辛情說道。

「人為財死鳥為食亡，人在江湖身不由己。」桃花又嫵媚地笑了，「就像拓跋元衡，也許身在普通人家，他不會殺他的兄弟，頂多趕出家門了事，可是身在高位便無法不殺。妳知道嗎？慶王謀反是被寧王這麼多年來一步步推著走到這一步的。」

「因為弘德夫人？」隨心的外婆，寧王的親娘。

「沒錯，寧王和拓跋元衡見最後一面時我也在。寧王要做的是讓太后的兒子手足相殘，讓拓跋元衡和太后母子相忌。寧王小時候親眼看見太后用毒藥毒死了弘德夫人，若不是小太監攔著，寧王可能當時也被太后弄死了。那個小太監攔著寧王，跟一個八歲的孩童講大丈夫能屈能伸、講君子報仇十年不晚。寧王——也真是個心思深沉的，那時候起他便一邊蓄意接近拓跋元衡兄弟，一邊在老皇帝面前找機會陷害抹黑兩兄弟，後來更不惜鼓動老皇帝將自己的親妹妹臨汾公主嫁給太后的侄子赫連德勖。太后那時候雖對寧王兄妹仍有戒心，無奈老皇帝下旨，赫連德勖本人又十分樂意便只得同意。但是，妳能想到嗎，太后暗中命人給臨汾下藥，以至臨汾在生下赫連若水之後便日漸虛弱。這一切寧王都知道，可是他救不了臨汾，只能眼睜睜看著她逐漸死去，而且在她最後的日子，寧王很殘忍地告訴她弘德夫人死亡的真相，這加速了臨汾的死亡，不過在他的授意下，臨汾故意引了拓跋元衡到她府中，製造她和拓跋元衡的曖昧假像。寧王便私下裡傳出這個消息，傳來傳去傳到皇帝耳朵裡，自然都是變味的話。寧王又跑到老皇帝面前說是外面瞎傳，他雖如此說，但老皇帝心裡對拓跋元衡的印象壞到了極點，況且拓跋元衡平日就喜歡女人，老皇帝便將這謠言當了真，雖然面上嚴懲造謠的人，心下卻不再信任拓跋元衡。」桃花一口氣說了一大堆。

「那麼，我也是他利用的棋子了？我義父和妹妹是他派人下殺手的？」辛情的眼睛冷冷的。

「妳自然是棋子，寧王跟在拓跋元衡身邊多少年了，他的心思他猜不透十分也能猜個七分，妳這個寵妃自然要利用。至於妳義父和妹妹——是寧王巧舌如簧鼓動慶王勸太后下手的，再故意引妳去猜測太后，對付太后。」桃花看看辛情，「沒想到吧？妳也有被人利用的一天。」

「說笑了，我什麼時候不被人利用來著？」辛情一扯嘴角，低了頭，「接著說，還有什麼故事？」

「接下來就是皇位之爭了。老皇帝確實是屬意寧王的，不過拓跋元衡在失寵之後便暗中與奚祁聯手，圖謀皇位。妳想想，老皇帝年事已高，怎麼鬥得過兩個如狼似虎的人？寧王雖有老皇帝做靠山，可鬥得過奚祁嗎？然後——順理成章的，拓跋元衡先一步控制了老皇帝，後來就登基了。雖說不得寵，但手段也是不少，再說，若論狠心，寧王還是略遜一籌，否則當年在圍場，拓跋元衡深夜奔赴行宮，寧王完全有機會殺他，可是寧王手軟了，所以，他必定要輸。拓跋元衡登基，幾乎將寧王身邊的人都變成了眼線，寧王的一舉一動他都知道，他放任寧王鼓動慶王造反，再讓寧王親自鎮壓慶王的造反，反手便將寧王落髮拘禁，妻子兒女全部賜死。寧王說，他雖不死，亦可看著拓跋元衡遭天下人唾罵，於願足矣。」

辛情嘆口氣。這個故事原來如此錯綜複雜，原來拓跋元衡也有受委屈的時候。

「嘆氣？為誰？」桃花一笑。

「不為誰，為自己。」辛情說道。自己竟然在這麼複雜的環境中充當了一回棋子，想想，若是拓跋元衡也有心利用她，恐怕在寧王利用她之後她就死得很慘了，從這一點來說，還要謝謝拓跋元衡保她不死。

「哦？難道不是為拓跋元衡嗎？」桃花一臉曖昧的笑。

辛情沒說是也沒說不是，半天說了一句：「妳為什麼告訴我這些？雇主的指示？」

桃花搖頭，「不，單純是我的樂趣，我對妳的想法感興趣。」

辛情扯出個哂笑，「我現在只對那兩個人感興趣，妳查到了什麼？」

「查到什麼倒是沒有，聽了些人家小夫妻的閨房話。」桃花笑著說道。

「什麼？」

「我學給妳聽。」桃花清清喉嚨，捏了蘭花指開始模仿。

「宗大哥，我們還有多久到帝都啊？」

「快了，快點趕路，還有半個多月吧。怎麼了？著急了？」

「嗯，著急，還有點害怕。宗大哥，戎國皇帝說讓我來照顧辛姊姊的兒子，我怕照顧不好他，對不起辛姊姊。」

「魚兒，別怕，妳辛姊姊在天之靈會保佑六皇子的，妳只要好好照顧他就行了。」

「辛姊姊真的沒了？宗大哥，我想先去拜祭辛姊姊。」

「魚兒，我們還是先到京城見了皇帝和六皇子之後再說吧，請了旨意再去。」

「嗯。好。」

模仿完了看辛情，「還有人家你儂我儂的要不要聽？」

辛情陷入沉思，良久開口說道：「拓跋元衡這是什麼意思？用魚兒來逼我回去？」

桃花邊撫弄自己的指甲邊說道：「什麼耳朵呀，人家不是說了，是去照顧獨孤皇后的六皇子。六皇子死了娘沒了舅舅，外祖家連個人都沒有，難道要去偃朝把蘇老頭拉來？這想來想去，獨孤皇后露過面的親戚也就個義父和妹妹，義父沒了，這妹妹怎麼也算是王姨，雖說也當不了什麼大靠山，總算宮裡呆膩了還有個去處走親戚。」

「沒這麼簡單。」

「簡單不簡單跟妳有關係嗎？妳現在能衝出去說自己沒死，說宮裡那個不是妳兒子，出去和魚兒相認嗎？別想了，跟妳沒關係，而且看這個架勢，拓跋元衡會保六皇子平安無事的，只要他爭氣點，沒準兒還能坐上拓跋元衡的椅子呢！」桃花笑著說道：「妳這兩個丫鬟片子就自己留著好好照顧著吧。」

「我只是擔心魚兒。」

「擔心妳還能做什麼？」桃花哂笑一聲，「自己力不能及的事還是高高掛起的好，宮裡這麼多年這個道理還沒學會？富魚再怎麼樣又不是妳親姊姊親妹妹。」

辛情冷冷看她一眼，「不是親姊姊親妹妹又怎麼樣？魚兒從來沒害過我，蘇朵的親姊妹兄弟呢？哥哥要送她去另一個男人身邊，姊姊當面給她使絆子。」

「蘇豫白白為妳死了，妳真是沒良心。」桃花也冷笑，「早知道妳是這麼個沒心沒肺的東西，他何苦搭上自己的命。」

「蘇豫和奚祁之間到底有什麼交易？」

桃花捏了蘭花指，掩著嘴角嬌聲笑了，「想知道？用什麼交換呢？沒有好處我懶得告訴妳，沒準兒等我心情好了告訴妳。」然後不等辛情說話便起身回去睡覺了。

辛情又坐了大半天才腳步沉重地回了房，辛弦和辛月已睡了，小拳頭握著放在枕邊，小嘴兒微微咧著。辛情低頭親親她們的小臉，「弦弦、月月，媽媽擔心小姨，那個男人他到底要幹什麼？」支著腦袋看了兩個小傢伙一晚上，也想了一個晚上。

第二天吃過早飯，辛情說要上街去盤下鎮上唯一一家青樓，桃花也不慌不忙跟著出了門，小心觀察辛情。辛情卻是一本正經地去盤店，經過那家客棧，腳步都沒有停一下。

有錢能使鬼推磨，那青樓被辛情高價盤下了。回了家，辛情正八經地琢磨怎麼經營，桃花便手托香腮在一邊似笑非笑地看她，也不搭言也不提問。最後辛情在紙上寫了「千金笑」三個字，又看看桃花，「如何？」

「好好好，千金難買一笑，高檔貨色！」桃花忙說道，然後她看見辛情也笑了。

「既然好，妳以前又是青樓裡面混過的，不如就由妳來粉墨登場，我呢，在幕後做神祕的老闆辛十四娘就好了。」辛情挑起她的下巴，「這姿色做媽媽可惜了點兒，要是做頭牌我就日進斗金了。」

「美得妳，不過，男人開青樓應該也滿好玩的。」桃花笑著說道。

「隨便妳，反正是妳的主意，只要留足了我和我女兒吃飯的錢就行。」辛情打了個哈欠，「走了一天累死了，我先睡了。」

剛走了幾步就聽桃花問道：「妳為什麼不去看妳的富魚妹妹呢？」

「怕她洩露了我的行蹤。」辛情說著話，腳步未停進房去了。

一切又恢復了平靜。千金笑順利開張了，桃花本打算女扮男裝，但是貼了兩撇小鬍子之後覺得男裝不如女裝好看，便本色出演了，只不過臉上的妝濃得像唱戲的，衣服穿得花紅柳綠，像五彩斑斕的山雉，連年齡感都模糊了。

辛情盤下了這青樓，正如她說的，給桃花玩，她自己充當幕後神祕兮兮的「十四娘子」，十天半個月穿上一襲黑色寡婦服，夜晚時分戴上黑面紗到「雞店」裡晃一圈，留下一團黑色迷霧。其餘時間在家裡帶孩子，確切地說是恐嚇。

時間久了，坊間便有了些傳言，比如十四娘其實是西山亂墳崗成精的蝙蝠精，要不為啥總是一身黑漆漆。還有的說看過十四娘的眼睛，一看就是狐狸精，看了一眼之後他回去好多天都夢到狐狸精。也有的說十四娘根本就是女鬼，否則為啥怕見太陽？而且據傳以前十四娘來千金笑巡查時，他們仔細看了竟然腳是不著地的——種種傳聞都把十四娘向非人類方向演化。不過，雖說越看越覺得這千金笑是個鬼店，可是卻越發激起了許多男人的探奇心理，越發想有機會一睹十四娘的真容。千金笑的價格很高，踏進門的時候若懷裡沒幾張銀票恐怕會臨時患上軟骨症。

像所有非正當性質的營業場所一樣，總會有所謂小混混來收保護費。這鎮上雖然不乏真正的狠角色，但是他們肯定都在水底潛著，不會輕易出手暴露自己，否則也不會躲到這邊境小鎮。來收保護費的也就是真正的小混混。

不過自從十四娘發了一回威，差點砍了一個小混混的手指頭後，千金笑就真正消停了。

那天晚上是辛情每半月一次的巡店時間，桃花卻病了發燒成了朵粉面桃花。幾個小混混喝多了花酒開始胡鬧，不只賴帳，還掀桌子砸碗，大聲嚷嚷讓十四娘來拜見他們兄弟，否則拆了她的千金笑。辛情在樓上看著聽著，問小丫鬟這混混鬧了幾天了，丫鬟說好多天了，擾得好多客人都不來了。

辛情想了想，拿了塊黑紗包得跟阿拉伯婦女一樣，讓小丫鬟拿了精緻的茶具和滾燙的熱水來，親自泡了上好的龍井茶，然後看小丫鬟，小丫鬟笑著從袖子裡拿出個小小的藍瓷瓶子給她，說是桃花娘子讓轉交的。倒了些白色藥粉到茶裡，這才嫋嫋娜娜的下樓了。來到桌邊也不言語，聽著那幾個小混混的下流話，自顧自倒著茶水請他們喝，一個小混混便讓她敬了才喝，還欲伸手扯她臉上的黑紗。

辛情冷笑著端起茶杯迅速朝著他眼睛潑去，趁著小混混們發愣的空檔，又迅速從袖中拿出刀抵在小混混的脖子上。

「小兔崽子活膩歪了，敢到姑奶奶的地面上撒野，睜開眼睛看看，我就是十四娘。」幾個小混混欲動，卻忽然腹中絞痛。

辛情冷笑，「肚子疼了?疼得恨不得把腸子掏出來吧?掏吧，省得姑奶奶我一會兒親自動手了。人的下水和豬狗的沒差別，又髒又臭，姑奶奶一向不願意動手收拾。不過，好多年不殺人手還真癢癢。乖，再疼一會兒就不疼了，永遠都不疼了。」邊說著，手指頭在小混混的臉上劃來劃去，對著情人一樣，然後眼睛裡升騰起了妖氣，「哪一個先來?不要怕，要相信姑奶奶我的功夫，一刀下去保證不疼的，哪一個先來?」聲音媚得能把人骨頭酥掉。

千金笑裡立刻鴉雀無聲——黑寡婦十四娘終於出現了。

辛情讓丫鬟倒了滾熱的茶親自灌到小混混嘴裡，小混混燙得很又不敢動，只能咬牙皺眉地吞了下去。

「不是要讓我十四娘來拜見你嗎？怎麼樣？茶我也敬了，接下來該算帳了。」然後笑著看臉色刷白的小混混，小混混哆哆嗦嗦地說著什麼「妳要是敢，明天就有人來拆了妳的千金笑」之類的，辛情哈哈笑了兩聲，輕輕將他脖子上劃出幾道血痕，「明天？放心，姑奶奶做事很乾淨，沒到明天你就什麼都不剩了，到時候就算告姑奶奶都沒有證據。呵呵，好好想想下輩子投生到哪兒吧。」

邊說著邊又在他脖子上輕輕劃了一刀，小混混開始告饒，辛情仍笑著劃啊劃，最後小混混可能覺得沒希望了，便破口大罵，辛情剛開始沒理會他，等他罵完了，辛情笑著握住他的手，誇他的手指頭形狀好，然後出其不意地將那手放在地上，一刀砍下去，小混混轉過頭閉著眼睛，殺豬般叫了起來，辛情拍拍他的臉，「喊什麼？姑奶奶多年沒殺人，這刀歪了，等一下再哭吧。」又看小混混，「你的腳趾好看嗎？我還差六個腳趾才能收集齊呢，要不，我連你的腳趾頭也一併砍了？」

小混混已經嚇得說不出話來了，辛情便看向另外幾個，「你們的腳趾好看嗎？給我幾個好不好？」那幾個連滾帶爬地縮到一起，因為腹痛一點力氣都沒有，求饒的聲音聽起來像貓叫。

辛情拿帕子輕拭刀刃，動作悠閒得很。擦完了看一眼小混混，「這是你們第幾次來折騰了？非不讓姑奶奶我消停會兒是不？今天，算是給你們一個小小的懲罰，再敢來，別怪姑奶奶我不留情面，滾吧。哦，對了，如果你們要去告官儘管去，至於是否有去無回我就不知道了。別跑那麼快，那個肝腸寸斷我沒放那麼多，回去喝兩升水就好了……」小混混連滾帶爬出去了，辛情將刀重新插到桌面上，接過小丫鬟遞來的帕子擦手。

環視一圈靜靜的人群，辛情輕聲笑了，說道：「打擾各位的雅興了，請繼續，今天一切算我十四娘的，希望各位盡興，少陪了。」

然後又如來時一樣嫋嫋婷婷地提了裙角上樓去了，消失在二樓轉角處。

上了樓的辛情急忙從側樓梯下了樓，從後門偷偷出去，上了早已準備的馬車走了。

回了家，卻見桃花正笑著逗辛弦和辛月玩。見一個黑撲撲的人影進來，辛弦和辛月眨巴著大眼睛好奇地看著她。

「妳故意的？跟我玩陰的。」辛情扯下紗巾，辛弦和辛月咯咯笑了，奔著辛情使勁。

「不這麼做，誰知道十四娘的厲害呢？呵呵。」桃花又妖孽般的笑著看她，「我不是留了毒藥給妳？就知道妳能對付的。」

「謝謝妳的高看，不過，如果以後還有這一招兒，妳就自己玩吧，我沒興趣。」辛情抱過自己女兒進房去了。

待她一進房，桃花便換上夜行衣，揣了幾張銀票出門，直奔鎮上守備府去了。

自從「差點」發生流血事件之後，沒人敢來白喝花酒了，辛十四娘的形象也有所轉變，終於脫離了鬼魂的行列，見得了陽光了，可這回給辛十四娘安排的角色是以前江湖上某個殺手組織的殺人魔頭。於是，又出現了另一個據說是來自江湖的傳言，沒人看過辛十四娘的容貌，看過的人都死了。據此推理出來的就是，辛十四娘是醜得慘絕人寰怕被人看見臉，所以見過她的人都被她下了毒手。

不管怎麼說，這日子是消停了，辛情和桃花也過著一如既往的生活，安靜平和。過去的事兩人都儘量不去提起，不過，十月間發生了一件事，讓一些陳年舊事又沉渣泛起。

那日，辛情和桃花正在三樓某雅間裡坐著喝酒，透過那鮫綃的簾幕看下面的男男女女與真情假意。

「我這傾城傾國的美貌被這樣無聲地浪費掉了。」桃花眼波流轉。

「不想浪費啊？」辛情輕輕啜飲一口酒斜睨桃花。

「廢話，妳要知道我的美貌是應該被全天下的男人們崇拜的，不是用來關在這裡做老鴇的。」桃花嬌聲說道，還順帶比劃了一個蘭花指。

「不想浪費也成。過來，我教妳。」辛情勾勾手指，桃花挪到她旁邊，卻見辛情一把拔下頭上的簪子扔在她面前，「劃吧，劃下去就不用擔心浪費了。」

「妳這個女人，一定是嫉妒我，才這麼想要毀我的容吧？」桃花輕蹙眉頭，一副西施病態狀。

「嗯，我嫉妒妳。過來看，大人物來了。」辛情說道，桃花跟著探頭過去，幾個微躬著身的男人跟著一個微挺著肚子的綠袍男人進來了，一進門便大叫著要找幾個天姿國色的姑娘。一個老媽媽桑扭著水桶腰忙上前伺候他們上三樓到了最貴的雅間去了。

「鎮上的守備？官府的人怎麼想到這裡耍？」桃花用手指繞著一綹頭髮，「那綠衣服的似乎有些來頭，這種熱鬧不看太對不起自己了。妳先坐著，我去看熱鬧。」

擰著腰晃出去了。辛情不動聲色地坐著。

好半天，桃花才鬼一樣又飄回來了，似笑非笑地看辛情，「這幾天真的會有熱鬧看，還是大熱鬧。」

「說來聽聽。」辛情看她的表情，直覺這事情沒那麼簡單。

「到時候去看了不就知道了。」桃花笑言。

沒有等到去看的時候辛情便知道了，第二天鎮子上貼了告示，五日後，慶王王駕將經過鎮北五里處的官道，這幾日要嚴加看護，五日後民眾不得經過此段官道。

看到這個告示，辛情忽然想起了那個被她刻意想要遺忘的人，然後想到，桃花說慶王一干人等都死了，為何現在又冒出來了？難道也是死遁？真是奇怪，這樣心慈手軟不像是拓跋元衡會做的事。若說他是看在太后的面上也不太可能，他狠起來可是六親不認，那到底是為了什麼？想問桃花，可是看到桃花那一臉期待，辛情還是忍了。算了，殺不殺與她又有何干。她已經不是皇宮內他的寵物了，沒必要去猜他的心思。

雖說如此，這幾日辛情還是偶爾若有所思，偶爾走神。看看女兒，忽然驚覺女兒們的鼻子與拓跋元衡的如出一轍。

好不容易到了王駕經過那天，早飯桌上沒見到桃花。辛情在家裡給辛弦和辛月洗衣服、收拾房間，沒事找事忙了一天，直到黃昏時分桃花才回來，滿臉的興奮之色，拖著辛弦和辛月說今天發現了一件很有趣的事，如果她們要聽要說好話討好她。辛情在一邊搖搖頭，拽過閨女告訴她們：「事不關己還是高高掛起的好，明哲保身才是正道。」桃花聽了撇撇嘴。

晚飯時，桃花勾搭丫鬟問自己一天的行蹤，丫鬟本來就伶俐，懂她的心思，便問了，桃花這才得意洋洋地開口。

「我呀，今天可累死了，為了看一眼什麼王駕，我可是一天沒吃東西。」

「小姐，妳去看王駕了？不是不讓去看的嗎？」

「不是正大光明地看，我是偷偷摸摸的看。」桃花看一眼辛情，「這王駕真是氣派，王爺坐的那轎子真是描龍繡鳳金銀璀璨哪，賣了估計值不少錢。還有後面那個什麼娘娘的鳳輦，也是很漂亮呢。丫鬟，妳見過鳳輦嗎？」

丫鬟爽快搖搖頭，「沒有。」

「哎呀呀，真可惜啊，連妳都沒看過啊？我以為妳在京城連貴妃、皇后的鳳輦都看過呢。」桃花故意用惋惜的口氣。

丫鬟又搖頭，「沒見過。不過，不是說是王駕經過嗎？怎麼會有娘娘的鳳輦呢？」

「我聽說啊，這慶王不是原來那個慶王。兩年前慶王謀反被殺了，老婆孩子泰山泰水大舅子小舅子大姨子小姨子什麼的都被咔嚓了，這兩年聽說皇帝經常夢見慶王來跟他哭訴懺悔，所以皇帝念及手足之情，又考慮到太后喪子心痛，特意恢復了慶王的爵位，並將自己的七皇子出繼給慶王。七皇子那麼小，便命他的母妃一同前往封地照顧了。」

丫鬟點點頭，不置可否。辛情抬手幫辛月擦嘴角的飯粒，辛弦正湊過來挖辛情碗裡的飯，被辛情拍了一把，「吃自己的。」

「喲喲喲，可憐的小弦弦小月月，來，到桃花姨這裡來。誰讓妳們命不好投胎到這個夜叉娘的肚皮裡，人家的娘擔心孩子，連自己相公的寵愛都不要了也要去陪著孩子，命苦啊。來，桃花姨抱抱。」桃花一副憐惜的口吻，動作誇張地從辛情懷裡抱走了辛弦，「唉，攤上這麼個夜叉娘也就算了，連爹爹也沒有。」

幫小東西洗了臉正哄她們睡覺，桃花又鬼一樣出現了，隨意爬到大床上和兩個小東西鬧成一團。

「小弦弦、小月月，桃花姨告訴妳們啊，妳們爹爹啊……」打住，兩個小東西對「爹爹」這個新名詞比較陌生，桃花掃辛情一眼，「妳們爹爹是個千古昏君，心狠手辣、六親不認、荒淫無度、喜怒無常、殺人如麻、弒父殺君、逼母離宮、殘害手足，妳們說爹爹是不是個大壞蛋？」桃花笑瞇瞇的。

可惜倆小傢伙對這些四字一組的辭彙理解不了，看桃花笑瞇瞇的便跟著點頭，辛情在一旁搖頭，缺心眼的孩子被騙了都不知道，人家罵她們老子是混蛋她們還點頭。她們老子是大混蛋，她們不就是小混蛋了？

「不過，妳們爹爹雖然這麼壞心腸，可是，他被一個女人整得很慘喔！他呀，費了大力氣討人家開心，人家理都不理，甩甩袖子就走人。不但走了，還帶走他的孩子，活生生讓他妻離子散、母子相忌、兄弟相殘，妳們說，這個女人是不是更壞？是蛇蠍？」桃花還是笑瞇瞇地勾引兩個小傢伙。

兩個小傢伙正欲點頭附和，被辛情一聲輕咳打斷，「過來睡覺了。」倆小傢伙乖乖鑽進被窩又面對面側躺，各自攥了小拳頭放在嘴角邊，被辛情輕輕拍著睡了。

「唉，還好這對小妖精是公主，否則又要像她們娘一樣禍國殃民了。不過，如果嫁給奚祁的兒子就可以了。」桃花媚笑著，也跟著拍兩個小傢伙睡覺。

辛情看著自己漂亮的兩隻小粉團沒言語，她可不想她們變成邯鄲那樣，也不想她們嫁進什麼富貴之家，跟人鉤心鬥角把自己累死。

「那蘭花被拓跋元衡玩夠了厭棄了，一個旨意打發到邊遠之地自生自滅去了，可憐啊，作為工具卻忘了自己的用途，妄圖變成掌握工具的人，要和皇后太后聯手整死妳，結果呢，拓跋元衡把妳放生了，把她扔荒無人煙的地兒去了。本指望著兒子，這下更好，死了一個，剩下那個出繼給逆臣慶王，生生世世沒有出頭之日了，還皇位呢，這輩子能再看見京城的大門都是奢望囉！」桃花笑著說道，口氣裡沒有絲毫的同情，「我跟妳打賭，拓跋元衡駕崩那天，肯定會下旨弄死七皇子。」

「幸災樂禍。」辛情說道。

「是啊，我就喜歡看人倒楣。說起來，她有今天跟妳有莫大的關係。」桃花說道：「也可以說根本是被妳害的。」

「此話怎講？」她害的？她最後被人害得要自殺，哪有功夫和精力、權力去害人？

「怎講？還能怎講啊？五朵花四朵給妳陪葬了，剩這一朵早晚都落不著好。妳當拓跋元衡好色到什麼都忘了？拓跋元衡跟海棠花說過，他喜歡女人，但是對手送來的女人他只喜歡她們的身體，一旦沒有了利用價值，就可以像秋天衰敗的草一樣，一把火燒了，所以……死是必然的。還有，拓跋元衡還說，海棠花其實死得冤枉，她那一撞，昭儀的孩子並沒有流產，也不至於害死貴妃妳。」桃花瞥她一眼，「妳知道昭儀的孩子怎麼沒了？」

「沒了？哦，原來沒了。」她都被囚禁了，還知道誰生誰死啊！估計是昭儀自己弄掉的。

「拓跋元衡除掉的。紅花乳香丸。」桃花笑得陰鷙。

「真好笑。」辛情冷笑兩聲，一個重子嗣的男人會下手除掉自己的骨肉？除非那不是他兒子——呃，不是他兒子……他竟對昭儀起了如此的疑心？

「這可不是我編造的，是拓跋元衡對海棠花說的，所以說她死得冤枉啊。」桃花笑了，「拓跋元衡這一招出繼真是缺德，喂，妳說，拓跋元衡會不會這麼對妳？」

「會。」

「妳這個人今天真無趣，惜字如金啊。哦，再告訴妳一件事，我聽說這次拓跋元衡讓所有皇子都離開京城前往封地了，只除了妳的六皇子。」

「算我說錯了，是獨孤皇后的六皇子。妳說，七皇子都被攆出京了，六子怎麼就不出京呢？」桃花戲謔地問道。

「那不是我兒子。」

「妳這麼拐彎說話很有趣嗎？我告訴妳，跟我沒有關係的事我不感興趣。如果這都是妳現在主子指使妳的，妳還是住嘴的好，否則我也不擔保哪天會殺了妳求個清淨。」

「真是無情。」桃花一個骨碌坐起來，理理髮絲，嬌弱地嘆口氣，「算了，不跟妳說了，說了也沒用，妳就是鐵石心腸。」

桃花走了，辛情熄了燈，在床邊躺下，藉著月亮透進來的微光看著睡得正香的女兒。這一輩子她再無所求了，只盼著女兒健康平安地長大，將來能有真心疼愛她們的男人，替她保護她們下半輩子就夠了。

時間慢慢過去了，辛弦和辛月如夏日裡的莊稼一樣長著。這天晚上，辛情抱著女兒在院子裡乘涼，桃花還沒回來。上弦月不是很亮，辛情便指著星星跟女兒講十二星座的故事，正講著，悠悠的笛聲傳來，辛情身子輕輕一震，兩隻小粉團都感覺到了，齊齊歪了頭看她。

看著月亮，辛情想起了那個不忍想起的人，他曾經一襲白衣在花樹林中憂傷地吹著笛子。他的臉曾經被她忘記了，可是此刻的笛聲讓他的容貌和月亮一起清晰地呈現在了眼前。

「蘇豫，是你嗎？」辛情看著月亮，自言自語。

「是啊。」辛弦笑呵呵地說道，已經會說話的女兒們經常搗亂。

揉揉女兒的頭髮，辛情苦笑，「是什麼是？小傻瓜，蘇豫不在了。」

「為什麼？」辛月手拄著小下巴。

「他去了很遠很遠的地方，不知道什麼時候才能回來。弦弦、月月，既然他不回來，我們去看他好不好？」

果然，兩個小傢伙還理解不了這個長句的意思，聽到問「好不好」便齊齊點頭，「好啊。」

辛情笑了，繼續看月亮回憶往事。

等桃花回來，辛情跟她說要去鄢陵，桃花先是一愣，然後妖媚地笑了，「怎麼忽然有良心了？真是奇怪。」

「妳不去可以，我要去。」

「誰說我不去了？出去走走也不錯，過兩天就起程吧。」桃花晃回房間去了。

桃花是行動派，說去鄢陵，她反倒比辛情還著急，一天加一個半夜的時間就處理好了一切。辛情一邊冷眼看著一邊仔仔細細為辛弦和辛月收拾該帶的東西。一路南下還算順利，鄢陵本來離邊境也不遠，就算行程很慢，過了八九天左右也就到了。

鄢陵是陌生的，雖然她來過，雖然蘇豫葬在這裡。這個世界，除了水越城，哪裡都是陌生的，她甚至不知道蘇豫的墓在哪裡。

到了這裡，桃花忽然做了甩手掌櫃，一切只聽憑辛情安排。在一處客棧住下來，辛情不著痕跡地向掌櫃打聽鄢陵郊外王公的墓群，掌櫃一臉詫異，似乎辛情在問的是桃樹上有沒有長草莓。接下來的幾天問了很多人，卻像這鄢陵從來沒埋過什麼王公級別的人物。

辛情忽然感覺自己像是進入了電影情節，被大家合夥給耍了。

「蘇豫到底死了沒有？」辛情問桃花，這幾天她就是一副看熱鬧的表情。

「怎麼？找不到了？」桃花笑了，有點冷，有點故意。

「如果根本就不存在，我一輩子都找不到。」辛情看著桃花，心裡隱約了一點期盼。

「妳以為奚祁會讓背叛他的人葬在他的土地上？還是妳以為拓跋元衡會派人保護一個算計他的人的墓？」桃花起身到她面前拍拍她的臉，「所以，如果妳看到一片狼藉荒蕪不要驚訝。」

桃花帶她來的地方，像是一片平地，墳丘快平了，上面長滿了茂盛的草，墳前一塊歪歪斜斜字跡幾不可辨的木碑，上面隱約的幾個字是「豫之墓」，看起來根本沒人打理過。

將木碑扶正，辛情輕輕說道：「蘇豫，我回來看你了。對不起，我來晚了。」手指劃過木碑上的字，每個字都像有火，灼得心一抽一抽的疼。蘇豫臨死那一幕彷彿就在眼前，辛情忽然止不住淚如雨下。當年她哭不出來，今日卻止不住眼淚。桃花站在她後面，也不言語也不來勸她，就那樣看著她抱著木碑哭了一個時辰，哭到沒有眼淚，看她不言不語地低頭狠命拔草。

又過了一個時辰，桃花開口了：「走吧，看也看過了，哭也哭過了，心意到了就夠了。」

辛情沒理她，用雙手捧了一捧捧的土添墳。

「添吧添吧，添完了妳那手就順便留下給他陪葬吧。」過來扯起她，看她紅通通的眼睛，桃花愣了一下，「死了八百年，妳在這兒哭不覺得晚了嗎？他沒準兒已經轉世投胎了，哪聽得到妳這嚎叫。」

辛情甩開她的手，「那我還能做什麼？我欠他的不只是一條命，妳懂不懂？我沒法還他，我生生世世要欠他的。」

「欠了就下輩子還吧。」桃花拉著她上了馬車往回走。

坐在車上辛情靠著車板一句話也不說，眼睛還紅紅的。桃花撇了嘴，還是冷笑。

似乎是為了配合她的心情，一路趕來的晴天忽然在晚上變成電閃雷鳴的雨夜。兩個小傢伙不但不害怕，還興致勃勃地又喊又跳，看她們這個樣子，辛情笑了，讓丫鬟看著她們，自己不知不覺睡著了。

辛情知道自己是睡著，但是她發現自己飄出了窗外，在路上一陣疾行又到了蘇豫墓前，自己又抱著木碑在哭。哭著哭著，有聲音從身後傳來：「小情，妳怎麼又哭了？」回頭去看，卻什麼都沒有。

一個激靈驚醒，兩個小傢伙正一左一右歪著腦袋盯著自己看。

「娘不哭。」

「不好看。」

辛情忙伸手擦眼淚，真的有眼淚。伸了胳膊，一邊一個將女兒摟進懷裡，「快睡覺，不准看。」兩個小傢伙咯咯笑著不睡，鬧到半夜才睡著。她們睡了，辛情精神了，下了床到床邊打開窗戶向外看，雨小了，不打雷了不閃電了，純粹是一場溫柔的細雨。望了半天的天，低頭看去，忽然發現本該空無一人的後院裡，一道白色身影靜靜矗立，似乎正看著這個方向。辛情瞪大了眼睛，但是一個眨眼的功夫，人影已不見了。

「蘇豫，是你嗎？」辛情輕聲說道。

又住了幾天，辛情不假他人之手，親自買了鍬鏟為蘇豫添墳換墓碑，手都磨出了水泡。桃花只是冷笑地跟著她，抱著胳膊看她忙碌。忙完了，墳墓雖還簡陋，但起碼沒有那麼破敗荒涼了，辛情還特意在墓周圍撒了些花種。

一切都忙完了，辛情和桃花回了邊境，繼續隱姓埋名地過日子。

冬天了，這天天陰得很，看得人壓抑。黃昏時分那雪終於洋洋灑灑地落了下來。辛情看著女兒在廊下看雪，邊等著桃花歸來。桃花回來了拿了封短箋給辛情，看到上面的署名辛情愣了一下。

「人呢？」辛情問道。

「沒見啊，只有這短箋。怎麼，妳認識？」桃花兩指輕動拿去看了，「這人倒是坦蕩，也不封起來。妳要去赴約？」

辛情點頭，「既然找上門來了，當然要去。是敵是友，見了才分得清楚。」

「看來這也是妳的老相識了，妳還這麼說，真傷人。」桃花笑著說道。

「我這人命不好，背後捅刀子當面使絆子的都是熟人。」辛情邊就著燭火將那短箋燒了，火光在辛情的臉上跳躍著。

相見的地點不是別處，是夜晚的千金笑雅間。辛情如常打扮了，在桃花的注視下進了雅間。一個男子在桌邊細細品茗。

「南宮先生，你找我？」辛情問道。幾年不見，他還是一樣的審美觀。

「我不找妳，我找小情。」白衣男子抬頭了，看著她。

「你找小情什麼事？」辛情在桌邊坐下。

「小情，我們是朋友，非要這樣說話嗎？」

「以前的朋友，現在和未來還不知道。」

南宮行雲輕輕搖頭嘆氣，「小情對人已如此防範了。」

「南宮，如果我這樣說話讓你很難受，我道歉。可是，我這可能已經成為了習慣，自保的習慣。」

「小情，我來，是想帶妳回鄢陵去見一個人。」

「鄢陵？去見誰？」辛情皺眉。她在鄢陵只認識一個人，蘇豫。

「我可以先不告訴妳嗎？小情，如果妳信我就跟我一起去。」

辛情想了片刻，「好，我跟你去。」

南宮行雲微微一笑，「明天一早就走，路上可能會辛苦一些。」

辛情點點頭。桃花聽到她的決定，笑了，「妳要是和他私奔了，這兩個小妖孽我就替妳送回拓跋元衡身邊去。他那麼得意獨孤皇后的兒子，估摸著，這倆妳親生的就更得意了。」

「如果我死了，妳替我照顧好她們吧，給妳當女兒了。」辛情說道。辛月正困著，在她懷裡昏昏欲睡，小手拽著她的衣服。辛弦拿著雞毛撣子當刀耍呢。

第二天一早，辛弦和辛月還睡著，辛情已出了家門，南宮行雲仍舊一襲白衣，駕著馬車在等她。馬車一路飛奔向鄢陵，路上兩人很少說話，辛情一直盤算著這要見的人是誰，若是魚兒，南宮行雲應該會直接說的，那這個人到底是誰？

在辛情全身都顛簸得酸疼的時候，終於再次踏上了鄢陵的土地。在城中一處熱鬧的巷子裡停了車，那門和牆無不顯示著這是一處富貴人家。下了車，看著南宮行雲，「到了？」

門口的小斯急忙迎了上來，稱南宮行雲為少爺。院子內果然處處精緻講究，南宮行雲也不多言語，只是帶了她穿過一個個穿堂，到了後花園也沒有停步，繞過小橋流水，穿過曲徑亭閣，來到了一處月亮門前。門虛掩著，辛情不自覺握緊了拳頭。

「進去吧，小情。」南宮行雲推開那虛掩的門，露出了裡面的一片幽靜。

辛情遲疑片刻，邁步跨進月亮門。來都來了，該看的自然要看。院子裡種著許多的竹子，此時已是一片枯黃，那小小的幾間屋子門板緊閉，靜得似乎沒有人的氣息。

橫下心，她慢慢走近，推開門，一陣暖香撲面襲來，迎面一張紅木桌子和幾把椅子，左邊是暗紅的槅段，槅門上垂著蜜色的簾子，掀起簾子邁步進去，下意識向床的方向看去，辛情立時呆住了，床上那個白色的身影，熟悉到閉著眼睛都知道是誰。

辛情怕自己是在做夢，放輕了腳步向床邊走去，生怕吵醒了那人。

立在床邊，辛情笑了，笑著笑著眼淚就流下來了。她在床邊坐下，幫他拉了拉被子，說道：「你沒死，真好。」沒有生氣瘦削的臉，一如既往的白衣服看起來還是很溫暖。

辛情握住他的手，「我就知道，你不會扔下我一個人不管。真好，你活著。」然後坐著看，也不動，直到那涼涼的手被她握得暖暖的。

門外，一道人影悄悄離開。

一直坐到天色陰暗，屋內一片漆黑，辛情還是未動。

「蘇豫，你答應過要帶我回家的，卻原來躲在這裡睡懶覺，你不怕我跟你鬧嗎？」

「小情，該吃飯了。他睡了這麼久，不會很快醒的。」隨著溫文的聲音，光亮一下子盈滿了整個房間，柔和的光灑在蘇豫的臉上。

「南宮，我欠你一句，對不起和謝謝。」辛情回頭看南宮行雲。

「吃飯吧。」南宮行雲說著，轉身出去了。

吃過飯，屏退了僕人，南宮行雲看辛情，「小情不想問什麼嗎？」

「以前有很多疑問，今天都沒有必要了。」蘇豫活著就好，那些所謂的祕密和陰謀已經離她的生活很遠了，既然如此，就讓它們永遠成為祕密吧。

「雖然妳覺得沒有必要，不過，我想話還是說開了比較好。小情是我想珍惜的朋友，我不希望我們之間有隔閡。」南宮行雲頓了頓，「很多事太久遠了，要是說漏了什麼妳再問我。」

辛情點點頭，沒想到到最後謎團是由南宮行雲來為她解開。

「我和蘇豫認識，是很久之前的事了。蘇豫那時候剛剛弱冠，因為蘇相的原因被授予了官職，那年的天災，百姓無法繳納田賦，朝中大臣有人說，湖州近水，全天下都顆粒無收，湖州也定是豐收，今年拒不繳納賦稅必是有人要與朝廷作對。蘇相為了讓蘇豫有表現的機會，便找了理由讓蘇豫來湖州，我和蘇豫就是那個時候認識的。」

「蘇相的本意是要強行征斂以顯手段，蘇豫來到湖州之後，微服四處查看，沒幾日便上奏摺實報湖州實狀，請旨免去湖州賦稅一年。還將湖州幾個囤積居奇哄抬米價的米商關進牢中，開倉放糧，賑濟百姓。此次米商的大膽，是因為背後多有京城勢力，蘇豫此舉不僅觸動了朝中大員的利益，也讓蘇相的違規之舉被奚祁知曉，本來奚祁就是要打壓蘇家勢力的，因此趁機升了蘇豫的職位，將支持哄抬米價的蘇黨朝臣或革職或關押或罰俸，獨獨對蘇相沒有任何懲罰，因此引起了許多蘇黨的不滿。蘇相知道奚祁的意思，不想蘇豫成為被利用的棋子，乾脆將蘇豫留在禮部，做了個掌管禮儀卻沒有實權的官。沒想到奚祁馬上又藉著所謂先皇遺旨將蘇棻選入宮中，一月之內三次晉封直至貴妃，引起了後宮諸妃及外家的不滿。」

「這還不算什麼，奚祁打著蘇棻的名號將蘇朵嫁給靳王。按制，諸王每一次世襲都要降級一等，直至輔國將軍為止不再世襲，可是靳王府因為當年開國時鎮壓前朝謀逆有大功，太祖皇帝下旨靳王府世襲不降爵位。傳了九代，當年許多的大功臣已沒入民間，獨獨靳王府還風光如昔，自是有人不服。」

說到這裡，南宮行雲看辛情，「每次看到妳，我都無法想像當年的妳會那麼任性，尋死覓活要嫁給靳王。當年我正好在京城，見了蘇豫幾面。他很愁悶，他反對妳嫁給靳王，他說他已經做過棋子，不想妹妹也一樣被利用，尤其妳當年才十五歲，天真爛漫不諳世事。」

說這些話的時候，南宮行雲眼珠不錯地看著辛情，似乎想研究出什麼來。辛情稍稍挪開視線，想像著十五歲的蘇朵，天真爛漫、一心高興著能嫁給靳王的樣子，對於自己是否成為棋子恐怕沒有心思理會。如果她知道了，她還會興高采烈地嫁過去嗎？

「沒人告訴過我這些。」辛情說道：「蘇相是心甘情願讓蘇朵去做棋子的吧？」

南宮行雲看她，「這就是妳後來憎惡蘇家的原因？」

辛情搖搖頭，「不，我不恨蘇家的任何人，相反的，我很感激他們。」如果沒有蘇家人做的一切，蘇朵也許就不會死，那麼死的就是她辛情了，不過，若是此時仍在拓跋元衡身邊，她也許會憎恨蘇家的人了。

「妳已習慣自己新的姓名了？蘇家很陌生了？」南宮行雲說道：「小情，妳不是蘇朵了。」

辛情一愣，不承認也不否認。

「妳不該是蘇朵，我見過的蘇朵不是小情這樣的。」南宮行雲喝了口茶，「繼續說故事吧。自那以後，我好幾年沒見過蘇豫，只是偶爾年節時分會寫一封書信問個好而已。期間蘇豫在做什麼也沒有告訴我。幾年以後，我忽然收到蘇豫的信函，他說妳從王府離開了，他不好動用蘇家的人馬，讓我代為留意。我以為蘇朵是因為靳王納妾而耍性子離家出走，便也沒有多想，只是派了人小心留意，誰想到倒讓我自己碰上了妳。」

「以後和我成為朋友是故意的？」辛情問道。

南宮行雲笑了笑，「是，也不是。妳在江上漂流那段日子我一直跟著妳，我甚至不太確定妳是不是蘇豫的妹妹，所以……找機會和妳成為朋友，一方面是蘇豫的託付，一方面我想知道為什麼幾年不見蘇朵變化如此之大。雖然當年只見過兩次，但蘇朵應該不至於忘了我是誰，可是，妳忘了，完全忘了。我沒有問蘇豫，我想自己研究。」

「後來蘇豫來到水越城是你告訴他的？」

「我是寫了信給蘇豫告訴他找到妳了，可是不確定是不是蘇朵。蘇豫來了，確定了是妳才現身的。」南宮行雲頓了頓，「在和妳相認之後，蘇豫鄭重地拜託我要我好好對妳，如果可能，他要我不要答應妳將來所謂的『休棄』。」

「後來呢？蘇豫怎麼會要把我送給奚祁？」這個答案也許會讓她非常難過，可是她還是很想知道蘇豫的心思。

「這個我就不知道了，蘇豫他自己的苦處很少與別人說，他會幫助人卻不會幫助自己。」南宮行雲說道：「不過，後來他寫信給我，要我去北國的某地等他，說有求於我。我去了，等了兩天，他風塵僕僕地來了，交給我一個人。」

「魚兒？」蘇豫自升蘭殿刺殺事件之後就消失了，直到被桃花的人擄走他才又現身，她知道他是去安排魚兒和老爹的後路，沒想到南宮行雲居然也有份。

「嗯，妳失蹤之後我一直以為是奚祁所為，託關係看妳是否在宮裡，卻一無所獲，直到看到魚兒才知道，小情妳已成了北朝的皇妃。蘇豫沒有多說，只是拜託我保護魚兒，然後他又消失了。」南宮行雲說道：「我隱約知道他在做什麼，但是，我本是普通百姓，他做的事是與皇帝為敵，我不能不為自己的家族考慮，所以我沒有伸以援手。」

「謝謝你，南宮，你幫我保護魚兒，我已經不知道怎麼感謝你才好了。你做的沒錯，若是我，我也會求自保，蘇豫……是被我逼的，是我裝可憐才讓他做了蠢事。」辛情的語調平淡。蘇豫的以卵擊石是她逼的，她是壞女人。

南宮行雲微微笑了，沒多言語。

「之後的事你應該也不知道吧？那為什麼蘇豫會在這裡？」

南宮行雲搖搖頭，「妳應該問我為什麼在這裡。」

辛情皺眉，「這房子不是你的？」

南宮行雲搖頭，「不是。我當時在太湖家中，某天半夜忽然被驚醒，追了出去很久才追上兩個蒙面黑衣人，他們說是奉了命令來送信，信已在房中了。雖然沒有交手，但是我自知不是他們的對手，況且他們似乎沒有想要危害南宮家的意思，我便回去了，後來果然在地上發現了一封信，只說讓我來鄢陵這裡照顧一個人。我急忙趕到鄢陵，照著地址找到這裡，卻見到那樣的蘇豫。」

「到底是誰？總不會是奚祁吧？」辛情自言自語。

「開始我以為是妳，不過，再想想，似乎不太可能，兩個皇帝眼皮子底下，妳沒有那個能力。」

「確實不是我，我以為他死了，還是我親自拔出了刀。」

「看來，不是南帝就是北帝，否則我還真想不出來誰有這個本事。」南宮行雲看著辛情，「妳說呢？小情。」

辛情沒作聲。

「南宮，你怎麼會去找我？難道你知道我還沒死？」

「這純屬偶然。」南宮行雲微微一笑，「表哥和魚兒去了北朝，表哥寫信來說見到了小情的兒子六皇子，哦，現在是皇太子了，還說，北帝在京城賜了他們府第，將全國的鹽鐵經營交給宗家，還准許他們去鳳凰陵祭拜。我想，我即使不能拋下蘇豫親自去鳳凰陵拜祭妳，也該遙祭一下，便費力找到了蘇豫當年那座空墳，結果我發現墳墓居然變了樣子，便悄悄派人查訪，結果就找到妳。」

「南宮，謝謝。除了這兩個字，我不知道說什麼。」辛情說道：「還有，不要告訴魚兒我還活著。」

「我知道。魚兒那樣的人還是簡單生活的好，若是她知道妳活著，會擔心。」

說完了這些，南宮行雲問她要接下來要如何，是留在這裡，還是帶著蘇豫離開。辛情說明日再給他回覆，南宮行雲又問起了她的兩個孩子，辛情也都說了。

又回到花園那處幽靜的房子，辛情坐在床邊看蘇豫，直到後來伏在床邊沉沉睡去。夢裡，蘇豫說帶她回家。

第二天一早，辛情洗過臉，端了熱水幫蘇豫擦臉，「對不起，蘇豫，我不知道會給你帶來這麼大的傷害，不管有意無意，是我害你到了這個地步，是我自私卑鄙，利用蘇朵、利用你的善良和親情來威脅你。像我這樣心術不正的人就活該要做孤魂野鬼，我不該把你們都牽扯進來，是生是死是好是歹都是我活該生受的，我太貪心了，我以為我也可以和正常人一樣，可以有家、有親人、有朋友，可是結果呢，我害死了待我如父親一樣的老爹，害得你生不如死。如果我不貪心，老老實實按著老天為我安排的命運走，你們都會好好的。老爹死了，我說一萬遍對不起都沒有用了。我跟你說的，你聽到了嗎？對不起，蘇豫，對不起……」

蘇豫仍舊是安穩地睡著，只有握著他的手感覺到微弱的脈搏才會知道他是活人。

「小情，妳做好決定了？」早飯，南宮行雲問道。

辛情點點頭，「我帶蘇豫回岳坪鎮。再怎麼說這裡也是奚祁的地盤，我不想冒險。」

「好，我送你們。」

「謝謝你，南宮。這一輩子除了蘇豫和老爹，就欠你最多了。說句俗的，以後你如果要我幫忙，赴湯蹈火再所不辭。」

南宮行雲搖搖頭，「不怕我讓妳殺人越貨，打家劫舍？」

辛情一愣，「有必要的話，殺人越貨打家劫舍我也會幫你。」

南宮行雲哈哈笑了，「小情啊，我一個生意人哪裡需要那麼血腥的，不過，我可沒忘記妳當年說要幫我的事，不如就那一件好了。」

「那一件？哪一件？」辛情微微皺眉，最近幾年記性越來越不好了，很多事都記不清了。

「小情，我幫了妳的忙，妳卻忘了答應過我的事啊，虧我還盼望著妳能想起來，看來是沒指望了，我還是回去自己想辦法吧。」南宮行雲的口氣裡居然有哀怨。

「我答應過的事？給個提示好不好？這幾年腦子不太好用。」辛情怎麼也想不起來答應過他什麼。

「如今看來，小情妳當初不過是為了讓我幫妳隨口說說而已，真傷心。」

辛情看著南宮行雲皺眉，拚命回想，又看著他一臉的期盼，她忽然笑了，「我想起來了，我說過要幫你找個絕世美人做老婆，正好我還真認識一個，雖然脾氣有點不好，說話也有些難聽，但是，我只說給你找個絕色，她倒是符合，正好這次去你也看看。」

南宮行雲擺擺手，「若是那桃花娘子，還是算了，看不得色彩濃烈的。」

辛情噗哧笑了，色彩濃烈的？若是桃花聽見了，估計會更加濃烈。

回程的路上，南宮行雲為保險起見，仍舊親自駕車。寒冷的天氣讓辛情覺得十分抱歉，南宮行雲卻笑著說，他是為了讓辛情快點給他找絕色美人做老婆。

辛情將蘇豫當孩子一樣照顧，怕他冷著，放了好幾個大大小小的手爐腳爐圍著，又鋪了最好的狼皮褥子。車在行進中的時候，辛情便靠著車板凝視蘇豫瘦削的臉，想他沒死的原因。其實南宮行雲說的對，有本事把奚祁弄死的人再弄活的，除了拓跋元衡，恐怕沒有第二個人了。

拓跋元衡為什麼要這樣做呢？讓她親眼看著他死，然後再弄活，為了絕她逃出升天的心思嗎？那不如直接弄死算了。是要和奚祁對著幹嗎？那似乎也沒什麼好處。蘇豫的生死與否，和他們的對決關係不大。思來想去，她實在想不明白。

每每想到糾結，她便笑自己，與蘇豫活著這件事相比，是誰做的沒那麼重要了。

趕回岳坪鎮的時候已是十一月了，進鎮子的時候正下著雪，太陽在厚厚的雲彩後有那麼一點點光亮，辛情握著蘇豫的手，「蘇豫，我帶你回家來了。」恍惚中，似乎感到蘇豫的手指輕輕動了一下，忙鬆了手仔細看，卻是幻覺。

融融春日，岳坪鎮外。

相貌普通的少婦正推著木製的輪椅慢慢走著，輪椅上是氣質溫文的白衣男子，可惜，他看不見眼前的花紅柳綠，鳥鳴鶯啼。

「又到春天了，蘇豫，你看，好多花都開了，很漂亮吧？」少婦笑著說道，看看遠處被辛弦和辛月拉著的桃花，她又接著說道：「費了我九牛二虎之力，什麼陰損的招都用上了，終於還了南宮的人情。總算把他們還湊成一對了，他們家孩子的名字我都取好了，就叫南宮桃子，呵呵。」

蘇豫的臉上依舊毫無表情。

桃花帶著辛弦和辛月過來了。兩個小粉團手裡捧著野花，拽著辛情去河邊抓青蛙。辛情無奈被拉著走了，桃花坐在一邊陪著蘇豫看著娘幾個越走越遠，也看見一個玄袍子的高大人影慢慢踱步過去。

一隻可愛的綠青蛙蹦啊蹦，引得母女三人小心翼翼匍匐過去。辛情占了胳膊長手掌大的優勢，將那小青蛙抓到了手裡。辛弦和辛月搶著要，娘三個笑鬧成一團，辛情被兩個小粉團撲倒呵癢癢，正笑著，忽然覺得眼前烏雲罩頂，眼睛向上一翻，然後慢慢放大，手裡的青蛙也鬆開了。

兩個小粉團也停了手，不約而同看過去，撲閃著杏核眼。

「你……怎麼？」辛情的聲音。

「玩夠了？該回家了。」玄袍子說道。

貳之章　位極群芳

玄袍子在辛情和兩個粉團頭頂形成了一片小小的烏雲。

辛情一骨碌坐起來，兩隻小粉團擠進她懷裡，「娘，這個鬍子伯伯是誰？」辛弦問道，她很想過去摸摸鬍子伯伯的鬍子。

「是誰？是……」辛情不知道要不要告訴她們。

「我是妳們的爹爹。」玄袍子很是乾脆。看著面前那張平淡無奇的臉和兩隻看起來粉嫩嫩的小丫頭，他的雙胞胎女兒。

「爹爹？」辛月歪著小腦袋想了想，又歪頭看她娘，「娘，什麼是爹爹？」

「問妳們爹去。」

兩個小腦袋、四隻杏核眼齊齊地看向玄袍子。

「以後爹爹告訴妳們。」拓跋元衡蹲下身，看著三個人，本來這三張臉應該是一模一樣的。

兩個小粉團眼睛骨碌碌轉了轉，以飛撲的姿勢撲進玄袍子懷裡，「爹爹。」

顯然這樣熱情的歡迎儀式是玄袍子始料未及的，愣了一下。不過馬上就笑了，抱著兩個小粉團任她們對他上下其手。

片刻。兩隻小粉團溜下了地，跑回辛情身邊，四隻小爪子一攤，「娘，乾淨了喔！」

辛情忍不住看向玄袍子的胸口，果然袍上有淡淡的灰手印。玄袍子的臉上現出一絲驚訝，然後又笑了，「調皮。」

對著母女三人伸出厚實的手，辛情想了想，拽著兩個小傢伙的手放到他手上。

「爹爹的手好大。」辛弦伸著小手指頭戳她爹的手心，又拽拽每一根手指頭，彷彿在驗證是不是安裝得牢固，最後把臉貼上去蹭了蹭，「哇，比我的臉大呢！」然後抬起臉看看辛月，又看看辛情的手，又轉回頭看玄袍子，眼睛撲閃撲閃眨著，一副小可憐相，「爹爹，你不會打我們吧？」

辛月轉轉小眼珠，接著說道：「爹爹，打的時候用半隻手好嗎？」

呃……半隻手？左半隻右半隻，還是上半隻下半隻？

「爹爹不會打妳們。」玄袍子掃辛情一眼，她告訴女兒他會打人？算了，這個女人一向記仇。

「爹爹真好。」兩隻粉團爬到玄袍子身上，一邊一個抱著他的脖子，怎麼看都是和諧父女的樣子。

玄袍子抱著她們起身，辛情也起身，往那邊看去，桃花和蘇豫都不見了。

回到家，院子裡安靜得嚇人，幾個丫鬟僕婦也不在，換上了一批新人。辛情皺眉，又是這樣隨便替她做主。率先一步進了客廳，也不招呼他自己先坐了。

「辛弦、辛月，下來。」辛情說道。還八爪魚一樣掛在人家身上幹嘛？

「可是，爹爹抱著很舒服。」辛弦說道。

「爹爹身上有香味，娘沒有。」辛月補充。

「滾、下、來！」辛情牙縫裡蹦出幾個字。小兔崽子，她含辛茹苦，一把屎一把尿把她們撫養大，居然敵不過她爹的懷抱和身上香料的味道，母愛這麼廉價……

小粉團滾下來，滾到辛情身邊，一邊一個趴在她腿上，但眼睛還是瞄著「爹爹」。辛情低著頭看兩個小腦袋，握著兩隻小爪子。

「爹爹啊，你姓什麼？」辛月問道。

「爹爹姓拓跋，以後妳也姓拓跋。」拓跋元衡說道。雖然不是皇子，但是也很可愛。

「拖把？好難聽喔！」辛弦撇撇嘴，「我不要。」

「嗯，聽著好像掃帚。」辛月搖著頭，晃晃辛情的手，「娘，我們不要姓拖把和掃帚。」

辛情沒忍住，笑了。

拖把弦？掃帚月？是挺難聽的。拓跋元衡輕咳了一聲：「又放肆。」

「嗯，好。娘跟爹商量一下，妳們倆先出去玩。不准跑遠，聽到沒有？」辛情拍拍她們的小臉蛋，兩個小東西動作麻利地翻身下出門玩去了。

目送著閨女跑出院門，辛情這才正視拓跋元衡。

「你出爾反爾。」辛情說道。

拓跋元衡起身，兩步就到了辛情面前，擋住了她面前所有的光亮。她坐著，只看到他腰上精美的鑲金白玉腰帶。

「朕如何出爾反爾？」拓跋元衡順手將她提了起來，抱進懷裡，「這麼久不見，第一句話就是指責朕，沒良心的女人。」

「是你——」辛情剛說了兩個字就被拓跋元衡打斷，「是朕出爾反爾？哈哈，朕只答應妳，妳若活著便放妳走，可沒說妳走了不抓妳回去。」

「你還是一樣小人手段。」

「放肆！」拓跋元衡拍她的背，「越來越沒規矩，不過，不過……」低了頭湊近她耳邊，暖暖的氣息撲在耳朵上，「不過，妳不是最知道朕從來都不是君子的嗎？怎麼沒防備著？」

辛情緊抿了嘴唇，奚祁那狐狸曾經挖過連環「糞坑」給她跳，拓跋元衡這個混蛋又來了一次。她不防備？她壓根沒想到他會來這招，她以為他是真的會放她走。

「小人的手段永遠防不勝防。」

「嗯？朕防妳不是防得好好的？」拓跋元衡笑著又把她的頭按在胸前，「朕不是來跟妳逞口舌之快的，朕是來接妳們母女回家。」

回家？辛情稍稍愣了一下。回家？不是回宮嗎？

扳開他的大手，辛情直視他的眼睛，「不是回宮？」

「妳不想回宮，便回家。」

「如果我也不想回家呢？」

拓跋元衡的眼睛又有點火光閃閃，「朕就綁妳回去。」

「條件，或者說好處是什麼？」辛情心裡沉睡著的刺蝟又醒了。

拓跋元衡冷哼兩聲，使勁捏她的臉，「活到一百歲也不忘了跟朕談條件是不是？真個是鐵石心腸。說！」

辛情沉思片刻，「你給得起什麼？我怕我要的你給不起。」

「要朕的命？」

辛情搖搖頭，「我要做皇后。如果我又生了兒子，我要他登基做皇帝。」

「六皇子不行？」

「假的終究是假的，總有被揭穿的時候，我可不想死後被拖出來挫骨揚灰。」她不能冒險，後宮是一個兇險之地，如果她又有兒子出生，她要為他考慮。

拓跋元衡搖頭，皺著眉頭看她半晌，然後大手撫上她的頭髮，「還是不信朕會護妳們周全是不是？」

「你不是君子。君子偶爾都會食言，何況——」辛情停了下才又說道：「其實，還有另外一種辦法。」

「不用，這個挺好。」

「另外的辦法不會浪費力氣重新安排你的後宮和太子。」

「哦？說來聽聽。」

「記得我初入王府時跟你說過的嗎？我在你身邊待幾年，等你膩了我就離開，分道揚鑣。」辛情說完，覺得身子一緊，拓跋元衡抱著她的手加大了力道，然後陰鷙地看著她。

辛情也看他。

拓跋元衡咬牙切齒地說了兩個字：「做夢。」

辛情扯扯嘴角，果然還是霸道的死德性。她要當皇后，她要廢太子，這麼無理的條件他都不生氣，這個生氣……還以為他真的內斂了，又看錯了。

「那我再想想，總會有兩全齊美的辦法。」

「不必想了，朕安排。」拓跋元衡放開她，在她剛坐過的椅子上坐下了。

「你說，不想回宮便回家，是什麼意思？」

「家？妳說什麼是家？有丈夫有孩子的地方就是家。」拓跋元衡抬頭橫了她一眼，拉了她坐在自己膝上，「還是有本事氣到朕。」

自己找氣受。

門板砰的一聲，兩個小身影撲了進來，辛情忙站了起來。

只見兩個小東西轉著眼珠，看著神情有些不自然的娘和爹爹。

「娘，妳不是說不讓爹爹抱嗎？為什麼妳讓爹爹抱？」辛弦的小臉上出現貌似鄙視的神情。

「是啊是啊，娘偏心，爹爹也偏心。」辛月撇嘴。

「跑哪裡瘋去了？又弄了一身的土。」辛情轉移話題，牽起兩個小傢伙的手，「走了，回去洗臉換衣服。」

「要爹爹抱著去。」兩個小傢伙居然耍賴。

「妳們確定？辛弦，辛月？」辛情對著女兒冷笑以示威脅。

不料兩個小傢伙還真有膽子點頭：「嗯。」

揚起的手被抓住，然後被橫了一眼。

看著趴在拓跋元衡肩頭對自己擠眉弄眼的女兒，辛情晃了晃拳頭。溫水和衣服早就準備好了，旁邊立著許多垂首的丫鬟，喘氣都沒聲音的。

平日幫辛弦和辛月洗臉洗澡是體力活，因為她們倆太喜歡水，每次都弄得到處是水，而且不把小爪子泡出褶兒是不會甘休的。今日可能是一下子見了這麼多人有點好奇，眼珠子咕嚕嚕地觀察人，便聽話地任辛情幫她們洗了臉、洗了小爪子又重新梳了頭髮。

丫鬟們捧著兩套華麗的衣服在候著了。

「那個衣服是給我們穿的嗎？」辛弦問道，那衣服比她的鮮豔。

「妳想穿？」辛情給辛月綁完了頭髮。

「可以嗎？」辛月問道。

辛情想了想，點點頭說道：「服侍她們換衣服。」然後自己抱著胳膊退到拓跋元衡身邊看著。

丫鬟們到了兩個小傢伙面前跪下，辛弦和辛月「蹭」地跳出好遠，兩副驚恐狀，抬頭看辛情，「娘，我們不穿了。」然後小心翼翼地繞過丫鬟們來到辛情身邊拽拽她的裙子，「娘，讓她們起來吧。」

拓跋元衡揮了揮手，丫鬟們放下衣服出去了，辛情拿了衣服幫她們換，換完了卻見兩個小傢伙直直盯著她們的爹看。

一直以來，辛情幫女兒穿的都是素色棉布衣服，今兒換上華麗的綢緞衣服，自己也覺得眼前一亮，果然人要衣裝佛要金裝，換上粉色衣服馬上就成了真正的粉嫩嫩的粉團了。各自臉上捏了一把，就聽辛月問道：「娘，衣服是爹爹送的嗎？」

「嗯，爹爹送的。」

「娘的新衣服呢？」辛弦問道。雖然娘沒有桃花姨好看，可是娘穿上新衣服就應該好看了。

拓跋元衡笑了笑，「妳們娘的衣服被她燒了，她不喜歡，等回家再給妳們娘做新的。」

兩個小傢伙的嘴巴縮成了「O」型，眼睛瞪成了立著的核桃，「娘，妳還要我們不要敗家，那妳怎麼敗家？」

「大人的事不要管。」辛情說道。

撇撇嘴，兩副不屑狀。

「娘，我們回什麼家？這裡不就是家嗎？」辛弦偷偷瞄她爹，她爹家的人喜歡跪，一定是因為她爹太厲害了。

「這裡是娘的家，要回爹的家。」辛情說道。

兩個小傢伙眼珠子轉了個圈，抿著嘴不說話了。

桃花帶蘇豫回來了，早有丫鬟們迎上去送蘇豫回房。辛情看桃花，桃花也看她，臉上全無平日裡那輕佻的媚笑，換上了一臉嚴肅。兩個小傢伙本來是要過來撲一撲，看她這個表情也不敢了，只是一左一右拉著自己娘的裙子眨眼睛。

「怎麼才回來？要餓死人了。」辛情吩咐了丫鬟們上菜吃飯。

拓跋元衡入座，看看站著的兩個大的兩個小的，「弦兒、月兒，到爹爹這兒來坐。」

兩個小傢伙搖搖頭，牽著辛情的裙子不撒手。

「坐下吃飯，別搗蛋。」辛情拍拍兩隻小爪子，兩個小傢伙嘟囔著爬上椅子坐好，拿著勺子挖飯吃，眼珠子仍舊骨碌碌偷看她們的爹和桃花。

「辛弦，吃青菜。」辛情盯著她手裡的勺子，小丫頭心不甘情不願地去盤子裡挖了片青菜葉子，還對著辛情晃了晃。

「青菜喔。」辛弦說道，下一秒她的碗裡就多了四顆完整的小青菜。

「看著吃，敢剩下妳就試試看。」說完掃辛月一眼，辛月很自動自覺地挖了一塊雞肉，「娘，很大塊的肉啦。」看辛情點頭才放心地運回自己碗裡，扁扁嘴，一口吞下去，看得旁邊的辛弦盯著她的碗吞口水。

拓跋元衡看著兩張憤憤不平的小臉，笑了。

吃過飯，屋子裡的氣氛有些詭異。

「我去看看蘇豫。」桃花說著起身，「弦弦、月月，去看舅舅了。」

帶著兩個小傢伙轉身欲走，拓跋元衡說道：「弦兒、月兒，今天跟桃花姨睡。」

又扁著嘴，兩個小傢伙看向拓跋元衡的眼睛裡是大大的不滿。走了幾步，辛弦回頭說道：「娘，那妳也跟桃花姨一起睡吧。」

拓跋元衡愣了下，辛情笑著點頭，「嗯，好。」

她們走了，拓跋元衡看辛情，「果真是隨妳。」

小狐狸！

「我覺得像你多些。」這麼點的小東西鬼心眼就多，肯定不是像她，她像她們那麼大時候總挨欺負哭鼻子呢。

沒留意，眼前的燭光忽然搖曳了一下，自己已騰空了。四下看了看，丫鬟們都消失無蹤了。

對上拓跋元衡的眼睛，黑黑的深深的。

「你——」辛情看看門，雖關著，但也看得到外面還沒有完全黑透，色鬼。

「什麼？」拓跋元衡微微扯了扯嘴角，「忘了朕說的了？對著妳還能君子起來的能有幾個男人？朕就是最不君子的人！」

抱著她走到臥室，身後馬上有人關了門。掃一眼，果然——

小小的金色博山爐，床頭一顆夜明珠正泛著柔和的光。

「我還沒洗澡。」辛情看著拓跋元衡，不知為何心裡有些忐忑。

「怕了還是害羞？」拓跋元衡放下她，仍是圈了她在懷裡。

「侍寢之前洗澡這不是規矩嗎？皇上——」

「妳何時守過規矩？」拓跋元衡擁她到床邊坐下。

「我去洗澡。」

「急什麼，朕又不會吃了妳。」拓跋元衡抱著她，頭放在她肩頭，「朕許久沒這樣抱過妳了。」

辛情不說話，任他抱著。他的鬍子有點扎人，好好的留什麼鬍子。

有丫鬟來說「請娘娘沐浴」，辛情有點鬱悶，掙脫了拓跋元衡的懷抱去洗澡。泡在大木桶裡，腦袋仰著閉著眼睛想事情，然後掐了自己一把。疼，果然不是做夢，拓跋元衡果然來了。

輕嘆一聲，她這一輩子要和拓跋元衡糾纏不休了。

覺得自己有點心律不整，辛情將手放在心口，果然跳得有些急促。慢慢擦著身上，碰到一道小小的突起，低頭看看，是胸口的疤，已變成了白色的了，不猙獰，但是碰著還是會覺得疼。

出浴，披上衣服，任丫鬟為她擦拭頭髮，鏡中是那張普通的面皮，伸手摸摸，和自己的臉隔著薄薄的一層。

一雙手臂環上她的腰，隔著薄薄的衣料可以感受到手臂的熱度。辛情不知道自己為啥緊張，不過身子確實是輕顫了一下。

有輕吻落在脖子上，鬍子扎得她有點癢有點疼。縮了縮肩膀，回頭和拓跋元衡面對面，他只穿著白色的薄薄的中衣，低著頭看她，這回看清楚了——他眼睛裡的情慾。

相對無言了半晌。

「睡覺吧。」辛情撐不住了，四十歲的男人和快三十歲的女人……孩子都生了，可是現在的狀況也太詭異了，弄得像新婚夜一樣。

「這麼心急？」拓跋元衡笑了，在她耳邊低聲說道：「妳看，有些習慣是改不了的。」

辛情雙手挪開他的臉，笑了笑，「是改不了，我現在喜歡陪著女兒睡，您自己歇著吧，告退了。」還沒轉身就被抱起來了，「既來之則安之，妖精。」

出了門拐回臥室，抱著她一同躺倒，拓跋元衡的鼻子快碰到她的了，辛情覺得有點缺氧。深吸口氣，辛情心裡罵自己沒出息，當年她都能和陌生人的他上床，現在他們同床共枕了好幾年之後她在怕什麼？

拓跋元衡看著她，臉上是若有所思的笑。手在她臉上摩挲著，忽然辛情感覺耳根處的皮膚有點疼，皺了眉看拓跋元衡，「不要……」

「為何？」拓跋元衡停了手。

「我習慣了。」她已經習慣這張普通的臉，她的女兒們也習慣了。

「朕不習慣。」拓跋元衡說著：「朕不想感覺是對著其他女人。忍著點，妖精，早晚要變回原來的妳。」

原來的妳……辛情不說話了，任他慢慢地撕下了那張臉皮。然後她看到拓跋元衡微微皺起的眉頭，他的手輕輕碰了碰她的臉，她咧嘴，可能是最近太久沒拿下來，皮膚變得脆弱了，他的手一碰就有點疼。

「疼？」拓跋元衡停了手，微撐起身子看她。

辛情點點頭，自己碰碰，有點潮潮的感覺，果然再透氣也還是皮。

「這是朕第二次見妳臉白得像鬼。」

白得像鬼？形容得真好。

「不過，就算是鬼，朕也喜歡……」拓跋元衡說著，手來到她的領口處，毫不費力地將她的衣服褪到肩膀處，輕輕撫摸著，像是鑑賞一塊珍貴的玉石。在她胸口處，他的手停住了，在那疤上停住。辛情下意識要推開他的手，卻被他的眼神制止。

「笨女人。」

「那是——」你逼我的。後面幾個字還沒說出口就愣住了，眼睜睜看著拓跋元衡低頭輕吻那道疤痕，疤痕處傳來些微涼意。

「朕為妳寬衣，妳忘了要禮尚往來嗎？」拓跋元衡抬頭說道。

伸手解開他右側腰間的帶子，衣襟垂了下來，露出他的胸膛，欲去脫那衣裳，手碰到了他的肌肉，忙縮了回來，卻見拓跋元衡一臉的笑意，「臉都紅了。」然後抓住她的手撫上他的臉。

皮膚保養得不錯，只不過鬍子有點扎手。

「這鬍子真難看。」她不喜歡留鬍子的男人。

「妳覺得朕身上哪裡好看？」拓跋元衡的聲音裡帶了挑逗。辛情的手本在被動撫摸他的臉，聽了他的話，轉轉眼睛，笑了，兩隻胳膊環上他的脖子。

「忘了，要重新看過了才知道。」辛情的身體裡似乎有什麼東西復活了。她放柔了動作，脫去拓跋元衡的上衣。他的頭髮順著肩膀垂下來碰到辛情的皮膚，癢癢的，辛情抓住他的頭髮拿到眼前看了看，又看拓跋元衡，「頭髮還可以，不知道有沒有比頭髮還好看的……」

拓跋元衡笑了，身體有點發紅。辛情故意用手指碰了碰，說道：「發燒了。」

「妳不熱？」拓跋元衡壓下身子，在她耳邊說道，「看來朕該幫妳加溫……」大手開始不客氣地探進她衣服裡慢慢遊走，經行之處，辛情的皮膚跟著熱了起來。她熱，可是拓跋元衡的皮膚比她還熱，兩具緊密貼合在一起的身體似乎要燃燒起來了。

「熱了？」拓跋元衡停下，抓著她的手指親著。

「困了。」辛情笑了，熱得要冒煙了，轉移目光看到床頭那顆夜明珠，動動身子伸手欲拿，被拓跋元衡一把握住手，「做事要專心，不要三心兩意。」

「那顆珠子是我的那顆嗎？」辛情問道，專心在那顆珠子上。

拓跋元衡停了手，也抬頭看那珠子，片刻，長臂一伸，將珠子拿下來放到她眼前，「朕還不如這顆珠子？」

辛情拿過珠子，閉了一隻眼睛，拿著它對著拓跋元衡的臉看，拓跋元衡的臉忽然變了形，辛情笑著把珠子放到他眼前，用手捂住他一隻眼睛，「看看，我是不是很可怕？」

拓跋元衡看了會兒，哈哈大笑，「可怕，像個妖怪。」然後隨手拿了珠子仍在地毯上，「朕是降妖驅魔的，今天要收了妳……」

夜明珠在地毯上靜靜散發著柔和的光，對紅紗半掩的床幃裡的旖旎風光毫不知情，只是將他們糾纏的影子映在了牆上。

低低的喘息聲為夜晚增加了些曖昧情色……

「睡著了？」拓跋元衡看著懷裡的人，輕輕將錦被拉到她的肩頭。

「嗯，睡著了。」累，睡不著。臉上貼著的這個胸膛，第一次覺得溫暖。

「朕睡不著。」拓跋元衡一隻胳膊給辛情枕著，另一隻手輕輕撫摸她有些紅潤的臉。

稍稍睜開眼睛，「水土不服？」

「哼！」拓跋元衡不小心手下的勁兒重了些，辛情疼得皺眉。

「今年你四十多歲了吧？」辛情忽然問道。

拓跋元衡揚揚眉毛，「怎麼？」

「沒什麼。」辛情本來極疲倦，現在清醒些了，手不自覺地抵在他胸膛上若有所思。這樣的操勞命身強還這麼體健也真是不容易。自己的母親、兄弟都不能信任時時要防著，難怪會睡不著。讓他睡不著的人裡，恐怕也有她一個。

「學會吞吞吐吐了？妳以前對朕可是從來不客氣的。」拓跋元衡笑著說道。

「是嗎？以前年輕不懂事。」辛情笑著說道。

拓跋元衡捏她的肩膀，看她齜牙咧嘴的樣子他還有些恨恨的，「以後懂事些，否則朕不饒妳。」

辛情衝著他妖媚地笑了下，很久沒對男人這樣笑了，不知道動作還標準不？手指頭開始故意在他胸膛上畫圈，「以前也常說不饒我，還不是次次饒了我？」

「那妳說，什麼管用？嗯？」拓跋元衡俯身在她耳邊吹風。

「讓我想想，改天告訴你。睡吧。」辛情推開他的臉，鬍子扎得難受，「不喜歡鬍子，扎人。」

拓跋元衡抓著她的手摸他的鬍子，朗聲笑了，「不懂事就用來懲罰妳。」

「等你睡著了我就把你剪掉。」

拓跋元衡和她面對面躺好，攬著她的肩膀，「對著妳的時候，朕睡不著……」

流氓！

辛情忽地裹著錦被起身欲下床，「既然對著我睡不著，我還是自覺點消失好。」

「睡不著可以做其他的事打發時間。」拓跋元衡胳膊一動，已連人帶被將辛情捲進懷裡，「這被子真礙事！」說著抽走了兩人之間唯一的隔閡。

「不鬧了，困了。」辛情翻下身在他旁邊躺好，重新拉過被子蓋好，閉著眼睛醞釀睡意。半天不見拓跋元衡有動靜，睜了一隻眼睛看，他正滿臉恨恨地看著她。

「煽風點火的妖精，這麼多年還是不忘這本事。」拓跋元衡嘆口氣，也拉了被子蓋好，發燙的皮膚挨著辛情。辛情輕笑出聲，這麼大年紀還縱情聲色是很危險的，為了她和女兒，他也要節制一下多活幾年。

「早睡早起身體好，弦兒和月兒都知道的。」

拓跋元衡未作聲，只是悶悶地躺好了。

室內陷入了寂靜，辛情睜開眼睛，放在他胸前的手感覺著他平穩的心跳。微微仰頭看他的側臉，他臉上有了一種叫滄桑的東西，而且此刻看起來似乎不是那樣面目可憎，讓她總想過去抽他的臉打掉他的狂妄和自大。

「又琢磨朕什麼？」拓跋元衡未睜眼。

「琢磨著皇帝也會老。」

「皇帝是人，有七情六慾，自然也會老。就琢磨這個?」拓跋元衡斜睨她。

「睡覺。」辛情低了頭往他懷裡縮了縮。

「還琢磨睡覺？」拓跋元衡湊近她，鼻尖對鼻尖，聲音裡有曖昧，「怎麼個睡法？」

色狼，腦子裡只想一件事！

「這深更半夜的，皇上不要說些不正經的話來調戲民婦，民婦可是良家婦女。」辛情翻身背對他。

「良家婦女？哈哈！」拓跋元衡笑著將她翻過身，手又開始不老實，「朕要親自檢查是不是好媳婦……」

夜漫漫，漫天的星斗都不好意思聽，偷偷地消失了身影。

辛情被兩個粉團折騰的習慣早起了，睜開眼睛，入眼的是一片紅紗，怔了一下馬上回神。拓跋元衡似乎睡得很沉，辛情小心挪開他環在她腰間的手臂，他動了下，醒了。

「這麼早？」他微微皺眉。

「不早了，弦兒、月兒都起來了。」精力十足的小妖怪每天都早起晚睡，害得她白天都昏昏欲睡，「起來就會餓，一會兒該喊著要吃飯了，我去煮些粥。」

「有宮女呢。」他說著又把辛情拖進懷裡。

拿走他的手，「那我去煮粥給您吧？」拿了衣服穿好，輕輕推門出去了，拓跋元衡若有所思。

果然兩個小傢伙已經起來了，趴在客廳的桌子上兩手托腮，正不滿地看著臥室的方向。見辛情出來了便齊齊地張大了嘴巴和眼睛，像看見了恐怖的事情。

「怎麼了？」辛情忽然覺得有點心虛。下意識地摸摸臉才明白，她的臉——閨女們不認識了。

「我娘呢？」兩個小傢伙一起問道。雖然這個阿姨好好看，可是她們還是想要娘。

「妳們猜。」辛情聳聳肩膀笑了。

「聲音是我娘的。」辛弦皺起了小眉毛。

「眼睛也是我娘的。」辛月補充，似乎要將她身上全部的和她們娘匹配的點找出來。

「衣服也是我娘的。」辛弦接著說道。

「只有臉不是我娘的。」辛月歪著腦袋。

辛情沒解釋，去端了盆水回來，招呼兩個小傢伙一起過來看，水盆中立刻顯現出三張極相似的臉。

「看出什麼來了？」辛情問道。

「妳和我們長得很像。」辛弦說道。

「比我們娘好看。」辛月說道。

「所以呢？」辛情挑挑眉毛看看兩個小傢伙。

「就算妳長得好看，我們也只要我們自己的娘。」辛弦說道，辛月在旁點頭附和。

「笨蛋，兩個笨蛋。」辛情各自腦瓜上輕拍一下，「我就是娘，只不過以前戴著面具。吶，就像桃花姨買給妳們的鬼面具一樣。」

「那妳的面具呢？」辛月問道。辛情動了動嘴角，刨根問底的傢伙。

「等著。」辛情走回臥室，見拓跋元衡仍舊睡著，便小心翼翼地在床上找那張皮。

「找什麼？」拓跋元衡問道。

「皮。」在床角，辛情找到了那張皮，「我閨女不認識我了，非要我找出證據。」

「朕去給她們證明。」拓跋元衡笑著起身披上中衣，卻忽然止住笑，辛情順著他的目光看過去，門口兩個小傢伙使勁噘著嘴。

「又怎麼了？」辛情俯身看看兩個小傢伙的表情，結果被瞪了兩眼。辛情瞇了眼睛，「妳們確定是瞪我？」兩個小傢伙將目光調至別處，腦袋上卻不可避免地各自挨了一個小爆栗。

兩個小傢伙抬手揉揉頭，扁扁嘴，做兩副泫然欲泣狀，眼淚在眼睛轉了數個圓周就是不肯掉下來。

「娘討厭，娘說不陪爹爹睡的，娘說話不算數。」兩個小傢伙確認了這是她們娘，不過也沒忘了被放鴿子的事。

陪爹爹睡……雖然出自孩童之口，不過聽著怎麼那麼彆扭？理虧。

「娘還不做飯給我們吃，娘不愛我們了。」指控升級，成了虐待兒童。

「娘錯了，娘這就去煮粥給妳們吃好不好？」辛情難得這麼輕聲輕氣地哄兩個小傢伙。

點點頭，眼珠子又骨碌轉了轉，一邊一個拉著辛情的手拖她走了，剩下拓跋元衡皺眉。他這兩個女兒看起來……怎麼好像比宮裡的幾個難管教多了？

在廚房，辛情先倒了些水洗臉，然後淘了米煮粥。煮粥仍舊是她這麼多年唯一會做的，不過，因為專一做，所以粥的味道越來越好了。

填著柴火，火光映著她的臉紅紅的。旁邊的小椅子上坐著的兩個小傢伙，噘嘴看著她。

「我都道歉了妳們還要怎麼樣？」辛情問道。死丫頭又開始來牛脾氣了，也不知道像誰。

「騙人！」

「偏心！」

「那妳們要怎麼樣？」

兩個小傢伙對視一眼，由辛弦代表發言：「娘，我們不要爹爹了，有了爹爹一點兒也不好玩兒。娘，妳讓爹爹走吧。」

呃……果然是像她們老子啊，霸道自私！

「這個問題，一會兒妳們自己跟爹爹說。」看拓跋元衡如何與他的精怪女兒鬥法。

粥煮好了，辛情各自盛了些給她們，看著她們安靜地吃完了，「走啦，去叫舅舅起床了。」端著水，裙邊掛著兩個小東西，辛情就這樣橫著進了蘇豫的房間，果然已有丫鬟在旁邊守著，像往常一樣擰了溫熱的帕子為蘇豫擦臉，就聽兩個小傢伙在旁邊說著：「舅舅，你快睡醒吧，娘快不要我們了！」、「舅舅，我們有了爹爹，可是爹爹好討厭！」辛情的手頓了頓。

將窗子打開通氣，又給花澆了水，辛情才帶著兩個小傢伙出去了，仍舊是一邊一個拽著她裙子的姿勢。出了房門，見桃花正睡意惺忪地開門出來，看到她，搖了搖頭，然後晃過來在她耳邊小聲笑著說道：「現原形了？」

「妳倒是不裝妖孽了。」辛情說道。

到了客廳見拓跋元衡正坐著，身後宮女站了兩排。

「娘啊，她們是不是又要跪了？」辛弦和辛月拉拉她的裙子小聲說道。

「到爹爹這兒來。」拓跋元衡說道，一邊一個，看起來好像小狗一樣。

兩個小傢伙慢騰騰走過去，被拓跋元衡抱著坐到膝上，「吃飽了？」

「爹爹，你什麼回家呀？」辛弦問道。

「弦兒和月兒要什麼時候回去？」拓跋元衡問道。

一起搖頭。辛情在旁邊坐下，看熱鬧。

「為什麼搖頭？」

「爹爹為什麼才來找我們呢？」

「爹爹其實不喜歡我們吧？」

「所以？」拓跋元衡覺得頭疼。

「我們沒有爹爹也沒關係。」

「所以爹爹還是自己回家吧。」

想了想，拓跋元衡攆了辛情出去，說有話要跟女兒說。

辛情出去了，大半天才見丫鬟重新開了門請她進去，卻見兩個小丫頭用憐憫的目光看著自己。

「娘，我們回爹爹家吧。」辛弦說道。

「爹爹好辛苦，娘也好可憐。」辛月補充。

哪兒跟哪兒啊？看拓跋元衡，以眼神詢問，他只是對她挑了挑眉毛。辛弦和辛月對拓跋元衡的敵意一下子消除了，天天追著問爹爹家是什麼樣的。

到了晚上，兩個小傢伙居然主動讓辛情去陪她們爹爹「睡」，那隨手一揮的姿態瀟灑極了。辛情拖著兩個小東西回房，問爹爹說了什麼，兩個小傢伙說：「和爹爹拉過勾勾，不能告訴娘。」

對於叛徒，辛情一貫秉持的原則就是絕不留情，但是這倆叛徒是她的親生骨肉，不能用酷刑，於是辛情威脅如果不說，以後就不做飯給她們，不愛她們了，她們倆就笑嘻嘻地說：「不會的，爹爹說，娘是外冷內熱，虐待也只會虐待自己。」

辛弦蹭蹭蹭爬到她身上，抱住她的臉「吧唧」親了下，「娘，以後我和月兒保護妳，妳就不用害怕壞人了。」

眼睛有點酸，她的小閨女們說要保護她。

「妳們怎麼保護娘？」辛情抱著兩個小傢伙放到床上，幫她們蓋好被子。

「爹爹會保護我們，我們就保護娘。」辛月說道。

「睡覺吧，就知道妳不是真心實意。」辛情笑著在兩個小傢伙的臉上親了親，又挨個抱了抱。真好，這倆小崽子是她的！

剛站起身，就聽見兩聲不懷好意的笑，辛情眯了眯眼睛。

只見辛弦和辛月雖然閉著眼睛，但是眼珠子骨碌碌地還轉著。搖搖頭走了，拓跋元衡這男人到底說什麼了？

沒想到拓跋元衡一本正經地說：「朕和弦兒、月兒拉過勾勾，不能告訴妳。」

呸！

這兩天一直在收拾東西，現在在收拾辛弦和辛月的東西，她們小時候用的尿布和小圍嘴她都保留著，整整齊齊地放在一個箱子裡。還有她們一點一點長大穿過的小衣服和小鞋子。

如今這些東西再放到眼前，總能清楚地回憶起每一個細節。兩個小東西不知道扯壞了多少圍嘴，刮破了多少件衣服，每次看她要發火就會笑得跟小傻瓜一樣裝可愛。

「小傻瓜。」辛情摩挲著衣服，笑著說道。

「誰是小傻瓜？」一隻大手橫空搶走她手裡的衣服在手裡比了比，「弦兒和月兒小時候這麼小……」又看她肚子，「很累吧？」

「累也沒辦法，還不得撐著。」辛情又搶回衣服。誰讓她閨女出生時，爹爹爹不疼奶奶不愛。

拓跋元衡在她旁邊坐下，又將她圈進懷裡，「怪朕，以後不會了。」

辛情噗哧笑了，「怪你幹什麼？你在也幫不上忙。」推開他接著去收拾衣服，想到一個問題便忽然停住看向他，「獨孤氏已經死了，我要以什麼身分回去？」

「收拾東西吧，這些事朕來處理就好。」拓跋元衡想了想才說道，「妳──要開始學著信任朕。」

辛情低了頭沒言語，學著信任他？有點困難。相信一個帝王，最好是在政治上。其餘的……有待商榷。

肩膀忽然疼了一下，抬頭看，拓跋元衡又陰著臉了。

「信任一個帝王是天底下最大的賭注，我手裡沒有籌碼。」辛情說道。沒錢不要進賭場，她的兩個小籌碼已經被製造者回收了。

「笨蛋！」拓跋元衡忽然蹦出這兩個字，臉色也沒好哪裡去。

辛情懶得理他，跟這男人講理沒用。

門口傳來嘻嘻哈哈的笑聲，兩個小傢伙蹦進來了，一個跑到爹懷裡，一個撲到媽媽身上，親熱了一會兒，看向床上堆著的衣服很是好奇，把辛情已經弄好的小尿布和圍嘴重新翻亂，舉著那紅色的尿布疑惑地問：「娘，這是什麼？」

「尿布。」

「尿布？我和月兒用的嗎？」辛弦對著辛月比劃，「要怎麼用啊？」

辛情笑了，抱著辛弦躺下，拿了尿布動作麻利地把她捆好，「就是這麼用的。」

「娘，我們小時候妳就對我們不好啊？」辛弦扁嘴，因為被捆著，她只能滾來滾去，滾到拓跋元衡身邊，「爹爹，娘虐待我們，你替我們打娘的屁股。」

小崽子？

下一秒就被辛情拎起來打了兩下屁股，「小崽子，不捆著妳妳長成青蛙了。」

「爹爹啊，救命，你的寶貝女兒要被打死了！」辛弦扭來扭去，誇張地求救。

救命？

拓跋元衡又頭疼了。這小崽子看來不好管。低頭看看趴在自己懷裡的辛月，小傢伙眨眨眼睛，「我可沒說，是辛弦說的。」趕緊撇清關係。

辛情重新整理那堆尿布。死丫頭，翻這麼亂。

「留著？」拓跋元衡問道。運一堆尿布回宮？

「留著。」辛情說道。她女兒成長過程中的東西都留著，況且尿布是這麼有紀念價值的東西。

晚上，辛弦和辛月抱著小枕頭，光著小腳丫來拍門，說想和娘一起睡。雖然不是所有人都歡迎她們來訪，不過三比一的絕對優勢，兩個小傢伙順利爬上床擠在了爹娘中間。第一次睡覺時能看爹爹，兩個小東西有點興奮，辛情說了好幾遍讓她們乖乖睡覺都沒用，自鳴鐘顯示過了子時她們才睡眼迷濛了，像往常一樣，兩個小東西面對面，攥著小拳頭放在嘴邊，預備睡了。

辛情輕輕拍著她們，雖然自己也要困死。

「娘，妳還沒親我們。」辛月嘟囔道。

俯下身，每個臉上親一下，「乖乖睡吧。」

又過了一會兒，「爹爹還沒有親……」不睜眼睛，姿勢也不變，只是嘟囔。

爹爹親完了，兩個小東西終於睡去了。

「兩個小崽子真折磨人。」拓跋元衡說道，大手要去拍一拍，被辛情攔住了。他這一拍，睡著了也會被拍醒。幫小東西掖了掖被子，卻聽小東西說夢話叫「爹爹……」辛情看了正笑著的拓跋元衡一眼——有點嫉妒。

「現在就這麼難纏，封了公主還不上天入地？」拓跋元衡雖這麼說著，臉上卻滿是寵溺。

「所以還是不要封公主了，就在民間長大吧。」辛情說道。

「不行。」拓跋元衡乾脆地否決，「朕要她們做天底下最尊貴的金枝玉葉。朕說過，這些事朕來安排。」

「你又要替我做主嗎？」辛情不悅。

越過兩個小東西，拓跋元衡的手捏住她的肩膀，「妳這個自私的女人，妳想弦兒和月兒永遠不能正大光明地叫朕一聲『父皇』嗎？」

叫爹爹不也一樣？一個稱呼而已，哪那麼重要。

「叫不叫也是你女兒。」辛情說道：「而且，我不想回皇宮，我也不想住那個鳳凰殿。」

拓跋元衡火光閃閃的眼睛瞪著她，「這件事不准有異議。好了，睡覺。」

「拓跋元衡，你不要逼我！」

「妳也不要逼朕，如果妳不想和弦兒月兒分開的話。」拓跋元衡瞇著眼睛。

「還是一樣卑鄙。」辛情躺下，背對著父女三人。為什麼這個沙豬男人是她孩子的親爹？

「朕不是說過，只用最行之有效的法子嗎？」拓跋元衡的聲音很愉悅。看著背對他們的身影笑了。

辛情沒言語。不知過了多久，屋子裡一片平穩的呼息聲，辛情輕手輕腳起身披了衣服出去。她一走，隔著兩個小東西的男人就醒了，皺了皺眉，從牙縫裡擠出幾個字：「還是一樣固執。」

一扇門「嘎吱」開了，門內是一個渾身冒著火星的美女。

「夜遊神啊妳？三更半夜不睡覺妳要當公雞打鳴？」美女一把扯了她進去，一腳踹上門，「有話說，無事滾蛋。」
「陪我聊天。」辛情無視火星兒美女眼睛裡亂竄的火苗。
「妳沒病吧？娘娘……」美女倒了茶喝了，試圖清醒一下，「雖然我拿了些金銀珠寶做報酬，可是花在妳們娘幾個身上的也不少啊，到頭來妳這麼折磨我，太缺德了。」美女側躺在床上，支著腦袋，困得時不時點頭。
「我不想回去。」想想以前的日子還是有點不寒而慄，太累了。
「那妳就把弦兒和月兒還給他好了。」美女嘟囔道，又快睡著了。
「妳是不是從頭到尾都知道他打什麼主意？」辛情使勁搖醒她，「別睡了，給我起來說清楚。」
「知道，妳以為那點錢夠我保護妳們一輩子？」美女醒了，頭髮都被搖亂了，「也不知道妳是真聰明還是假聰明，妳跟他同床共枕了那麼多年，拓跋元衡是什麼人妳不比我清楚嗎？他氣成那個樣子都不殺妳，到頭來還放妳走，妳也太天真了吧，我的娘娘……」
氣結。
「君子食言，我以為小人也會有守諾言的一次。」辛情說道。罵得對，是她天真了，他重子嗣，怎麼也不會讓女兒流落在外。
「那只說明妳還不懂什麼叫真小人，以後好好學著吧。」美女清醒了，自己揉揉肩膀，「回吧，妳是算計不過拓跋元衡的。」然後又翻翻眼睛，「這樣的人能為妳做到這一步，妳還端著幹什麼？要是有人這麼對我，我可是要感動死了。」
「我到了現在的地步也是他害的。」
「我懶得跟妳說，妳這種驢脾氣的女人也不知道拓跋元衡看上妳什麼了！走啦走啦，我要睡覺了！」推她出了門，關了門，馬上又打開了，「不能改變的就去適應，跟聰明人玩心眼，小心累死。」門又關上了。

重新躺下，辛情瞪著帳子，很想動手扯了撕了，她這幾年已經很少有這種衝動了。轉頭看看，有些無奈。三個背影對著她？連平日裡圓得像半個圓周的辛弦都轉過身去了，看著像一隻大蝦身後跟著兩隻小蝦。

於是辛情做了個有些孩子氣的舉動，她把挨著她的辛月翻過身來對著自己，感覺就像，這隻小蝦歸我了。小蝦睡得正香，小身子軟軟的，小嘴巴動了動，不知道咕噥什麼。

早起煮粥，兩個小傢伙還是搬了小凳子在一邊托腮等著。

「弦兒、月兒，我們不回爹爹家好不好？」辛情問道。

「為什麼？」兩個小傢伙立刻露出了疑惑的表情。

「爹爹家裡壞人多，會害我們的。爹爹有很多孩子，回了爹爹家，爹爹就不會喜歡妳們了，而且，等妳們長大了，還會被爹爹賣掉。」辛情說道。

然後，辛弦居然站起來拍拍她的肩膀說道：「娘，不怕，爹爹說了，雖然他有那麼多女人，可是他最喜歡娘，也最喜歡我們，而且爹爹說家裡的壞人都被他趕走了，以後沒人會欺負娘了。爹爹還說，以後都不會和我們分開的。」

胡說八道！妳爹是小人，小人的話不可信！

不過，這種話辛情想了想，說不出口，對孩子來說，對父母的信任要是有問題，後果可能會很嚴重。

辛情搖搖頭，「回了爹爹家，以後就不能到野外看花撲蝶抓青蛙了，也不能跟著娘去街上買東西，而且爹爹家的丫鬟見到妳就會跪下，還有許多聲音很難聽的……男人整天跟著妳，妳們想想吧。」

「娘，什麼是皇帝？」辛月問道。

辛情愣了。什麼是皇帝？拓跋元衡連這個都招了？招了怎麼也不招利索點，還留個尾巴讓她解決？

「問妳爹去。」

小傢伙點點頭，繼續等她的粥。

去幫蘇豫洗臉，他還是如往常一樣毫無生氣。

「蘇豫，沒準兒過一段日子我就會帶著你回京了。繞了一圈，我又要回到皇宮裡去了，雖然我不想回去，可是，和以前一樣，我還是毫無辦法。現在，我甚至連賭博的籌碼都沒有了，如果他存心要分開我和弦兒月兒，我真的沒有辦法。弦兒和月兒是我的命，為了她們我可以死，但是死也不想和她們分開。」為蘇豫攏了攏頭髮，「如果我一定要回到那個皇宮裡，蘇豫，我把你帶回國公府好不好？如煙晴等你好多年了，雖然我不知道你什麼時候能醒來，但是，也是給她一個希望，好不好？」

如往常一樣，為花澆了水，辛情到櫃邊拿出了蘇豫的東西，不多，幾套換洗衣物，重新疊了拿包袱包好。

「東西收拾好了，蘇豫，如果不回皇宮，我就帶著你跟我們一起，然後求拓跋元衡讓如煙晴到你身邊來，好不好？」

明知道他會沒有反應，辛情還是嘆了口氣。

「蘇豫，你從來都不反駁我，這回你也默認了是不是？」辛情扶他坐起來，身後靠了軟軟的枕頭，「躺了一天，坐會兒吧。待會兒弦兒和月兒就來搗蛋了，呵呵。」

起身將窗戶打開，端了水盆往外走，走出門卻嚇了一跳。拓跋元衡陰著臉，背著手站著。

辛情不想跟他說話，邁步便走。

「妳信誰都不信朕，是不是？」拓跋元衡的聲音低沉。

「我能信嗎？」辛情回頭看他，「不過信不信也沒關係，我也鬥不過你。我沒有籌碼，可是你有，弦兒月兒、魚兒、蘇豫、宗家，我怎麼信你？」轉身就走。

後面沒動靜，辛情也不回頭。

終於，要走了。薄霧濛濛的早晨，隊伍在門口整裝待發。這個院子裡空空的，她生活過的痕跡都被消滅乾淨了。辛弦和辛月在拓跋元衡懷裡，辛情緩緩關上大門，落鎖，將鑰匙小心收好了，走向拓跋元衡，「走吧。」

兩個小東西眼圈有點紅，盯著那個大大的鎖。

上了馬車，兩個小東西爬到她懷裡，抱著她的脖子，有點悶，扁著小嘴。

「怎麼了？」辛情問道。

「娘，其實我們家挺好的，要不，我們回家吧。」辛月說道，也忘了她「可憐」的爹了。

她們「可憐的」爹爹正坐在對面，面無表情。

一路行著，辛情不怎麼高興，可是兩個小傢伙很快忘了家，每日裡在馬車上從爹的懷裡跳到娘的腿上，忙得不亦樂乎。後來跳夠了又開始轉移目標，時常掀開簾子並排趴著，看騎馬的侍衛，當然她們不是看人而是看馬，然後就以一種極渴望的神態看她們的爹爹。之所以看她們的爹爹是因為這幾天來她們看清楚了，所有人都只聽她們爹爹的命令，她們的娘似乎懶得說話。

在辛情的印象中，從邊境到京城只有十五六天的日子，可是現在都十九天了，為什麼還沒到？掀開簾子，遠處的山看著似乎很眼熟──山都是一樣的，可是應該不是所有的山腰都像一座龐大的宮殿吧？

「溫泉宮？」辛情回頭看拓跋元衡。

「嗯。」拓跋元衡點點頭。兩個小東西也跟著辛情探頭去看，看到那一大片建築都驚訝地張大了嘴巴，「娘，那房子好大呀。」

「比我們家的大多了。」

「這是爹爹為妳們建的房子，喜歡嗎？」拓跋元衡笑問。

「真的嗎？」為她們建的大房子，可以玩捉迷藏了。

「真的，不過，那房子不叫房子，叫宮殿，以後妳們就是宮殿的主人。」拓跋元衡說道。

「哦，宮殿就是大房子啊。」辛弦說道。

「娘，那我們家是小宮殿嗎？」辛月拉拉辛情的袖子。

「我們家？我們家叫民居。」辛情說道，她們的房子一比也就是個棚戶。兩個小傢伙一直掀著簾子看，盼著快點到，可是到了，她們卻在爹娘懷裡睡得像小豬一樣了。

溫泉宮的宮門還是一樣，門口黑壓壓的，迎駕隊伍也是一樣，還好兩個小東西睡著，否則一定又瞪大眼珠子了。領頭的是樂喜，請了安，辛情看到他臉上似乎閃閃發光。

有序而安靜的人群，辛情跟著拓跋元衡，進了內宮的門，辛情停住腳步，「我住哪裡？」

「這溫泉宮都是妳的，愛住哪裡就住哪裡。」拓跋元衡的聲音裡有了笑意。

升蘭殿被她燒了，長秋殿是他的地盤，想想，月影台她住夠了，向樂喜招招手，「樂總管，溫泉宮哪裡有空房子？」

「回娘娘，除了聖駕的長秋殿、太子殿下的長寧殿，其餘宮殿都空著。」樂喜說完偷偷看拓跋元衡一眼，又接著說道：「皇上已命老奴等收拾了長信殿，娘娘……」

「哦，走吧，我累了，要歇著。」辛情說道。

忙有宮女過來欲抱過辛弦，「不用，她不喜歡陌生人抱。」

進了長信殿，滿眼卻不是金碧輝煌了，頗有些淡雅的氣質，竹椅木桌竹簾，晃眼的金銀器物少了，都換上了玉石的，還有些小孩子的玩具擺了一堆。

「娘娘，西閣是公主的住處。」樂喜忙說道。

辛情沒理，逕直走到那張柔軟的大床邊輕輕將女兒放下，又從拓跋元衡懷裡抱過另一隻放好。

「皇上一路辛苦，早點歇著吧。」辛情說道。太監宮女們都在，她也不好直呼「你」或「拓跋元衡」。

「皇后也早點歇著，身子虛弱，再說過些日子要返京了。」拓跋元衡走到殿門口又說了句：「晚膳的時候，朕命太子來見妳。」

滿地的宮女太監恭送聖駕，只有辛情愣在那裡。

她沒有重聽吧，她聽見拓跋元衡說「皇后」——對著她說的。

「娘娘？」一個看起來慈眉善目的老太監輕聲喚道。

「你是長信殿的總管？」辛情回過神。

「回皇后娘娘，老奴是長信殿總管，娘娘有什麼話儘管吩咐。」

「你叫什麼？」又是一句「皇后」。

「老奴福寧。」

「哦，沒事了，你下去吧，我要歇一會兒。」辛情說道：「你們都下去吧。」

一群人躬身倒退著出去了，辛情在床上躺好，睜著眼睛睡不著。

皇后！

除了她，所有人都泰然處之，她前些日子才說要當皇后，拓跋元衡應該沒有那麼快就把一切安頓好，那只能說明在他出現在她面前之前一切都安排好了，只等她回溫泉宮「對號入座」，也就是說，她又被拓跋元衡給安排了。

悄悄下床，看了看，兩個小東西睡得正香。出了殿門，囑咐了宮女進去好生看著，自己讓福寧帶路往長秋殿來了，她想問清楚是怎麼回事，一頭霧水的事情讓她覺得心裡沒底。

樂喜在臺階下迎著，辛情心裡的氣又多了一分，「我要見——皇上。」

樂喜引著辛情進殿，卻見殿內空無一人，只有那龍床上斜歪地躺著一個人。

「皇后見朕何事？」聲音裡帶著笑意。

再次確定沒人之後，辛情來到龍床邊，「拓跋元衡，你早就算計好了是不是？你從來沒想放我走是不是？」

「是。」拓跋元衡睜開眼睛看她，收了臉上的笑意，「不過，這不是妳要的嗎？關於蘇豫，朕會安排好他和如煙晴的。」
「我從來——」辛情想說自己從來沒稀罕過這些東西。
「知道，妳從來沒稀罕過朕給妳的東西。」他起身下床，邁步到她面前雙手抓住她的肩膀，「但是，朕想給妳這些東西，不管妳要不要，朕想給妳。」
「得不到的都是最好的是嗎？對你來說尤其如此，你可以做一切不合常理的事也一定要得到嗎？獨孤氏死了，你竟然讓她死而復生？」辛情問道。她說當皇后是要他知難而退，可是她猜錯了，他先她一步安排好了。
「蘇豫都能活過來，獨孤氏有什麼不可以？」拓跋元衡臉色有點沉了。
「蘇豫可以，因為他不是重要的人，可是獨孤氏死了，是你詔告天下的。你讓她死而復生，天下百姓會笑你是個出爾反爾的皇帝。」她又要頂著獨孤氏的頭銜活下去了，和拓跋元衡一起被天下人嘲笑。
「出爾反爾又怎麼樣？這是朕的家事，對於天下百姓，朕讓他們豐衣足食就夠讓他們說朕是好皇帝了，這一點皇后不必擔心。」
「拓跋元衡，你真是做皇帝的料。」辛情搖搖頭，「告退。」
「嗯，回去歇著吧！晚上還要見妳的太子，別出了岔子，太子很聰明！」拓跋元衡笑著說道。
出了殿門，辛情深吸一口氣，看見樂喜，「樂喜，隨我來。我有事要問你。」
樂喜一怔，忙躬身答道：「是，娘娘。」
到了一處亭子，遣退了所有人，辛情開口了，「樂喜，你是皇上的心腹，這宮裡大大小小的事你都知道，所以我才問你，你最好別跟我隱瞞。」
「是，皇后娘娘。」
「第一，當今的皇后姓甚名誰？第二，原來的皇后現在如何了？」
樂喜一皺眉，說道：「老奴不敢直稱皇后娘娘的名諱。」

「樂喜，你知道我問什麼，別跟我裝不懂。」

樂喜想了片刻說道：「回皇后娘娘的話，當今皇后是獨孤氏，當年聖上覺察逆賊有謀反之意，時為貴妃的……獨孤氏不惜以身犯險，以詐死之計逼逆賊提前謀反，使得聖上掌握先機剿滅叛逆。但是貴妃身受重傷，聖上便令其在溫泉宮修養，貴妃於第二年春誕下了良辰公主、圓月公主。貴妃的六皇子由先皇后撫養，但是六皇子四歲時由於皇后的疏忽差點夭折，先皇后覺得愧對聖上託付，多年來又無所出，因此自請黜后位，請立六皇子生母獨孤氏為后。皇上雖無改立皇后的心思，但是群臣紛紛上奏請皇上改冊獨孤氏為后，皇上這才……」

「樂喜，這官面上的話我不想聽，我問你，皇后是被皇上逼著自請廢黜的是不是？她現在……還活著嗎？」

「活著，本來皇上要改封她為右昭儀，不過先皇后自請出家修行，皇上親賜了沖和法師的名號，令建了皇覺寺給沖和法師修行。」

辛情長長地嘆了口氣，桃花瞞了她許多事。

「獨孤氏未死的聖旨是什麼時候下的？」

「是沖和法師自請廢黜之時。」

自請廢黜，那就是六皇子四歲，她女兒兩歲的時候，也就是說她當了一年多的「皇后」了。那個時候好像是左昭儀出宮的日子。

「昭儀是那個時候出宮的吧？」

「回皇后娘娘，正是。當年錢世婦受南帝指使助逆臣叛亂，為了擾亂皇上的心緒，錢世婦故意陷害娘娘謀害皇子，不料真的撞掉了昭儀的龍胎。昭儀自沒了這個孩子便茶飯不思，對七皇子更是格外小心。皇上將七皇子出繼給慶王，昭儀不忍母子分離，自請隨慶王前往封地。皇上不忍她掛心便恩准了。」

看樂喜一眼，辛情笑了，「樂喜，這些事兒都是皇上吩咐過了可以讓我知道的吧？」

「娘娘……老奴只是奉旨辦事。」

「那麼，那些不想讓我知道的事……這宮裡是不是沒人知道了？」

「娘娘，老奴說句犯上的話，有些事您知不知道都不礙什麼，畢竟，您才是母儀天下的皇后娘娘。」

勝者王侯敗者寇，而所謂的勝者敗者不過都是看拓跋元衡的心思而已。

「我沒做過皇后，不知道怎麼做，以後有勞樂總管了。」

「任憑娘娘驅遣。」

辛情起身，真要回去歇一歇消化一下了。

還沒到長信殿就見殿門口坐著兩個小傢伙，見她回來便飛撲著過來了。

「睡醒了？」

「娘，妳去哪兒了？」

「出去走走，看看我們的大房子啊。」辛情笑著牽著兩個小傢伙進殿，滿殿的宮女太監跪下來向她請安，辛情感覺到兩個小傢伙往自己身後躲了躲，便拉她們出來，蹲下身對她們說道：「以後要叫娘為母后，叫爹爹為父皇。這些人跪妳們，妳們要讓他們平身或者起來，記住了嗎？」

「為什麼？」扁了嘴，規矩好多。

「因為……這是父皇家的規矩。誰要妳們要來父皇家。」辛情拍拍她們的小腦袋，「去，讓她們起來。」

兩人相視一眼，又看看辛情，然後說道：「妳們起來吧。」

聽著他們說「謝公主」的時候，兩個小傢伙問：「娘，不是，母后，什麼是宮主啊？宮主是宮殿的主人嗎？」

「公主啊，公主就是皇帝的女兒。」

「皇帝的女兒是公主，公主的爹爹叫父皇，公主的娘親叫母后，對不對，娘？」

「對，沒錯。」既然回到這個環境，還是要遵循這裡的規則。

「那父皇和母后叫弦兒和月兒什麼呢？叫公主嗎？」

「父皇和母后就叫妳們弦兒和月兒。」

「好麻煩哦，娘，一點兒也不好玩。」辛月撇撇嘴。

「這可是妳們要來的。」辛情說著話起身，一個小太監進來說，皇上賜浴蘭湯。

「娘，母后，蘭湯是幹什麼的？」辛弦好奇。

「洗澡的呀。走吧，娘帶妳們去洗澡。」辛情自己也忘了母后的稱呼了。

前呼後擁地到了蘭湯，見那水汽氤氳、紗簾重重的浴池都張大了小嘴巴。鬆開辛情的手跑到水邊看了，然後納悶地看辛情，「不是藍色的湯嗎？」

呃……小朋友的理解力果然差勁。

「是蘭花的蘭，小笨蛋。」辛情笑著說道。

泡在溫泉水裡，兩個小傢伙高興得直撒歡，撲騰得水花到處都是。她們倆不會游泳，只能在蘭湯的最淺處。見辛情閉目養神泡著，兩個小傢伙又羨慕又嫉妒，死磨硬泡讓她教玩水。

玩了好久也不肯出來，辛情披了薄薄的衣衫在邊上坐著等，兩個小傢伙終於發現水不會涼。

「娘，母后，為什麼水不會涼啊？」小傢伙問道。

辛情掃她們一眼，「因為池子底下有火在燒，妳們倆不出來小心被煮熟了。」

小崽子碰到水就不出來，不嚇唬她們是不行的。

撲騰著爬上來，任辛情幫她們穿好衣服，「娘，我們明天還來好不好？」

「看妳們表現，如果惹我生氣就不讓妳們來。」辛情替她們擦乾了頭髮。宮女們服侍辛情換了新衣服，兩個小傢伙瞪大了眼睛看著。

「娘，妳和桃花姨一樣好看。」辛弦拍馬屁。哄她娘高興就可以來蘭湯玩。

「胡說。」辛情笑罵。當她看不出來小崽子的小心思。

「就是嘛，娘比桃花姨好看。」辛月認真地說。

「走啦，馬屁精。」辛情的新衣服上有飄帶，這下子好了，兩個小東西一人扯一邊，邊扯還邊揮舞小胳膊，弄得跟放風箏一樣。

夕陽橘紅的霞光染紅了宮殿，映著兩個小東西燦爛的笑也是紅的。

回到長信殿，辛情的頭髮還沒全乾，宮女們正幫她弄頭髮，樂喜帶著一個身著明黃袍子的小男孩來了。辛情看樂喜一眼又看那小男孩，這就是六皇子拓跋玨了。他看著自己的眼神裡有一種光在閃爍。

「皇后娘娘，老奴奉旨帶太子殿下來向娘娘請安。」樂喜說道。

「兒臣叩見母后，母后千歲千歲千千歲。」拓跋玨規矩地跪下，脆生生地說道。

「玨兒快起來。」辛情親自扶他起來。

這不是她兒子，可是他是獨孤皇后的兒子，而她現在又頂著獨孤氏的名號了，所以她要以對待兒子的方式對待他。

拓跋玨看著她，眼睛裡有些濕潤有些渴望，卻不敢放肆——也許是因為陌生。

「玨兒都長這麼大了。」辛情摸摸他的頭，儘量做出母子重逢該有的舉動。

「母后，玨兒可以抱抱妳嗎？」拓跋玨很小聲地說道。

辛情抱他入懷，忽然有點心疼，這個孩子其實很可憐，恐怕他永遠都不會知道他一直渴望著的母后是間接害死他生母的人。此事她雖然一直不知情，可是算起來，拓跋元衡是為了給她一個兒子才這麼做的。

「娘，母后，他是誰啊？」兩個小傢伙不滿地使勁扯她的衣服。

辛情認真地笑了笑，「玨兒，這兩個是妹妹，弦兒和月兒。」又拖過女兒，「叫哥哥。」

「不要，憑什麼？」兩個小傢伙瞪著拓跋玨，一左一右抱著辛情的胳膊，像在保護心愛的玩具。

「什麼憑什麼，不是告訴妳們是哥哥了嗎？」辛情拍掉四隻小爪子，「只不過，哥哥這幾年沒有跟娘一起，所以妳們不認識。」

「那妳怎麼沒說過？」小傢伙擺明了不信。

「因為父皇不讓說，那時候父皇和娘生氣，不讓娘見哥哥，也不讓娘說。」拓跋元衡，你就別怪我抹黑你了。

「真的？」小傢伙斜睨拓跋玨，「可是他和娘一點都不像啊？」

「哥哥像父皇，妳們像娘，有什麼奇怪。」小崽子真不好糊弄，「還不叫哥哥？」

「哥哥。」小傢伙有點心不甘情不願，拓跋玨倒是開開心心地叫了兩聲「妹妹」。

然後三個孩子等著辛情弄好頭髮，從銅鏡裡辛情看到兩種表情：辛弦辛月不滿的撇嘴、拓跋玨的目不轉睛。

剛弄好了頭髮，就有太監來傳旨，說皇上賜宴。

兩個小東西不懂什麼是賜宴，辛情讓拓跋玨告訴她們，拓跋玨說賜宴就是和父皇一起吃飯。因為父皇是皇帝，所以叫賜宴。兩個小東西點點頭。出了門，兩個小東西習慣性一邊扯一個，拓跋玨臉上露出些許失望跟在旁邊，辛情看見了，讓兩個小東西鬆手，讓他們三個都走在自己前面，說是讓拓跋玨帶著她們一起去。拓跋玨這才高興了些。

一路上，拓跋玨指著這裡那裡告訴兩個小東西都是什麼地方，還說會帶她們去玩。等到了長秋殿，看到拓跋玨躬著小身子抱著小拳頭向拓跋元衡請安，兩個小東西有樣學樣照貓畫虎：「弦兒、月兒給父皇請安。」這個舉動逗樂了拓跋元衡。

三個孩子在「玩」的基礎上建立了最初的友情。

拓跋玨英俊的小臉上也是驚詫，「妹妹，妳們不用這樣給父皇母后請安的。」

小東西搔搔腦袋，看辛情，「娘，母后，那要怎麼辦？」

「以後會有人教妳們。」自己不用請安，這是老早以前的規矩。

看著穿梭往來的宮女太監和越來越多的杯盤碟碗，兩個小東西的眼睛也越張越大。

「弦兒、月兒，到父皇這兒來。」拓跋元衡招呼她們，兩個小東西挪過去了。拓跋元衡看了辛情一眼，辛情馬上說道：「玨兒，坐到母后身邊來。」不就是這個意思嗎？

拓跋玨看起來有點興奮有點緊張，在她身邊規規矩矩坐好了。辛情的餘光常看到他偷瞄自己的眼神。她不知道這孩子愛吃什麼，不過還是挑著平日裡辛弦和辛月愛吃的夾了些給他，看得出來，這孩子很高興，怯生生地夾了菜心給她，「父皇說，母后愛吃這種菜心。」

然後辛情感覺到了來自拓跋元衡身側「哀怨和不滿」的目光。

「弦兒，吃青菜。月兒，不要只吃青菜。」辛情說道，又補充了一句：「跟哥哥學習。」

「母后……」拓跋玨小心翼翼的口氣裡帶著喜悅。

「玨兒啊，妹妹們小，有點小氣，你別跟她們計較。你是哥哥，要保護妹妹，知道嗎？」辛情說道。

「是，母后，玨兒知道了。」拓跋玨保證道。辛情對他微微笑了，然後看見小男孩的臉有點紅了。

看拓跋元衡一眼，他喝了口酒，掩飾嘴邊的不知是什麼笑的笑。

用過晚膳，拓跋元衡讓拓跋玨帶著妹妹們出去，他有話要跟母后說。拓跋玨不捨，但還是很聽話，一手一個，牽著兩個小東西出去了。看著三個孩子出門的背影，拓跋元衡笑了，「多好的兄妹。」

「你不覺得愧對拓跋玨嗎？」辛情問道。

「生分，什麼拓跋玨，該叫玨兒——就像剛才一樣。」拓跋元衡抱住她，「果然還是和以前一樣伶俐，一樣演得好戲。」

「還是一樣拜你所賜。」回到這座宮殿她心裡就堵得慌。

「還是一樣沒良心。」拓跋元衡哈哈笑了，「不過，朕也習慣妳這樣沒心沒肺了，真有良心也不是妳了。」

辛情看著他，眼睛也不眨一下。

「看什麼？」

「套一句你曾經問過我的話，我何德何能能讓狂妄驕傲的你為我做這些事？」

「妳問朕，朕還想問妳呢！」拓跋元衡捏捏她的臉，「妳說，是不是對朕下蠱了？」

「呵呵，我要是有，一定給妳下。」辛情皮笑肉不笑。

「放肆！」拓跋元衡擁著她慢慢往內室裡挪。

「皇上，臣妾趕路這麼久，一路勞頓，實在沒有力氣侍寢。您就當心疼臣妾，傳別人吧。」辛情推著他的胸膛笑著說道。

「嗲！不過，朕喜歡！」拓跋元衡的手在她背上撫摸著，「這麼多女人和朕撒嬌，只有妳的最讓朕受用。」

有病！

忍了忍，辛情問道：「你是不是服用壯陽藥？」三十歲的時候可以理解，還算年輕，四十多歲……不吃偉哥還這麼……

拓跋元衡在辛情耳朵邊以幾不可聞的聲音說道：「妳想的話，以後妳侍寢朕便用。」

隔著紗簾，一個太監輕聲說道：「回皇上、娘娘，公主不肯回去睡覺。」

「帶她們進來。」辛情起身整理衣服，「皇上一向心疼皇子皇女，總不想見女兒徹夜啼哭對吧？」這才回宮第一夜，她可不能將女兒們獨自扔在殿裡，誰知道那裡有沒有什麼不乾淨的東西會嚇到她的寶貝小崽子。

撩開紗簾見三個孩子並排站著，辛弦和辛月手牽著手，眼睛眨巴眨巴的。

「父皇囑咐母后一些事，說完了，走吧，母后帶妳們回去睡覺。」辛情笑著說道：「嗯，還有一件事，去給父皇跪安。」

拓跋元衡已邁步出來了，拓跋玨很乖地抱拳行禮，兩個小東西對著拓跋元衡鞠了一躬，「父皇，我們要回去睡覺了。」

不倫不類……

拓跋元衡點點頭，辛情才帶著他們出來。出了殿門往長信殿的方向走，走了兩步回過頭，果然見拓跋玨正看著她們。想了想，辛情衝他招招手，「玨兒，今天去母后宮裡睡好不好？」

拓跋玨畢竟才五歲，在他心裡，辛情就是他的親生母親，雖然他從未見過她，但是她現在出現了，讓他對母親的渴望加深了，尤其是看到辛情對兩個妹妹那麼好，他更是想和「母親」親近。

使勁點點頭，拓跋玨跑到辛情身邊，看著辛情對他伸出的手，猶豫著、小心翼翼地牽住了。

回到長信殿，辛弦、辛月爬到柔軟的大床上當蹦蹦床一樣蹦來蹦去，晃得辛情直眼暈，拓跋玨仍牽著她的手捨不得放開。

「玨兒，去換衣服，要睡覺了。」辛情笑著說道，他這才放了手，被宮女帶去梳洗。回來的時候已換了白色中衣，使得五歲多的小孩子看起來有點單薄。他站在辛情面前，有點局促。辛情有點心疼，便親自抱了他起來也放到床上，「和妹妹們玩一會兒，一會兒就睡覺了。」

兩個小東西雖然對拓跋玨還有些抵觸，不過小孩子嘛，多在一起玩很快就會混熟了。蹦床沒意思了，拓跋玨帶著妹妹到那一大堆玩具那去玩得不亦樂乎。辛情在一邊羅漢床上靠著枕頭歪著，困，可是這三個不睡覺。

後來辛情沉下臉，三個小東西才乖乖放下了手裡的玩具，挨個檢查一遍。拓跋玨手裡沒東西了，可是兩個小粉團手裡都偷偷攥了琉璃珠子，被辛情拿過來一甩手扔殿外去了。

趕著三個傢伙爬上床躺好蓋好被子，辛情在床邊躺下了，還好床夠大，否則她得睡地上了。實在有點累，辛情很快睡著了。

半夜時分習慣性爬起來，小東西又把被子踢到腳底了，輕輕把被子為她們蓋好，又看到拓跋玨的小胳膊露在外面，便將其放進了被裡，正掖著被子，忽見拓跋玨睜著眼睛看自己。

「怎麼還不睡，玨兒？」

「母后，玨兒睡不著。」拓跋玨小聲說道，眼睛看著辛情，一刻也不肯移開。

「怎麼了？是不是太擠了？」她閨女睡覺要組成一個圓，占的地方就大了點。

拓跋玨搖搖頭，「不是，是……是玨兒太高興了，母后終於回來了，玨兒有母后了。」

這句話讓辛情的母愛有氾濫的趨勢，心裡一熱，眼睛一酸，輕輕拍了拍拓跋玨，「以後母后都不會走了，所以，玨兒好好睡覺吧。」

「真的嗎，母后？妳一定不會離開玨兒了是不是？」

辛情點點頭。

「母后，如果妳還要離開，也帶著玨兒好不好？玨兒想和母后和妹妹在一起。」

呃……拓跋玨看來不是個稱職的父親，養了五年的孩子都跟他不親，真是失敗。

「好，母后答應你，放心睡吧。」

拓跋玨閉上眼睛睡了。辛情看著並排的三個小腦袋，兩個親生的一個空降的，他們這樣安靜地睡著的表情讓她覺得，這些都是她最最寶貝的孩子。

也許自己對拓跋玨只是覺得愧疚，不管她有沒有參與，都是因為她他才沒有了生身母親——那個她都不知道長相的女人。

睡不著了，辛情輕輕下了床，值夜的宮女見她起來忙過來服侍。辛情讓她拿了件厚袍子披了到殿外站了站。又回來了，當年在這裡是被圈禁的身分是被厭棄的，如今是高高在上，世事真是無常，誰能想到，「紅顏未老恩先斷」的規律在她這裡失效了，竟然還成了古董——年代越久遠還越貴重了。

在臺階上坐下，月亮又圓了，現在，她、她的孩子的爹、她的孩子都在身邊，是不是也該算是人月兩團圓了。只不過，這個團圓總讓她惴惴不安。那麼喜怒無常的拓跋元衡……

雖是春末了，深夜還是有點寒冷，辛情打了個噴嚏。一雙小小的手從旁邊遞來一方帕子，「母后，夜深天寒，您回殿中吧。」是拓跋玨。

辛情的眼睛一熱，這孩子若真是自己的就好了，多懂事，還知道心疼母親，自己那兩隻小崽子肯定睡得小豬一樣呢。回到殿中，辛情看他，「玨兒也睡不著，和母后說說話好不好？」

兩個人在軟軟的地毯上坐了，辛情問他：「父皇對你好不好？」

拓跋玨低了頭，「父皇對兒臣很好，父皇讓最好的大學士和武士教兒臣。」

揠苗助長！五歲的娃娃能聽懂多少？

「玨兒不喜歡學是不是？」

沒作聲，似乎在考慮要怎麼回答。

「父皇說，兒臣是太子，一定要成為皇子之中最優秀的才行。」

被拓跋元衡看中也不知道是幸還是不幸，他總是將他認為好的東西強行塞給別人，也不管合不合人家的脾性。以前對她如此，如今對他自己的兒子也是如此。不過，若換了是她，也許她也會這樣逼著拓跋玨學的，畢竟最強大的人才能坐穩江山。

「玨兒，你還小，你現在不喜歡，但等將來你長大了明白了父皇的苦心，你就會感謝父皇了。母后相信你是個懂事的好孩子，所以……就算現在很辛苦，也一定要堅持住好嗎？」

「玨兒明白，母后。」

「玨兒真乖。」辛情摸摸他的頭笑著說道。

自那天之後，辛情、拓跋玨的「母子」感情突飛猛進，拓跋玨和兩個小東西的關係也越來越融洽，只不過拓跋玨每日有繁重的功課，和她們一起玩的時間不多。不過，拓跋玨只要有時間就一定會來長信殿，有時候給辛情講師傅教了什麼，有時候就是在辛情身邊坐一會兒。

辛弦和辛月在邊境的時候家裡房子小，能折騰的有限，冷不丁有了這麼大一片房子便使勁折騰，趁著辛情不注意就跑得不見蹤影，經常是宮裡上上下下的宮女太監挨個角落地搜人。可能是玩出了癮頭，兩個小東西越來越難找。

這天天已黑透了，兩個小東西還沒找到，辛情拳頭都攥了起來，雖然她應該相信在拓跋元衡眼皮子底下沒人敢對她女兒如何，但是不怕一萬只怕萬一。拓跋玨在一邊小心翼翼安慰她，辛情趕著宮女太監有一個算一個都去找。

拓跋元衡來了，見這個情況也皺了眉，不過他安慰辛情說：「孩子還能在自己家裡丟了不成？」正當長信殿裡亂成一團的時候，兩個小東西迷迷糊糊地被人抱回來了，太監說，公主淘氣，竟藏到了龍案下。皇上一直在看摺子也沒人敢去龍案下查找，因此才找到了現在。

本來宮女要抱著兩個小東西去安頓的，被辛情攔住，一個個搖醒，然後狠著心每個打了一巴掌，兩個小東西愣得半天都沒反應，連吸氣都忘了，小爪子捂著臉看著辛情。拓跋元衡在一邊歪著身子看熱鬧。

「娘……」兩個小東西滿臉的不解，「為什麼要打我們，妳是不是不愛我們了？」

「記住了，以後，在我面前消失的時間不能超過一個時辰，聽到沒有？」辛情發狠說道。拓跋玨偷偷看了看她，又看了看拓跋元衡，然後低了頭。

「為什麼？」兩個小東西的眼淚在眼圈裡轉。

「不為什麼，給我記住了，否則下次就不是一巴掌這麼簡單了，聽懂沒有？」辛情臉上跟罩了層霜一樣。

兩個小東西沒見過辛情如此嚴厲，愣愣地點了點頭。

「聽懂了記住了就去睡覺吧。」辛情的語氣換成了輕描淡寫，兩個小東西手拉手爬到大床上自己拉過被子躺好，只不過眼角還有幾顆小淚珠，「玨兒也去睡吧，明天還要去上書房呢。」

拓跋玨告退出去，走到殿門口還偷偷回頭看了看。

殿內靜了，拓跋元衡一揮手，宮人都退下了，辛情輕輕邁步過去看女兒，果然兩個小東西沒睡，眼珠骨碌碌轉個不停，見她過來，齊齊將被子拉到頭頂不理她。辛情想了想，轉身往外走，邊走邊留意床上的動靜，果然兩個小東西跳下床了，抓住她的裙子晃了晃。

「幹什麼？」辛情斜睨她們。

「娘，妳為什麼不高興了？」兩個小東西的小嘴巴都緊緊抿著。

「怕妳們被鬼吃了。」

「母后怕妳們丟了，弦兒、月兒，以後去哪裡玩兒要告訴母后，知道嗎？」拓跋元衡不知何時來到她們身邊，一邊一個抱起女兒重新放回床上躺好。

等把兩個小東西哄睡了，拓跋元衡沉了臉看辛情。

「妳是真的不信任朕是不是？」他拉著她到了西閣，手還緊緊攥著她的手腕。辛情看著他的手也不反駁，半天才說了一句：「不管將來你對我如何，我只求你讓弦兒和月兒平平安安的。」

拓跋元衡笑了，「當然，她們可是朕最心愛的兩個小公主。」

辛情點點頭，被拓跋元衡抱到懷裡，「學著信任朕，就算妳的心是石頭做的，朕也該把妳捂熱了些吧？妳這個妖精，看起來挺精挺靈的，怎麼有些事上就是犯糊塗，該打。」

辛情沒作聲，任他抱著。

看著女兒們漸漸適應了宮廷的生活，辛情這才放下心來想別的事。初回宮之時，她曾問過拓跋元衡蘇豫和桃花哪裡去了，拓跋元衡當時告訴她不要操心，他已安排妥當了。

如今過了這些日子，辛情不免開始惦記。兩個小東西無事也會追問舅舅和桃花姨去哪兒了。

「想什麼這麼出神，朕來了都不知道？」拓跋元衡的聲音。

「蘇豫和桃花……我想見見他們。」辛情本想說「你把他們如何了」，可是想想，這樣說拓跋元衡又會暴跳如雷，便換了個委婉的說法。

「想見見？」拓跋元衡冷哼一聲，「是怕朕把他們如何如何了吧？」

辛情轉過頭不看他，她已經很委婉了。

拓跋元衡又笑了，攬住辛情的肩膀，「不過，這次沒有生硬地質問朕已是大有長進了。放心，蘇豫和桃花都好好的，再過幾日妳就可以見到蘇豫了。」

「謝謝。」辛情的心裡一顆石頭落了地，「關於蘇豫，我還求你一件事……」

「如煙晴的事？」

辛情點點頭，再怎麼說，就算蘇豫一輩子不醒，他在如煙晴身邊總還是一種安慰。

「再等幾日，回了京之後再說。」

所謂的過些日子回宮是指到了五月末，拓跋元衡說該回宮去了，皇后在離宮住了三年多，身子也好得差不多了，三十歲千秋壽辰還是回京城去辦的好。雖不情願，但是於情於理她都沒有拒絕的理由。

兩個小東西聽說又要「搬家」到父皇另一個家裡很是興奮，每晚纏著辛情問東問西。辛情撿著不重要的說給她們聽。

回宮儀仗的華麗和盛大讓兩個小東西很驚訝，她們還以為是和她們父皇帶她們回溫泉宮時一樣一家四口共坐一輛馬車。可是回宮的路上，除了晚上駐蹕能見到父皇之外，她們只和辛情在一起，連拓跋玨都不見了。兩個小東西覺得奇怪便問辛情，辛情說這就是規矩，以後回了父皇這個家，規矩更多。

溫泉宮本來離京城不到一百里路，兩天足夠返回京城了。在城郊已有文武百官候駕，透過紅綃看到跪著的年輕的年老的大臣們，兩個小東西忽然就安靜了，辛情問她們怎麼了，她們有些不安地說，一定是父皇太厲害了，所以大家都怕他，她們也怕。

辛情將兩個小東西抱進懷裡輕聲安慰：「父皇是皇帝，皇帝自然要有威嚴，否則天底下的人誰肯聽父皇的話呢？要是人人都不聽話了，天下就要亂了。再說，妳們看，平日裡父皇對妳們還不是和顏悅色？所以，天底下人人都能怕父皇，但是妳們不能，因為父皇說弦兒和月兒是父皇最心愛的寶貝，知道嗎？」

兩個小東西點點頭，放心了些，「母后，那妳怕父皇嗎？」

怕？不怕。她好像很少怕他，她總是能輕易就將他惹得火冒三丈。

「不，母后也不怕。」辛情說道。

兩個小東西對視一眼，然後說了句讓辛情想把她們扔出車外的話：「那母后也是父皇最心愛的寶貝嗎？」

辛情拍拍她們的小腦袋，「胡說什麼！」

進了城門，進了宮門。

終於辛情又腳踏實地地站在了拓跋元衡的皇宮地面上。兩個小東西一左一右牽著她的手，陌生的黑壓壓的人群，兩個小東西往她身後藏了藏。有樂喜派來的太監說聖上有旨，皇后和公主一路勞頓，先行回宮歇息，明日再受百官朝賀。然後又是前呼後擁地「護送」辛情母女往一處宮殿走來。

殿還是舊址，上面矗立的卻是一座完全不同的宮殿，少了鳳凰殿金碧輝煌的飛揚之氣，多了些厚重內斂，就連那牌匾都不一樣了。

「奴婢（才）等恭迎皇后娘娘、公主殿下回宮。」黑壓壓跪了一地的宮女太監。

辛情讓他們平了身，泰然自若地牽著女兒的手邁步上了高高的臺階，進了那陌生而熟悉的宮殿。看眼前的人一眼，全部都是陌生的。

「收拾一下，公主有些困倦。」辛情吩咐，馬上就有宮女太監動了起來，鋪床備水，恭請兩個小東西去沐浴。小東西們看看辛情，辛情對她們點頭：「去吧。」這裡和離宮不同，這裡才是真正的宮廷，她的女兒們要在這裡生活就要從現在開始適應，適應別人的伺候，適應別人的冷漠，提防別人的算計。她和拓跋元衡不能陪她們到老，她們要自己長本事。

太監來報說太子求見，辛情命進來了，拓跋玨有些拘謹，辛情知道可能是那天晚上自己的舉止嚇著他了，讓他以為自己是個惡婆娘。

「玨兒不累嗎？怎麼不回去歇會兒？」

「玨兒這兩日沒到母后面前請安，也沒有見到妹妹，所以……」

「玨兒真是好孩子。」

好不容易兩個小東西從水裡爬出來了，宮女抱了她們回來的時候，各自裹著件粉粉的小袍子，看起來水靈靈的，看見拓跋玨就笑了。

三個孩子玩了大半天兩個小東西才困了，被宮女抱著去睡了。

第二天一早，兩個小東西早早醒了，光著腳丫從西閣跑到辛情這邊來，一臉的指控。

辛情皺皺眉，「怎麼了？」不習慣這裡？順手一提，將兩個小東西抱上床，塞進自己軟軟的絲絨被子裡。

「母后，妳是不是不要我們了？」辛弦問道。

「自從回了父皇家，母后就不陪我們睡了。」辛月扒著辛情的胳膊搖啊搖。

「以後妳們要自己睡了，母后不能陪妳們。」

一甩手，四隻杏核眼瞪成四個核桃，兩張憤憤不平的小臉。辛情瞇了瞇眼睛，這個驢脾氣真像她們老子啊，稍有不合心便火冒三丈。

「討厭父皇，都是父皇不好！」兩個小東西縮在被子裡打滾。

「父皇哪裡不好？」有個聲音問道。

「父皇搶走母后，不讓母后陪我們。娘，我們不要父皇了，我們回家吧。」兩個小東西雖然打著滾，卻沒耽誤發表意見。

「可是天底下的人都知道妳們是父皇的小公主了，不能走了，怎麼辦？」那個聲音忍住笑，接著問道。

「才不管呢，反正我們要回家。」還是嘟囔。

辛情一把掀開被子，拽住兩個還滾來滾去的小東西。小東西眼睛眨巴眨巴，看見立在床邊的高大身影，兩個小東西愣了愣，趁著辛情不注意又鑽進被子裡，那德行就像是拓跋元衡是鬼怪。

辛情下了床，看著穿著龍袍的拓跋元衡，「皇上這麼早駕臨？」

「朕的小公主慫恿皇后離宮，朕能不前來看看？」拓跋元衡邊笑說著邊到辛情剛躺過的地方坐下，看著被子裡滾動的兩團，「不要父皇了？父皇今日還要給弦兒和月兒好東西呢，真的不要了？」

辛情在一邊任宮女服侍著梳洗，聽拓跋元衡這樣說話忍不住笑了，難得他也有低聲下氣的時候。

「好東西？什麼好東西？」兩團滾動物靜止了。

「一會兒和父皇母后一起過去就知道了。」拍拍那兩團，「不出來的話，父皇和母后就先去了。」被子刷的掀開，兩個小東西撲到拓跋元衡身上，「不准反悔喔！」

拓跋元衡笑了，命宮女過來服侍兩個小東西洗臉。梳洗完了，早有宮女端了熱乎乎的兩碗粥來了，這是辛情昨天就命令下去的。兩個小東西吃完了，見宮女正為辛情打扮便湊過去看。

等到穿著皇后朝服的辛情打扮完畢，一轉頭就看見兩隻小木雞。

「怎麼了？」辛情微微皺眉。

「母后，妳好美啊！」兩隻小木雞回神答道。

辛情俯身拍拍她們的小腦袋，拓跋元衡也邁步過來深深看了她一眼，給了她一個輕笑。

用過早膳，辛情隨拓跋元衡到了正德殿接受百官朝賀，走之前命宮女仔細照顧小公主，莫讓她們又跑到找不到的地方。接受了百官的三跪九叩之後，拓跋元衡說，雖說皇后已正位一年有餘，但因身體柔弱居行宮將養，一直未行冊封大典，初六是皇后千秋，一併將冊封大典補辦。另外，良辰公主和圓月公主的冊封儀式也將在稍後一併舉行。

遣退眾臣，辛情微微一笑，「皇上對臣妾還真是厚愛，逼了皇后主動讓位抬舉臣妾也就罷了，又給臣妾補辦這個大典，您還真怕人不恨死臣妾啊。」

拓跋元衡看了看她頭上的鳳冠和身上的玄色朝服說道：「這衣服妳穿著配得很。」

「所謂佛要金裝人要衣裝，這衣服即使換了別人來穿也是一樣的。」辛情說道。不知道一會兒回去要受多少女人的詛咒呢。

「嗯，也許也一樣。不過，朕只想給妳穿。」拓跋元衡抱她入懷，動動她的鳳冠，「這個比貴妃鳳冠還重，妳就忍忍吧。」

「我也就罷了，冊封大典我硬撐著也就是了，可是……」辛情有些擔心地看著拓跋元衡，「弦兒和月兒還不到四歲，我怕這形式嚇著她們。」

「哦？妳都開始教她們適應宮廷了，朕也要幫妳一把才是。放心，朕的女兒不會是膽小鬼。」拓跋元衡說道。辛情便不言語了。

回到坤懿殿，果然眾妃嬪已在等候了。為首的是三夫人——都是她在宮時的老人了，後面的許多人有她認識的也有不認識的，年輕的新鮮臉孔還不少。微微扯了嘴角，辛情到殿中主位上坐了。眼前便呼啦啦地俯身低下去了一片，耳邊一陣軟語：「臣妾給皇后娘娘請安。」

「各位請起。」辛情狀似無意地掃過人群。起了身卻無人抬頭看她，都是略低著頭規矩站著，「各位如此拘謹，想必是聽聞了本宮的惡名了？」

「娘娘鳳駕面前，臣妾等不敢造次。」說話的是大皇子的生母崇德夫人。辛情微扯嘴角，三年不見，這後宮的實權已在崇德夫人手裡了，弘德和正德看起來是收斂了太多了。

「多禮了。大家還是自在點兒，妳們自在，本宮也自在。」辛情笑著說道。妃嬪們雖答了「是」，但臉上的笑卻是各有千秋。

話音剛落，西閣邊上兩個小腦袋探頭探腦地往這邊看，辛情看見了便招手，「弦兒、月兒，來見過各位娘娘。」

兩個小東西跑過來一左一右在辛情身邊偎著，看著眼前同樣打扮得「金碧輝煌」的美人們，眼神裡滿是好奇。

「弦兒、月兒，這些娘娘都是父皇的妃子，以後見了要懂得禮貌，知道嗎？」辛情說道，兩個小東西點點頭。

「母后，什麼是妃子？」辛弦一向有探根究底的好習慣。

妃子……就是小老婆。辛情當然不能這麼說，她想了想說道：「等父皇來了，弦兒去問父皇。」既然是他的女人們還是讓他自己來解釋好了，免得她誤傳了什麼意思。

辛弦點點頭。

「各位也請過安了，本宮這些日子路上勞頓有些不適，各位早些退下吧。」辛情看著女人們福了身倒退出去，便讓宮女服侍著取下鳳冠脫下朝服換了常服，回頭見兩個小東西眼睛閃閃發光地看著那頂富貴逼人的鳳冠，辛弦還在努力抱它，像舉重。辛月似乎對鳳冠上的翠鳥羽毛很感興趣，揪啊揪的。辛情便站在一邊笑看。

等到拓跋元衡午後過來，見了那散落一地的翠綠羽毛和有些變形的鳳冠便笑了，看向歪在榻上午睡的辛情，「這兩個小崽子還真是不消停。」

「皇上怎麼有空來了？」辛情笑著起身。這麼笑絕對不是她的本意，可她就這麼自然地媚笑了。

拓跋元衡笑意稍減，「朕來不得？」

「哪裡的話，只不過皇上後宮裡又多了些新鮮花朵，皇上不抽時間好好打理一下嗎？」

拓跋元衡攬住她的腰，在她脖頸間深深吸了口氣，「朕好像聞到了一種味道。」態度很認真的樣子。

辛情推開他的頭，「什麼味道？」

「酸味。皇后午膳進了些什麼？」

「皇上拐著彎子說臣妾善妒？您可別誤會，臣妾沒那個意思，臣妾只是就事論事。」轉轉眼珠，「臣妾當貴妃那會兒就是因為『妒』被廢的，怎麼能記吃不記打再犯一次呢？」

「小肚雞腸，睚眥必報！朕那會兒降了妳的妃位不過是一時權宜之計！」

「臣妾心裡明白，可一想起來還是不舒服。若臣妾平日行事也能雲淡風輕不爭不怒不急不躁，就算是一時之計也不用算計到臣妾身上來。」辛情推開拓跋元衡，到桌邊倒了茶來喝。

拓跋元衡的臉有些陰，辛情當沒看見，這些事想起來就堵得慌。

「妳這個女人……算了，朕不和妳說，隨妳想吧。」拓跋元衡在她對面坐下，冷冷地看著她。辛情也不抬頭，只顧拿著茶杯把玩。餘光瞥見兩個小身影被殿門絆倒撲在地毯上，忍不住笑了，輕移步子走過去看還趴著的兩個小東西，「兩個小笨蛋，這麼矮的一道門檻也過不去。」

然後自己被兩個小東西撲倒，「我們是小娃娃，門檻太高了嘛。等我們像母后那麼大，就能輕鬆邁過去了。」兩個小娃娃理直氣壯地說道。

一道陰影又在她們頭頂形成，不過此次兩個小東西沒往她懷裡縮，反倒抬頭衝著陰影甜甜地笑著叫「父皇」。

「嗯，妳們母后雖然是大人了，可是也經常有許多矮門檻過不去被攔在外面。」拓跋元衡一手抱了一個起來了。

矮門檻過不去？辛情坐起身，看著和女兒們正說話的拓跋元衡，心裡想著他所指為何？

「現在不討厭父皇了？」拓跋元衡問道。

兩個小東西搖了搖頭，「母后說，天底下誰都能怕父皇，我們不能。」

「為何？」

「因為我們是父皇最心愛的小公主嘛……是不是，父皇？」小東西有點不確定，又加了一句疑問。

拓跋元衡笑著點頭，「嗯，母后說的沒錯，弦兒和月兒是父皇最心愛的女兒。」

兩個小東西嘿嘿笑了，「父皇，母后也不怕父皇，那母后也是父皇最心愛的人嗎？」

辛情咳了一聲，「弦兒、月兒，去吃點心。」

「父皇，是不是啊？」小東西沒得到答案，還是目光灼灼地看著拓跋元衡。

他看了辛情一眼，皺眉做不解狀，「這個問題，等父皇和母后討論過再告訴弦兒和月兒好不好？」

小東西點點頭，跳下去找點心吃了。樂喜偷偷招招手，宮裡伺候的人都悄無聲息地退出去，殿門也被關上。

這回輪到拓跋元衡玩杯子了──饒有興趣地把玩，但手裡拿著杯子，眼睛卻是看著辛情。

「皇后，妳說，朕要怎麼回答公主的問題？」

「皇上的事臣妾不敢妄加揣測。」說完了感謝馮保當年教會了她這麼一句搪塞之言。

「這也事關皇后，不算妄加揣測，朕恕妳無罪。」拓跋元衡的聲音裡有微微的笑意。

「臣妾不敢。」辛情含糊答道。馬上就被一把拉著坐到了拓跋元衡的膝上，他的手指頭在她臉上輕輕畫著。

「不敢什麼？剛剛的脾氣哪去了？」

「皇上這是要算賬？」辛情想起身卻被他抱得更緊。

「不算，朕現在沒心情。」拓跋元衡斜睨著她，「朕現在有心情知道的是，怎麼回答小公主的問題。」

「小孩子胡說八道的，臣妾怎麼不怕皇上？臣妾對皇上可是一直敬畏有加。」

「朕倒不認為是胡說八道，不管怎麼說，皇后覺得該如何回答？」

「皇上愛怎麼回答就怎麼回答。」這人越老越做無聊的事。

「哦，如此，朕明白皇后的意思了。」拓跋元衡笑言：「哦，對了，明日如煙晴要入宮來見妳。」

辛情點點頭，心裡只當如煙晴是進宮來賀喜她做了皇后。

第二日大概是下了朝的時間，辛情正在看著兩個小東西跟師傅學文化。福寧說國公夫人求見，辛情忙讓小東西下了課，隨她一起回正殿。

三年多不見，如煙晴還是淡雅一如當年，欲請安卻被辛情一把扶住。蘇豫沒死，看著如煙晴她總覺得又親近了一分。

「弦兒、月兒，來見過舅母。」辛情說道，兩個小東西笑呵呵地打了招呼又補充了一句：「母后，舅舅呢？舅母來了，怎麼不見舅舅？」

辛情拍拍她們的頭，笑斥道：「別胡說。」然後拉著如煙晴坐下，「看來嫂子這幾年過得還好？」

「托皇上和娘娘的洪福，看來，娘娘也是過得很好。」

「托我什麼洪福，我沒牽連到妳已是妳自己福氣好了。哦，嫂子今日進宮是來向我道喜的？」

「一來道喜，二來……」如煙晴略低了頭，臉頰上染了些緋紅。

「二來？」辛情皺眉，心裡有不好的預感，看她臉上那一抹紅暈，該不是有喜歡的人要改嫁了吧？不過轉念一想，也是好事，蘇豫何時醒來都不一定，若他醒了，知道耽誤了如煙晴一輩子一定會懊惱不已，因此換了笑臉，「二來是有喜事？」

「臣婦記得娘娘當年曾說過，若臣婦改嫁一定不要顧慮到獨孤家的名聲，只要有了喜歡的人就可以……改嫁，如今臣婦……」如煙晴有些猶豫有些害羞。

「如今夫人有了喜歡的人了？可喜可賀，若蘇豫泉下有知也會放了心的。」辛情笑了笑，「不知道是什麼樣的男人讓妳動了心，我還真想看看。不過，怕是不好，所以還是算了。什麼時候出嫁？」

「下個月。」

辛情看了她一會兒，心裡對她的敬佩又多了些。就是這個溫婉的女人，當年敢於不顧所有人的反對給一個死人守寡，如今有了心愛的男人又敢不顧她如今的權利直言要改嫁。若說活得隨心自在，這個女子恐怕才是最最灑脫的。

「好，本宮雖不好親自到場，不過，本宮還是祝你們白頭偕老。」辛情真心實意地說道。

「謝娘娘吉言，臣婦也希望能和他白頭偕老。」如煙晴的語氣溫柔，充滿著嚮往。

「從此後，臣婦這兩個字不方便用了吧？」

如煙晴微微一笑，不置可否，眼神轉向靠著辛情的兩個小丫頭，「公主真是可愛。」口氣裡似乎有豔羨。

「舅母也很好看。」兩個小東西甜甜說道，最喜歡人家誇她們。

如煙晴笑了，遲疑著，還是伸手說道：「我能抱抱妳們嗎？」

兩個小東西走到她面前讓她抱，辛情看見了她激動得有些濕潤了的眼睛。孩子，果然是女人最渴望最心愛的寶貝。

說了會兒話，辛情儘量不提起蘇豫。算了，該過去了。

等她走了，辛情抱著女兒發了半晌的呆。

晚上拓跋元衡來到坤懿殿，辛情和女兒正趴在地毯上玩琉璃珠子，都穿著白白的中衣，頭髮也都在後面用絲帶鬆鬆地繫了，看著俏生生的。他來了，被兩個小東西撲鬧了一會兒，辛情在一邊看著忽然就笑了。回來了也不是全然沒有好處，起碼孩子可以在完整的家庭中成長。

拓跋元衡不知道和女兒耳語了什麼，兩個小東西乖乖去西閣睡了。辛情也不起身，坐在地毯上皺眉看著。叛變了，她的兩個小崽子叛變了。

拓跋元衡轉身回來在她身邊坐下，擁她在懷裡，「不服氣？」

「當然不服氣，兩個小崽子是我生的我養的，這麼快就叛變了，果然好眼力，知道那棵樹大啊！」

拓跋元衡在她耳邊嘀咕了一句什麼，辛情推了他一把，「皇上好沒正經！」

「哈哈，朕要是正經了，哪裡來那兩個小崽子？」拓跋元衡笑著說道。

播種機！你那麼多崽子……

忽然想起了如煙晴，辛情說道：「如煙晴要改嫁了，希望你別難為她，她一個女人也不容易，真守著蘇豫，跟守寡有什麼差別，一輩子還不是孤單單的一個人？嫁了好，嫁了到老還能有個人一起相互照應。」

「朕的皇后越來越菩薩心腸了，難道女人做了母親之後都會像貓？」拓跋元衡抱著她問道。

辛情衝他笑笑，「不，像老虎。」

拓跋元衡拍拍她的臉，「妳本來就是隻小老虎，利爪利牙。」抓住她的手，「這麼柔若無骨的手怎麼就下得去手……」順便用力捏了捏，辛情一皺眉。

「皇上不知道老虎不發威的時候就是隻貓嗎？貓當然都是柔弱的。」

「柔弱……朕沒見過。」拓跋元衡說道：「扮一次給朕看看。」

辛情翻身撲到他身上，手化作厲鬼狀放在他胸膛上，「臣妾喜歡扮老虎。」

剛說完扮老虎，沒多久辛情就實踐了一次。

很快就是「千秋壽典」和「封后大典」，雖說辛情可以名正言順地偷懶，但也還是沒清閒到哪兒去。她叮囑了宮女太監看緊了兩個小東西，兩個小東西離了辛情的眼皮子底下仍是要撒歡亂竄，宮女太監們常常累得腿腳酸軟。

後天就是封后大典，之後是千秋壽典，再之後是兩個小東西的冊封典禮。以前拓跋元衡讓人準備的小東西的禮服大小不合身，這些日子一直在精心修改，這天終於修改完了，辛情看著兩套紅豔豔的衣服很是喜愛，忙命人去找了小東西回來試衣服，結果卻沒找到。

辛情在坤懿殿裡等了半晌，心頭忽然閃過一絲不安，心還隱隱痛了一下。於是她做皇后以來下的第一道旨意是，命宮中所有人都去找公主。自己也坐不住，出了殿門後，似乎冥冥之中聽見女兒在說「好冷」，越往西北的宮殿群走心裡的不安越是強烈。福寧跟著她，快到了那落雪宮，福寧攔住了她，「娘娘，落雪宮是不潔之地，娘娘但請留步，老奴代娘娘去看。」

「讓開。」辛情冷聲說道，心裡的不安太強烈了。

落雪宮真如雪地一樣，淒慘得沒有一絲生氣。院中一口低矮的井裡傳來了「嘩啦啦」的水聲，福寧一抖，聲音有些顫，「娘娘，這井一向……」

「寶貝？」辛情快步向那兒走過去。

「娘……好冷啊……」辛弦的聲音。

「出不去了……」辛月帶著委屈的聲音。

「別怕，娘來了。」辛情安慰著兩個小東西，福寧早已跑去叫人了。

辛情到了井邊，只見女兒泡在水裡，看見她就「哇」的一聲哭了，委屈地哭得辛情的心都揪了起來。她想都沒想就跳了下去，井下有種陰森森的感覺，女兒一左一右死死抱住她放聲大哭。辛情安慰著女兒，卻也止不住她們的哭聲。

很快，人來了，救了她們上去，兩個小東西誰也不讓碰，只抱著辛情哇哇大哭。辛情只掃了宮女太監們一眼，他們就都低了頭，瑟縮著肩膀了，因為辛情的臉是鐵青色的。

讓宮女用毛毯將女兒包住，辛情抱著兩個小東西往回走，身後是靜默不敢弄出一點聲的宮女太監們。回去的半路迎面走來了神色慌張的拓跋元衡，他身後也是浩浩蕩蕩的人。

濕漉漉的辛情和嚎啕大哭的女兒讓他的臉和辛情一樣鐵青了。

辛情咬著嘴唇從他身邊走過，也不言語。回了宮，讓人準備湯浴，抱著女兒去洗熱水澡。看著女兒哭得紅通通的鼻子，她又眼睛酸了，卻得笑著安慰女兒，不問她們為什麼到落雪宮去玩。在熱水裡在媽媽身邊，兩個小東西沒那麼害怕了，但還是縮在辛情懷裡，後來可能是暖暖的水讓她們放了心，便呼呼睡了。

將她們放到自己柔軟的床上，辛情的臉陰得能擠出水來。輕輕撫摸女兒的小臉，眼淚沒忍住落了下來。悄無聲息地落在被子上，很快消失無蹤。

「寶貝，對不起。」辛情喃喃道。她沒有保護好她摯愛的寶貝。

「來人，將今日陪伴公主的人全部杖斃。」拓跋元衡的聲音。

辛情愣了一下，站起身，「慢著。」

「為何？」拓跋元衡看著她，眼淚還沒擦掉，頭髮也濕著，看起來有些楚楚可憐。

「弦兒和月兒落水的原因還不明，若是冤枉人就不好了。況且馬上就是弦兒和月兒的冊封典禮，見了血總是不吉利，即使有罪要杖斃也稍後再說吧。」辛情掃一眼跪著的肩膀瑟瑟發抖的太監宮女們，然後慢慢地在他們面前走了一個來回，「我知道公主落水的事沒那麼簡單，你們給我聽好，等我查出來是誰幹的，我一定讓他求生不得求死不能，若有知情不報的，視為同謀之罪。」

這麼多人看著兩個小孩兒還會讓小東西在井裡泡著，看情形，泡的時間不短，居然走丟了這麼久都沒人找得到？雖不能說是他們集體合謀的，但是總該有人在裡面攪渾了水摸魚。只是這手是誰的、從哪裡伸來的她還不知道罷了。她自己都從不讓人欺負，何況是她最心愛的兩個寶貝。

辛弦、辛月睡得不安穩，小胳膊胡亂揮舞著，嘴裡叫著「娘」，辛情的心針扎了一樣縮了起來，快步到床邊俯身抱著兩個小傢伙，「娘在這兒，乖。」

感覺到一道身影矗立在她旁邊，辛情沒抬頭，「回家──終究還是回宮吧？」

被擁入一個胸膛，胸膛隨著他的話語而震動著，「這種事不會再發生。」

「沒有了弦兒和月兒我真的會死，我活不下去。」說著，眼淚又止不住，使勁捶拓跋元衡的胸膛，「都怪你，讓她們回來幹嘛？回來送死嗎？這是什麼地方，是龍潭虎穴，是吃人不吐骨頭的地方，讓她們回來幹嘛？」

「這件事朕會查個水落石出，給妳一個交代。」拓跋元衡輕拍她的背讓她冷靜。

「好，我等著。」辛情說道。

辛弦、辛月被嚇著之後有點怕黑，一到晚上就要爬到辛情身邊，一邊一個死死抱住她，一直睡到天亮都不鬆手，辛情的兩隻胳膊早上起來便又麻又酸。明天便是封后大典，那被小東西玩壞的鳳冠也重新修補好送來了。

拓跋玨在中午時分來了，看見辛弦和辛月有些驚恐地偎著辛情，他小小的眉頭皺了皺。

「母后，妹妹好像嚇著了。」

「沒事，過兩天妹妹就好了，玨兒不必擔心。」辛情讓他在身邊坐了，順便問了問今天學了什麼。

「弦兒、月兒，以後不要去落雪宮那裡，據說那裡……不乾淨。知道嗎？如果要去玩，告訴哥哥，哥哥帶人陪妳們去。」

「不去了。」辛弦的小嘴巴緊緊抿著。

「那哥哥帶妳們去別的地方玩好嗎？」

兩個小東西看看辛情，然後點點頭。

「對了，母后，明日是典禮了，我來照顧妹妹吧。」

「好，玨兒真是好哥哥，明天你替母后好好看著她們。」辛情忽然想起昨日送來的兩套小禮服，為了轉移小東西的注意力，便讓人拿來了禮服來。

穿上紅紅的繡著五隻金絲鳳凰的小禮服果然很漂亮，本來沒精打采的小傢伙聽拓跋玨說她們好看得不得了立刻臭美起來，穿著小衣服在鏡子前轉圈圈，仔細照過之後很自戀地說了一句「果然很美呢」。辛情和拓跋玨相視一笑。

辛月不知怎麼想起了辛情的那頂鳳冠，說要戴戴。辛情皺眉，這東西戴上去，女兒的小脖子就得變形了。

辛月失望地噘了噘嘴，說「母后不愛我了」。辛情知道小崽子現在有點驚懼，好不容易高興點了，還是順她的意好，便命人拿了鳳冠來。

「月兒，這鳳冠不能隨便戴的。」拓跋玨說道。

「為什麼？」辛月撇嘴。

「這頂鳳冠只有母后才能戴，因為母后是皇后。」他的妹妹們很是任性。

辛月抬頭看辛情，可憐巴巴的樣子。辛情捧過鳳冠，小心提著放在她頭頂，自己則提著幾乎所有的重量。辛月高興了，看看鏡子，轉轉腦袋說了句，「我長大了也要做皇后。」

辛情差點鬆手，這是要誤入歧途啊！做皇后，如果不是她老子一族被改朝換代替換了，就得去嫁奚祁的兒子。

「月兒，這話不能亂講。」拓跋玨說道。

「是啊，不能亂講，萬一真做了皇后有妳後悔的。」辛情將鳳冠放到她懷裡讓她抱著，「重嗎？」

辛月點頭，這好幾斤重的金屬累得她小臉都憋紅了，一噘嘴欲鬆手。

「不准鬆手，抱著。」辛情說道，小東西便憋紅了臉，皺著小眉毛死死撐著。辛情蹲下身，摸摸女兒的臉，「累嗎？」

使勁點頭。

「累就對了，做皇后啊就是累得要死又不能鬆手，妳還要做嗎？」辛情問道。

「可是這東西很好看。」辛月猶豫。

「好看也不會天天戴，一年只能戴幾次。」

「那我不要做皇后了。」辛月肯定地答道，然後看見自己娘親笑了。

明天就是封后大典，晚上拓跋元衡過來看看，見辛弦和辛月趴在辛情懷裡沒一點精神。看他來了，往他懷裡蹭蹭抱抱之後又爬了回去。

「弦兒、月兒，哪裡不舒服？」拓跋元衡抱過一隻在懷裡問道。

「父皇家裡不好玩，父皇，我們和娘回家吧？」辛月抱著他的脖子控訴道。

「乖月兒不怕，父皇很快就把壞人趕跑了，月兒和弦兒就不怕了。」拓跋元衡看了辛情一眼。

「是啊，那個壞人好壞呀，我和辛弦都沒看到她，她就抓了我們呢。」辛月說道。

「哦，月兒沒看到壞人什麼樣子？」拓跋元衡問道。

辛月搖搖頭，「沒有，就是她有很長很長的頭髮，穿著白衣服。」辛月跳出拓跋元衡懷抱，蹦在床上，蹦蹦跳跳地，「就是這樣飄來蕩去的走路……好好玩喔，可是誰知道她是壞人。父皇，你把壞人攆走好不好？」

「好，父皇把家裡的壞人都攆走，以後月兒和弦兒就可以放心地到處玩了。」拓跋元衡捏捏她的小臉蛋，「父皇送來的衣服喜歡嗎？」

「喜歡，謝謝父皇。」辛月跑回來在他臉上親了一下，「父皇……」聲音甜膩膩的，杏核眼眨呀眨。

「怎麼了？」拓跋元衡笑問，小丫頭看起來有事相求。

「父皇，我想要母后那樣的鳳冠，好不好？」辛月小臉上光彩熠熠。

「為什麼？」

「父皇，我好喜歡母后的鳳冠，可是珏哥哥說只有皇后可以戴。父皇，可是月兒好喜歡哪……」辛月撒嬌。

「辛月，不是說了不要了。」辛情瞪她。

「人家說不要做皇后了，可是沒說不要鳳冠哪！」辛月又轉向拓跋元衡，「父皇，好不好哪……」

「月兒想做皇后？哈哈！」拓跋元衡朗聲笑了，刮了她鼻子一下，「月兒是做不了皇后的。」

「人家不做皇后了，母后說做皇后好辛苦的，可是人家好喜歡母后的鳳冠哪，父皇……」辛月說道。

「父皇明天就讓人去給弦兒和月兒做鳳冠。」拓跋元衡說道。

辛情懷裡的辛弦搖頭擺手，「我才不要，好難看。」

辛情笑了，女兒終於好些了。

哄睡了女兒，一轉身就被抱到一個懷抱裡，推了推，不動。

「做皇后很辛苦？」拓跋元衡問道。

「辛苦，不如做十四娘的好。」辛情說道，那段日子真愜意，有自己的小產業，豐衣足食，偶爾還能裝神祕。回到這裡就是沒有個沒有祕密的公眾人物，一舉一動都在別人的監視和算計之中，能不累嗎？

「十四娘經營小店，皇后經營的是後宮。」拓跋元衡說道。

直視拓跋元衡十秒鐘，辛情想放聲大笑。千金笑和後宮有本質的差別嗎？沒有，都是接客的。有的是表面上的差別，千金笑面對廣大的客戶群，後宮只有一位顧客，為了爭他的賞金女人們搏命。

「又想說什麼？」拓跋元衡皺眉，辛情的表情看起來是在極力忍笑。

「沒什麼。明天就是封后大典了，臣妾高興。入宮之初，臣妾就為了這個位置努力，如今終於目標達成，臣妾高興。」高興還能在後宮也混個老鴇的位置。

「假話。」拓跋元衡說道。

辛情不置可否，忽然想到個問題，「若是抓住了壞人，皇上要如何處置？」

「妳要如何處置便如何處置，妳是皇后，這麼點事還處置不了，天下人會笑話的。」

「好，臣妾……遵旨。」辛情的嘴角一絲冷笑。

第二日的封后大典比之當年的封妃典禮隆重許多倍，辛情幾乎一個晚上都沒睡，坤懿殿殿裡殿外也是穿梭不停的人流。拓跋元衡去別宮歇息了，辛情在殿中看著熟睡的女兒，再過幾日這兩個小東西就將隨著聖旨的頒佈而成為天底下最尊貴的娃娃。她們不是國公主不是郡公主，而是獨一無二的良辰公主、圓月公主，不知道是福是禍。

輕輕撫摸女兒的小臉，也好，既是公主了，她們的美貌便不會招來覬覦，不會被男人隨意收藏而毀掉她們想要的人生，只不過要更加小心翼翼活著罷了。命，果然還是逃不開的命。

福寧帶著一群太監宮女魚貫而入，捧著各類什物，提醒辛情時辰差不多，該穿禮服了。流程和封貴妃那會兒大同小異，只不過身上戴的更是繁複，隨從也更多。拜完了拓跋元衡，回到坤懿殿接受所有妃嬪和高級內侍等人一輪一輪地叩拜。看著這許多人，辛情很想扒下每個人的面具，看看後面那張臉是鬼耶人耶？

等全都拜完，那好幾斤重的鳳冠已快累死人了。讓宮女為她揉肩膀，辛情閉目養神。

「公主呢？」

「回娘娘，公主在太子宮中。」宮女小心答了。

「去帶她們回來。」辛情說道。現在女兒離開她視線一會兒她就會覺得不安。那將她女兒扔進井裡的女鬼不知道是什麼來路，若抓到她……辛情的嘴角浮現一抹冷笑。

小東西回來了，看起來挺高興的，辛情這才放了心。拓跋玨是個好哥哥，忽然非常希望拓跋玨是她親生的兒子。

接下來的千秋壽典、小公主冊封典禮都熱鬧非凡地辦完了。辛弦和辛月有了新名字：拓跋心弦、拓跋心月。也有了自己的宮殿，不過因為年幼，自然留在坤懿殿和辛情同住。

拓跋元衡答應給她們的小小鳳冠也實現了。辛弦不喜歡，從來不戴。辛月剛開始幾天稀罕得不得了，每天都穿著紅色小禮服戴著小鳳冠臭美，辛情看了總是忍俊不禁。拓跋元衡說她像隻驕傲的小孔雀。

熱鬧的喜慶事過去了，不高興的事就冒了出來。雖然兩個小東西現在只是有點怕黑有點怕井，不過辛情對那鬼可是耿耿於懷。這兩天聽說拓跋元衡下了旨意將落雪宮封了，那鬼的事也不知查得如何。又想起蘇豫和桃花，不知道何時能見到，拓跋元衡只說「過些日子」，不知道是否要遙遙無期了。

又過了幾天，有一個謠言傳到了辛情耳裡，說是落雪宮的那口井到了入夜時分便有光芒發出，不知是何原因，辛情聽了但笑不語。

參之章　為母則強

這天又到了入夜時分，辛情正哄著女兒睡覺，有滿臉汗的小太監來請，說是皇上請娘娘到落雪宮。聽見落雪宮幾個字，小東西一骨碌爬起來抓住辛情的胳膊不讓她去，說那裡有壞人。辛情極開心地對她們說，她就是要去趕壞人走的，讓她們安心睡覺，明天一早醒了就沒有壞人了。兩個小東西也要跟著去，被辛情一眼瞪了回去。

換了衣服帶著人到了落雪宮，拓跋元衡不在，只有樂喜帶著人。落雪宮的院子裡燈火通明，一個白衣人被捆著扔在地上，頭髮散亂地遮住了臉，看不清楚長相。辛情坐下，樂喜忙上前說道：「娘娘，這就是落雪宮的鬼。」

辛情點點頭，「鬼？裝神弄鬼吧，要不遮遮掩掩幹什麼？本宮要看看這鬼到底是什麼來路。」立刻就有太監動作粗魯地撥開她的頭髮，露出了一張滿是恨意的臉。

「粗魯，對這麼個美人你們怎麼不懂得憐香惜玉些呢？」辛情笑著看她，「好好的美人不爭取著伺候皇上倒喜歡裝神弄鬼，還是說——妳這是標新立異想引起皇上注意的手段？」

「哼，要殺要剮隨便，我只恨沒有親手掐死妳的兩個小妖精。」那女子的口氣憤恨。

「後悔的事常有，人之常情。如果妳不動這個蠢心思就可以在這裡好好做安生鬼，可是妳偏偏瞎了眼要動我女兒，這是妳自己找死，妳可別怪我。」辛情仍舊笑著，臉上卻是陰沉沉的，「不過，為什麼呢，妳明知道這是死路一條？」

「為什麼？為我姊姊，妳搶走了她的兒子還害她被殺，我也要讓妳嘗嘗喪女之痛，讓妳知道什麼是椎心之痛。」

辛情看看樂喜，樂喜忙俯身她耳邊說道：「娘娘，她是那世婦的妹妹。」

點點頭，辛情看向那女子。

「妳姊姊的兒子？妳姊姊的兒子跟本宮有什麼關係？一個小小世婦的兒子本宮還不看在眼裡，再說，本宮已有了太子還稀罕搶妳姊姊的兒子？笑話。」

「六皇子是我姊姊懷胎十月生下的，可是現在變成了妳的兒子。我知道妳不會承認，不過頭頂三尺有神靈，老天有眼看著呢。我今天雖然會被妳害死，不過，妳也別得意，妳一定會不得好死。」

「用這種拙劣的招數離間本宮和太子，妳太天真了。」辛情冷笑，「還有，我就算不得好死妳也看不到，而本宮卻能眼睜睜看著妳如何死。那井中發光的不是鬼神，妳何必跑來看暴露自己？不過，既然是皇上下旨查的，妳就算不來看也跑不掉。既然公主沒傷到什麼，本宮就網開一面，讓妳自己選個死法。」

女子瞪了她一眼，狠狠地吐了口唾沫在地上。

辛情弄了弄長長的指甲，一挑眉，「懶得選？那好，本宮替妳選。」起身，走到她身邊拍拍她的臉，以兩個人能聽見的聲音說道：「我若是妳就不會在這時候動手，我會耐心地等太子長大再告訴他，那時候他有了報仇的能力了。還有到了那時候殺小公主，那時候皇后也老了沒法再生了，死了孩子就真正的孤家寡人了，再加上那時候已年老色衰，喪女的打擊、太子的背叛，想她死不是很容易？這個時候動手，皇后年輕貌美還能生，沒準兒還真生出個兒子呢，妳姊姊的兒子是死是活就不好說了，妳說呢？呵呵，到底還是年輕，血氣太盛，容易衝動，目光也沒那麼長遠。其實呢，本宮不知道妳活著，妳只要安安靜靜的便不必死，現在可是妳自己跳出來讓本宮殺的，妳死了千萬別怪本宮啊……」

那女子惡狠狠地瞪著辛情，吐了口水在她的外衣上。辛情皺眉，起身，脫下紅色外衣交給宮女，對樂喜吩咐道：「她既然喜歡做鬼，就讓她去那水井裡做水鬼。這衣服就賞給她吧，若是井裡真有龍王就算給她的嫁衣了，本宮穿過的也不算埋沒她。」

樂喜躬身點頭，一揮手就有人扶了那女子起來，三下五除二將紅色的外衣給她穿上。

「我詛咒妳不得好死，獨孤氏，我會在十八層地獄等著妳。」女子嘴唇都咬出了血。

「好啊，妳先去等著本宮吧！」辛情笑了，「本宮若福大命大就委屈妳多受幾年苦了。哦，對了，妳不是好奇井裡為何會發光嗎？因為本宮命人扔了顆夜明珠下去。人，不能太有好奇心的，知道嗎？既然妳喜歡那夜明珠，也送給妳陪葬了。好好去吧，下次別不長眼睛惹了不該惹的人。」

扶著宮女的手，辛情緩步離去，女子的叫罵聲不絕於耳。

當夜，落雪宮那口井上覆蓋了三層大理石石板，又貼了許多的符咒，落雪宮的宮門也重新封上了。於是，井中不再夜間發光，一切都歸於平靜。

辛情去了太華殿，拓跋元衡果然在等她。

「處理完了？」他口氣平常，聽不出什麼起伏。

「你故意留著她讓我殺她？」辛情的手心有點涼，她又害死了一個人，一個可憐人，而且是用極殘忍的手段。

拓跋元衡握住她的手，「手這麼涼？害怕了？」

「拓跋元衡，我一點也不感激你。」辛情抽回手，冷聲說道。

「知道，妳從來都不感激朕，也不差這一回。」拓跋元衡又握住她的手，「殺了她，妳才會從心底真正認定玨兒就是妳的兒子，而且妳還要盡全力去掩蓋真相，永遠不讓他知道。雖然累，但是唯有如此，將來玨兒才不會知道。」

「沒有永遠的祕密，他早晚都會知道，到時候他會恨我。我不怕他恨，可是我怕他對付弦兒和月兒。拓跋元衡，如果真有那一天，你別怪我心狠手辣，沒有人可以傷害我的弦兒和月兒。」辛情的聲音很冷卻有點顫。她知道自己可能不忍心，可是為了弦兒和月兒，她會硬下心腸。

「這麼快就打算和玨兒對立了？」拓跋元衡笑了，「這種殺母奪子的事在後宮司空見慣，妳明白，玨兒大些了也會明白，兩個都明白的人就沒想過要和睦相處？」

「和睦相處？說得簡單。拓跋玨將來登基做了皇帝，想報仇只不過是動動嘴皮子的事，弦兒和月兒怎麼辦？」

「生不如養，妳沒聽過？況且，就算將來如何，妳可以告訴他，他生母是因為昭儀才死的，與妳無涉。」拓跋元衡輕描淡寫地說道。

辛情一怔，愣了半晌才開口說道：「拓跋元衡，你真可怕。昭儀曾是你最心愛的女人，你竟然……我想，我知道自己的下場了。還是那句話，拓跋元衡，無論你如何對我，只要你保護了弦兒和月兒一生平平安安的，我就會感激你。」

拓跋元衡笑了笑，沒解釋什麼，只說：「天晚了，回宮歇著吧。」

出了太華殿，辛情腳步異常沉重。她以後的路怕是比以前還要兇險，畢竟她要防著的是一個長成中的未來帝王。等他力量足夠強大了，她已是風燭殘年，要如何做才保得住女兒一生的平安？

回了宮，見拓跋玨也在，守在床邊看著兩個睡得正香的小東西。辛情莫名其妙害怕了，這一刻在她眼裡，拓跋玨似乎成了窺視獵物的虎獅。緩緩神，辛情笑著對拓跋玨說道：「玨兒怎麼還沒睡？」

「母后，月兒的東西忘在孩兒那裡了，我送回來了，正巧見妹妹睡得不安穩，因此在旁邊看了一會兒。」

「嗯，玨兒是好哥哥。」辛情彎腰摸摸他的頭，「早些睡吧，功課要緊，學不好，小心父皇生氣。」

拓跋玨點點頭，「是，母后，我知道了。母后也早些歇著吧，這些日子母后很勞累。」

「嗯。」辛情命人護送拓跋玨回宮去了。

坐在床邊，看著又睡成圓的女兒，輕輕嘆了口氣，「娘會保護妳們，放心睡吧。」

這件事過去了，後宮的女人們見到辛情更怕了，個個都低眉順目。兩個小東西敏感地察覺到了，問她為什麼父皇的妃子們都怕她，辛情說因為她是皇后，是父皇宮裡最有權力的女人。小東西歪頭，問什麼是權力。辛情說，權力就是說話沒人敢不聽的東西。

眼看著就是七月了，如煙晴的改嫁已提上了日程。如煙晴的父親如廷尉特意求見辛情，辛情看著眼前一臉嚴肅的如廷尉。

「不知廷尉何事？」辛情一臉的悠閒。

「是……小女改嫁之事，微臣特來向娘娘請罪。」如廷尉躬身說道。

「請什麼罪？」辛情心裡琢磨這老大人的想法。

「小女煙晴不為國公守貞，雖前有皇上和娘娘的恩典說小女將來有了意中人可以改嫁，不過，小女亦不該如此，國公夫人乃是朝廷誥命，豈可隨意改嫁，小女所為實在是有辱國公夫人之名。微臣這兩日聽說小女前些日子竟然還敢親自到娘娘面前提改嫁之事，實在是不知羞恥。微臣教女無方以致於令娘娘和國公蒙羞，還請娘娘降罪。」

「降罪？你不說我倒是忘了。想來也是，如煙晴當年嫁進我獨孤家的時候還信誓旦旦地說生是獨孤家的人死是獨孤家的鬼呢，這一轉身就變臉了。本宮當年求了皇上的那道可以改嫁的聖旨不過是為了面上好看，她竟還當真？再說，當年本宮不過是個貴妃，如今本宮正位中宮可是母儀天下了，她就算不要自己的名聲也不能不顧皇后家的聲譽吧？你這個女兒……實在是教導無方啊。」辛情喝著茶，餘光看著如廷尉。

「娘娘，小女一切不德之處皆是微臣教導無方，娘娘若治罪，請治微臣的罪，從此後微臣與小女一刀兩斷，絕父女之情。」如廷尉蒼老的聲音聽起來很無奈。

辛情笑了。

如廷尉躬身低頭亦不言語。

「廷尉總這樣躬著身子不累嗎？來人，賜座。」

如廷尉誠惶誠恐地抬頭看她，想起了不能直視的禁忌馬上又低了頭。

「廷尉口口聲聲說自己女兒的不是，卻要我治你的罪，這是何道理？」辛情示意他坐了，接著說道：「天下父母心，本宮明白，廷尉跑來請罪是假，求本宮放過如煙晴是真。」

「請娘娘體諒微臣一片苦心，微臣老矣，膝下雖有幾個兒女，煙晴卻是微臣最捨不得的女兒。自小，煙晴琴棋書畫無一不通，微臣常打算著給她挑一個最好的男子，不料，煙晴在護國寺卻對國公一見鍾情。微臣與國公同朝為官，對國公的品行亦十分敬佩，只不過……國公雖潔身自好，卻被娘娘聲名所累。微臣雖愛國公之德行才能，卻不想煙晴嫁入獨孤家。但煙晴自小脾氣執拗，認定的事情絕不回頭，執意要奉旨嫁入獨孤家。後來，國公身亡，微臣以為小女會絕此念頭，不料她竟要……微臣打也打了罵也罵了都無濟於事，微臣知道，一旦嫁了，煙晴的一輩子便毀了。」如廷尉停下了，頓頓首再拜，「前些日子聽說煙晴有了改嫁的心思，微臣很是高興，不過……」

「不過，廷尉卻在盤算本宮的心思，不知道今時今日已升了皇后的本宮還會不會遵守諾言是不是？」

「正是如此，尤其前些日子皇后娘娘處死庶人一事，微臣不得不做此想。」

「你們父女果然都是直性子，說話都這樣直來直去惹人不快。」

「微臣說的都是肺腑之言，微臣知道可能會觸怒娘娘，但是，娘娘也說天下父母心，還請娘娘體諒微臣為人父之心。」

「老大人，你多心了。本宮雖手段歹毒稱不上正人君子，不過既然本宮承諾過的事就會遵守，你放心回去吧，如煙晴改嫁的事本宮知道了也應允了，若你擔心本宮會找她的麻煩大可不必，後宮的事就夠本宮忙的了，哪有時間管她一個小小的國公夫人。」辛情起身走到他面前，「本宮也是做了母親的人，知道父母疼孩子的那份心思，廷尉放心好了。」

「微臣謝娘娘恩典。」

「若謝……將來如煙晴的喜糖喜酒給本宮送些來吧。」辛情笑言。

正巧心弦和心月滿頭大汗跑進殿來，見到如廷尉便看他，「母后，這個鬍子爺爺是誰啊？」

「是一位老大人。」辛情彎腰幫女兒擦了擦汗。

鬍子爺爺？以前叫拓跋元衡鬍子伯伯，成一家了。

「微臣見過公主殿下。」如廷尉對著兩個小姑娘施禮。

「鬍子爺爺大人你別行禮，我們不好意思哪！」心弦馬上說道。

「如廷尉，你先退下吧，本宮該說的話已說到了，你還是早些回去籌備如煙晴的婚事吧。我相信，這一次你一定是歡歡喜喜準備了。」命人帶如廷尉退下。

「母后，什麼是婚事？」心弦這個小百科最喜歡問東問西。

「等妳大了就知道了。」辛情笑著拍拍小東西的腦袋。什麼都愛問。

中午拓跋元衡來用午膳，用過了讓宮女帶小東西去午睡。辛情低頭笑了，「今兒才知道我還真是惡名在外。」

「如老頭說什麼了？」

「能說什麼，怕我找他女兒秋後算帳。」辛情笑著說道：「這老頭還真是耿直，說話不中聽。」

「這老頭子就是這樣，從來不順著別人說。」拓跋元衡抱抱她，「怎麼，介意了？」

辛情搖搖頭，「介意什麼，腳上的泡都是自己走出來的。莫說他不信任我，就連我自己都不知道哪天起了壞心找人家麻煩呢——誰讓，我是壞人。」

「聽這意思可是不高興了。朕本來還打算帶妳去見一個人，看來皇后是沒心思了，那就算了。」

熟悉的對白。辛情抬頭看看他，「很多年以前，你帶我去見隨心，現在還能帶我去見誰呢？」

「去了不就知道？皇后到底要不要去？」拓跋元衡笑道。

「去。」辛情想了想，「弦兒和月兒可不可以一起去？」

拓跋元衡搖搖頭，「現在還不行。怎麼，還不放心她們？」

辛情低了頭，不言語。

「朕已命樂喜帶人親自看護坤懿殿守著公主安歇了，妳還是放心吧。」

隔了兩日用過晚膳，哄睡了心弦和心月，辛情悄無聲息地出門去了太華殿，卻不見拓跋元衡。轉到偏殿，見他正坐在桌邊，桌上放了套衣服，示意辛情換了。

等辛情出來，拓跋元衡朗聲笑了，捏捏她的臉說道：「嗯，不錯，翩翩佳公子，就是個子矮了些。」

「皇上帶臣妾去的地方……難道是女人不方便去的地方？」

「這個……方便不方便也分什麼女人，妳是不方便正大光明去的。差不多了，走吧。」

一路上有些偷偷摸摸，身後跟著一水兒狗腿子打扮的大內侍衛。走到宮門口一輛普通的馬車在候著，馬車行進中辛情將簾子撩開道縫隙，警戒森嚴。又走了一會兒才有了人氣兒，居然熱鬧得很。馬車在一處張燈結綵的四層樓前停下，跳下馬車，辛情看一眼那樓的裝修風格就知道，那是家青樓。

看拓跋元衡一眼，辛情笑了，「三爺好興致。」因為他行三，出宮前叮囑她叫他三爺。拓跋元衡笑著步入樓內，一個濃妝豔抹的女子迎了上來，「三爺，您可終於來了。」

再看一眼拓跋元衡，敢情還是常客？不知道相熟的姑娘是哪一位？忽然想起同治皇帝可是逛青樓得了花柳病死的，不知道這位皇帝爺身上有沒有……回去要宣太醫來檢查檢查。

女子帶著他們到了四樓，四樓幽靜得很，完全沒有樓下的衣香鬢影。進了雅間，辛情驚訝了一下。這氣派……果然是皇帝來的地方，是她們小小的千金笑不能比的，每一件東西看著都不俗——價格。

「三爺很久沒來，最近很忙？」女子笑著問道，一笑便是滿身的風塵味。

「忙，最近有些麻煩事。」拓跋元衡說完看看辛情，「因為這麻煩事，所以這地方要轉手給這位夫人了，以後她就是妳們的新主子。」

辛情和那女子都一愣。

新主子？難道拓跋元衡是舊主子？這也太有喜劇效果了。皇帝開妓院？難道是要「娼盛繁榮」？皇帝因為麻煩不開了，轉手給皇后……要是對號入座，皇帝和皇后不就成了龜公和老鴇。

辛情忍不住看著拓跋元衡笑了。

「三爺承讓。」辛情說道。
「夫人？」女子驚訝地看她。
「嗯，敝姓辛，請問您怎麼稱呼？」
「奴家姓鍾名無豔，小字花花。」
辛情愣了一下，鍾無豔？有事鍾無豔，無事夏迎春。這名字取得真好，那她改名叫夏迎春好了。
辛情衝她笑著點了點頭，算是打過招呼。
「以後還請夫人多多照顧。」鍾無豔說道。
「那要看妳對我是否如同對三爺一般……情深意長了。」辛情笑著說道。
鍾無豔臉上閃過一絲不自在，不過只是一瞬間的事，再眨下眼睛就恢復正常了，「夫人說笑了，誰是這千紅樓的主子，誰就是無豔的主子。」
「說的好，果然玲瓏。」辛情想了想，「新人新氣象嘛，這千紅樓的名字也換一換吧，我比較喜歡千金笑三個字。無豔，麻煩妳找人換了牌匾吧。」
「是，夫人。」鍾無豔說道：「夫人還有什麼事？」
「沒事，有事我再問妳，妳先出去招呼客人吧。」
她出去後，辛情忍不住笑，「沒想到三爺的生意遍佈各行各業呢。」
拓跋元衡搖搖頭，「有那麼可笑？」
「說實話？可笑，很可笑！起碼我自打生下來沒聽說過皇帝開妓院的。」辛情笑著，喝了口茶水壓壓。
「嗯，朕也沒聽說皇后開妓院的。」
「皇后是夫唱婦隨，況且皇后以前就是做這一行的，也算輕車熟路。」辛情說道：「三爺讓我來見的就是這一位？」

「是。如何？」

「聰明世故，成熟美貌。」辛情起身踱步到簾子邊往下看，陸陸續續有客人來了，很多人從衣飾氣勢上看非富即貴，一到來便是無豔親自接待，恭敬地送到樓上的雅間。看了半天，辛情踱步回到桌邊，

「三爺的千紅樓開很久了吧？」

「還好，執掌家業之前已開了。」

「三爺好手段。」辛情說道。開這麼個高檔的看起來很安全的美人窩，真是得到官員最見不得人隱私的好方法，「不過，三爺捨得將生意轉手嗎？」

「夫人的生意不就是三爺的生意？何來轉手之說。」拓跋元衡笑著說道：「以前是控制，如今是監視，就交給夫人了。」

「交給我是可以，只不過，要我提供消息怎麼收費呢？」

拓跋元衡到她耳邊輕聲說了句話，辛情故意媚媚地笑了，「爺的家財是留給兒子的，我難道除了爺這個人就得不到別的了？」

「放肆。」拓跋元衡拍拍她的背，「有了三爺就什麼都有了。」

辛情微扯嘴角，沒接話。有了三爺也許還什麼都沒有了。

正想著，外面有幽幽的琴聲響起，辛情起身向外看去，一個紫衣女子在三樓緩台處撫琴，單是這一身裝扮和琴聲氣場就足夠強大了。聽著聽著，辛情皺眉，這調子怎麼聽怎麼熟悉。忽然想起來哪裡熟悉了，鄢陵的調子，帶著些哀怨的調子。

直到曲終，整間樓裡安靜得沒有一點動靜。紫衣女子抱琴起身離開，仍舊是沒有一絲動靜。辛情回頭看拓跋元衡。

「如何？」拓跋元衡問道。

「不懂音律，不敢妄加評論。不過，從反應來看，應該是高手了。」

拓跋元衡神色複雜地看了她一眼，也不言語。

又坐了一會兒，辛情起身，「看也看過了，回吧，改天我再來看看不適之處。」

回宮的路上，馬車裡黑黑的，辛情靠著馬車一言不發。鄢陵，明明是久遠的事，想起來卻像是在眼前一樣。蘇棻憂傷的臉、蘇豫雨中的臉、昭儀平淡的臉、奚祁狐狸樣的臉，獨獨想不起來當年蘇朵的臉了。人最快遺忘的往往是自己。

「想什麼？」拓跋元衡的聲音傳來。

「沒什麼，想蘇棻當年的舞，很美。」

「還有什麼？」

「沒什麼了，其餘的和我也沒什麼關係。」

進了宮門，早有內侍在等著了，跟在拓跋元衡身邊。快到太華殿，拓跋元衡停住腳步，臉色有些陰沉地看著辛情，辛情只說了句：「皇上早些安寢吧，臣妾告退。」

「沒有話和朕說？」

辛情回頭，想了兩秒鐘笑著說道：「雖說是一樣的調子，還是原來的人彈起來聽著更舒心。」

「妳——」拓跋元衡皺了眉。

「沒猜錯的話，這曲子是您每次必聽的吧？」辛情說道：「既然那麼喜歡聽，就把人找回來吧。」

拓跋元衡轉身邁上臺階，給她一個無言的背影。辛情聳聳肩膀，轉身離去。回到寢宮，兩個小東西睡得正香，換了衣服在旁邊躺下，將挨著她的小東西抱在懷裡，蹭蹭她的小臉，果然，小東西伸出小爪子推她的臉，過了會兒想必是覺得熟悉，便一把抱過她的脖子，將小腦袋靠在她肩窩處睡了。

夜還是那麼安靜，辛情卻睡不著，耳邊一直響著那曲子。

第二天去見拓跋元衡，他臉色有點陰，對昨晚的怪異舉動隻字不提。他不提辛情自然沒那個必要提。他想他的天仙，又不是她想。

又過了幾日，辛情夜半時分出宮去千紅樓。這次不是男裝打扮，而是黑寡婦十四娘的裝束。沒有了面具，被發現皇后逛青樓就不好了，所以她覆了黑色面紗，裹得嚴嚴實實，帶了兩個頂尖高手護衛。從後門進了千紅樓祕密上了四樓，派人去請鍾無豔。

鍾無豔推門進來，見她的裝扮愣了一下。誰大半夜看見一團子黑漆漆的能不害怕嗎？

「夫人怎麼來了？」鍾無豔馬上笑了。

「來看看。」辛情說道：「那日彈琴的是誰？帶她來見我。」

「彈琴？您說筱紫魚？是，無豔這就去讓她來見您。」

過了一會兒，鍾無豔身後跟著一個紫衣美人兒。乍見，辛情愣了下，這美人兒長相也如此相似。讓鍾無豔出去了，辛情看著眼前的美人。

「不知夫人見紫魚何事？」筱紫魚開口了，聲音溫溫柔柔的，聽著卻帶著清冷。

「沒事不能見嗎？妳可是在我手底下過日子討生活了。」辛情笑著說道：「那天聽妳彈的曲子好聽，就想見見是什麼妙人才彈得出。」

「夫人過譽。」仍是清冷的聲音。

「妳……是賣藝不賣身的吧？」辛情話一出口，就見她身子輕輕一震。

「是。」

「可惜了，這麼美的一張臉。」辛情站起身到她面前抬起她的下巴，入眼的是一雙和聲音一樣清冷的眸子。

「夫人，紫魚只賣藝。」

辛情笑了，鬆開手重新落座，「我沒有逼妳賣身的意思，妳若賣了身就不值錢了。我的意思是，妳這樣美的一張臉，若是生在好人家怕是可以富貴通天了。」

「紫魚不奢求，現在靠自己過活覺得還好。」

「妳這樣的性子……若不是有這樣的美貌，怕是早被老鴇打得不成人形了，哪容得妳這麼囂張。」辛情說道：「不過，貌美也要早做打算啊，畢竟美貌是不能長久的。」

「夫人會給紫魚打算的權利嗎？」

手指輕敲著桌面，辛情慢慢說道：「妳用什麼交換呢？沒有好處的事我是不會做的。」

筱紫魚冷笑了兩聲，「交換？紫魚只有一張臉，夫人恐怕不看在眼裡。」

「那不一定，要看怎麼用。」

「夫人的意思是？」紫魚有些疑惑。

「現在還沒什麼意思，等我想到了再告訴妳吧。」辛情忽然想起了什麼似的說道：「哦，對了，那日彈奏的曲子換一首吧，我不喜歡。以後每次我來換別的彈，每次不准重樣。」

「夫人……這……」筱紫魚猶豫。

「這什麼？現在我是這裡的主人，在這裡我就是法我就是規矩，懂了嗎？妳那套冷若冰霜拒人於千里之外，在我面前通通都收起來，我不吃這一套，記住了？」辛情笑著。

「是，夫人，紫魚謹記。」筱紫魚說著謹記，口氣卻有些漫不經心。

「好了，妳出去吧！」

筱紫魚出去了，不一會兒鍾無豔進來了。

「這裡除了筱紫魚，還有其他的紅人嗎？」

「有，還有幾位姑娘。夫人要看看？」

「不看了，這個時候看，不是跟錢過不去嗎？改天再說吧，我想再培養些紅牌，妳去選人。選好了，畫像拿來我看。」

鍾無豔有些猶豫地問道：「夫人要換掉筱紫魚？」

「我說了嗎？」辛情笑了，「我只是說培養些新人——聽話的新人。」

「是，夫人。」鍾無豔答道。

辛情起身到簾子邊往下看，這個時候已是燈紅酒綠歌舞昇平紙醉金迷，一樓的各色風光盡收眼底，不過，也沒什麼新鮮的了。

「以前怎麼辦妳就看著怎麼辦，我有時間就來看看。」辛情推門從原路返回了。

回了宮，在坤懿殿門口被劫持了，劫持她的是個男人，劫到了西閣。殿門關上，紗簾落下，辛情開口說道：「朗朗乾坤，閣下怎麼做這等勾當？」

「小娘子深夜時分至此，可是有不可告人之事？」拓跋元衡扳過她的身子，目光深沉地看著她一身的裝扮，「不敢以真面目示人？」

「做不可告人之事，難道還要敲鑼打鼓明目張膽？」辛情推了推他的胸膛，他卻紋絲不動。

「去千紅樓了？」

「自己的生意當然要照管。」辛情笑了笑，「閣下能否借步，小娘子我要去梳洗一番。」

「同去。」拓跋元衡一把抱了她起來，卻不是梳洗。

床？難道要乾洗？

果然是「相濡以沫」式的乾洗。洗完了，洗衣工睡著了。辛情披了黑紗的袍子起身，準備洗澡去。乾洗的過程雖舒服，結果卻不是很乾淨，黏答答的。推開殿門，值夜的宮女們忙躬身過來了，便吩咐她們去準備熱水。

辛情見殿外月亮好便出了門，高高的臺階望下去，整個皇宮都在沉睡，深沉的紅色已化成了更加深沉的黑色，看起來不如白日那樣讓人神經緊張。

夜風吹著紗拂過身體，涼涼的有點癢。人月兩團圓，人在一起心不在一處，算得上真團圓嗎？誰又想跟誰團圓？真是複雜的問題。

吹了會兒風有點冷，她抱了抱肩膀轉身回殿中，卻發現殿門口站著拓跋元衡。

這男人就喜歡在她身後嚇人。

「夜深天寒，皇上怎麼出來了？」辛情笑問。

「夜深天寒，皇后不也出來了？」拓跋元衡答道。

風向有點不對。

「臣妾是熱，出來涼快涼快。」辛情說道，更冷了，輕輕寒顫了一下。

拓跋元衡看她一眼，轉身進殿。辛情在後面扯扯嘴角也跟著進殿。宮女們已準備好了洗澡水，看拓跋元衡進了西閣，辛情便放心去洗澡。

泡在大木桶裡，氤氳的蒸汽緩緩瀰漫開來。忽然湧上一股涼意，她往水裡縮了縮，泡了一會兒水慢慢涼了，她開始懷念溫泉宮的蘭湯，泡一個晚上都不會冷。出浴了披上袍子，頭髮還濕濕的，看了看西閣虛掩著的殿門，她回了自己的寢宮。女兒們還睡著，被子裡露出兩個小小的腦袋。

在床邊坐下，微笑看著女兒的臉，粉嫩的小嘴微翹著，小爪子攥著拳頭放在枕邊，頭揚著。

俯下身各自親了親女兒的小臉，也許是她的嘴唇有些涼，小東西馬上用小拳頭擦了擦臉。辛情笑了，起了壞心，又各自親了一下，小東西這回擦完了不知道咕噥了什麼，小嘴巴動啊動的。辛情用手碰碰她們的小拳頭，便見兩個小拳頭在空中揮舞了兩下。見狀又抓了自己的一綹頭髮在她們小臉蛋上拂來拂去，她們不高興地胡亂揮舞著小拳頭。

放下頭髮，辛情支著下巴看她們漸漸睡得安穩。

「就算什麼都沒有了，只要有妳們，娘這輩子就心滿意足了。」辛情說道：「就算有腥風血雨，娘也會擋在妳們前面，只要能保護妳們平平安安長大，即使天理不容的事娘也會去做。」

兩個小東西當然聽不見，依舊睡得香甜。

這天兩個小東西拉著辛情說去看好玩的東西，一路走著卻是向瑤池殿的方向。自回了宮，她還未來過這地方。

「母后，快點。」心弦跑在前面，心月拖著她的手。

「又跑不了，著什麼急？慢點跑，別摔了。」辛情笑著囑咐。剛說完，果然摔了一個，不過小東西自己爬起來拍拍土接著跑。

瑤池殿前面的水塘還在，水塘裡的石山還在，連殿前白色的小花也還在。

「好玩的東西在哪兒啊？」辛情問道。不是很想進瑤池殿，對這裡她有著本能的抗拒。

「在裡面，母后，快點。」心弦跑過來拉她的手。

邁進殿中，辛情一愣。那大屏風還在，只不過換了位置，從殿門口挪到了殿中，上面覆著一層輕紗。送子觀音像神案已不在了，偌大的殿中只一扇大屏風。

「哪有什麼好玩的？」辛情的聲音沒那麼愉悅了。一愣神，似乎還看得見當年被打得血肉模糊的史洑。那個可憐的畫師被她親手殺了，若不是她，他應該會好好活著。

「母后？妳怎麼了？不高興了？」兩個小東西抬頭。

搖搖頭，「沒有不高興。好玩的東西在哪兒啊？」

兩個小東西手一指屏風，「那裡啊，母后，妳看，那個人和妳像不像？」

辛情哭笑不得，所謂好玩的東西就是這個？

「不像。」辛情笑著搖頭，「一點也不像。」

兩個小東西撇撇嘴，眼珠子在她和畫像之間轉來轉去。

「很像嘛。」

「非常像。」

「好了好了，看也看過了，走吧，這東西有什麼好玩的。」辛情拖著兩個小東西欲走。

「母后，這個是妳對不對？」心弦問道。

「玨哥哥說，他小時候父皇告訴他這是母后。」心月說道。瞪兩眼，「知道了還問？走了，這地方以後少來。」拖出殿外，兩個小東西撇嘴，「為什麼？」

「這地方……有鬼。」辛情說道，兩個小東西對落雪宮的鬼心有餘悸，應該會怕。

「母后騙人。」雖然嘴硬，但小身子往辛情身上靠了靠。

「不相信，半夜自己來看吧。」辛情忍住笑意，嚇唬人一笑就露餡了。

兩個小東西歪著腦袋，斜眼看她，滿臉的不相信。

入夜了，辛情有些困倦，便讓宮女小心看著兩個小東西自己先小憩一會兒。感覺上只睡了一會兒，睜開眼睛卻不見了女兒。忙問宮女公主哪裡去了，宮女恭敬地答說，公主命福寧總管送她們去太華殿見駕了。

辛情聽了一愣，大半夜的小崽子折騰去太華殿幹什麼？忙起身往太華殿來了。到了，卻不見人，太監說皇上帶公主出去了。一句出去了讓辛情滿頭霧水。總不是拓跋元衡帶著孩子出宮逛夜市去了吧？慢慢往回走著，忽然想起了什麼。

遠遠地看見瑤池殿，水塘上方薄薄的水蒸氣如霧般浮著，映得瑤池殿真有些如仙境一般。仙境此時卻沒有一絲聲響，更像是鬼屋。辛情皺皺眉，難道猜錯了？那能去哪裡呢？

轉身想走，想了想又轉身回來，既然來了就看看吧，就當懷念故人。揮手止住了跟隨著的太監宮女，慢步走了過去。白天沒仔細看，原來那白白的野花開得這麼茂盛，被白月光照著，每一朵似乎都染了光暈，看著像一群月光下忽然現身的小精靈。

花叢邊的那塊大石也在，辛情坐下了，俯身摘了一朵。這花沒有名字，卻在瑤池殿前前後後開得茂盛，連瑤池殿的舊主人弘德夫人的兒子都不知道這花的名字。寧王，他現在可高興了？真得覺得報了仇了？落髮拘禁的日子心裡是什麼滋味？

「於願足矣？真做得到嗎？」辛情低嘆一聲，隨手將花扔入水塘之中，看它激起的一絲漣漪。

肩頭忽然被拍了一下，辛情嚇了一跳，忙回頭，是心弦和心月，她們倆咯咯笑了，「母后不是說這裡有鬼嗎？母后騙人。」

「怎麼跑到這兒來了？」辛情拍拍她們的小腦袋。不知道寧王是否真的於願足矣，但是她有了這兩個小崽子真的是於願足矣了。

「父皇陪我們來捉鬼哪，可是都沒有鬼。」心月笑著拉她的手往殿裡走，「母后妳來看，畫像會發光。」

辛情搖搖頭嘆口氣，會發光也稀奇，小屁孩果然什麼也沒見過。

進了殿，屏風前立著一個人，不用想，肯定是半夜閒來無事在自己皇宮裡抓鬼的皇帝。畫像果然發光，夜明光。

「母后，好看嗎？」心弦和心月很是好奇的樣子。

有什麼好看的？再說哪有誇自己好看的？

辛情不置可否，不說是也不說不是。不過她也有點好奇，怎麼就發光了呢？整個殿裡黑咕隆咚的，這發著柔和光的屏風還真是有點詭異，總覺得那屏風上的人會變成一縷煙之後搖曳生姿地走來。

「既然沒有鬼就回去睡覺吧。」辛情說道。一個脫離了她的手跑到拓跋元衡那裡。

「父皇，真的沒有鬼？」似乎有點失望。辛情撇撇嘴，也不知道前些日子是誰被嚇得像小老鼠。

「當然沒有，父皇家裡怎麼會有鬼，別聽母后騙人。」拓跋元衡笑著抱起小東西往外走，辛情牽著另一個跟著。

一前一後走回坤懿殿，兩個小傢伙興致勃勃地講「捉鬼」經歷給辛情聽，辛情聽得哭笑不得。自己不敢去還要拉著皇帝爹爹一起去，到頭來功勞都算自己頭上，兩個小鬼頭。

兩個小鬼頭睡了，小鬼頭的爹問小鬼頭的娘：「瑤池殿有鬼？」

「哪座殿裡是乾淨的？」瑤池殿的鬼起碼有弘德夫人和史沆。

「妳怨朕？」拓跋元衡問道。

辛情沒言語，半晌很確定地點了點頭。拓跋元衡陰著臉拂袖而去。

如煙晴又進宮了，來跟她道別，說再嫁之後會離開國公府離開京城，國公府還請她多多照看了。如煙晴的臉上洋溢著一種幸福，和當年她回憶蘇豫時一樣的幸福。辛情看著她，心裡為蘇豫惋惜，若他醒著，這個聰慧執著的女子便會陪著他一生，無論怎樣的艱難險阻。可惜，蘇豫「死了」。

辛情很想問問是什麼樣的男人讓當初那樣執著的她動了心，想了想還是沒問，過去了就徹底過去吧。忽然想到，蘇豫到底在哪兒，拓跋元衡到底怎麼處置他了？想到拓跋元衡這幾天的臉色，她還是不問了，而且下個月還有中秋節，拓跋元衡早早就吩咐了要大辦，她還是用心準備的好。

吩咐下去各個宮殿要認真打掃，某一天辛情路過慈壽殿，見宮人們正裡外收拾著便進去看看，進了殿，見正德夫人正在剪花枝。辛情一愣，以前沒見老太太有養花的好習慣，這是打哪裡出來的？還是有人特意擺在這裡的？

見到她來，正德夫人恭恭敬敬地行了禮，低眉順目。

「這花是哪來的？」辛情走過去，花兒開得正好，姹紫嫣紅的。

「是太后養的，太后吩咐臣妾要好生照料著。」正德夫人答道。

「哦，真不知道太后娘娘什麼時候喜歡養花了呢，既如此妳就好好照料著吧。」辛情隨手摘了一朵別在鬢角，「夫人忙著吧。」

剛出了慈壽殿的門，正德夫人在身後說道：「臣妾有個不情之請想求皇后娘娘。」

「什麼不情之請？」辛情略略偏了頭。若是以往她肯定會說，既是不情之請就算了，反正我也不會答應，可是今天這請怕是得答應。

「娘娘，太后在離宮頤養天年已近三年，太后一生在內廷，在離宮怕是不習慣。臣妾想請娘娘代為求情，奉請太后回宮終老。」

「這話怎麼不是赫連夫人來說，反倒是妳來說？再者，夫人這要是好意，何不自己和皇上說去？」

「臣妾說了又有什麼用，這一點娘娘也一定明白。臣妾斗膽，懇請娘娘答應。」

辛情想了想，「夫人高看本宮了，本宮沒那本事答應妳一定做到，不過，可以試著向皇上求情，至於皇上是什麼態度我就不知道了。」

「謝娘娘成全，只要娘娘肯，皇上一定會同意的。」

「再說吧。」辛情說著，邁步離開。

一路走著想著，到了御花園，吩咐福寧讓御膳房準備些東西晚上要用。

下午終於能歇會了，辛情和兩個小東西一起睡午覺，鬢角的花已快枯萎了，她命宮女在晚膳前再去慈壽殿折一枝來。晚膳時分命人將準備的東西用大食盒裝了，又打聽了拓跋元衡在哪宮用膳命人送去，自己帶著兩個小東西開開心心地吃晚飯。

小東西手裡拿著勺子吃飯，眼睛卻滴溜溜地看她頭上的大花兒。自從她們降生記事以來，很久沒見到她們娘戴這麼個東西。

吃完飯，辛情看她們的小表情實在忍不住了，問道：「母后戴這個好看嗎？」

心弦撇撇嘴，心月小眼珠轉了轉說道：「母后，給我戴好不好？」

辛情笑著將花給她戴上了，花都快比她腦袋大了，看著很是搞怪。心弦眼珠子瞪得比核桃又大了，「心月，妳……沒有母后戴著好看。」

心月正噘嘴，拓跋元衡進殿來了，見到心月的打扮也是一愣，然後笑了。

「父皇，月兒好看嗎？」心月跑過去詢問專家。

「呃……好看。」聽著語氣就知道多牽強，「月兒怎麼想起戴花了？」

「母后戴著好看，月兒也想戴。」心月說道。
拓跋元衡看辛情一眼：「花兒？怎麼想起戴花來了？」
「路過慈壽殿，看正德夫人的花兒好看就摘了朵戴著了。」現在就來了，想必是晚膳用出感想了。
「嗯。」拓跋元衡點點頭，不置可否，轉頭逗閨女玩去了。天晚了，小東西困了要睡，心月還特意將那快枯萎了的花讓宮女放好，明天還要戴。辛情搖搖頭，小丫頭開始會臭美了，將來得招來多少蜜蜂啊？
拿著花退出西閣，小聲囑咐宮女天涼了，注意蓋被子。回到自己的寢宮，前腳邁進殿門後腳就被抱住了，手裡的花兒被重新安置回了鬢角。
「又是花兒又是菜，存心不讓朕晚膳好用是不是？」拓跋元衡臉色有點不對。
「受人之託又不好直白地提起來，只能用這招了，您看……」辛情拉著他坐下，「皇上其實也想過奉迎太后回宮，只是沒人提，拉不下面子，怕龍顏無光是不是？」辛情笑著給他個臺階下。
「受誰所託？」
「受誰所託有什麼重要，您還不瞭解臣妾嗎，若是臣妾得不到好處，哪裡會答應啊。臣妾既開了口就是算計好了要求您答應的，您看在弦兒和月兒分上，賞臣妾這個面子好不好？」辛情笑著說道。
「關弦兒和月兒什麼事？」拓跋元衡皺眉。
「您的皇子皇女有一個算一個，除了我的弦兒和月兒，哪一個沒見皇祖母啊？只有弦兒和月兒可憐……」
「說服朕才行。」拓跋元衡冷哼一聲。
「您就當心疼臣妾了，您既然都冒天下之大不韙將臣妾強立為皇后了，就再給臣妾弄個好名聲吧？您看，皇后是母儀天下的，那得是什麼心胸啊，可是母儀天下的臣妾卻把太后攆出宮了，別說宮裡了，就是普通人家的也沒有媳婦趕婆婆出家門的啊？現在這種樣子……臣妾名譽受損，您就答應了吧，臣妾帶著弦兒和月兒親自去離宮奉迎太后回宮如何？」

「去吧，接不回來可別怪朕讓妳折了面子。」

辛情笑了，伏在拓跋元衡肩頭說道：「臣妾先禮後兵，若臣妾低聲下氣老太太還不肯回來，臣妾只好搬出皇上口諭了。太后再生臣妾的氣，也不會讓兒子在天下百姓面前丟了面子，畢竟母子連心啊。」

拓跋元衡抱著她，「最近果然會說話，句句都聽得朕舒心。若太后肯回宮，朕給妳記大功。」

「大功？賞什麼？」辛情笑問。這個男人強硬倒也強硬，能將自己親媽也給攆出家門，不過臉皮也還真薄，到自己親媽面前說句軟話都不敢。她只好將錯都攬在自己身上，給他修臺階下了。

「還真敢要？」拓跋元衡捏捏她的臉，「妳呀，永遠貪心不足。先把事情辦好了再來要賞賜。」

「您放心，臣妾什麼時候把事情辦得不合您心意了？所以，您還是先準備著給臣妾的賞賜吧，否則到時候皇上拿不出東西來……可別怪臣妾說您小氣。」

「牙尖嘴利！」拓跋元衡雖這樣說，臉上卻是有些如釋重負的笑。

既然決定了，八月十五也不到一個月的時間，西都離宮來去又不很近，辛情第二天一大早就命人安排相關事宜，因為無法分太多心思看著小東西，便命福寧帶了人小心看著她們，等拓跋玨下了上書房送她們去東宮玩兒。

好不容易安排得差不多了，正歪在美人榻上讓宮女捶腿揉肩，只見兩個移動花球到了眼前，旁邊跟著一臉無奈的拓跋玨。

「這是……哪來的？」辛情問道。兩個小東西去御花園攀折花草樹木去了？

「回母后，是慈壽殿的。」拓跋玨說道。

兩個小腦袋從花球後露了出來，笑靨如花，「母后，好看嗎？」

「妳們弄這麼多花兒幹什麼？」辛情坐起身，真是不讓人省心，她正要去接老太太回來，她們就把老太太的花全部「斬首」了。

「母后戴嘛。」心弦說道。

「月兒也戴。」心月馬上補充。

兩個人戴這麼多？養蜜蜂啊？

「好好好，都給月兒戴了。」辛情叫了福寧過來，趕緊地去找一樣品種花色的花兒送到慈壽殿補齊，跟正德夫人道聲不是。

小東西面面相覷了下，心月小心開口：「母后，這花我們揪錯了是不是？」

「弦兒、月兒是揪錯了，這是皇祖母的花兒，過一段日子皇祖母回來看見花兒沒了多難過，是不是？」打不得罵不得的小東西，牙癢癢。

「皇祖母是誰啊？」小東西問道。有父皇母后皇兄，現在還有皇祖母。

「皇祖母就是父皇的母后。」辛情暗暗嘆氣，家庭結構不完整，對某些名詞的認知力很差。

「哦。」不甚感興趣地點點頭，又看看手裡的花兒，「母后，那我們把花埋起來吧？」

「為什麼？」辛情一愣。揪了再埋，她閨女的思維是不是不大正常。

「這樣皇祖母就不知道我們揪了她的花兒嘛。」心月嘟著小嘴看著花兒，很捨不得。

辛情笑了，「揪都揪了，埋了也是揪了，皇祖母回來道個歉就是了。」

兩個小東西笑瞇瞇地點點頭。

「皇祖母什麼時候回來？」小東西問道。

「哦，弦兒、月兒，妳們和母后一起去接皇祖母回來。」

「玨哥哥不去嗎？」小東西看看拓跋玨，拓跋玨眼裡也是渴望的目光。

「哥哥是太子，哪像妳們這麼閒。哥哥要去上書房念書，還要習武。」辛情笑著說道，衝著拓跋玨招招手，「玨兒想去？」

拓跋玨猶豫片刻，肯定地點了點頭。

想了想，辛情說道：「那你們三個一起去求父皇答應讓哥哥一起去，好不好？」

三個孩子歡天喜地去了，辛情重靠回榻上歪著，孩子養多了真是鬧人，不過鬧雖鬧，還是挺舒心的。

兩天后，皇后儀仗離開京城前往西都離宮。

陰曆七月中天氣不算太熱，趕路就不是很辛苦，拓跋玨常隨他爹出京，不怎麼亢奮，兩個小東西就不同了，打出生就沒出過兩次遠門，對外面的世界充滿了強烈的好奇心，一路走來笑笑鬧鬧，還不時要辛情發表評論——糊弄是不行的。辛情有些無奈，還好拓跋玨每次都能替她擋擋兩個小鬼頭。

路上行了十幾天終於進了西都，與京城相比西都多了些悠閒的氣質。拓跋玨也是第一次來，和兩個小東西一樣好奇，有了問題便問辛情，辛情一律搖頭，「我也是第一次來。」

西都離宮到了，鎏金牌匾上寫著「西都宜寧」幾個大字。離宮宮門前是黑壓壓的侍衛等人。進了宮門，辛情目不斜視，端莊雍容。拓跋玨在她右邊，也是一臉的嚴肅。兩個小東西走在左邊，辛情用餘光看到了她們強忍著四處張望的小表情。

太后住在宜壽殿，辛情便帶著三個孩子先來請安。宜壽殿廊下擺了許多花兒，一個老太太正拿著剪子修理花兒。辛情上前微微福了福，「臣妾給太后請安。」老太太沒理她，仍舊自顧自剪花枝，

「孫臣給皇祖母請安。」拓跋玨說道。

「弦兒、月兒給皇祖母請安。」心弦心月齊聲說道。

老太太這才回過神來一樣，抬頭掃過四人，漠然地點了點頭：「趕了這麼久的路，歇著吧。」

辛情笑答了聲「是」便帶著他們去歇著了。進了宜和殿，小東西轉轉眼珠，「母后，皇祖母不喜歡我們喔。」

「嗯，皇祖母是不怎麼喜歡母后，不過，應該還是喜歡玨兒、弦兒和月兒的。」辛情笑著說道。老太太對她不是不怎麼喜歡，是根本就討厭，仇人見面的那種。

「母后，皇祖母不喜歡妳，妳還來接她幹嘛？讓她在這兒住著好了嘛！」小東西撇撇嘴。

呃……這心腸和她老子一樣狠啊！

小孩子的想法雖說她也深有同感，但她不是小孩子，要顧及的事很多，不喜歡也要有禮。

「小傻瓜，母后若不在你們身邊，你們會不會想母后？」

三個孩子齊齊點了頭。

「這就是了，你們會想母后，父皇自然也會想他的母后啊。」

小東西又撇撇嘴，「父皇想就自己來接嘛，皇祖母不喜歡我們，看到我們一點也不高興，還攆我們出來，太沒有禮貌了。」

小東西的虛榮心很強，又很敏感。難怪都說小孩子能感覺出對方是不是真喜歡她。

「母后，您惹皇祖母不高興了嗎？」心月問道。

想了想，辛情點點頭：「算是吧。」

三個孩子帶著疑問的表情看她，卻被辛情趕去梳洗休息。

一夜無話睡到天明，用過早膳，辛情帶幾個小孩子又去了宜壽殿，等了約莫一刻鐘多才得到老太太的召見。

兩個小東西的小臉也不燦爛了，有點不高興地跟著辛情行禮問安，也不抬頭看老太太。辛情讓福寧仔細看著兩個小東西出去玩了，又遣退了殿中人，殿內便只剩下太后、太后的一個心腹太監以及辛情和拓跋玨。

「安也請過了，住幾日你們便回去吧。」太后喝了口茶。

「安請過了，住也是要住的。不過，要回嘛——臣妾可是跟皇上打了保票奉迎您回京的。」

「回京？哀家不想回京，住在這兒看不見不想看見的人也挺好。」

「不想見的人不用見了，可是想見的人不也見不到了？說來還有點得不償失。」辛情也喝口茶，笑答道。

太后靜默了片刻，「什麼都不必說，回吧。」

「若是聖意請您回宮呢？」辛情問道。

太后凌厲的目光看向她，「妳又花言巧語鼓惑皇上，妖婦！」

「太后這次錯怪臣妾了，不是臣妾鼓惑皇上讓您回宮。您回了宮臣妾有什麼好處？還不是平白多了一個不喜歡自己的人。臣妾心疼皇上想接您回去又不好說，每日裡愁眉緊鎖。皇上為國為百姓已是日理萬機操心費力了，若還為這事每日掛心，太后捨得，臣妾捨不得。所以，為了皇上，臣妾不得不給皇上一個臺階下。您不心疼臣妾，但總要心疼心疼兒子吧？」

太后的目光黯淡了些，「皇上若真心奉迎哀家回京，何不親來？」

「太后本來就知道皇上不會親自來，個中原因不必臣妾言也明瞭吧？況且，皇上命臣妾和太子同來，也算盡了心給足了面子。」

「若哀家不回去怎樣？」

「不回去？」辛情笑了，「現在天下的人都知道皇后和太子親自到西都奉迎太后，想必天下人也知道太后被遷至離宮的原因，您若不回去，臣妾以為天下人不會指責皇上不孝，不會罵臣妾不恭，反倒是您不回去的原因會令天下人心生揣測，萬一又牽連起幾年前的事……怕是不好說吧？太后總不想人說您是為了慶王的事而怪罪皇上吧？」

「就知道妳要提起這件事，妳還真是無所不用其極。」太后看她，表情陰沉。

「這個嗎，臣妾來時就和皇上說了，先禮後兵，太后本心裡明白卻逼著臣妾把話說到這個分上，想來太后的心思和臣妾又差到哪裡去了？」

「哼！獨孤氏，妳果然還是一樣。」太后語氣裡帶了些滄桑。

「謝太后誇獎，也謝太后成全了臣妾的聲譽。那麼臣妾就命人準備儀仗回宮了。」辛情起身，「臣妾這就去安排，臣妾告退。」

「孫臣告退。」拓跋玨忙行禮說道，跟著辛情退了出去。

下了臺階，辛情側頭看看拓跋玨，他低著頭。

「玨兒覺得母后欺負人了？」辛情問道。

拓跋玨忙抬頭看她，「孩兒知道，母后一定有苦衷的。」

辛情笑了，摸摸他的頭，「不，母后就是在欺負人。知道母后為什麼讓你在一旁聽著嗎？」

拓跋玨搖搖頭。

「母后要你學會如何欺負人。」辛情牽起他的手，「想必父皇和師傅都教過你，你也親眼見了，在宮裡沒有所謂的同情，只有強弱。強了，你可以不被任何人欺負，弱了，任何人都可以欺負你。明白嗎？」

「孩兒明白。」

「你是太子，想扳倒你的人太多了，雖然父皇讓你的哥哥弟弟們都離開了京城，暫時讓你少了對手，可是等你們慢慢都長大，事情就不知道會怎麼樣了。」

「只要母后在孩兒身邊，孩兒就不怕。」拓跋玨抬頭看她，眼睛亮閃閃的，那是信任。

「可是母后怕，母后不想玨兒被欺負。」

拓跋玨使勁點點頭，「孩兒不會被人欺負的，孩兒也會保護母后和妹妹。」

辛情愛憐地摸了摸他的頭，也許拓跋元衡說得沒錯，他們可以有如母子一般的感情——只要他不知道事實。

多住了兩日，兩個小東西還沒把離宮走遍，辛情便下令回程。小東西不樂意，說她們還沒玩夠，辛情便說不走可以，讓她們兩個在這兒住著，小東西便磨到明年還來才不鬧了。

回程的路上因為有太后，小東西常常就是外面正高興得活蹦亂跳的，一看到太后老太太立刻就收了笑臉，冷冷淡淡地走到辛情身邊偎著。從離開離宮到再次回京，祖孫幾人愣是沒說超過十句話。

內宮宮門口後宮的太妃、妃子們都已大妝列隊靜候了，浩浩蕩蕩的人奉送太后回了慈壽殿。此時已是近黃昏了，辛情折騰得了這麼多日子腰酸腿疼，告退了回到坤懿殿馬上又有人來請示中秋節慶的事，辛情命人一律擋了，帶著閨女們舒服地泡了澡，換了衣服這才覺得舒緩了點。小東西畢竟小禁不起折騰，洗完了澡就自動自覺爬到辛情的大床上睡覺去了。

宮女給辛情擦拭著頭髮，辛情也歪著頭迷迷糊糊。

「累了？」有人在耳邊問道。

「嗯？」辛情睜開眼睛，是拓跋元衡，將頭靠在他肩上，「給太后請過安了？」

「嗯。」拓跋元衡攬著她的肩膀，「這次，辛苦妳了，說吧，要什麼賞賜？」

「等我想到再說吧，記帳。」辛情說道，還是迷迷糊糊。

臉上被捏了一下，「記帳？妳敢記朕的帳？該打。」

辛情無奈起身，「臣妾沒幹過落好的事，該得的不想給就算了，還要反挨一頓皮肉之苦。唉，算了。」

「朕的仇妳都敢記，說妳記帳又來掉臉子。」拓跋元衡拉著她坐下，看看床上呼呼睡得正香的小崽子，「小東西累壞了。」

辛情點點頭，嘆口氣，「這麼小就跟我來回折騰，還不得皇祖母待見，我可憐的娃娃。」

「給太后一點時間，弦兒和月兒這麼可愛，太后會喜歡她們的。」拓跋元衡好言安慰。

「不喜歡也沒關係，別害她們就好。」辛情認真地看著拓跋元衡，「這種事情應該不會發生了，對不對？」

拓跋元衡點點頭。

太后回來了，妃子們每日又多了件差事——請安。老太太雖不待見她，可是身分不同了，辛情每日還是去請安走形式。寵妃可以為所欲為，皇后卻是後宮之主，一舉一動都受人關注，稍有不對便惹人非議，沒準兒還引發朝臣廢后舉動，她不能掉以輕心。

中秋就在眼前了，太后回宮、皇后回宮自然要辦得熱熱鬧鬧，還有許多事未準備好，辛情這幾日便累得慌。好不容易快到正日子，這天晚上辛情帶著人去各處檢查花燈，經過流景閣，正好走累了，便進了流景閣打算歇一會兒。進了殿，立刻就有人端了茶水瓜果來，她閉目養神了一會兒，猛然睜開眼睛，似乎聽見了女子的哭聲。細細聽了確定自己不是幻聽，辛情起身帶著人循著聲音去了。

轉過一道宮門，在那宮殿門前停住。哭聲大了些，嗚嗚咽咽聽著淒風慘雨的。辛情皺眉。

「大膽，何人在此哭泣驚擾皇后娘娘？」福寧尖著嗓子喊道，哭聲停止了。

辛情本以為是宮女思鄉才哭，忽然發了善心，若真是如此便放了她回鄉去。可是等那女子顫抖著來到她面前，辛情覺得似乎不是那麼回事。

「妳在這兒哭什麼？說實話，本宮不怪罪妳，也不會責罰妳。」辛情越過她進殿，黑漆漆的殿裡亮起了燈火，那女子被帶到她面前跪下。

「皇后娘娘問話還不快答？」福寧大聲斥責。

女子哆嗦著，「奴婢……忽然思鄉……今晚是奴婢當值，一時忍不住便……請娘娘恕罪，奴婢不知道娘娘在此，不是故意要驚擾鳳駕。」

「你們先出去。」辛情吩咐道，福寧帶人出去了輕輕關了殿門，「妳抬起頭來？」

女子抬頭，卻不敢看她。

「妳到底是誰？」

「奴婢是宮女。」

「什麼時候進宮的？今年多大了？在哪宮服侍？」

「奴婢是三年前進宮當值的，今年二十五歲，奴婢在惜薪司。」

辛情點點頭，不語。女子緊張了些。

「二十二歲進宮當差？不合規矩。這麼美貌卻在惜薪司那種地方，不合常理。那地方除了管事太監，其餘的似乎都是罪臣家眷吧？說吧，妳到底是誰，本宮既然問了就要知道，別浪費本宮的時間讓人去查。」

女子匍匐在地，聲音都抖了，「奴婢不敢欺瞞，奴婢本是寧王府中人，三年前，寧王被拘禁以來，奴婢們都被送入宮禁為奴了。奴婢在這裡哭泣，實在是因為日子過得辛苦，又思念父母兄弟所以才……請娘娘恕罪。」

「寧王府……寧王……」辛情猶疑片刻，「妳是寧王的什麼人？」

女子低了頭，小聲答道：「奴婢是寧王的……侍妾……因為奴婢沒有兒女，所以皇上網開一面讓奴婢入宮為奴。」

「哦，寧王的其他侍妾都在宮裡？」

「王爺的侍妾只我們三人，兩人在宮中，另一個叫紫玉……奴婢不知道她在何處。」

「我知道了。」辛情看著她，「雖寧王有罪，妳們卻也不致淪落致此，明日和福寧說了，妳們出宮去吧。」

「謝娘娘恩典謝娘娘恩典。」女子不停說著。

辛情起身出了殿門，還聽見那女子的謝恩聲。福寧在旁邊小心打量著她。

「福寧，把寧王、慶王家眷都放出宮自謀生路去吧。」

「娘娘這……似乎不妥，要不要先求得皇上同意？」

「你先去辦吧，皇上怪罪我擔著。」辛情心情複雜地回到坤懿殿，小東西和拓跋玨正看一個走馬燈，不時發出驚呼聲，見辛情回來忙拉著她去看。

「母后，好看嗎？」小東西瞪大了眼睛期待著。

「好看，妳和月兒看吧，看一會兒就睡覺了。」辛情拍拍她們的小腦袋，到榻上坐下看他們玩得開心。

「母后累了嗎？」拓跋玨到她身邊問道。

辛情拉著他在身邊坐下，「母后不累，有你幫著母后照顧妹妹，母后就放心了。」

拓跋玨的臉瞬間就亮了，「孩兒以後會一直照顧妹妹的。」

辛情笑著將他抱進懷裡，那一刻，她真覺得這孩子是她自己生的。

等孩子們睡了，辛情叫了福寧問話。

「福寧，你知道以前伺候本宮的馮保嗎？他現在何處？」

「回娘娘，奴才不知。」福寧答道，很乾脆。

「哦，那你知道什麼？寧王和慶王沒有生育過的侍妾，除了在宮禁的，還有流落何處的？」

「奴才亦不知。」

辛情笑著看他半晌，「不知道？什麼都不知道你敢來伺候本宮？皇上太信任你了，還是你膽子太大了？」

「奴才不敢欺瞞娘娘。只是，寧王和慶王的事是宮裡的禁忌，樂總管曾告誡過奴才等人，不得對娘娘提及此事。」福寧跪地說道。

「可是本宮現在想知道，那你是聽樂總管的還是聽本宮的？」辛情瞥他一眼。

「奴才自然是聽娘娘的，只不過，奴才不敢……違旨。」

「那本宮去問樂喜？」辛情喝了口茶，「樂喜知道本宮的脾氣，應該不會怪你，說吧。」

福寧擦了擦汗才緩緩說道：「當年抄寧王府和慶王府奴才並不曾奉旨前去，只是……宮裡的事，是祕密也不是祕密，關於他們家眷的事奴才也有所耳聞。寧王的侍妾三人，兩人入了宮禁還有一人……據說被黜為官妓，以後去了何處就不知道了，慶王的家眷……因為罪不容赦，因此家眷沒有入宮為奴，全部發配邊疆和黜為官妓了。至於到了何處……這個奴才就不知道了。奴才所言非虛，還請娘娘明鑑。」

辛情點點頭，「我知道了。寧王現在囚於何處？」

福寧撲通又跪下了，「奴才不敢說。」

「唉，算了算了，下去吧，什麼都不敢說，若以後有人要謀害本宮，你是不是也不敢來告之啊？」

辛情拂袖起身。

「娘娘，奴才實在不敢說，請娘娘恕罪。」福寧對著她的背影說道。

不過，辛情還是知道了，因為她第二天召了樂喜來問，並讓樂喜轉奏拓跋元衡，她要去見寧王。

八月十三夜。一輛馬車停在了京郊一處幽靜的宅院前。車簾掀開，一位覆著面紗的夫人踩著下馬石下了車。宅院的門緩緩打開，門內許多躬身迎著的人，人雖多卻沒有一絲動靜。

「人呢？」

「在打坐，還請夫人稍後。」一位灰衣打扮的人說道。

「不妨。」

被引著走過兩道穿堂邁過一道月亮門到了一處小小的院落，院裡幾處草幾處花一大叢細竹一處石桌石椅，乾淨整潔卻也透著簡陋。正房裡透著燈光，沒有一絲動靜。

有人早在石椅上安置了坐墊請她坐，她小聲吩咐了幾句，沒一會兒桌上就擺好了酒具和一罈封著鵝黃封印的酒罈。揮揮手，所有人都退出了月亮門在外候著。

過了好半天，正屋的門「吱呀」開了，一個灰衣大袍男子邁步而出，見到她先愣了下，然後微微一笑，「不知皇后娘娘駕臨，有失遠迎。」

「看來寧王的日子還過得不錯啊。」辛情說道：「寧王請坐。」

在她對面坐了，他搖搖頭，「我連『罪臣』都算不上了，娘娘何必再呼寧王？」

「不過是個稱呼而已，何必計較。」辛情親自動手斟酒。

「娘娘是來請我喝酒的？這樣的好酒許久沒喝過了。」寧王笑著說道。

「一來請你喝酒，二來道聲謝謝。」辛情端起酒杯，「當年在溫泉宮我還欠寧王幾杯酒，一併都還了吧，我不喜歡欠著人家。」說完一飲而盡。

「娘娘是來算帳的。」寧王也一飲而盡。

「不，道謝。沒有你寧王，我也不會有機會幫助皇上剷除謀逆，進而立大功有了做皇后的資本。說起來，寧王的功勞可是很大。雖說寧王你利用我，不過，看在這麼好的結果的分上，我既往不咎。」

「那就好，娘娘今日若是追究，明年的今日恐怕就是我的死忌了。多謝娘娘不殺之恩。」寧王敬她酒。

「寧王客氣。」辛情喝了酒，「本來都忘了你這個人了，還是前些日子在瑤池殿見了那小白花才忽然想起來欠你的這個人情了，還晚了你別介意。」

「娘娘還記得那花兒？」寧王苦笑了一下。

「當然記得，寧王的很多事我都記得，記得寧王送我到溫泉宮，記得寧王兩次救了我，當然了，也記得寧王讓人陷害我，想致我於死地。」辛情看著他，「其實，今天來見你，是想問你一句，看著拓跋元衡兄弟手足相殘，你真的於願足矣嗎？」

寧王自斟自飲了一杯之後說道：「陳年舊事提它作甚。」

「舊事是因，現實是果，不提舊事怎麼提現在呢？」辛情也飲了一杯，「月亮快圓了，寧王卻只有一個人對著月亮，不覺得淒涼嗎？」

「習慣了。」

「一點兒也不曾想過陪你看了月亮的人嗎？」辛情微微一笑，「我還記得寧王妃的樣子，她腹中的孩子若是活著也有四歲了吧？多可惜，因為你她們都不在了，再也看不見這滿月了。」

他握著酒杯的指節泛白，「勝者王侯敗者寇，這是命。」

「是命，沒錯。如果當年你沒有親見母親被太后毒死便不會策劃謀反，便不會被滿門抄斬。可惜，你看見了，今日便到了截然相反的境地，果然是命。」

「娘娘是來提舊事？恕罪臣不奉陪了。」寧王說完欲起身。

「我都說了是來謝謝你，坐下吧。」辛情慢條斯理地說道：「提起舊事只是覺得你敗得可惜，還連累了許多人。」

「謀事在人成事在天，輸了就是輸了，連累別人也沒有辦法。」寧王接著自斟自飲。

「其實，你有機會殺了拓跋元衡的，別的暫且不提，當年他帶著二十個人夜赴溫泉宮，你明明帶了許多人馬卻不在回程的時候殺他，這是其一。其二，當年拓跋元衡南下鄢陵，你大有機會在京城篡位，還可以給奚祁些好處讓他代你殺了拓跋元衡，可是你還是沒有動手。那時候我不知道你的復仇，我還以為你和拓跋元衡真的是兄友弟恭，若當年你早告之我你的意圖，也許我就幫你的忙了。可惜，你又沒說。」

「妳怎麼肯幫我？」寧王笑問。

「只要事成之後你讓我離開宮廷我就會幫你，多簡單。」辛情搖搖頭，喝了口酒，「可惜啊，人心總是隔著一層，不說清楚了，很多簡單的事就會變得複雜，變得艱難。到了最後，你敗了，我也沒有離開。早知道說清楚，今日把酒對月，也許我們就是患難之交。」

「如今妳是皇后，可以說是這場陰謀最大的贏家，說這些有些矯情了。」寧王淡淡說道。

「我這個人，用拓跋元衡的話說，就是總得了便宜還賣乖。不小心又矯情了，呵呵。」辛情說道：「再說句矯情的，我倒是羨慕你如今的處境，雖落魄卻也安穩，我呢，雖在高位卻要時時提心吊膽。你的處境不會更壞，而我卻不知道壞到何種地步。」

寧王沒言語，只是喝酒。辛情又斟了杯酒，「最後一杯，是謝也是別。」喝完了起身說道：「別過了，寧王。」

「罪臣恭送皇后娘娘。」寧王略低了頭說道。

所有人很有秩序地離開了，和來時一樣悄無聲息。
回了宮，辛情直奔太華殿，拓跋元衡正看奏摺，見她這身打扮來了問道：「出去了？」
「出去了，見一個人，送一份禮。」辛情說道。
「什麼人勞動了朕的皇后親自去？」拓跋元衡笑著問道。
「拓跋元弘。」辛情說完，見拓跋元衡的臉忽地就陰了。
「放肆，妳還真敢去？」
「不止去了，還一起喝酒了。」
「知恩不報不是臣妾的為人。再說，我也沒送什麼貴重的，不過是幾杯薄酒。」
拓跋元衡滿臉不悅看著她。
「以後不准再去。」
辛情點點頭。
八月十五到了，妃子們剛請過安，一個小太監快步進來說：「宗夫人求見。」辛情一愣，魚兒回來了？忙步出殿外親迎。
魚兒見了她一句話還沒說已淚流滿面了，拽著她的手說不出話。辛情拉著她進殿，屏退宮人，兩人坐下。
「聽說辛姊姊回來了，我們便馬不停蹄地趕回來，辛姊姊。」魚兒哭著說道。
「我派人去過宗府，說你們南下了，一直等到今天，回來就好。」辛情說道。
「辛姊姊，妳沒死……為什麼不來找我？」魚兒問道。
「辛姊姊不想給你們添麻煩，知道妳過得好我就放心了。」
「辛姊姊？」魚兒有些納悶的表情。
「你們北上經過岳坪鎮，我見過你們，見到宗馮和你們的孩子，也知道你們北上是來京城。後來，我還見過南宮，他告訴我妳一切都好，所以就沒去找妳。」
「辛姊姊，妳在外的日子受苦了。」魚兒仍是眼淚汪汪的。
辛情搖搖頭，「沒有，辛姊姊怎麼會讓自己苦著呢。」
殿門外有小娃娃使勁拍打殿門的聲音，辛情笑著說道：「小東西又胡鬧。」殿門開了，拓跋玨和兩個小東西進來了。
拓跋玨先向辛情請了安，然後恭敬地對魚兒說道：「玨兒見過姨母。」
兩個小東西眨眨眼睛問辛情：「母后，玨哥哥叫姨母，我們也叫姨母對不對？」
「知道還不叫人？」辛情笑斥。
「弦兒月兒見過姨母。」小東西說道。
「太子、公主多禮了。」魚兒說道，有些激動。
「魚兒，他們是晚輩，該行的禮。」辛情說道，轉而問道：「上次我見到妳的娃娃，怎麼不帶來給我看看啊？」
「以後還有機會的，辛姊姊。」
「姨母，銘辛也回來了呀？妳帶他進宮來陪我念書啊。」拓跋玨說道。
「好，過幾天我就送他來。」
正說著，有太監有事來請示，辛情便讓魚兒帶著三個小傢伙，自己忙去了。
好不容易到了晚上在太液池湖心島臨水賞月，辛情坐在拓跋元衡身邊接受臣子朝賀，看著歌舞聽著他們對月吟詩，雖無趣也只得撐著。
「沒什麼新意。」拓跋元衡說道。
辛情笑了笑，「年年過還能有什麼新意？」
這個沒有新意的八月十五還是沒有新意地堅持到了夜半時分，兩個小東西困得不行，也不管多少人看著了，揉著眼睛撲到辛情和拓跋元衡懷裡嘟囔著說困了，要回去睡覺。拓跋元衡便趁機宣佈散了，抱著小閨女先行離開，辛情抱著心弦也沒忘了拓跋玨，一手抱著閨女一手牽著拓跋玨回宮了。

八月節過了又是重陽節，辛情都忙完了才想起千金笑來。老規矩到了四樓，鍾無豔捧著許多卷軸來了，說是新買的女孩子。辛情也沒看，只是透過簾子看下面，一個女子正跳舞，姿色不俗。

「妳覺得哪個比較好？」辛情問道。

「這個。」鍾無豔抽出一副畫卷，辛情瞄了一眼，很美很妖豔，眼睛裡流淌著妖媚。

「這個人在哪兒？」

「不知道，她說她不賣身，只是無聊來玩，沒準兒心情好的時候會來。」

「不賣身誰還捧她？可笑。」話音剛落門忽地開了，一道黑色身影卷著風進來了。

「妳這個人還真是過河拆橋翻臉不認人啊，也不想想當年誰當牛做馬替妳賺錢，一轉身就來這手。」麻酥酥的聲音。

鍾無豔臉上露出了驚喜，「莫姑娘？」

莫姑娘？

「無豔，妳先去招呼客人，我來招呼莫姑娘。」

「想見我也不必用這招，南宮夫人。」辛情笑著說道。桃花這張面具很是妖冶。

「不一樣了嘛，想見妳那可是九重宮闕，哪見得著啊。」桃花扭著坐下。

「先不說那個，妳不好好做妳的南宮夫人還來涉足這煙花之地，不怕南宮打折妳的腿？」

「妳呢？」桃花湊近她，「皇后娘娘開青樓，妳也史無前例啊。」

「找我幹什麼？」

「玩嘍，沒意思找點樂子！」桃花說得理所當然，「妳為什麼？」

「玩！」辛情笑答，還是和桃花搭檔比較順手，「既然有志一同，按照原來的玩法如何？」

「妳要換掉鍾媽媽？」

「那要看妳了。」

「好啊，我回去考慮一下……」剛說到這裡忽然乾嘔了一下，辛情便疑惑地看她，「妳有了？」

桃花瞪大眼睛，「不能……吧……」

「小心點的好，沒準兒南宮小桃子正茁壯成長呢。」辛情摸摸她的肚子。

「什麼南宮小桃子，我不要這麼難聽的名字。」

「南宮小花子？」辛情笑著說道。

桃花瞪了她一眼，手托香腮，「給取個名字吧？將來可以說是皇后娘娘親賜的名字。」

「南宮桃子啊，早八百年就說過了。」辛情說道：「好了好了，回家安胎吧，生了娃再來，萬一桃子是女孩，嫁給我家兒子好了。」

「美得妳哦。要是男孩兒，妳的兩個小妖精都給我做兒媳婦吧。」桃花起身，小心摸了摸肚子，「喂，將來不會像妳肚子那麼大吧？」

「沒準兒更大。」辛情說道。

送了桃花出門，辛情坐下看卷軸，看著都是美人，不知道真人看來效果如何。想了又想，叫來鍾無豔，讓她先一個個安排著登場，看哪個有潛力就培養哪個。還是那句話她有時間會來看。

忙碌的日子總是過得飛快，到年前為止，辛情只又去過兩次千金笑，鍾無豔新培養的備用頭牌果然是搖錢樹，雖說容貌比筱紫魚差了點，但是更風情更妖嬈。辛情看了也很是滿意。

宮中的年總是繁瑣而無趣，不只辛情累，跟著跑來跑去的兩個小東西也累蔫了，還好拓跋元衡賞賜的新鮮玩意讓她們偶爾還能振奮一下。大年夜，按規矩辛情要陪著拓跋元衡和群臣一起守夜的，兩個小東西不願離了辛情身邊兒便也跟著，還沒到子時便呼呼睡過去了。辛情抱著她們帶著宮女去正德殿后面暖閣安頓了，因為這些日子實在累，看到兩個小東西睡得又那麼香甜，辛情掙扎了許久，決定小憩一會兒，將女兒往裡面挪了挪，側身在邊上躺下了，很快外面的鼓樂齊鳴就什麼也聽不見了。
臉上有點癢，拉著被子蒙上頭，被子被往下拽了拽。辛情嘟噥了一句：「小混蛋，別鬧。」
「母后好懶哦，都大年初一了還不起。」心弦的聲音。
「還沒有給壓歲錢喔。」心月的聲音。
「母后太累了。」拓跋玨的聲音。
聽到大年初一四個字，辛情掀開被子起身，她這個皇后缺席了守夜……瞪著眼睛，面前是三個小孩子，眼睛眨呀眨地看她。個個都穿的紅通通的，像是男女阿福。兩個小東西齊刷刷把手伸到她面前，「壓歲錢哪，母后！」
拓跋玨想了想，也伸了手到她面前，「母后，孩兒也要壓歲錢。」
辛情沒動，和三個孩子大眼瞪小眼。壓歲錢？大年初一，她沒去向太后請安沒去向拓跋元衡問好沒去接受妃子們請安，她獨自在這裡睡大頭覺。
「睡醒了？」拓跋元衡穿著明黃的龍袍進來了，朗笑著問道。
沒等辛情回答，只聽心弦說道：「父皇，母后好像沒睡醒。」
「嗯，有點呆喔。」心月接話。
「嗯，母后身體不適，你們先出去，讓母后再歇會兒，壓歲錢父皇代母后給了。」
「先拿來再說。」三隻小手齊齊轉了方向。
「已送到坤懿殿了，自己去看看。」拓跋元衡說道。
想了會兒，三個孩子爬下床跑出去了，殿內就只剩下他們兩個。
「我睡了一個晚上。」辛情說了句。
「嗯，睡了一個晚上，朕一個人無聊地跟老頭子老太太們大眼瞪小眼。」拓跋元衡在床邊坐下抱了她入懷，手探探她的額頭，「有點熱，怕是受了風寒，傳太醫來看看。」

要起了，去護國寺。」

「妳想朕生氣？」拓跋元衡抱著她躺下，拉過被子蓋上，將她的頭按在自己胸前，「再睡一刻鐘就

「我還沒去給太后請安。」辛情說道。

「皇后病了，朕親自替妳告假了。」

「沒病，一不小心睡過頭了。」辛情說道，想起身梳洗。

「朕說病了就是病了，老實躺著。」

反正也有點沒睡醒，辛情又合上眼睛，忽然感到拓跋元衡的胸膛輕輕震動了幾下，只聽他笑著說道：「朕從未見妳睡得如此香甜。」

沒接話，辛情抓緊時間睡覺。感覺剛閉上眼睛便被拍醒了，睜開眼睛只見床前兩排宮女齊刷刷站著。接下來是梳妝打扮流程，鏡子中的自己忽然就端莊嚴肅起來。

等三個孩子再回來見到的便是明黃袍子的父皇和玄色金邊兒繡金絲九鳳禮服的母后。三個孩子齊聲謝了拓跋元衡的禮物，又聽說要跟著去護國寺上香都高興起來。

出了宮門兩個小東西隨辛情一起，在鳳輦裡也不消停，不停地問寺裡什麼樣兒的，怎麼上香，為什麼要上香之類的。兩個小東西歷來是不接受敷衍的，辛情只得認認真真解釋了一路。進了護國寺下了鳳輦，兩個小東西的眼珠便開始轉啊轉，進了大殿看見面目猙獰的天王菩薩，兩個小東西往辛情身邊靠了靠。

來的路上辛情已為她們講解了，所以在燒香、下跪的過程中，兩個小東西學得還是有模有樣的。好不容易一波波的上完了香又去禪房坐了坐，小東西雖聽不懂，也還是規規矩矩地坐著。

終於經也聽完了出了禪房，辛情見小東西長長出了口氣便問是不是不舒服，小東西很認真地偷偷告訴她：「母后，我們都聽不懂，還好講完了。」辛情忍不住笑了。

照常例一大群人浩浩蕩蕩奔赴後山石窟看供養畫像，老太太說自己要聽大師說法便沒去，辛情和拓

跋元衡並排走著，身後是妃子公主誥命們。

「剛剛笑什麼？聽了什麼笑話？」拓跋元衡問道。

「弦兒和月兒說聽不懂佛法，還好講完了。」辛情複述道。

「小崽子。」拓跋元衡笑說道。

遠遠地就見三個孩子一字排開看著他們，兩人對視一眼緩步過去。

「怎麼了？」辛情轉頭看看，是她和拓跋元衡共繪的石窟，看著也沒什麼異常。

「父皇母后不愛我們。」心弦說道。

按習慣，心月馬上接著說道：「都不畫我們幾個。」

拓跋玨接著保持沉默，只是有些受傷的眼神看著他們。

「那時候還沒你們呢。」辛情拍拍他們的小腦袋，小崽子真是難纏。

「現在有了嘛，也沒有畫上去啊。」心弦馬上說道。

「不准胡鬧。」辛情輕斥道，大年初一的也不好口氣太嚴厲。

「弦兒和月兒想要畫上去？」拓跋元衡笑問。

小東西使勁點頭，「要和父皇母后畫在一起。」

「好，父皇讓人畫，過些日子弦兒和月兒來就能看見了。」拓跋元衡說道。

小東西這才高興了。那邊拓跋元衡已命人速傳畫師為太子和公主畫像了。方丈命人準備了安靜的禪房，沒多久氣喘吁吁的花白鬍子畫師趕來了，一切佈置好，恭敬地請三個孩子坐下開始畫像。

有太監進來請示說太后已聽完佛法，拓跋元衡想了想，命弘德正德崇德三夫人等奉太后先行回宮，他和皇后要再逗留一會兒。

畫了大半天，辛情看見心弦衝自己使眼色，眼珠轉來轉去。

「怎麼了？坐不住了？」辛情笑問。

「母后，可不可以動一動啊？」心弦說話嘴唇不動，擠出來的話很有卡通效果。

「不可以，剛才不是說過了。這可是妳自找的。要是動呢就不畫了，也不用和父皇母后畫在一起了。」辛情說道。

心弦扁扁嘴，繼續維持一動不動的姿勢。

看著他們安靜地坐著，博山爐裡的熏香在周圍繚繞，禪房裡是暖暖的香氣，很像是一家人在冬日裡悠閒地藏冬。想著想著，辛情不自覺地笑了。

「笑什麼？」拓跋元衡問道。

「沒什麼。」辛情搖搖頭說道，嘴角仍是微微的笑意。

又等了大半天終於畫完了，心弦伸展著小翅膀就飛撲到辛情懷裡訴苦了。

「母后，好累呀。」腦袋在她懷裡蹭來蹭去。

「母后，快來看，好不好看？」心月在案邊衝著她招手，辛情抱著心弦過去看看。

「不好看，哥哥好看。」辛情笑著說道。就知道心月這個小崽子愛臭美。

「父皇……」心月噘嘴拉了拓跋元衡來看，「父皇，誰最好看？」

「弦兒最好看。」拓跋元衡說道。

心月扁扁嘴，片刻後就燦爛地笑了，「月兒和心弦長得一樣，父皇誇心弦就是誇月兒。」

臉皮真厚，這隻自戀的小水仙。

「我才沒妳那麼臭美。」心弦撇嘴說道。

「母后……妳看，心弦說我……」心月瞪著杏核眼睛。

「嗯，姊姊說的也沒錯啊。」辛情笑言，看著心月鼓著小腮幫子瞪心弦。

回宮的路上心月還瞪著心弦讓她說明白，辛情直搖頭，這和自己瞪自己有什麼差別。拓跋玨挨著她，稚氣的臉上也有些無奈。

過了十五馬上就是拓跋玨的生日，辛情問他想要什麼，拓跋玨搖頭，說只要和母后一起過生日，什麼都不要了。雖說如此，可是對外這是辛情這個「母后」第一次給兒子過生日，太草率了就不真了，所以辛情打算，對外也要熱熱鬧鬧。

她一打算熱鬧，果然就有許多人跟風。看著太子東宮裡各式各樣的禮物，辛情無奈地嘆口氣。看看拓跋玨，他的小臉上也是無奈。

「玨兒，這麼多禮物，你喜歡嗎？」辛情問道。

「好占地方啊，母后。」拓跋玨說道。

晚上拓跋元衡到坤懿宮用膳，提起了官員上表為太子慶生一事，辛情看看拓跋玨。

「小孩子慶生這規模也就夠了，怎麼還有人跟著湊熱鬧？」這規模她都後悔了。

「朕已駁回了。」拓跋元衡說道。

用過膳，拓跋玨帶著心弦和心月去看人家送給他的禮物了。剩下辛情和拓跋元衡面面相覷。

「太子生日之後就是公主的生日，之後就是萬壽節，再之後是皇后千秋太后千秋，今年還是太后六十大壽，偏偏每個還都不能落下，不知道多少官員的荷包要空了，不知道國庫要虧損多少了。」辛情頓了頓，「沒準兒過幾天就有老大臣上奏彈劾皇后借機斂財呢。」

「有空想那個，不如想想如何操辦萬壽節和千秋節。有妳累的。」

「您的意思，按什麼規格操辦？」

「這種事還要來問朕？該打。」拓跋元衡拍拍她的手。

「不一樣了，以前是寵妃，寵妃不就是花皇上錢圖自己開心嗎？現在是皇后，規矩多了。臣妾不敢擅為。」

「敢情妳的意思是做寵妃好了？」拓跋元衡瞪她。

「寵妃當然好，不過沒有皇后好。寵妃是天上的星星，再亮還亮得過月亮嗎？」

「歪理，以前做寵妃的時候不也大權在握？」拓跋元衡說道。

「在握是在握，不過終歸是名不正言不順，沒底氣，算計人都要來陰的。皇后就不一樣，欺負人都能擺出宮規家法的章程。」

「一天天滿嘴都是歪理。」拓跋元衡笑斥。

拓跋珏的生日到了，白天的時候熱熱鬧鬧地接受了臣子的朝賀，黃昏時分才歸於平靜。也跟著折騰了一天的辛情命人請太子到坤懿宮用膳。小臉上帶著些倦意的拓跋珏來了，請了安，被辛情牽著手在桌邊坐下了。

晚膳陸續擺好，最後福寧的銀托盤端來一碗長壽麵和兩個雞蛋放到拓跋珏面前。

「謝母后。」拓跋珏說道。

「母后不會做麵條，是特意請姨母做的，不過，雞蛋是母后親自挑的親自煮的。祝珏兒生日快樂。」

拓跋珏低了頭看那兩個雞蛋，又抬頭看辛情，眼睛裡有些東西在閃爍。

辛情拿起雞蛋放到拓跋珏手裡，握著他的小手將雞蛋在桌子上滾來滾去，心弦和心月在旁邊嘻嘻哈哈地念著「滾來滾去滾來好福氣」。滾了幾圈，辛情欲剝雞蛋皮，卻被心弦和心月搶去。雖然剝完的雞蛋不是那麼「珠圓玉潤」，不過當兩隻小手將雞蛋放在拓跋珏面前的琉璃碗裡，口中說著「珏哥哥生日快樂」的時候，拓跋珏眼淚沒忍住，哭了。

心弦和心月看看他又看看辛情，「母后，雞蛋長得不好看，珏哥哥哭了。」不說自己雞蛋剝不好，倒說雞蛋長得不好。

「珏兒？」辛情邊瞪小崽子邊輕聲詢問。

下一刻拓跋珏撲進她懷裡，哽咽著說道：「第一次有母后的生日，還有妹妹剝的雞蛋，珏兒太高興了。」

輕輕拍他的背，「高興就不哭了好不好？以後母后和妹妹每年都陪玨兒過生日。」

「嗯，是啊，每年都給玨哥哥剝雞蛋。」心弦說道。

「以後會越剝越好看。」心月說道。

「我們過生日你也要剝給我們吃。」心弦補充。

「每年都要。」心月繼續。

拓跋玨點頭，在三個人六隻眼的注視下高興地吃完了那碗麵和兩個雞蛋。

肆之章　衣不如故

二月份是兩個小東西的生日，鑑於上次的經驗，這次雖然也有馬屁精主張給甫回京初封的小公主慶生，但被辛情給否決了。從一月招搖到獨孤皇后「六月初六」的千秋，他們母子母女還不得被天下人詛咒？不過，因為小東西生日的時候分別是拓跋元衡和拓跋玨給剝的雞蛋，兩個娃娃倒也高興，反正沒回宮之前的生日都是雞蛋加長壽麵。

過了她們的生日，辛情知道這回是真的要忙了，萬壽節倒在其次，太后六十整壽，又是母子猜忌之後重被奉迎回宮，這次千秋一定要辦得漂亮才行。太后生辰是六月十五，現在已近二月末，辛情思考了十幾天後才跟拓跋元衡說，此次太后千秋當普天同慶，外封諸王、皇子皇孫、封疆大吏、王妃誥命等人皆當到京朝賀，請他下旨。拓跋元衡同意了，聖旨很快便以六百里加急的速度頒佈至各州府。

這道聖旨之後，拓跋元衡又下了一道關於萬壽節的旨意，大意是正值太后六十千秋，今年萬壽節從簡。辛情琢磨這「從簡」二字三四天才命人開始準備。

這個從簡的萬壽節，拓跋元衡早朝穿著龍袍接受了百工朝賀，回到後宮受了妃子、公主等人的朝賀，因為已下了旨，各州府各臣工不得獻禮，所以拓跋元衡的龍案上擺了一桌子各州府呈上來的賀壽摺子。不過，簡雖簡，晚上的歌舞宴樂還是不能少的，也是鬧騰到二更快完了才完事。

萬壽剛過，本來高高興興的拓跋元衡這天一臉疲倦地來到了坤懿殿。辛情問了，才知道建平府、留河府等急報，其所轄地忽然大面積降溫並突降大雪，遭遇了幾十年不遇的倒春寒，有若干百姓傷亡、若干房屋倒塌，損失嚴重。

辛情聽了略寬慰拓跋元衡幾句，等他睡了她還醒著想事情。

第二天一大早，拓跋元衡上朝去了，辛情尚未用早膳便命福寧傳旨下去，因建平、留河等府受災嚴重，今年內府所準備的用於皇后千秋的銀兩全部撥給幾個州府百姓賑災，千秋慶典免。另，皇后餘下九個月的俸祿全部用於賑災。

然後讓人傳來拓跋玨，讓他以太子的名義，將壽辰所收賀禮全部折合銀兩發放建州府。

心弦和心月在一邊聽著，也要把自己得的賞賜都給「吃不上飯」的可憐百姓。辛情笑了，讓她們自己問父皇去。

雖說「好事不出門」，不過若有人誠心要表揚想不出名也難。辛情和拓跋玨就是例子。上午剛剛「捐獻」了一筆家財，下午就被拓跋元衡下令以八百里加急的速度將兩道旨意送到了建州等府。沒等「回饋」回到京城，辛情已齋戒沐浴了七日之後到護國寺為民祈福十天。本來京城人還不知道「捐獻」之事，不過，皇后到護國寺的十天祈福之行讓這件事迅速傳播開來，雖有少數人可能心裡酸著想皇后只是做表面功夫，不過大多數的百姓還是對「獨孤」皇后和她的「兒子」讚不絕口。

這天是辛情祈福結束回宮的日子，一大早便有太子拓跋玨率臣工奉迎，可謂風光無限。沿途聽著百姓們高呼「皇后千歲」、「太子千歲」，辛情在鳳輦內開心地笑了。

回了宮，兩個小東西十幾天沒看到母親很是想念，撲到她身上膩了大半天，也不管拓跋元衡在一旁皺眉看著，眾妃子在一邊立著。還是辛情偷偷跟她們說等會兒人都走了再陪她們玩才消停了。

眾妃子恭敬地行了禮，說是恭迎皇后娘娘回宮，辛情微笑著點頭。妃子們退下之後，心弦和心月又撲到她懷裡膩歪，聞到了她身上淡淡的香火味便問她這些天都幹什麼去了，辛情說去燒香祈福。

小東西眨眨眼睛，很同情的樣子說道：「母后，妳跪了十天啊，那膝蓋不是很疼？」

辛情稍微愣了一下，笑著說道：「是啊，很疼，也沒人給揉揉。」

就見兩個小東西一邊一個小手輕輕在她膝蓋上揉揉捏捏捶捶打打，雖說根本沒什麼力道，還有些癢癢的，不過心裡很是受用。

「母后，下次妳再去祈福，沒人看見的時候妳就偷偷懶嘛！」心弦說道。

「嗯，是啊，要不也要拿一個軟墊子。」心月說道。

「好，母后下次再去祈福，弦兒幫母后放風偷懶，月兒幫母后拿墊子。」辛情笑著說道。

「好。」小東西異口同聲說道。

這回拓跋元衡都笑了。

用過午膳，因為辛情這十幾天都虔心在佛前祈福，現在一緩下來便有些疲倦，本來是要哄小東西午睡的，誰知道自己先睡著了。兩個小東西在一邊齊齊趴著看她，又抬頭看看拓跋元衡。

「父皇，我們把母后哄睡著了。」心弦說道，很有成就感的樣子。

「寶寶好好睡吧。」心月伸出小爪子，學著辛情平日裡哄她們睡覺時的樣子輕輕拍她。

「別打擾母后，妳們母后最近很累。」拓跋元衡伸出長臂，將兩個小東西抱起來出了坤懿殿。

習慣性地起身給小東西蓋被子，卻見床上只剩自己，忙問宮女小公主哪裡去了，聽宮女說被拓跋元衡抱走了才放了心，也睡不著了。辛情起了身換了衣服，又擦了擦臉，才叫來福寧問這些天后宮可有什麼大事，福寧回稟說一切如常。瞧瞧四下裡無人，福寧小聲說道：「老奴聽說，昭儀娘娘此次也回京賀壽。」

靜默片刻，辛情說道：「應該的，王妃誥命都來京，何況皇妃呢。福寧，五月初的時候派人將鳳鸞殿好好收拾了，免得昭儀回宮來太過倉促，招待不周。」

福寧忙點頭稱是。

辛情又問了問建州、留河等府的情況，福寧說銀兩俱已發放，百姓對皇后和太子很是感恩，據說建州府有人為皇后立長生牌位。辛情聽著只是點頭也不言語。

快四月的天已是暖暖的了，從殿門看出去，殿外是一片橘黃的色彩，辛情信步出了坤懿殿到後面的小花園去坐會兒。那方小小的彩色石子鋪就的小水塘也被染成了橘黃的色彩，被風吹起微微的漣漪。忽然就想起多年前，她時常睡不著覺就來這裡坐著，曾經扔過石塊也曾經在裡面坐著。仔細看看，水面映出的面貌似乎有了些許不同，成熟了也有了絲笑意。

「母后，妳在笑什麼？」心弦的聲音。辛情立刻回頭看去，只見心月正抿著嘴壞笑，「母后在顧影自憐。」

顧影自憐？這是誰教的？

辛情皺皺眉，「跑哪兒去了？」

「母后不管我們，我們只好找父皇管了嘛！」心月說道。

這小崽子最近是不是皮癢了。

「我們去太華殿午睡了，父皇說不要吵了母后，讓母后好好睡一覺。」心弦說道。話音剛落就有不和諧的背景音「咕嚕嚕」出現了，看一眼心弦，她的小手正撓頭，「母后，我餓了哪。」

「母后也餓了，走啦，回去吃飯。」辛情起身，一手牽一個，在已變成為橘紅色的黃昏裡走回坤懿殿。

過了幾天，辛情想起許久沒去千金笑了，算算日子，明天就是她以前巡店的週期，辛情早早找了藉口哄小東西，入夜後偷偷出宮去了。千金笑有了些不同，似乎有些冷清。

「好像少了些客人。」辛情說道。

「近來是少了客人，平安里開了一家萬紅樓，不知道什麼來路，許多客人都過去捧場了。」鍾無豔說道。

萬紅樓？聽著真像給千金笑砸場子的。

「新鮮吧！新鮮地方新鮮人，對了，妳的頭牌定下來了？」

「還請夫人定奪。」

「好，妳去讓她們集合，我看看。」

這麼冷清的青樓，要不改成茶樓算了。門被輕輕推開了，一陣微風馬上到了跟前。

「終於想起這攤生意了？」來人笑問，聲音仍是媚得很。

「一直沒忘，沒時間來。」辛情抬眼看看她的肚子，「有沒有小桃子？」

桃花聳聳肩，有點失望，「沒有，大夫說只是有點吃壞肚子了。」

「妳還年輕著呢，不著急，到時候生他十個八個桃子果子李子都沒有問題。」辛情笑著說道，想了想看一眼桃花，「月黑風高的，不在家抓緊培植小桃子，往這兒跑什麼？南宮也真放心。」

「妳這個人腦袋齷齪，回到那地方更齷齪。」桃花點她腦袋，「他被我點了穴，正睡得香呢……」

「我以後見到南宮可得告訴他小心防範些，妳要是謀殺親夫可真是容易。」

「好不容易有個男人願意養我，我怎麼會殺他，保護還來不及。」桃花又露出了妖媚的笑。

門外傳來鍾無豔的聲音，「夫人，她們在三樓等著，夫人是要現在下去看？」

辛情覆上面紗，只留兩隻眼睛，「好，我馬上來。」

看一眼桃花妖冶的新面孔，辛情說道：「我原來那張呢？」

「供起來了，打算當傳家寶。」桃花笑言，推著她出門了。

到了三樓一間大廳，四個女子正站著，表情各異。鍾無豔迎著她們進來，她們四人的目光便都集中到辛情身上，聽說這裡換了女老闆，一直不知是何模樣。現在看來，似乎也看不真切。

「莫夫人，這些日子我代您撐了幾天門面，這幾位是新來的姑娘，您自己看看。」辛情用眼神示意桃花。

桃花微微一愣，馬上笑著說道：「多謝十四娘了，回頭我好好謝您。」然後轉頭仔細看那幾位姑娘，邊說道：「果真是國色天香，無豔，眼光不錯。」

「謝莫夫人。」鍾無豔說道。

辛情在一邊坐下，看桃花演戲，忽聽到不遠處傳來的琴聲和曲子。

「有美一人。被服纖羅。妖姿豔麗。蓊若春華。紅顏韡燁。雲髻嵯峨。彈琴撫節。為我弦歌。清濁齊均。既亮且和。取樂今日。遑恤其他。」

那聲音不必回頭就知道是筱紫魚，今日聽來似乎格外哀傷，顯然桃花也聽到了，她向那邊看去然後問道：「客人是來尋歡作樂的，她這調調……是哭喪嗎？帶她來見我。」

無豔去了，沒一會兒琴聲停了，筱紫魚被帶到了面前。辛情因為見過，所以沒有任何驚訝，桃花看了筱紫魚半晌又看看辛情，辛情聳聳肩膀。

「妳們都下去吧。」桃花示意鍾無豔和四位姑娘下去，然後挑起筱紫魚的下巴，「難怪妖妖道道的裝清高，果然有資本。比剛才那四個高雅些，妳叫什麼名字？」

「筱紫魚。」她的聲音依舊是清清冷冷的。

「十四娘，妳覺不覺得這張臉很是熟？」桃花問道。

辛情搖頭，「不認識。」

桃花又回頭看筱紫魚，「妳的本名是什麼？」

筱紫魚微微冷笑，「有必要嗎？」

「沒必要，但是，我想知道，所以，妳必須說。」桃花的嘴角上揚，扯出個哂笑。

「蕭紫玉。」她說道。一貫的簡約。

辛情一怔，紫玉？是寧王的那個侍妾？

「名字不俗，想必來歷也不俗，妳是大家閨秀？」桃花問道。

「妳這個人，問那麼詳細幹什麼？難不成還要用蕭紫玉的名字登臺嗎？」辛情閒閒說道：「這個人我要了，先放妳這兒，別給我弄壞了，也別損傷了，否則我可找妳要人。」

桃花看她一眼，然後點點頭。

「既是十四娘的人了，我便不好說妳了，這樣吧，從明兒起妳就歇著吧，愛唱呢妳就出來唱，不愛唱妳就養著，養到十四娘安置妳。好了，妳下去吧。」

桃花一步三晃到辛情身邊，壓低了聲音說道：「怎麼，剛流放一個，就這麼熱心找個一樣的給遞補了？妳真是……太賢慧了。」

「妳知道寧府有個叫和她同名的侍妾嗎？」辛情推開她的桃花臉，「我已將剩下兩個放出去了，這一個也放出去我就功德圓滿了。」
「原來如此。」桃花笑了，「我還以為妳傻了，非要給自己找個眼中釘肉中刺呢。」
辛情瞪她一眼，然後起身，「這地方可是門可羅雀生意蕭條了，既然妳閒就先管著吧，我最近會一直很忙。」
「是！」桃花誇張地福了福身，「當家奶奶不用擔心，這些事小的來處理。」
兩人上了樓，辛情忽然想起來問道：「我都忘問了，我們當家的是如何安置你們的？」
「妳忘了，我們當家的是生意人，還能怎麼安置，多給點賺銀子的機會唄。還有，我們親戚裡不是還有個皇商嗎？跟著沾光啊。」
「哦，那就好。改天閒了我去府上拜訪。」
「好啊，多帶點金銀珠寶。」桃花笑著說道。
回了宮，辛情再一次被打劫。
「閣下還沒金盆洗手？怎麼還做這搶劫良家婦女的勾當？」
「小娘子不還是喜歡走夜路？」拓跋元衡笑著說道：「再說，這乍暖還寒的時候小娘子獨眠不會難以入睡？」
辛情在他懷抱裡轉了個身和他面對面，沒想到，他還能說出乍暖還寒這樣帶著曖昧色彩的文詞……果然是職業的。
「閣下真是好心腸，不如讓人做個二里長的被子，這宮裡孤枕難眠的小娘子們都來大被同眠啊！」
辛情不冷不熱地說道。
「今天火氣大，是誰惹著朕的皇后了？」
「沒誰。」辛情掙脫他的懷抱，快步邁上臺階進殿。值夜的宮女太監見他們兩個進殿急忙跪下了，辛情輕手輕腳走到床邊看看又踢了被子露出紅色小肚兜的女兒。

「小淘氣。」辛情為她們輕輕掖了掖被子，每個臉上親了一口，小東西先是動了動小手，又微微咧嘴笑了。

「睡得好好的，妳又撩閒。時候不早了，還不早點歇著。」拓跋元衡拉起她的手往西閣走，宮女關了西閣的門，拓跋元衡說了句：「這好像是弦兒和月兒的臥房，怎麼不知不覺給換過來了？」

「小東西睡得早啊，睡得早占了好地方。」

「哦？朕聽著這話怎麼意有所指？又含沙射影？」拓跋元衡拖著她在床邊坐下，順手將床幔放下。

「哪有？哪敢啊。」辛情說道：「對了，三爺，有件事要跟您說，還請您答應。」

「什麼事？」拓跋元衡親著她的手指頭，鬍子扎得她手背癢癢的。

「我想把寧王的一樣東西物歸原主，只是不知道三爺肯不肯捨？」辛情抽回手看著他。

拓跋元衡看她片刻，然後問道：「蕭紫玉？」

辛情點點頭。

「店都給妳了，店裡的東西妳隨意處置，這個還來問朕。」拓跋元衡重抓住她的手，想了想笑了，「為了個蕭紫玉和朕嘔氣？」

「我以前不明白您讓我接手這個店的意思，現在大概明白了，也知道怎麼做了，請您再稍等個把月的就好了。」拍拍他的手，「臣妾身子不舒服，沒辦法侍寢，您看您是在這兒將就一個晚上還是到別宮去？若去別宮臣妾命人傳旨。」

拓跋元衡笑了，抱著她躺下，「大半夜的想去人家也都歇了，朕還是將就將就吧。」

「好，委屈您了。」辛情說完閉上眼睛醞釀睡意，可是一閉上眼睛就想到蕭紫玉，睡不著。臉龐靠著的這個胸膛平穩的起伏著，拓跋元衡應該睡著了，辛情睜開眼睛看了看，對上拓跋元衡帶笑的眼睛。

「不想跟朕說話居然裝睡？」揉揉她的頭髮，「該不該治妳個藐視君上的罪？」

「好啊，皇上就治臣妾一個床第之間藐視君上的罪發配算了。」

拓跋元衡瞇了眼睛看了她半天，大手揉搓著她的臉。

「朕知道妳為什麼生氣了，哈哈。」拓跋元衡的笑聲相當愉悅，「不過，要發配……有點難，要不，發配到太華殿去吧，如何？」

「皇上怎麼對著臣妾就沒有一句正經話呢？」辛情捶他胸膛一下，「臣妾困了，先睡了。」

「朕也困了，一起睡吧。」拓跋元衡笑著說道，將她抱緊了些。

六月初六是獨孤皇后的千秋，雖說她先前曾下了旨意說不辦，可是如今獨孤皇后正炙手可熱，想討好她的人太多了，便有臣子、妃子等出主意辦千秋，被辛情全部駁回了。沒過兩天，太后忽然下了道懿旨，說皇后大義，為天下百姓著想不辦千秋，但在禮制上說不過去，因此太后拿出體己錢為皇后慶生。這一道旨意讓辛情愣了半晌。心裡隱隱不安。

太后這是向她拋橄欖枝，還是又一場陰謀的開始？現在不好說，她必須要小心。

心弦、心月和拓跋玨這兩天也神神祕祕的，三個小腦袋常湊在一起不知道幹什麼，她一過去就被推回來，這天居然被推到了殿外，站在殿門口，辛情瞪著門咬牙，最近這幾個小崽子越來越囂張了，看來是最近給她們笑臉太多了。

「這是做什麼？」拓跋元衡的聲音。

「小崽子要放火燒殿呢。」辛情說道。

「哦，放火？皇后還不躲遠點？」拓跋元衡笑著說道：「妳這個母后做得也忒不招孩子待見，都被趕出來了。這樣吧，朕收容妳。」

辛情隨他走下臺階，落了他一步的距離慢慢走著。

「壽辰想要什麼？」拓跋元衡問道。

辛情笑了兩聲說道：「算了，皇上就是口頭上給臣妾畫個餅，想吃又吃不到，您啊，看著賞吧，賞什麼臣妾收什麼。」

「賞？賞妳一巴掌。」拓跋元衡說道：「現在風頭正盛，連朕都不放在眼裡了。」

辛情皺了皺眉，不提還好，提了她就擔心。

「風高浪大，不知多大的風雨呢。」辛情笑著說道。

拓跋元衡回頭看她一眼，「妳呀，就沒有把人往好了想的時候。」

辛情沒接話，好人？好人還在宮裡存在著嗎？

還沒到五月末，就陸續有賀壽的臣子到京了，六月初一，辛情聽說昭儀和慶王也到京了。拓跋元衡沒動靜，辛情派人去迎了昭儀回宮住，慶王還是住在藩王別府。

昭儀一入宮門便來拜見太后，正巧辛情帶著妃子們在慈壽殿陪太后說話。太監一聲通報所有人都安靜了，太后命宣她進來，女人們的眼神便都飄向了殿門口。

一襲白紗衣裙，還是樣式簡單的玉簪子，看起來仍舊是不食人間煙火的模樣，施施然給太后和辛情請了安，兩人說了「免禮」後，其餘的妃子們才如夢初醒般齊齊站了起來，向昭儀福了福算是見過。

「昭儀一路勞頓，先回翔鸞殿歇著吧，養養精神。」辛情說完，福寧立刻到了她身邊，辛情便囑咐他：「你親自帶人侍奉昭儀回去歇著，吩咐了翔鸞殿的人好生伺候著。還有，派些伶俐的人去藩府伺候慶王。」

「臣妾謝皇后娘娘。臣妾告退。」昭儀說道，又施了禮慢慢退出去了。

她出去了，眾妃子眼神跟著飄到門口又飄了回來，私下裡眼神交流，偶爾還偷偷看辛情一眼，辛情笑了笑起身，「太后，臣妾還有事要去處理，就先告退了。」

「好，妳去忙吧。」太后點頭，「妳們也都回去吧，皇后的壽辰要到了，妳們也幫著料理。」

辛情率領著娘子軍出了慈壽殿，崇德夫人馬上走到她身邊笑著說道：「臣妾等昨日還說呢，娘娘這些日子盡忙著太后千秋了，對自己的壽辰倒是不上心，於是，臣妾們昨晚上去和太后娘娘請了旨意，一起為您操辦壽辰，雖不盛大，但也是臣妾等人的心思。」

「有勞各位。聽說各位不只操心還破財，拿了自己的私房錢為本宮辦壽辰，我實在過意不去，等本宮明年的俸祿下來了再奉還吧。」

「娘娘這麼說臣妾等可受不起，臣妾等不過是略盡綿薄之力，比起娘娘為天下蒼生著想相距甚遠，就請您受了臣妾等的心意吧。」崇德夫人說道。

「我就是說說的，夫人您還當真了，我難道真拿著銀子各宮各殿的去還？」辛情頓了頓，「不過以後各位有什麼需要本宮看著多添補些就是了，算起來各位可能要吃虧了，可別怪本宮沒提醒，回去拿銀子的時候可掂量好了啊。」

眾妃子們也都跟著笑。

一個小太監風風火火地衝到了她們面前，「啟奏皇后娘娘，燕國公主儀仗已進了城門。」

「玥兒？」辛情笑了，「我知道了，你去上書房看看太子下學了沒有，若沒有，就和師傅說是本宮的意思，今兒早些放了吧，讓太子到宮門口迎接燕國公主。」

妃子們恭喜辛情，也都跟著一起去坤懿殿等著見拓跋玥。

快等到晚膳時分才有小太監又飛奔著來報，燕國公主已進宮門了，然後是公主和偃三皇子拜見聖駕。辛情命妃子們散了各自回去用膳，看看已經等得有些不耐煩的兩個小東西，問道：「餓了？」

「餓死了，母后，我們先吃飯吧，妳看看，我們都餓瘦了。」小東西比劃比劃自己的臉。

「哦？來，母后看看。」辛情笑著摸摸女兒的小臉，「果然都給餓瘦了，母后這就命人給寶貝兒傳膳。」

命人速去準備晚膳，等待的空擋，又有太監進來了，「娘娘，公主及三皇子求見。」

正在辛情懷裡膩歪的小東西聽見有人來打擾她們吃飯，小臉上滿是不高興，搖搖辛情的胳膊說道：「母后，為什麼他們不等我們吃完飯再來呢？」

拍拍她們的小臉，「沒事，弦兒和月兒先吃，不妨事。」然後吩咐福寧快些給公主準備了晚膳，又命人宣拓跋玥。

兩大一小三個人進來了，分別是拓跋玥、偃三皇子和拓跋珏。

「玥兒（珏兒）拜見母后。」拓跋玥和拓跋珏行禮說道。

「景莊拜見皇后千歲。」奚景莊說道。

「平身。」辛情說道：「賜座。」

兩隻小手拽了拽自己，辛情低頭，兩隻小崽子又把杏核眼瞪成了核桃，「她也叫母后……」

「因為玥兒皇姊也是母后的女兒啊。」辛情笑著說道：「去叫玥兒皇姊和……姊夫。」

小東西雖然有點不樂意，但還是走過去對著兩個人叫了「皇姊、姊夫」，然後嘟著嘴走回辛情身邊。

辛情看奚景莊，二十二三歲的樣子，很英俊沉穩的年輕人。幾年不見，拓跋玥已將當年的稚氣脫盡，顯示出了些嫵媚的氣質。說了些場面話，有太監送來了兩個小東西的晚膳，心弦和心月暫時忘了憑空多出來的「皇姊」，蹦跳著去吃飯了，跑兩步回頭看看拓跋珏，「珏哥哥，一起吃飯好嗎？」

「去吧，珏兒。」辛情說道。大人餓個一兩個小時沒問題，小東西們正長身體，半點也不能餓著。又說了會兒無聊的話，辛情讓他們退下回去歇著了。來到內室的桌子上，只見三個小孩子正吃得高興，還特意給她擺了副碗筷。不過，見她進來，兩隻小東西扁了嘴。

「母后不和皇姊一起用膳嗎？」口氣那個酸。

「皇姊走了啊。」辛情笑著坐下，馬上就有宮女給她添飯布菜，「嗯，還給母后留菜心了？」整整齊齊半盤菜心擺在她這邊。

「母后討厭，那麼多孩子，都不愛我們了。」心月說道。

辛情笑著吃飯，也不解釋，吃完了飯，三個孩子拉著她在長毛地毯上坐下，將她團團圍住，大有刑訊逼供的架勢。

「母后，妳說，除了我們，妳還有多少孩子？」
「啊，這個呀，讓我想想。」辛情故作思考狀。還扳著手指頭數。眼見著三個孩子的眼睛越瞪越大。
「母后……」拓跋玨這個冷靜的孩子也有些驚異了。
「除了你們，我還有十幾個孩子呢。」辛情話音剛落就被小東西撲倒了。
「不要，不要那些孩子，母后是我們的。」小東西開始耍賴了。
「不行。妳們不聽話。我喜歡聽話的孩子。」辛情說道。
「不管，不聽話也只能要我們幾個。」繼續耍賴，「母后，我們保證以後聽話啦，真的聽話啦……」
「真的？」辛情忍住笑。
三個孩子使勁點頭，「真的，所以母后不要那幾個孩子。」
「這要看你們的表現了。」辛情笑著說道。
小笨蛋，她三十歲能生出二十出頭的閨女……小孩子果然好騙。
「母后，那皇姊以後不能叫您母后了是不是？」心月問道。
「不是。」辛情答道。果見兩個小東西柳眉倒豎，呵她的癢。笑鬧成一團。
「娘娘，皇上有請。」來的是樂喜。
笑聲戛然而止，小東西眨巴著眼睛看看樂喜，「樂公公，父皇又叫母后做什麼？」
「回公主，皇上賜宴。」樂喜說道。
「可是我母后吃過了，母后要睡覺了。」心弦說道。
「請總管代為覆命，本宮馬上就到。」辛情抱了兩個小八爪魚起身，讓宮女服侍她更衣，重新打扮了。兩個小東西還拖著她的裙子不放手。
「母后，妳是不是要去見那十個呀？」扁著嘴，做泫然欲泣狀。

「嗯，是啊，見那十個。」辛情說道，走到宮門口，「如果妳們乖乖睡覺，我就不見他們了。」在幾個小孩子扁嘴瞪視之下，辛情笑著出了坤懿殿。

小太監在前引著，辛情邊走邊想這是頓什麼宴。一抬頭卻見不是去太華殿的方向。

「這是去哪兒？」辛情問道。

「回娘娘，是去清涼閣。」小太監忙答道。

清涼閣？在御花園疊翠山上，涼快倒是涼快，不過此時也沒月亮，跑到一個閣子裡幹什麼？難道是有不好說的話怕人聽見？辛情微微扯了扯嘴角。

到了疊翠山下抬頭看看閣子，沒有想像中的燈火通明，連伺候的人都少，對著這一邊的窗戶沒有開，一個淡淡的人影印在窗戶上。

「請娘娘移步上閣，奴才等奉命在山下候著。」

踏上青石鋪就的臺階，兩邊防風防雨宮燈的吉祥圖案隨著風在臺階上有了支離破碎的影子。到了閣前，伺候著的宮女太監們忙躬身請她進去，在她身後將門掩上。這神神祕祕的行徑讓辛情皺了皺眉，拓跋元衡又玩偷情這招？

上了樓被一道水晶簾攔住，蛾眉輕蹙，這簾子是什麼時候掛的？

「臣妾奉命見駕。」辛情在簾外說道。

「還不進來？今天虛禮又多了。」拓跋元衡的聲音，聽不出高興還是不高興。

撩開簾子進去，一愣，這調調怎麼看怎麼曖昧，讓她想起了大紅燈籠高高掛。臨窗站著的人回過身，看看她，「大晚上的穿得這樣囉嗦。」

「要見聖駕，臣妾可是精心對鏡貼花黃了，您怎麼不誇誇臣妾？」辛情笑著說道：「不知道皇上深夜在這僻靜之處召見臣妾是有什麼密旨啊？」

「妳今天是吃了爆竹了？」拓跋元衡笑了拉她坐下，「朕就是想找妳喝酒，想得那麼多。」

「呵呵，原來如此，皇上也不讓太監說明了，臣妾這一路，心裡可是七上八下的，現在總算平靜了，喝酒好，臣妾奉陪。」辛情執壺斟酒，「皇上請。」

握住她端著酒杯的手，拓跋元衡一飲而盡，酒盡卻不鬆手，只盯著她看。

「臣妾長出三頭六臂了？皇上怎麼這麼看臣妾。」辛情抽回手又斟了一杯酒，「請。」

如此喝了五六杯，拓跋元衡皺眉看她，「朕是要妳陪朕喝酒，妳這是打算灌醉朕？」

「皇上酒量好，這點酒怎麼放在眼裡。」辛情又笑著斟酒，這回斟了兩杯，「皇上挑理，臣妾就陪著您一起，免得您說臣妾沒誠意。」

拓跋元衡笑著喝了，辛情勸他喝酒也不給他夾菜，如此又喝了好幾杯，拓跋元衡似乎有些醉。辛情笑了笑，夾了些菜到他嘴邊，「皇上別只顧著喝酒，也要吃些菜才好，否則容易醉。」

看著他有些醉，有些心不在焉，辛情便耍了小小的手段，每次只喝一口，其他的酒都給拓跋元衡喝了。喝多了酒便有些熱，拓跋元衡起身到窗邊吹風，辛情看著他的背影冷笑了一下。

「今天沒月亮？」拓跋元衡問道。

「大初一的，當然沒有滿月。皇上想看，不妨再等等。」辛情笑著說道。

「等等，好，朕再等等。」拓跋元衡示意她過去，辛情便起身走到他身邊。

「皇上今日喝了許多悶酒，可是有什麼心事？」辛情問道，也抬頭看天空，沒有滿月的天空星星都顯得亮了。

拓跋元衡笑了笑，「朕的心事？皇后不是最會猜朕的心思嗎？猜來看看。」邊說著邊將她抱在懷裡。

辛情扶著他到內室的榻上躺下，「皇上先歇一會兒吧，臣妾讓人去拿醒酒石。」轉身欲走，卻掙不開他的手。

「不准走，不准離開朕。」拓跋元衡說道，眼睛瞪著她。

「臣妾去去就回，您先放手，臣妾能走到哪兒？」辛情柔聲說道。拓跋元衡這才鬆了手，命她快去快回。

走到水晶簾邊，辛情回頭看看，拓跋元衡閉著眼睛，似乎睡著了。

下了樓，樂喜迎了上來。

「樂總管，傳昭儀來侍寢。」辛情說道。

樂喜一愣，「娘娘，您的意思是？」

「本宮不想重複第二遍，還不快去？晚了，皇上不高興你擔著？」辛情邊說著邊出了門，聽著樂喜叫了小太監。

走了一段兒，也許是喝多了酒，辛情覺得胸口有些悶悶的，看著眼前就是瑤池殿，辛情到水邊的石椅上坐了，抬手輕輕捶捶胸口。

「娘娘，您可是不舒服？」福寧問道。

「可能喝多了酒，給我倒點茶來。」

「要不要老奴傳太醫來？」

「不必，歇一會兒就好了。」

宮女送來了茶，辛情喝了兩杯。

「娘娘，既然身體不適，老奴奉您早些回去安歇吧。」

辛情點點頭，扶著福寧的胳膊走回坤懿殿。

三個孩子果然乖乖睡了，拓跋玨躺在外面，床裡是兩個小東西，拓跋玨旁邊還留了個位置，大概是留給她的。俯下身給三個孩子重新蓋了涼被，每個臉上親了一下，然後見拓跋玨醒了。

「母后，您回來了？」聲音裡還帶著睡意，「母后回來了，孩兒挪到裡面去睡。」

辛情將手指放在唇邊對他做了個「噤聲」的手勢，「玨兒挨著母后就好。玨兒先睡，母后去沐浴。」

拓跋玨高興地點頭，又輕輕躺下了。

等辛情沐浴回來，見他還睜著眼睛。

「還不睡，明天在上書房睡覺了怎麼辦？師傅會罵的。」辛情放輕了動作躺下，想了想，將拓跋玨抱在懷裡，「玨兒真乖，怕妹妹掉下床。」

「孩兒答應過母后要照顧妹妹的。」拓跋玨小聲說道。

「好，好玨兒。睡吧。」辛情輕輕拍著他，直到他平穩的呼吸聲傳來。

早起，看著三個還睡得香甜的孩子，辛情笑了笑，有他們在就夠了。太監宮女們來服侍了，福寧在一邊偷偷看辛情的臉色。

「福寧，你看什麼？」

「沒什麼，老奴……只是怕娘娘昨晚沒有睡好。」

「不該操心的別操心，老得快。」辛情平淡地說道：「這些日子該到京賀壽的也該來了，雖說接待都是禮部的事，但是你也派人照看著些，尤其是王妃誥命等女眷，小心些。」

「是，娘娘。」

三個孩子也都爬起來了，穿著小中衣就跑到她身邊來磨蹭磨蹭。

「母后，妳回來了呀？」心弦問道。

「不回來難道還睡路上？」辛情拍拍她的小腦袋，「快去梳洗，一會兒粥可涼了。」

「不是陪父皇睡嘛……」挨了小爆栗子的心弦扁著嘴低聲抱怨，拉了心月去梳洗了。

用過早膳，帶著孩子給太后請安，妃子們多數都在了，見她來了都偷偷看她。掃一眼，昭儀果然還沒來。請了安，讓人送拓跋玨去上書房，送小東西回坤懿殿，然後去天音苑召見慶典上要表演的曲藝班子，聽得耳鳴看得眼花，好不容易看完了，辛情按按太陽穴，老太太的口味總是很奇怪，為了讓她高興自己可真是遭罪。

出了天音苑往內宮走，遠遠地見到一群人過來，近了卻是拓跋玥和奚景莊。兩個人請了安，拓跋玥說道：「剛才去給母后請安，您卻不在，下人們說您到天音苑來了，所以我們就過來了。」

「玥兒還是急性子，請安著什麼急，我回去也一樣的。」辛情笑著說道：「昨晚睡得可好？給妳母親請過安了？」

「是，和以前一樣。」

「那就好，還怕收拾的不合妳心意呢。去向太后和妳父皇請過安了？」

「是。」拓跋玥說道，多了些謹慎。

看看奚景莊，辛情問道：「貴國皇帝陛下和皇后一切安好？」

「是，多謝皇后千歲。來前，父皇和母后也囑託景莊代為向皇后千歲問安。」奚景莊彬彬有禮。

「回去代我謝過。」辛情說道。

又有太監來報有王妃誥命進宮叩見，辛情嘆口氣，「你們先回去歇著吧，這些日子路上也辛苦得很，等忙過了這陣本宮再和玥兒說話。」

兩人退下了，辛情又匆忙趕回坤懿殿接見又一撥的貴婦們。想來，她已經見了超過一百個女人了。好不容易這一撥也告退了，辛情覺得自己要癱成麵團了。

「福寧，所有來的人都當了吧，我累了，歇會兒。」躺了一分鐘忽然起身問道：「公主呢？」

「公主出去玩了，老奴派了得力的人跟著了，娘娘不必擔心。」

「快到午膳時候了，去找公主回來。」

太監們去找人了，沒出去一刻鐘就見帶著一位小太監來了，辛情見了不禁皺眉，「有什麼事下午再說。」

「娘娘，他是慈壽殿的人，來傳太后的話。」

「太后有什麼旨意？」這老太太又搞什麼？

「回娘娘，太后讓奴才來告訴娘娘，良辰公主、圓月公主被留在慈壽殿用膳。」小太監說道。

「慈壽殿？」辛情很是驚訝，老太太留她女兒吃飯……太詭異了。

「奴才已傳完旨意，這就告退了。」

「好，午膳後本宮去謝恩。」辛情說道。冷靜冷靜，不要有被迫害妄想症，畢竟是老太太的親孫女，不會怎麼樣的。

想著這些事，辛情午膳只吃了兩口，匆忙帶著人去慈壽殿了。進了殿，卻見靜悄悄的，辛情的心一下子提到了喉嚨。

「請娘娘隨奴婢來。」一個小宮女說道。

轉到老太太夏日避暑的郁風軒宮門前便聽見裡面的歡聲笑語，辛情這才稍稍放了心。進了殿，見兩個小東西正和老太太看花呢。

「母后。」小東西笑著跑過來。

「怎麼還在鬧皇祖母，皇祖母要歇午了。」辛情說道。

「皇祖母說她不困哪！母后母后，妳來看，皇祖母的花好好看啊。」心月拉著她的手過去看，小腦袋上插了朵小紅花。辛情笑著看那些花，看完了說不讓小東西打擾太后，她就先帶她們回去了。臨走，小東西還笑瞇瞇地跟老太太道別。

出了慈壽殿，辛情的臉就有點沉，心弦、心月便小眼珠子滾來滾去被她拖著走也不敢做聲，直回到坤懿殿，辛情命人關了殿門。

「說，為什麼跑到慈壽殿去玩？不是告訴妳們不要亂跑了嗎？」

「因為……因為那天去請安看見皇祖母有一種花很好看所以……快中午了嘛，人又少，所以……然後……就……」心弦低著頭說道。

「採花？手癢癢是不是？上次不是告訴妳們不要去揪慈壽殿的花嗎？」辛情瞪著兩個低了頭的女兒。

「可是……母后戴會很好看啊……」心月小小聲說道。

「母后不喜歡戴花，以後不准去慈壽殿摘花。」辛情說道。

「也不准去找皇祖母對不對？」小東西抬頭偷偷看她。

「皇祖母有很多事情，沒有時間陪妳們玩。」辛情說道：「還有，妳們今天摘花有沒有被皇祖母罵？」

小東西搖頭，然後笑了，「沒有，我們跟皇祖母說對不起，上次也摘了她的花，皇祖母說沒有關係，花開了就是給人採的。皇祖母還說，只要我們喜歡，以後可以去摘。」

辛情疑惑了。這老太太轉性也太快了吧？上次在西都她可是連個黑眼珠都沒給看，這忽然的一百八十度轉彎難免叫人猜疑。到底有什麼目的？

琢磨著，忘了小東西還在眼前站著了。

兩隻小手在她面前擺啊擺，辛情拍開，「幹什麼？」

「母后，您不喜歡我們去找皇祖母是不是？」心弦問道。

「因為母后和皇祖母互相不喜歡對不對？」心月問道。

辛情看著她人小鬼大的臉。

「總之，妳們答應母后，以後不要亂跑，知道嗎？」

「知道，可是，母后，皇祖母好可憐哪！」心弦說道。

可憐？誰不可憐？

「為什麼？」辛情問道。

「我們偷偷溜進去摘花，周圍沒有宮女喔，只有皇祖母，她拿著剪子在剪花枝，還一直嘆氣，剪了一大堆花，皇祖母說……」心弦看看辛情查風向。

「說什麼？」辛情拍拍她腦袋，還學會欲擒故縱了。

「皇祖母說，就剩她一個老婆子沒人理。」心月說道。

辛情沒作聲，看著兩個小崽子。

「母后，妳不高興是不是？那我們以後不去了。」等了半天，小崽子說道。

嘆口氣將女兒都抱進懷裡，「母后不是不讓妳們去和皇祖母親近，只是，母后怕妳們出事。有些事，妳們現在還不懂，母后也不會現在告訴妳們，只要記住母后的話就好，知道嗎？」

小東西在她懷裡使勁點頭。

一直到晚膳，辛情都沒看到拓跋元衡，昭儀也不曾來向她請安。幫心弦心月洗過澡哄她們睡覺，心弦和心月想了半天問道：「母后，妳不高興。」

「嗯？胡說什麼，母后哪有不高興，母后就是累得沒有精神了。」辛情笑著說道。

兩個小朋友似乎不信，不過也沒說什麼，終於被辛情拍睡了。

換上衣服，辛情瞧瞧帶著人出了坤懿殿。

千金笑有些改觀，人氣多了。

到了四樓，辛情坐下對鍾無豔說道：「去給我拿酒和紙筆來。」

鍾無豔雖不解，但還是馬上去了，回來的時候托盤上是一壺酒和一個精緻的酒杯，身後的小清官端著筆墨紙硯輕輕放在桌上擺好。

「去拿一罈酒來給我。」辛情掃了一眼那一小壺酒。

鍾無豔帶著清官出去了。辛情拿起筆開始寫字，等鍾無豔再進來，將寫好的東西交給她，「讓筱紫魚去給我唱這個，唱到我喊停為止。調子嘛隨她的便。還有，如果我不叫妳，不要進來，不要管我。」

鍾無豔點點頭又出去了，眼神裡一絲不解。

拿下面紗，辛情慢慢飲著酒。沒一會兒聽到筱紫魚清冷的聲音響起。

「君若天上雲，儂似雲中鳥，相隨相依御日浴風。君若湖中水，儂似水心花，相親相戀與月弄影。人間緣何聚散，人間何有悲歡，但願與君長相守，莫作那曇花一現。」

「莫做那曇花一現……呵呵，曇花一現才美才稀奇。」辛情端著酒杯晃了晃，笑著接著喝。不知道唱了多久，筱紫魚的聲音有些沙啞了。辛情聽不出來，她覺得眼前有點花。門被輕輕敲響了，鍾無豔的聲音傳來，「夫人，我可以進來嗎？」

「什麼事？」辛情臉上一絲不悅。

「夫人，筱紫魚已唱了二十幾遍，嗓子實在不行了，您看是不是……」鍾無豔猶豫著說道：「而且客人們也都在抗議。」

辛情皺了皺眉：「抗議？抗議什麼？」

「客人們說花錢只聽了一個人一首曲子翻來覆去。」

「不想聽的讓他們滾。」

「夫人，我們的狀況剛剛好轉些，這樣做似乎不妥。」

「不妥？嗯，是不妥，這樣吧，換人去唱吧，妳讓筱紫魚來給我唱。」辛情說道。鍾無豔忙答應了去了。

沒一會兒筱紫魚進來了，還是一襲紫衣，抱著琴冷若冰霜的站著。

「坐下，喝酒嗎？」

「紫魚不會。」

「在這地方混的不會喝酒，妳混得還真不合格，妳說呢，蕭紫玉？」

「妳都知道了……」蕭紫玉苦笑了下。

「我不但知道，我還知道妳是寧王的侍妾，被黜為官妓，又被千紅樓的老闆用了手段弄來的。」辛情指著對面，「坐吧。」

蕭紫玉坐下了，「不知道夫人今天說起這些是何意？」

「我不是說過，如果我高興會給妳自己打算的權利嗎？我今天高興，妳想想要去哪裡，我可以放妳，沒準兒我還可以幫妳。」辛情笑著說道。

蕭紫玉一愣，半晌說道：「夫人看起來並不高興，怕是醉酒了。紫玉雖想離了這裡，不過還是等您清醒了再說，紫玉不會做趁人之危的事。」

「妳是個傻子嗎？妳自己還不是被趁人之危拐到這裡，還綳著幹什麼？做壞事不一定都可恥。」辛情喝了口酒，「妳想離開這裡去哪兒呢？」

「四海漂泊。」

「不想回寧王身邊嗎？我聽說寧王對妳很不錯呢。」辛情看到蕭紫玉變了臉色。

「夫人，這是鍾媽媽告訴您的？」

「妳別管是誰告訴我的，我在問妳妳還沒回答我。」

「王爺被落髮圈禁，紫玉怕是見不到他了。」

「我剛剛說過，我若高興，沒準兒會幫妳。妳不信我沒關係，妳告訴我，妳等著看結果。」

蕭紫玉愣了半晌說道：「是，紫玉想去王爺身邊。」

「好！等著吧，很快我就送妳去！」辛情說道：「把妳還給他，我以後就不欠他了。」

「妳到底是誰？」

「我啊……我是一個和拓跋元弘認識很久的人，他幫過我也騙過我，還害過我，妳說我是誰？」辛情妖媚地笑。

「我想我知道妳是誰了……」蕭紫玉看著她，「雖然我不知道妳的名字，可是我知道王爺對妳有著深深的愧疚。」

「愧疚？對我？妳都不知道我是誰，怎麼知道他對我的愧疚呢？」辛情冷笑了下，「別被外表騙了，連自己的親人都可以利用的人，是不會對人有愧疚的。妳下去吧，記住，這曲子以後不准再唱。」

「夫人的脾氣真是難以捉摸。」

「我討厭唱這曲子的人。」

「可是夫人卻讓我唱了二十幾遍。」

「因為妳長得像我討厭的那個人，妳唱給我聽，我心裡高興。」辛情笑著看她，又一飲而盡。

「紫玉告退了。」蕭紫玉抱琴起身。

「妳真的想好了要去他身邊？」她的手已碰到了門辛情叫她。

「夫人何意？」蕭紫玉回頭問道。

「他落髮了，穿著百衲衣，每天打坐。妳去了跟出家沒兩樣，而且就算你們有了孩子也會被殺死。」辛情問道：「妳想去讓他苦，也讓妳自己苦嗎？」

「只要在他身邊看著他就足夠了。」

「在他身邊看著他，可是他的眼裡還有妳嗎？他的正妃死了，帶著他們的孩子，因為他慫恿慶王謀反而死，妳以為看到妳的時候他的心裡會想著誰？我告訴妳，絕對不會是妳，妳只是用來提醒他正妃和孩子的慘死的。男人，會喜歡那個不在身邊的人多一點，知道嗎？」

「夫人深有感觸？不過，即使如此，紫玉還是想去他身邊。」

「為什麼我碰到的女人都這麼固執？」辛情苦笑了下，「不過，我能成全一個自然也能成全妳，妳出去吧。」

蕭紫玉開門出去了，沒有一點聲響。

門外閃進一個黑衣人，躬身說道：「主子，該回了。」

將杯中酒喝盡，辛情扶著她的胳膊起身，「走吧，回。」

靠著馬車，雖說馬車行駛還算平穩，不過辛情還是有點暈。拿著權杖進了宮門正好聽見寅初的更聲，皇宮裡靜悄悄的。

被扶著快到坤懿殿，辛情忽然改了主意，她醉酒成這個樣子不能被孩子看見，她要換個地方睡，「去瑤池殿吧。」

進了瑤池殿，屏風如往日般在暗夜中發著微光。空蕩蕩的正殿連坐的地方都沒有，宮女扶了她轉到瑤池殿后一處小小的軒室，那裡有一方小小的錦榻。辛情沒忘了吩咐宮女：「卯正叫我起來。」

頭暈得厲害，辛情手撫著額頭揉了揉，翻來覆去睡不著，她是越醉心裡越清醒的人，所以此刻她的難受清清楚楚。上一次醉酒是還是在鳳凰殿，那時候她鑽到床底下了，因為覺得涼快。

想到這兒，辛情掙扎著想坐起來，卻用不上力氣。恍惚中，門口進來一個人直走到床邊來了，想睜開眼睛，眼皮卻有千斤重。

「喝醉了？頭疼？」原來是拓跋元衡。

她醉了，可是心裡清楚得很，不過想裝一回醉。

「我沒醉，拿酒來……」使勁抬起手摸索著拽住他的衣服，「快去，給我拿酒來……」

「為什麼喝酒？」拓跋元衡握住她的手。

「放肆，你敢管我的事，不想活了是不是？福寧……把他攆出去……」辛情很想說，拖出去砍了。

「是是是，攆出去了。娘娘，皇上召見呢。」拓跋元衡聲音裡帶了笑意，辛情心裡冷笑了下。

「召見？福寧，去，去叫天仙侍寢……別來煩我，我要喝酒呢。」辛情用了力氣拍拓跋元衡的手，「今天，別跟我說皇上，再來傳，就說我死了。」

「娘娘為了昭儀生皇上的氣？」拓跋元衡問道。

辛情哈哈笑了，笑得放肆。

「生什麼氣啊，這麼多年都這麼過來了，還有什麼氣生的？忍吧，忍到老了，忍到我女兒長大成人，我也就放心閉眼了，眼不見心不煩，他愛和誰鬼混就混吧……哼哼……我要的他給不起，他給的我不稀罕，混吧，忍吧……」辛情翻個身面朝裡，似乎睡了。

坐在床邊的人皺了眉頭，看著她的背影，給她拉了拉被子，「鬼混，朕要是愛和別人鬼混，還讓妳回來幹什麼？」

又坐了會兒，起身出去了。

有人在旁邊叫她，「娘娘，卯正已到，該起了。」

辛情睜開眼睛，一起身便覺得天暈地轉，扶著宮女站穩了往坤懿殿走。清晨的皇宮已有宮女太監奔走著給主子們準備水洗漱了。回到坤懿殿見兩個小東西還睡著，辛情忙去洗漱刷牙，喝了些香露去酒氣。剛折騰完，兩個小東西蹦跳著過來撲到她懷裡，還睡眼惺忪呢。

「母后，妳今天起得好早。」心弦說道。

「是妳們起晚了，不是母后起早了。」辛情笑著說道。

心月未作聲，盯著辛情看，看完了揉揉眼睛接著看，辛情摸摸臉，「怎麼了？」

「母后，妳好像瘦了。」心月的小爪子摸上她的臉，「我記得昨天這裡有肉肉啊，今天好像沒了？」

辛情笑著捏她的臉，「月兒今天胖了，昨天這裡都沒有肉，今天好多的肉，不好看了。」

「討厭啦，都是母后捏出來的。」心月掙開她的手，小臉湊過去照鏡子，擺了幾個臭美的表情之後放心說道：「還是那麼好看。」

臭美的小樣子實在搞笑。

去向太后請安，太后問她是不是這些日子太勞累，臉色看起來不太好。辛情忙謝了老太太，暗自慨嘆，不過是酗酒了一次，怎麼這些人都這麼火眼金睛。以前她當貴妃那會兒醉酒，除了拓跋元衡問了問也沒見別人關心。

妃子們陸續來了，昭儀也來了，臉色似乎紅潤了些，衣服色彩也鮮豔了些。她一來氣氛霎時變得有些詭異，辛情有堂而皇之的藉口走人。

正好魚兒也進宮來給她送賀禮，說是南下特意到水越城買的特產，辛情笑著命人收下，現在她感興趣的是魚兒帶來的小男孩，宗銘辛。差不多和拓跋玨一般大，看著很安靜的孩子。

拓跋玨和心弦心月被太監們請回來了，兩個男孩子很熟悉，不過宗銘辛還是抱著小小的拳頭給拓跋玨行禮。心弦、心月看看辛情，「母后，他是姨母的兒子，我們該叫哥哥是不是？」

「嗯，是啊，銘辛哥哥。」辛情笑著告訴她們。

沒有像當初戒備拓跋玨那樣，兩個小丫頭笑著跟他打了招呼。

「母后，我們帶銘辛哥哥去玩吧？」小丫頭居然很好客。辛情點頭同意了，命太監宮女緊跟著，千萬別又跑丟了。

他們跑出去了，魚兒才問道：「姊姊，妳最近是不是太累了？看著沒什麼精神。」

辛情點點頭，「可能是累著了，從年初到現在就像個陀螺一樣，都沒停下來過。」

「姊姊，妳別把自己累著。」

「再習慣習慣就好了，我就是以前太閒了，冷不丁天天這麼折騰有點吃不消。放心，魚兒，以前在宮裡的日子不也是這麼過的嗎？再說，妳以後多進宮陪我說說話我就好了。」辛情笑著說道。

「好。」魚兒笑了。

「看妳的肚子有了吧？」

魚兒低了頭，手輕輕撫著肚子，「四個月了。」

「有了身孕以後就別常進宮來。」

「姊姊，我沒事，小心點就好。」魚兒馬上說道。

「我知道妳沒事，我是擔心裡面那個小的。宮裡陰氣重，還是少來為妙。」

「姊姊……妳是不是有什麼心事？」魚兒看辛情的臉色似有不悅。

「沒事，有的也都是陳年舊事，想著心煩罷了。呵呵，別提這個了，用過午膳，我命人送你們回府吧。」

午膳過後，辛情命人送魚兒母子回府，轉身見拓跋玨一副欲言又止的樣子。

「怎麼了，玨兒？」

「母后，孩兒想求您一件事。」拓跋玨說道。

「求母后？什麼事啊？你先說，母后看能不能答應。」辛情拉著他的手坐下，那兩個小丫頭已跑去睡覺了。

「孩兒一個人讀書習武很是無趣，所以……想找一個伴讀。」

辛情看著他，一個人……原來他是一個人在上書房接受教育，果然孤單得很。想了半晌，就在拓跋玨有點失望地扁著嘴低了頭時，辛情說道：「好，過兩天母后就去找姨母說，讓銘辛入宮陪伴你讀書習武。母后再給你找兩個人陪著好不好？」

拓跋玨搖搖頭，「不用了，母后，人多眼雜嘴雜，銘辛是姨母家的孩子我才敢求您的。」

辛情點點頭。

眼看著明天就是六月初六了，下午辛情坐在坤懿殿裡看衣服，是拓跋元衡命人送來的，是北地進獻給皇后的壽禮，宮女們展開衣服，說是什麼北地特有的蠶絲織就的。整件外衫薄而透明，繡了九隻彩鳳，看起來花團錦簇的，繡著許多花朵，裙裡面海天霞色的襯裙，看著似白微紅，頗有美感。

看完了，辛情不甚感興趣，「收了吧，以後再穿。」

小丫頭睡醒了覺，正看見宮女收衣服，心月忙讓停住了，邊看著那裙子邊讚嘆好漂亮，辛情搖搖頭，這個小崽子太愛臭美了，不知道隔代遺傳了哪個的基因。

「喜歡啊？」辛情問道。

心月點點頭，做出不好意思的小德行，「喜歡是喜歡，可是是母后的衣服呢。」

「少來這套。等妳長大了，這衣服送給妳，現在剪了就可惜了。所以，妳快點長大吧。」

「真的哦？」心月跑到宮女身邊抱過衣服，「送給我的就讓我自己保存吧。」

辛情點點頭同意，這丫頭愛美的程度又提升了，將來沒有個家財萬貫的丈夫，估計給她買衣服都買不起。

一直到晚膳時分還有人來問明日壽宴的事，辛情難得消停會兒，自然都推給妃子們了，是她們主動要替她張羅的，她不領情就說不過去了。

初六一早，辛情如平時一樣起身，宮女們捧來了吉服服侍她換上了。雖是生日也不能忘了孝敬老太太，辛情拖著女兒去慈壽殿請安，只見妃子們一水兒都換上了吉服，看著那個喜慶。回到坤懿殿，開始接受一撥又一撥的請安，保持微笑的姿勢臉皮都要僵了。好不容易有聖旨說皇帝賜宴翠葆殿，辛情這才結束這一撥的苦難奔赴下一個酒肉場所。

她到了，妃子們也到了，連昭儀都到了，唯獨拓跋元衡和太后未到。辛情心裡便開始琢磨這母子倆又要搞出些什麼戲碼。

「皇上駕到、皇太后駕到。」太監一嗓子讓本來語笑嫣然的妃子們變得嚴肅，在辛情後面按品級排好等著接駕。她略略低著頭，直到一段明黃袍子在她眼皮子底下出現。

「臣妾等恭迎皇上、太后。」辛情說道，餘光掃到後面的妃子們屈膝行禮。有特權還不錯，起碼不用腰肌勞損。

「免禮，今日是皇后的壽辰不必多禮。」拓跋元衡邊說著邊來扶她的胳膊，辛情一愣，她也沒彎腰屈膝，不必扶了吧？

「謝皇上恩典。」心裡雖有疑問，但嘴上該說的還得說。

拓跋元衡放了手，辛情跟在太后左邊進了殿。雖說是她的壽辰，可是誰敢搶拓跋元衡的主位？太后在右邊，辛情在他坐下依次坐下了，妃子們才敢坐下。辛情正考慮著要不要來個開場白，從拓跋元衡開始謝起，然後便聽他說道：「今日是皇后千秋，於情於理都不該如此簡省，不過，皇后母儀天下，急百姓所急憂百姓所憂將籌辦千秋的銀兩全部用於賑災，自然無法再動用國庫，所以，今年只好委屈皇后了。」

這高帽戴得大了，辛情忙起身，這回彎了腰行禮，「皇上過譽了，這些都是臣妾該做的，不敢受皇上如此誇獎。」然後轉向太后，「蒙太后厚愛為臣妾擺壽宴，臣妾謝太后恩典。」

老太太微微點點頭：「坐下吧，一場家宴，不必這麼多禮。」

一場午宴結束，辛情奉老太太回慈壽殿。看著宮女們服侍老太太歇了，辛情要告退。

「妳果然是會做皇后。」太后說道。

「謝太后誇獎。」辛情回道。

「妳也回去歇吧。」太后說道，辛情福了福轉身便走，剛邁了兩步就聽老太太補充道：「妳的防備心還真強，弦兒和月兒是哀家的孫女，身上流著的是皇家的血，妳不必防哀家跟防賊一樣，哀家是真心喜歡這兩個娃兒。以後閒了，讓她們來陪哀家說說話。」

辛情回頭，「她們身上流著皇家的血沒錯，可是只有一半，另一半是我身上的，我只有她們兩個，不得不防，還請太后見諒。」

太后不悅，搖搖頭，「下去吧。」

回到坤懿殿，卻見拓跋元衡和三個孩子都在。

「皇上怎麼不去歇歇？」辛情笑著問道。

拓跋元衡看看她，「朕這不是到皇后宮中歇著來了？好幾天未見玨兒弦兒和月兒，來看看。」

辛情回頭便命宮女鋪床安置拓跋元衡歇午。兩個小東西鬧著和拓跋元衡一起睡，辛情也不攔著，隨他們去了，自己說還有事要照料便出了坤懿殿。因為實在沒什麼事，辛情只是不想看見拓跋元衡而已，無奈今天是特殊日子，到處都是晃動的人走到哪兒都躲不開。想想，辛情笑了，母儀天下後宮之主又怎麼樣，想找個清靜地方都沒有。

「娘娘，您這是要去……」福寧有些疑惑。

「清靜清靜。」辛情說道。信步走著，午後的知了拚命地叫著，聲嘶力竭，「這宮裡怎麼沒個清靜的地方？」

福寧低了頭不說話。走著走著看看前面的宮殿，辛情停了腳步，「這是去裁霞院……走吧，反正也沒事，去剪兩件新衣服，喜慶喜慶。」

挑了料子，辛情在一邊看人家裁衣服。她在，裁縫有些緊張，剪壞了兩剪子，辛情想想還是走人了，都剪壞了估計這人要被攆出去了。轉回坤懿殿，拓跋元衡不在，三個孩子睡得正香。

其實，皇宮裡的人過生日都是一個模子的，就像現在。今年把她的生日雖不是在水上，但也是在對著水的惠風殿，歌舞宴樂美酒美人無一不備。

「怎麼沒穿新衣服？」拓跋元衡低聲問道。

「家宴而已，還是穿常服的好。舊衣服穿得長久了有感情，穿著舒服。」辛情笑著說道。坐在拓跋元衡身邊慢慢輕啜，偶爾還有妃子向她敬酒。可惜再也不會有人來說「國舅給娘娘請安」了。

透過舞姬們飛卷著的長袖，辛情看見一道白衣的影子，手裡拿著短笛遞給她，無奈地說著：「以後別鬧了。」

一眨眼，人影不見了，辛情略微探頭尋找卻再也不見。

拓跋元衡歪頭看她，「看什麼？」

辛情搖搖頭，「沒什麼，以為看見個仙女下凡給臣妾祝壽呢，原來看錯了。」

有了心事便沒有了看熱鬧的興致，辛情坐著看著，有點愣神，好不容易撐到夜深各自散了。

女兒已睡得沒有形象了，照例給她們掖了掖涼被，辛情到桌邊坐下，頭有些暈，不知道為何最近酒量差了。喝了兩杯茶，辛情拄著額頭輕揉太陽穴。

「怎麼了？頭疼？」拓跋元衡的聲音。

「嗯，頭疼。」辛情點頭稱是。

拓跋元衡在她旁邊坐下，「心裡不痛快喝酒自然會頭疼，這個道理還不懂？」

「道理臣妾是懂，可是皇上說錯了，臣妾沒有心裡不痛快，太后拿了體己錢給臣妾辦壽宴，臣妾高興還來不及呢。」辛情笑著說道。

「哦？這麼高興？」拓跋元衡看她。

「難道臣妾不該高興嗎？」辛情又倒了茶喝，「哦，對了，臣妾想起件事，臣妾記得昭儀也是初六的生辰，妃子們只顧著太后說的皇后千秋，怎麼把昭儀的壽辰給忘了，臣妾這回偷懶享清閒，皇上怎麼也不提醒臣妾？這要是被人指出來，臣妾指不定又落個什麼名聲呢？還好，現在還沒到子時也不算過了日子，就請皇上好心替臣妾給昭儀陪個不是吧？臣妾明日就給昭儀補辦。」

說完了起身卻被拓跋元衡一把拉著坐在他膝上。

「怎麼？要臣妾親自登門道歉？」

「如何？」

辛情笑了，「皇上在說笑吧，國法家法臣妾都不能去，國法那是尊卑有別，尊不就卑。按家法，臣妾是正室，她是側室，哪有正室給側室低三下四的道理？當然了，這尊卑不過看您高興與否，不過此時，既然臣妾身分是皇后，就要守禮法，這個門臣妾是不登的。」

「確定不去？」拓跋元衡問道。

「我困了，您慢走，不送。」辛情掙開他的懷抱去睡了，側身向裡，也不管他走還是不走。

過了這家宴式的千秋就繼續準備老太太的千秋，這幾日，拓跋元衡出現的方圓兩米經常有昭儀陪伴，連兩個小傢伙和拓跋玨都看出不尋常的味道了。這天晚上梳洗完畢，兩個小傢伙精神著呢，看辛情靠著繡墩閉目養神，她們湊過去小聲問道：「母后，妳不高興是不是？」

辛情睜開眼睛，皺皺眉，「嗯？為什麼說我不高興了呢？」

「以前，陪著父皇的都是母后，可是現在……換了別人了。」心弦說道。

「傻瓜，母后沒有不高興，以前父皇也是這樣的，母后習慣了。」辛情揉揉她們剛洗過還略略潮濕的頭髮。

「父皇討厭。」心月說道，撇著嘴。

「這種事要習慣，知道嗎？」

「為什麼？」心弦問道。

「因為這是父皇家的規矩。也許過不了多久父皇身邊又會換人了，妳們，記住，不准再對父皇說討厭，也不准說討厭父皇身邊的人，知道嗎？」

「那我們可以對母后說『討厭父皇』嗎？」兩個小丫頭問道。

「不可以，對任何人都不可以說『討厭父皇』。」

點點頭，不做聲，小臉繃得緊緊的。也不玩了，乖乖一邊一個在她身邊偎著，辛情逗她們說話也不說，悶悶的，後來悶得快睡著了，抱著辛情的脖子小聲說道：「娘，我們回家吧，我們不住這裡了好不好？」

「笨蛋，妳們以為這是什麼地方，說來就來說走就走？既然來了，就好好住著，無論怎麼樣，妳們還有娘在，不要想討厭父皇，不要討厭任何人，記住喜歡母后就可以了。」辛情也輕聲說道。

「最喜歡母后。」

辛情笑了。

六月十五的千秋壽典辦的極其熱鬧，宮中各處張燈結綵，一派喜氣。那些繁瑣冗雜的禮法折騰得辛情腰酸背痛。除了十五這天的正日子，宮中的戲唱了三天，城中開放宵禁三天，又放了三天的煙火為太后賀壽。藉著太后千秋的名頭，拓跋元衡還下了道旨意，說是奉太后懿旨大赦天下。這道旨意讓辛情琢磨了半晌。

好不容易熱鬧也熱鬧完了，累也累慘了，這千秋壽典總算還圓滿的落幕。

到了六月二十左右，藩王及外臣們陸續開始離京。此時宮中人的眼睛都盯著昭儀，辛情冷眼看著半句話也不說。

二十三，太后說後妃們此次為了辦壽宴實在是辛苦，為此特意在慈壽殿賜宴，皇妃皇子公主們悉數到場。辛情不著急，慢悠悠在坤懿殿給女兒們紮頭髮換衣服。算算時辰差不多了才帶著拓跋玨和女兒一起去慈壽殿。果然該到的都到了。接受了行禮後辛情笑著說道：「太后都說了，是一場家宴，大家還這麼多禮數做什麼？」掃一眼席上，只見昭儀不見七皇子，辛情一笑。

太后金口說宴會開始，就見有妃子起身向著太后說道：「太后娘娘，還缺了一人。」

「誰？」太后問道，不知道是真不知道還是裝的。

「七皇子啊，昭儀都在了，七皇子卻不在。」那妃子說道。

辛情正給女兒小心擦拭嘴角，聽了妃子的話忍不住想笑，嘴角微微挑起，心月眨巴著眼睛看她，臉上有疑惑。

「看什麼，快吃。」辛情說道。

除了只有兩歲的七皇女，其餘的人一下子安靜了。辛情沒抬頭都感覺得到那些似有若無飄在自己身上的目光。

「母后，昭訓妃母是在說慶王嗎？」拓跋玨問道。不問陸昭訓，反倒來問辛情。

「嗯，是啊，慶王本是你的弟弟，出繼給你慶王叔了。」辛情笑著說道。

拓跋玨點點頭，「哦，母后，師傅曾教過兒臣，所謂出繼，出者，除也，繼者，續也。出繼之人續別家香火，與本家已無涉。」說書一樣的流利。

辛情愣了下，這孩子六歲？說話如此老成……這都是誰教的？

不只辛情愣了，妃子們也愣了，尤其那陸昭訓，辛情笑著看她一眼，她的表情真是變化多端。

「玨兒，這不過是歷來的說法而已，至於慶王，還要看你父皇的意思，這種話以後不要說起，免得有心人說你不懂兄友弟恭，知道嗎？」辛情笑著拍拍他的頭。

「是，母后，孩兒謹記。」拓跋玨說道。

氣氛一下子就尷尬了，太后的臉上烏雲密佈。

「陸昭訓，這事皇上不提、皇后不提、三夫人不提，輪得到妳一個小小的昭訓？」太后陰沉著嗓子。

「太后別生氣，臣妾想陸昭訓也沒有的別的意思。」辛情假意勸說。心情好，擋都擋不住。

太后不高興了，這宴也就草草結束了。帶著妃子們退下，辛情臉上的笑立刻隱退了，妃子們見她如此也都低了頭不敢做聲。

「都回去歇著吧。」辛情不鹹不淡地說了這麼一句。妃子們忙行禮逃難一樣快步散了。

「玨兒，你今天說的話真是師傅教的？」辛情問道。她還是不相信師傅會跟六歲的孩子講這個問題。

「不是，是……父皇教的。」拓跋玨很肯定。

「玨兒，以後在妃子們面前不要隨意說話，知道嗎？尤其像這種涉及到你的兄弟姊妹們的話更不能輕易說，一定要記住。」辛情牽著他的手說道。

「可是，我討厭昭儀，也討厭她的兒子。」

辛情的眉頭皺了起來，「為什麼？」難道有人和他說了什麼？還是拓跋元衡讓人透露給他他的生母是頂撞了昭儀被處死了？

「她沒回來的時候，父皇天天和母后在一起，可是她回來了，父皇就……」拓跋玨低了小小的頭，旁邊的兩個小丫頭也都氣鼓鼓的樣子。

拖著他們回坤懿殿，辛情讓他們並排坐好。

「我最後說一遍，你們三個給我牢牢記住，以後不准說討厭父皇討厭父皇的妃子討厭兄弟姊妹，這種話爛在肚子裡也不准說出來，知道嗎？」辛情的臉又沉著。

三個孩子面面相覷之後，心不甘情不願地點頭。

攆了小東西去睡覺，辛情牽著拓跋玨到西閣說話。

「玨兒，母后知道你是在保護母后，可是，玨兒，你要記住，你是太子，一言一行都要謹慎，不能給人抓到一點錯處，哪怕是小小的錯處，到了父皇那裡也許就被人渲染成不得了的事情。父皇若對你心懷不滿有了猜忌，你的太子之位……就算有母后在，也未必替你保得住，知道嗎？」辛情語重心長。

「可是母后，妳不討厭昭儀嗎？」

「玨兒啊，很多事無關討厭不討厭，喜歡也好厭惡也罷，她們都不會隨你的心意消失不見，所以，我們只能嘗試著去改變，不能改變的我們就要接受。」辛情在他面前蹲下身，撫摸他的頭，「你還小，若是在普通的人家，母后不會告訴你這些，可是你是在帝王之家，這些是你命裡註定都要經歷的，所以母后還是要狠下心告訴你。」

「是，孩兒明白母后的苦心，以後孩兒不說討厭她們了。」

「沒錯，你不只不該討厭她們，你還應該感謝她們。」辛情笑著說道，看著拓跋玨倏然瞪大的帶著驚詫的眼睛，辛情繼續說道：「從你記事開始，母后回宮之前，陪伴在父皇身邊的女人你還記得嗎？」

拓跋玨點點頭。

「母后回來了，你還見到她們在父皇身邊嗎？」

拓跋玨搖搖頭。

「母后從她們手裡搶走了父皇，你討厭母后嗎？」

「不，孩兒最愛母后。」

「呵呵，可是昭儀從母后身邊搶走了父皇你就會討厭她對不對？」

「她又不是母后。」

「所以啊，人都是自私的，母后做過分的事欺負人的事你也不會討厭母后，可是若別人稍稍惹了母后不開心你就會討厭她。珏兒，母后告訴你，不要討厭她們，相反，你要感激她們。」

「為什麼？」

「以後有了合適的機會母后再告訴你，今天你只要記住母后說的話就可以了，好嗎？」

拓跋珏點點頭，想了想問道：「母后，孩兒要不要去向昭儀請罪？」

「不用，你說的沒錯，她挑也挑不出什麼，而且她現在應該沒有那個膽子挑撥離間，這可都是父皇教你的。」辛情笑著說道：「沒想到，珏兒也會欺負人了。」

「孩兒只是討厭她們欺負母后。」

「兒子，有的時候被人欺負也不是壞事，如果父皇喜歡你，他不會任你被別人欺負的，知道嗎？」

拓跋珏想了想，點頭。

第二天，昭儀來辭行，辛情覺得她似乎一夜之間變了，以前那淡淡的疏離的神仙氣質此刻混雜了些說不清道不明的東西。

「這麼急著走？不多住些日子了？」辛情問道，口氣裡沒有幸災樂禍。

「按制，藩王該返回封地了，臣妾自然也要走了。」

「也好，慶王也實在年幼，還離不開母親的照顧。」

「皇后娘娘，昨日陸昭訓之言不是臣妾指使的，請娘娘不要對臣妾多心。」

「本宮知道，一來，昭儀不屑，二來，昭儀沒那麼不懂事。不過是宮裡人的壞習慣，看著皇上多喜歡誰兩天便忙著要巴結。放心，本宮不會怪妳。」

「那麼，臣妾就告辭了。請娘娘保重。」

「昭儀也保重，教育好慶王，別辜負了皇上的一片心意。」

子很淒涼。

「是，臣妾遵旨。」昭儀說著，起身福了福告退了。坐在殿中，看著她的背影，辛情忽然覺得那影

問了福寧昭儀離宮的時辰，辛情屏退了跟著的人自己出了坤懿殿。

從高高的城門樓上望下去，昭儀的儀仗正有序地走近……走遠，漸漸消失在皇宮外的路上，直到那最末的旌旗也看不見。

放眼望去也看不到整個京城，視線所及的範圍還是小小的。

「今日還有我送妳，還不知道將來誰送我呢？」辛情苦笑下。

「妳若死在朕前頭朕送妳，妳若死在朕後頭，繼位之君送妳。」忽然而來的聲音讓正神遊的辛情嚇了一跳，回頭看，拓跋元衡一身常服負手站著，似乎剛剛走上來。

「皇上來送昭儀？」

「朕來看賢皇后送昭儀。」拓跋元衡說道，神色泰然。

「賢？逢場作戲而已，連太后都誇臣妾會做皇后呢。」辛情笑著說道。

「最近又會跟朕假笑了？」拓跋元衡斜著眼睛看她。

「臣妾也不知道怎麼回事，一回到這裡看了些人見了些事就這個樣子了。」辛情說道：「該送的人已經走了，聖駕也該回宮了。」

「妳在生氣？」拓跋元衡抓住她的手腕。

「生氣？哪有？臣妾哪有生氣？高興著呢。」辛情笑著說道。

「妳高興什麼？」拓跋元衡問道。

「祕密，臣妾不想告訴您。回吧，皇上，一會兒天要熱了。」

拓跋元衡笑著牽著她的手下樓。

邯鄲和奚三皇子也要啟程回南了，拓跋元衡特意賜宴送別，辛情自然要在場的。吃完了，拓跋元衡

囑咐了些場面話，又留下奚三皇子不知道說些什麼，讓辛情和公主去敘敘別情。

「還真不知道該和妳說些什麼？」辛情說道。邯鄲在她左邊走著。

「玥兒也不知道和母后說什麼。」邯鄲說道。

「那就什麼都別說，走走吧，奉旨敘別情。」

「母后還是毫不掩飾對玥兒的討厭。」

「玥兒還是不忘和本宮針鋒相對。不過，看妳在奚景莊面前表現得倒也好，看來果然是長進了。」辛情笑著說道。邯鄲面上略微一紅。

「是母后教導的好。」

「玥兒聰明，學得好。」辛情說完了自己想笑，兩個人捧臭腳。

拓跋玥也不做聲了，兩個人便慢慢走了會兒，就見兩隻小紅牛熱騰騰地跑向她們，辛情笑著彎腰迎住她們，「大熱天的瘋什麼？瞧瞧跑得滿頭汗？」往她們身後一看，一群宮女太監正氣喘吁吁地擦著汗。

「母后，我們去看哥哥練武了，母后，我們也要學，好不好？」小紅牛使勁搖她的手。

「心血來潮，妳們以為是採花玩呢，不准。」

「母后……您不准我們就去求父皇。」小紅牛說道。

「求父皇也沒有用，不准。」

「母后，求求妳，妳跟師傅說讓他教我們啊？我們會認真學的。」小紅牛想了想，忽然心月說道：「母后，您也不想我們再掉到井裡吧？」

辛情捏她的臉，「這樣吧，妳們先去試著學幾天，如果實在怕累，就可以不學了，到時候我也不會嘲笑妳們沒長性的，好不好？」

兩隻小紅牛對視片刻燦爛地笑著說道：「母后，我們不會放棄的。您答應了就好，您等著吧。」

「好，我等著，等著看妳們丟臉。」辛情笑著說道，順手又給她們擦擦汗。

小紅牛拉著辛情的手，「母后母后，那妳去跟師傅說，他都不教我們。」

辛情搖搖頭，這種事她還用得著親自跑一趟？

「福寧，你去跟師傅說一聲，公主這兩天閒得無聊，請他有功夫指點一二，不必客氣。」辛情說道，福寧馬上去辦了，兩隻小紅牛也跟著屁顛屁顛地去了。

「天下間，原來也有人能得母后如此疼寵，玥兒真是羨慕。」邯鄲說道。

「玥兒不曾得夫人的疼寵嗎？做母親的對自己孩子都是這樣寵愛的。」辛情笑著說道，兩個小東西一鬧，心情果然好了。

「她們長大了也一定如母后一樣，集萬般寵愛在一身。」邯鄲的聲音裡有絲落寞。

辛情側頭看她，她忙低了頭。

「三皇子對妳不好嗎？」

「好，相敬如賓。」

「相敬如賓，就夠了，皇族的婚姻這樣是最好的結果。」

「玥兒知道。」

伍之章　心花朵朵

就在啟程的前兩天，邯鄲忽然病了，短短的兩天眼睛就陷下去了，整個人昏昏欲睡，抬一下胳膊都很費力，臉色也不好。太醫來看過了，說雖是急症也要慢慢調理。

最急的是正德夫人和奚景莊，邯鄲好不容易清醒些了，見所有人都在，便讓宮女扶自己起身，掙扎著要和奚景莊回去。正德夫人滿臉的憂傷也不敢答言，拓跋元衡皺著眉頭，奚景莊雖有不忍之色，但更多的似乎是喜悅。

「放開她的手。」辛情忽然說道。宮女們鬆了手，邯鄲一下子癱到地上，「就這樣子，妳要橫屍回去？」

「母后，再過兩個月便是萬壽，玥兒要趕回去祝壽。」邯鄲說道。

「皇上萬歲呢，也不差這一年，再者，偃帝通情達理，若是知道妳病成這個樣子，怎麼也不會忍心因為一個禮節而讓妳送死的。」辛情說著，吩咐宮女：「扶公主回床上歇著，把盧太醫宣來，讓他這些日子就在宮中看顧公主，等公主病好了再出宮去。」

「母后，玥兒可以撐著的。」邯鄲靠在床頭，嘴唇沒有一點血色。

「撐住了是一萬，撐不住便是萬一。這個時候逞什麼強？以前我是怎麼妳你的？」辛情說完她，看看正德夫人，「夫人，妳留下來照顧玥兒。」

「是，皇后。」正德夫人的聲音有點顫抖。

「皇上，玥兒病得這麼嚴重，不如就留在京中休養吧，等病好了再派人送她回南。如此一來，也不會耽誤景莊回去慶賀萬壽，您看如何？」辛情問拓跋元衡。

他點頭，目光深沉，「朕即刻修書與南帝說明。」

「嗯，皇上，玥兒身體不好，我們還是先出去吧，讓景莊和玥兒說說話。」辛情說道。

一行人退出殿外，拓跋元衡又囑咐了正德夫人好生照顧邯鄲，然後同辛情一起回到了坤懿殿。兩隻小紅牛還沒回來，殿裡靜悄悄的，辛情坐著若有所思。

「玥兒的病怎會來得如此洶湧？」拓跋元衡說道，似是自言自語。
「好不容易回來，也許是不想走吧。」辛情說道。
拓跋元衡看她，「妳知道？」
「我怎麼會知道？她就是有苦處也不會跟我說呀，要不，您去問問正德夫人。」
轉頭吩咐太監去上書房看看太子和公主功夫練得如何了，又吩咐人去御膳房隨時為燕國公主準備膳食。
三個孩子回來了，一個個像剛出爐還冒著熱氣的包子，兩個小東西臉蛋紅撲撲的，進了殿門就嚷嚷著熱要喝水。然後興奮地給拓跋元衡演示學了什麼，得意洋洋得很。
晚上，辛情去看邯鄲，她還睡著，正德夫人在床邊看著她。問了盧太醫邯鄲的病情，知道並無生命之憂，只是要長時間的恢復和調理才可。
回到坤懿殿，見女兒不僅沒睡，還熱火朝天的在比劃著招式，辛情不禁嘆氣，這麼著長大了不得成猴子一樣？
「母后，妳去哪兒了？」兩個小東西跑過來問道。
「去看皇姊，皇姊生病了。」
「那她好點了嗎？」心弦問道。
「沒有，皇姊病得很重。恐怕要很久才能好呢。」辛情用袖子給她們輕輕擦汗。
「母后，妳的手好熱喔。」心弦皺起了小眉毛。
然後小額頭就貼上了辛情的額頭，半天說道：「母后，妳的額頭也好熱。」
心弦和心月面面相覷了一會兒問道：「母后，妳是不是病了？」這招數都是跟辛情學的。辛情自己抬手探探額頭，似乎是有點熱，這兩天總覺得身上熱，跟燒了把火一樣。
「母后可能是病了，得早點休息，怎麼辦呢？」辛情立刻作出一副渾身無力狀靠在繡墩上，斜著眼看女兒。

「母后，我們陪您早些睡。」心月笑眯眯地說道。

「弦兒和月兒真乖。」辛情笑著說道。真好，可以早點睡了，不用哄兩個小東西睡。

梳洗完了，娘幾個爬到床上並排躺好。辛情這些日子累得慌，躺下沒一會兒便睡意濃濃，兩個小東西不困，便拖著辛情聊天，辛情硬撐著應付了幾句，後來實在太困也不知道怎麼便睡過去了。

睡得迷濛中，感覺有東西放在自己額頭了，努力將眼睛睜開，卻是拓跋元衡。

「天亮了？」辛情問道。難道已經下朝了？難道她又睡過頭了？然後發現自己被他抱進懷裡，大手在她胳膊上也探了探，「怎麼這麼熱？」

辛情自己摸了摸胳膊，是有點熱，可能著涼了。

「可能著涼了吧？這幾天總蓋不住被子。」辛情說道，還沒睡醒，便將頭靠在拓跋元衡寬寬的肩膀上，「什麼時辰了？怎麼還不歇著？」

拓跋元衡沒答，讓宮女拿來了衣服給她穿好，命人傳太醫。

「明天再看吧，這麼晚了也不方便，再說，都著涼了，也不怕了。」辛情有些無奈，拓跋元衡卻無視她的嘮叨，抱起她到西閣去，宮女們忙抬了屏風等擺在床前。

來的是盧太醫。

辛情靠著軟軟的羽毛枕頭坐著，伸出手腕。拓跋元衡在她身邊坐著，盯著她的手腕，辛情正迷糊著，也沒看見，但是被盧太醫一聲「恭喜皇上、娘娘」給嚇精神了。

「說。」拓跋元衡言簡意賅。

「皇上，皇后娘娘已有了兩個多月的身孕，微臣恭喜娘娘。」

這下子辛情精神了，手不自覺地撫向自己的肚子。懷孕？她懷孕了？

「哈哈，好，來人，重賞盧太醫。」拓跋元衡的聲音可以用欣喜若狂來形容。辛情有點愣，這實在太出乎意料了。

盧太醫得了賞賜出去了，樂喜揮了揮手，所有人都退出去了，門被輕輕掩上。

辛情還是那個姿勢坐著不動，忽然放在腹前的手被抓到另一隻大手裡，抬頭看，拓跋元衡滿是喜悅的臉。

「這個寶貝，朕可以陪著妳等著他出生。」

「這個孩子……這個孩子……他……」辛情開始忐忑，她是期盼這個孩子沒錯，可是有太多沒有解決的問題了，他現在來恐怕有點不是時候，「這個孩子……若是兒子怎麼辦？」辛情的手有點抖。不論兒子還是女兒她都愛，可是……她現在也非常愛拓跋玨。

「想那麼長遠幹嘛？」拓跋元衡抱了她入懷，「船到橋頭自然直，到時候自然有解決的辦法，妳現在，好好養著是要緊。」

「不行，不能到時候再說，不行。」辛情抓著他的衣服。

「真的容不下玨兒？」

「拓跋元衡，我們……不要這個孩子了吧。」辛情說道。她已將拓跋玨當自己兒子來愛了，如果這也是兒子，她不想將來兄弟手足相殘。

「胡鬧！」拓跋元衡使勁捏了捏她的手，半天又說道：「朕知道妳擔心什麼，這些日子妳對玨兒的好朕也都看在眼裡了，不過，不是所有兄弟都像朕的兄弟一樣，懂嗎？如果不教會他們仇恨，他們不會手足相殘。」

「涉及到皇位的時候，親情和血緣沒有任何作用。」

「妳這個人，草木皆兵。」將她又抱緊了些，大手撫著她的頭髮，「弦兒和月兒出生，朕沒辦法在妳身邊，這個孩子妳知道朕盼了多久？朕盼著陪著妳等著孩子出生。放心，就算是小皇子，朕也會在殯天之前安排好一切的，所以妳現在唯一要做的就是，好好保護我們的孩子。」

辛情手又撫上肚子，「拓跋元衡，我一點也不相信你，可是我捨不得我的孩子，看來，我只能再信你一次。」

「什麼妳的孩子，是妳和朕的孩子，哈哈……」拓跋元衡笑了，大手貼上辛情撫著肚子的手，「我們的孩子。」

「我們所有的孩子都會平安到老的，一定會的。」

「嗯。」拓跋元衡點頭。

當晚這個消息便傳遍了後宮，不啻於一個重磅炸彈的威力。即使不出坤懿殿一步，辛情也知道妃子們等著看熱鬧呢。

早起，妃子們來請安，齊齊地祝賀她再懷龍種，還特意祝願她再生一個小皇子，辛情聽著，笑著謝了。

等她們退下，辛情手拄著額頭閉著眼睛思來想去，想來想去嘆了好幾口氣。覺得在殿裡悶得慌，趁著天還涼快便帶著人打算到御花園走走。邁出殿門走了會兒，一回頭，黑壓壓的人。

「福寧，哪來這麼人？都跟著，本宮是逛御花園還是要遊街啊？」辛情口氣不悅，自從昨晚知道懷孕，她一直煩躁。

「娘娘，這是皇上吩咐的，怕娘娘萬一有了閃失。」福寧忙說道，偷偷瞧辛情的臉色，皇后懷了龍種不興高采烈，卻是烏雲密佈，是何道理？

「誰吩咐的跟著誰去，別跟著我。」辛情揮揮手，邁大步往前走。

雖如此說，皇后的懿旨還是沒有聖旨效力大，該跟著的人還是跟著。

辛情沒了逛花園的興致，隨意找了處亭子欲休息會兒，只見跟著的人馬上衝進亭子擺好墊子，說是怕她涼著。辛情簡直無語了，大夏天的鋪皮毛墊子……

轉身往回走，不逛了。免得起痱子。

回了坤懿殿，幾個小孩兒去學文習武還沒回來，倒是又多了幾個老嬤嬤，辛情登時覺得心裡堵得慌。生個孩子而已，這架勢倒像是她要生個哪吒三太子一樣。不過，既然都在這兒了，她就是攆走了，明天也會來批新的，想想便作罷。

終於，她的孩子們回來了，衝進來的第一件事都是看她肚子，弄得辛情有點不自在了，忙轉移話題：「今天學什麼了？」

「母后，妳肚子裡有龍種了是不是？」心月問道。

辛情很想笑。肚子裡有龍種，聽著怎麼那麼彆扭，像是囫圇吞棗連棗核都沒吐直接留在肚子裡了。

「什麼是龍種？」心弦這個小百科又開始問了。

「父皇的孩子都是龍種。」辛情笑著說道。

「我們也是龍種？」心弦心月登時嘴巴張成了「O」型，然後看向她的肚子，「那裡面的和我們一樣？」

辛情終於忍不住笑了，小朋友果然是沒有知識也沒有常識。

伸出食指，辛情說道：「裡面那個才這麼小呢。」

「母后啊……我們以前也那麼小嗎？」小朋友還是吃驚狀。

「嗯，是啊，妳們也曾經那麼小，不過後來就慢慢長大了。」

「那我們可以知道她長多大了嗎？」小朋友對生理知識感興趣。

「這個呀，可以啊，等她長大點了，母后告訴妳們。」

「母后，您肚子裡是弟弟還是妹妹啊？」拓跋玨果然虛長兩歲，問的問題也比較重要。

辛情笑著看他，「玨兒希望是弟弟還是妹妹？」

拓跋玨想了下，「弟弟，我想要弟弟。有兩個妹妹了，還想要個弟弟，跟我一起騎馬射箭。」

辛情聽了，笑了笑。兩個小東西不願意了。

「哥，等我們學會騎馬射箭也不陪你玩。」小東西邊說著還邊翻白眼。

「弦兒、月兒，哥哥不是這個意思，只是騎馬射箭容易傷著，妹妹還是不要玩比較好。我們男孩子傷了沒關係，可是女孩子要是弄了傷疤就不好看了。」拓跋玨說道。

「嘻嘻，這個啊，你放心好了，哥，師傅也說我和月兒聰明啊。」心弦笑嘻嘻地說道。

「母后，如果那個龍種也出來了，妳會不會只愛她不愛我們了？」心月問道。成功地將三個孩子的注意力轉移回來。

「不會，你們都是母后的孩子，母后都喜歡。」這還沒生出來呢，小崽子就要爭風吃醋了。

「可是，母后不是還有十幾個孩子嗎？」撇嘴。

「可是那十幾個……也不是母后生的，他們有各自的母親，只不過，因為母后是皇后，他們都要叫我一聲母后而已，小笨蛋。」辛情笑著說道。

「母后，妳又騙人……」邊說著邊要爬到辛情懷裡撒潑放賴，被拓跋玨拉住。

「妹妹，不要碰母后，否則弟弟會不舒服的。」

「真的嗎？」不信。

「真的，是宮裡的嬤嬤們說的。」拓跋玨很是肯定的語氣。

「那以後都不能和母后一起睡了……」扁嘴。

「母后，不要這個龍種了好不好……」裝可憐。

「當然不好。」辛情笑斥。

午膳時分，拓跋元衡大步流星來了，進了門先看辛情的肚子，然後才去哄兩個大點的閨女，兩個大點的很不給面子的噘嘴扭頭不理。

午膳擺好，辛情看看放在眼前的菜色，她愛吃的沒幾樣，抬頭看拓跋元衡。

「朕問過盧太醫，他說有身子的人吃這些比較滋補。」拓跋元衡笑著說道。

「我生她們的時候什麼都吃。」辛情說道。

「所以，妳看看，這幾個的脾氣都跟沖天小辣椒一樣，這回可不能吃了。」拓跋元衡笑言。

小辣椒的臉立刻紅撲撲的，變成了紅辣椒。

「裡面那個是茄子。」辛月嘟囔道。

辛情正喝湯，雖沒噴出來，卻被嗆著了，拓跋元衡忙輕拍她的後背。

「心月，妳說什麼？」死丫頭，說自己的弟弟妹妹是茄子……

「沒說什麼。」小辣椒低頭吃飯，嘴巴噘得高高的。

用過午膳，小辣椒爬到西閣午睡去了，這回也不用辛情哄了，扁著嘴自己睡去了。

「小崽子已經開始要爭寵了。」拓跋元衡扶著辛情坐下。

辛情嘆口氣，起身，「還笑呢，問題嚴重了，弦兒、月兒心裡不平衡了，我去看看。」

輕輕推開西閣的門，兩個小東西正在床上使勁蹦，小臉上都是不滿。見辛情進來便馬上鑽進被子裡裝睡。辛情笑著搖了搖頭，走到床邊，兩個小東西改成順撇的小蝦子睡姿了——面朝裡。

「哎呀，沒地方給我了。」瞧一眼，接著說道：「不抱著弦兒和月兒母后睡不著，看來，弦兒和月兒不喜歡和母后一起睡呢。」

沒動靜。辛情便故意嘆口氣，很是失望的樣子，「弦兒和月兒不喜歡母后了，母后只好自己睡了。」

轉身走兩步，果然裙子被拉住了，「不是不喜歡母后了嗎？」

「哪有，是母后不喜歡我們了，只喜歡裡面那個龍種。」繼續扁嘴。

辛情蹲下身，一邊腋下一個將女兒夾起來放到床上，裹到懷裡。

「母后什麼時候說不喜歡弦兒和月兒了？」

「可是母后都不讓我們碰，父皇也只顧著這個……」說著小手還輕輕拍了拍辛情的肚子。

「母后不是來抱妳們？滿嘴都是歪理。」辛情笑著點點她的小嘴巴。

「就算母后還喜歡我們，可是父皇不喜歡我們了。」

「還說我們是小辣椒。」

辛情笑了，「傻瓜，父皇啊是太喜歡妳們了。父皇說，以前弦兒和月兒出生的時候他沒在母后身邊陪著，沒陪著弦兒和月兒長大，一直覺得很虧欠弦兒和月兒，所以，才對這個好，就是想把對弦兒和月兒的虧欠補回來。」

「真的？」小辣椒疑惑。

「當然是真的，妳們想想，父皇是多嚴厲的人，妳們看哪個姊姊敢跟父皇撒嬌？又什麼時候見父皇抱過哪個姊姊了？可是妳們呢，開始就抹了父皇身上泥巴，還說討厭父皇，父皇都不計較，每天陪妳們玩，你們要什麼便給什麼，還不好嗎？」

小辣椒沉默中。

「如果這樣，妳們還覺得父皇母后不喜歡妳們，那父皇和母后會很傷心的。」

「那以後，父皇和母后還要一樣對我們好，不准只對這個龍種好。」小辣椒發表《辣椒宣言》。

「呵呵，妳們看，回來還有玨哥哥，母后對妳們還是一樣好啊。而且，還多了哥哥陪妳們玩，多好。以後啊，裡面這個生出來妳們就是姊姊了，就帶著她玩了。」

想想似乎是那麼回事，小辣椒終於變回了原來的顏色，小手輕輕摸上辛情的腹部，「快點出來吧，到時候姊姊帶你玩。」

拓跋元衡進來看見的就是這一幕。

又過了兩天，奚景莊啟程回國了，邯鄲的病稍有了些起色，辛情抽空去看了她兩次，沒什麼精神，蒼白著臉。眼窩深陷，眼睛也很無神，很多時候似乎不知飄到哪兒去了。

辛情也不說什麼，只是囑咐正德夫人好生看顧。

又過了些日子，辛情開始害喜，比懷著心弦和心月的時候遭罪多了，喝水都吐。吐得連走路的力氣都沒有了。幾個小孩見她似乎比邯鄲還嚴重便都害怕起來，後來辛情說是肚子裡的小龍種鬧的，他們便叫著「再折騰母后就不要你了」，讓辛情在害喜要瘋掉的日子裡還有些樂趣。

不停地吐，便要不停的吃，吃了還是吐，滿嘴的餿味，聞什麼都是這股味道，於是更加不想吃。平時不想吃不是大事，她現在不想吃導致的結果就是拓跋元衡有時間就駕臨坤懿殿，口頭語變成了「剛才用膳了？用了多少？」。

這時候，辛情就會指一指果盤裡的蘋果。

折騰了兩個多月，入秋了，辛情染了風寒，拓跋元衡大罵坤懿殿宮人的同時也罵太醫無用，直到滿殿靜得連根針掉地上都能聽見。辛情輕咳幾聲。

「福寧，倒點熱水來給我。你們，出去吧。」辛情說道。

拓跋元衡扶了她坐好，宮女拿小湯匙餵她喝水，喝得她心煩，辛情便端過杯子一口氣喝光，喝完了胃裡馬上就是翻江倒海，這次吐到了拓跋元衡身上。

「廢物！一群廢物！」拓跋元衡又大吼，胸膛的起伏讓辛情靠著不舒服。

「天兒怎麼變都不能猜個十成十準的，再說，臣妾這會兒正體虛呢，感染風寒自然比別人容易些。」辛情說道：「對了，天也涼了，臣妾想去溫泉宮住些日子，那裡暖和些，泡一泡溫泉，風寒也好得快。」

拓跋元衡想了想，點頭。

「邯鄲一直病著，也一起跟著去吧。」辛情頭靠在他懷裡，渾身無力。

看著殿裡的人忙忙碌碌收拾東西，辛情在一邊坐著，忍著時時反上來的嘔吐感。

「你這個小東西消停點吧，否則生出來，娘可不愛你了。」辛情輕輕撫摸肚子。

「娘不愛，父皇愛。」拓跋元衡笑著說道，看看辛情的臉色，又說道：「臉色像菠菜一樣，以前懷著弦兒和月兒時也這樣？」

「還好，弦兒和月兒雖也鬧，但是沒這個小東西鬧騰。」

「一定是個小皇子。」拓跋元衡說道。

辛情沒作聲，眉頭輕蹙。

「別皺眉，否則孩子生出來不好看。」拓跋元衡笑道。

「弦兒和月兒我帶著去溫泉宮，玨兒留在宮裡學習功課吧。」

拓跋元衡挑挑眉毛，「你要把太子一人留在京城？」

「不是還有你嗎？」辛情說道。

「朕自然是去溫泉宮的。」拓跋元衡輕輕抱住她，「前幾年皇后在溫泉宮靜養時，朕和太子每年下半年都在溫泉宮陪著皇后和公主，今年皇后有了身孕，自然不能不陪。」

辛情歪頭看他。

「感動了？」拓跋元衡笑問。

「戲果然做得足。」辛情說了句。

「在妳心裡，朕就沒有半點好處？朕算白疼妳了。」拓跋元衡輕拍她的背說道。

辛情不語。

隨駕北上的除了辛情這一小窩，就只有邯鄲和正德夫人。辛情得知這個消息很是驚詫，等拓跋元衡來陪她用膳，辛情便問：「怎麼不多帶些人？也熱鬧些，免得您晚上無聊。」

「人多了鬧得慌，對胎兒不好。」拓跋元衡說道，那表情就像聽不懂辛情的暗示一樣。

「又不是在長信殿住，鬧點兒臣妾和孩子也聽不見看不著，不妨事。」

「母后，妳要帶誰去啊？」心弦、心月問道，眼睛眨巴眨巴。

「吃飯。」辛情笑斥。

小東西看看辛情又看看拓跋元衡，「知道了，帶父皇的妃子……對不對？」然後撇撇嘴，心弦說道：「父皇，您帶吧，我們陪母后。」然後笑瞇瞇地安慰辛情，「母后不怕，有我們陪妳。」

辛情哭笑不得，愛憐地拍拍她們的小腦袋，「妳們陪我，還是我哄妳們？搗蛋，快點吃，吃完了……（嘔）……」忙用手掩住嘴角，喝了口水才壓下去。

「吃完了嘔？母后，妳讓我們吃完了吐掉啊？」辛月笑瞇瞇地，眼睛彎成了月牙。

「這最近跟誰學的，這麼貧嘴？哪來那麼多廢話？趕緊吃。」辛情瞪她一眼。

心月抱著碗舉著勺子，扁扁嘴看拓跋元衡，「父皇，哄母后開心還要挨罵……您自己哄吧。」

辛情覺得自己要磨牙了，這小崽子怎麼這麼促狹了。

溫泉宮不遠，不過要照顧孕婦和病著的人便得放慢速度，因此足足用了四天才趕到溫泉宮，辛情仍舊住了長信殿。不知道是溫泉宮的風水好還是辛情心裡舒坦了，總之害喜沒那麼嚴重了，人也跟著一天天豐腴起來。心弦心月兩個小東西說她臉都圓了，辛情不用照鏡子，只看自己逐漸變粗的胳膊和腿便知道了，而且以前也不是沒胖過。

過了四個月，辛情肚子膨脹的速度越來越快，她晚上已經不能平躺著睡了，否則會壓迫的心臟不舒服。這天晚上，辛情忽然覺得喘不過氣，睜開眼睛才知道自己不知何時變成了平躺。辛情試圖掙扎著自己坐起來卻發現不行，看看旁邊的拓跋元衡，睡得還真死，推推他，「拓跋元衡，你扶我起來一下。」

他小心翼翼地扶她起來，問她是不是做噩夢了，辛情搖搖頭。

「小東西踢妳了？」拓跋元衡摸摸她的肚子，「乖一些，不准踢母后。」

「沒踢我，只不過小東西太重了，我自己起不來。」邊說著邊自己揉揉腰，酸疼酸疼的。拓跋元衡大手給她揉腰。

「原來女人生孩子要受如此多的苦。」拓跋元衡攬住她的肩膀，「生完這一個，就不生了好不好？

朕不想妳遭罪。」

辛情看看他，「你那麼多子女，才知道女人受的苦。」

「朕……並沒有注意。」

辛情笑了笑，說道：「不稱職的農夫，哪有只負責播種和收穫，卻不負責施肥鋤草的。」

「胡說八道。」拓跋元衡又幫她揉了會兒腰，然後小心翼翼扶她側躺，和她面對面，「放心睡吧，朕看著妳。」

辛情閉上眼睛，過了會兒說道：「明兒起，你還是去別宮睡吧，這往後的日子越來越折騰。」

「朕說過，要陪妳一起等著孩兒降生。」

「那，你轉過身去。」辛情推推他。

「為何？」拓跋元衡的口氣充滿疑惑。

「你看著我我睡不著。」辛情看著拓跋元衡的臉由疑惑到明瞭。

「嗯，這臉確實沒有以前好看，肉多了好像還有些斑痕，身上也是……」拓跋元衡邊說著邊捏她臉上的肉，「不過，朕覺得這樣也不錯……抱起來軟軟的。」

「轉過去。」辛情推他，不小心用力大了些，一皺眉。

「真轉過去？」拓跋元衡看著她。辛情點點頭，他便轉身過去，辛情對著他的後背瞪眼睛，還真聽話。瞪著瞪著，睡意襲來便睡著了。

早起，仍是在拓跋元衡懷裡，雖然中間隔著個肚子。

「小東西昨晚動了好幾次，妳疼了沒有？」拓跋元衡一大早有些緊張地問道。

辛情愣了下。

「小東西動了好幾次。」拓跋元衡解釋道。

「小東西最近力氣越來越大，也越來越不老實。」辛情心裡忐忑，難道真是男孩？

「還好，再有兩個多月就生出來了。」拓跋元衡說道。

這兩個月多月中間隔著一個年，辛情催拓跋元衡回京去，因為過年是皇帝祭祀天地祖宗的時候，雖都是過場卻不可少。拓跋元衡走了，臨走前嚇唬宮女太監們，若是皇后有一點差池便全部拖出去砍了。

大年夜，溫泉宮雖沒有皇帝在，也是喜慶得很。本來福寧說要用煙火代替爆竹的，可是辛情說宮裡一年到頭就指著這幾天的爆竹來驅邪呢，而且過年圖的就是個熱鬧，幹嘛不放？

放爆竹的時候，雖然辛情躲在殿裡，用厚厚的被子護著肚子，可是她仍是感覺到肚子裡的這個隨著爆竹的聲響一下下踢她，不知為何，她覺得小傢伙是因為太興奮。

爆竹放完了，安靜了，辛情帶著太子、女兒、邯鄲和正德夫人一起吃年夜飯。邯鄲看起來好了許多，東西吃的也多了些。

吃過年夜飯，心弦心月拉著太子去放煙火，辛情怕他們出事，便披了厚厚的斗篷到殿外廊下看著。

「謝謝母后。」

「謝什麼？」不知何時，邯鄲來到她身旁。

「謝謝母后救命之恩。」邯鄲說道，陪著她一起看小孩子放煙火。

「救妳命的是盧太醫，照顧妳的是妳母親，跟我可沒什麼關係。」

邯鄲笑了，「若沒有母后開口讓邯鄲留下……邯鄲恐怕趕不上今年這個年了。」

「不會的，妳父皇和妳母親不會眼睜睜看妳送死的。我呢，不過是搶著做好人罷了。」

「母后說話常言不由衷。」邯鄲看著辛情，「在南朝的時候，我常常感念母后的教導之恩，那時候才知道，母后教邯鄲的才是真正的生存之道。」

「玥兒很少這樣奉承我呢。」辛情笑著說道。

「我知道母后不信，不過，沒關係，玥兒記在心裡便好。」

「那便記著吧。」

辛情的身子是不能守歲的，看著幾個孩子放完了煙火便都趕進殿裡睡覺。後來辛情被疼醒了，長信殿裡立刻便忙起來。早已候命的穩婆來看，說是皇后要早產了。辛情聽了只想翻白眼。敢情，早產這個也能成為習慣？

雖說疼得要死，辛情還是沒忘吩咐福寧照顧好太子和小公主。

疼痛一直持續了一個白天加半個晚上，還有一刻鐘到子時時，孩子終於呱呱墜地。辛情快虛脫了，但還是撐著看了眼孩子，才放心昏睡過去。

等她再醒來，只見滿屋子的人，邯鄲母女也都在，獨獨不見自己的兒子閨女便忙問福寧，福寧說太子公主正在陪伴小公主，辛情才放了心。

等裹著大紅繡鳳小被子的小閨女抱到她眼前，辛情愣了下，為什麼打眼一看像她爹呢？小傢伙正美滋滋地睡著。辛情笑著看了她半天，低頭在她小臉上親了親。不管像誰都是她身上掉下來的肉。三個孩子已圍到她身邊，都睜大著眼睛看正酣睡的小嬰兒。拓跋玨臉上有些失望，心弦和心月則滿是好奇。

「母后，為什麼她和我們長得不一樣？」心弦問道。

「沒有我和心弦好看呢。」心月臭美。

「母后，妹妹叫什麼名字啊？」拓跋玨問道。

叫什麼名字？問了福寧小公主出生的時辰，辛情摸摸女兒的小臉，果然生日不吃虧，大年初一的生辰呢。大年初一很有紀念意義，叫什麼呢？她記著《紅樓夢》裡說賈元春就是因為生在大年初一，所以名為元春，可是這名字，雖然也是貴妃的名字，可是似乎沒有蘇棻和獨孤情的名字好聽。忽然想起蘇朵，可是借了蘇朵的身體她才能有兒女雙全，不如就叫心朵，正好寓意也好，心花朵朵開。

「妹妹叫心朵。」辛情說道。

「心朵？」三個孩子一起念道，然後問道：「那以後叫妹妹朵兒嗎？」

「叫朵朵。」心花朵朵。

辛情第二次坐月子剛開始兩天，拓跋元衡帶著滿身的風雪來了。他進來的時候辛情正給心朵餵奶，心朵這個小飯桶正在努力地吃。他進來，在辛情旁邊坐下，眼睛盯著他女兒的嘴。不知為什麼，辛情覺得自己的臉有點發燒，推推拓跋元衡，「餵奶有什麼好看的……」

拓跋元衡湊近她耳邊低聲說道：「餵奶是沒什麼看的，可是，朕還沒見過皇后親自餵奶。」

辛情又推他一下，「別給我女兒聽見這些不正經的話。」

拓跋元衡笑了，仍舊看著她餵奶。好不容易小東西吃飽又睡著了，辛情將她輕輕放下，拓跋元衡看看小東西，「這小東西長得像朕。」

「可惜不像我。」辛情說道。

「像朕好，最好脾氣也像朕。」拓跋元衡抱住她，「小東西叫個什麼名字好？」

「心朵。」

拓跋元衡點頭，「和朕想的一樣。」

「年還沒過完怎麼就來了？」

「這次朕又沒陪在妳身邊，誰知道小東西居然早產。」拓跋元衡邊看著小閨女邊又說道：「要不，再生一個？這一個朕一定陪著妳。」

「不生了，又疼了一天一夜。」還不如上兩個省事呢。

「到時候再說。」拓跋元衡笑著說道。

「又出爾反爾。」辛情捶他一下。哪有這樣言而無信的皇帝，前段日子剛說不生了，轉頭就反悔。

「朕只是想要一個和朕一樣的兒子。」

「玨兒就很像了。」辛情說道，長得多像……他那七個兒子都像他。

「朕想要妳生的。」

「玨兒就是我生的。」辛情說道。她也想要一個自己的兒子，可是如果真有了自己的兒子，她不會保證自己不會為了私心而除掉拓跋玨。他已經是個可憐的孩子了，而且那麼懂事，她現在是下不去手傷害他的。而且，從私心裡講，即使有了親生的兒子，她也不希望他做皇帝，皇帝太累了，她只想自己的孩子快快樂樂活一輩子就好。

這些日子她想了很多，她會儘量維持和拓跋玨的關係，即使將來他知道了自己的身世而怨恨她，看在同父的分上，拓跋玨應該不會要妹妹的命，畢竟她們不對他的皇位構成威脅。

一切，都只能交給老天和時間來決定了。

心朵出生之後，辛情不想那麼快回京，拓跋元衡便陪她們母女在溫泉宮，很多政事也挪到了這裡，甚至還開始在前殿處理政事。

有一天，拓跋玨和心弦心月去習武了，辛情哄著心朵玩，叫著「朵兒」來訓練她對自己名字的感知，恍惚中似乎也聽到了一聲「朵兒」，卻不是出自她自己的口中，辛情便愣住了。算算，回宮也快兩年了，可是還沒有見到蘇豫。

等拓跋元衡處理完政事來長信殿，辛情說她要見蘇豫。拓跋元衡俯身逗著女兒玩，半天才說了句：「也是時候見見了。」

辛情沒想到蘇豫竟然在溫泉鎮中。來開門的是一個清秀的女孩子，見到他們便是滿臉的疑惑，「兩位是？」

身後傳來一聲溫柔的，「小茜，是誰啊？」

辛情立刻轉頭看拓跋元衡，「你安排的？」

「顯然是。」拓跋元衡笑著說道。

丫鬟身後多了個人，看見他們她愣了一下，然後馬上笑了，「不知道兩位大駕光臨，有失遠迎。」邊拉開門恭敬地請了他們進去。

這處院子和辛情在岳坪鎮時那處房子格局很像，不大，卻緊湊。

「如何？」拓跋元衡問道。

「又不是什麼見不得人的事，怎麼還對我藏著掖著的？」辛情說完回頭看看跟著的溫婉女子如煙晴，「妳也瞞著我？嫂子。」

「這是三爺的吩咐，為了給您一個驚喜。」如煙晴說道。

辛情又看拓跋元衡一眼，四十多歲了……還有心思搞驚喜驚嚇的……

走過那小小的穿堂卻是別有洞天，這處小小的院子即使在冬日裡看來也是充滿著溫馨的感覺。廊下的搖椅上坐著一個蓋著毛毯的人，他臉上是微微的笑意注視著她，看了半天卻發現不對，他的眼睛沒有焦距。慢慢走過去，辛情在他面前蹲了下來握住他的手，「蘇豫，我回來了。」

沒反應。辛情有些無奈，「還要睡多久啊？再睡下去我就老了，你就不認識我了。」

「外面冷，夫人還是請進吧。」如煙晴說道，邊輕扶了蘇豫起身進屋。蘇豫，像是機器人一樣。

屋子裡很暖和，很整潔，也很簡樸。落了座，辛情看如煙晴又看蘇豫，還好，終於沒有錯過了，蘇豫還是有福氣的。如煙晴被她看得有些不好意思。正好丫鬟端了茶上來，如煙晴便起身親自奉茶給他們。

「說起來，我也該敬嫂子一杯。」辛情笑著說道。如煙晴的臉終於紅了。

「隱瞞您，煙晴很對不住夫人。」如煙晴說道。

「算了，瞞我的人多了，我還能事事計較去？再說，只要妳和蘇豫有了好結果，就算瞞我一輩子也無妨。」辛情轉頭看蘇豫，「他比以前好些了，起碼，能睜開眼睛，會笑了，還是妳照顧得好。」

「煙晴並沒有做什麼，只不過是每日裡陪他說說話。」

「嗯，盼著他早點好，也別苦了妳一個人。」

如煙晴不做聲，只是轉頭去看蘇豫，臉上帶著微微的笑意。

兩個女人說話，拓跋元衡沒有說話的機會，蘇豫是根本不能說。

說了半天的話，辛情說餓了，說還沒吃過嫂子家的飯，如煙晴忙和丫鬟去準備飯菜了，剩下拓跋元衡、辛情和蘇豫。

「滿意了？」拓跋元衡問道。

「為什麼當初非要他死？」辛情問道。

「等他醒了妳自己問吧，朕也不是很清楚，畢竟是他和奚祁的事。」

「你又為何要救他呢？其實，我想，死，對蘇豫來說，也許是解脫。」

「他若真死了，妳怎麼辦？」

「活著唄，活到活不下去那天。」辛情說道：「像蘇豫現在這樣也不錯，只不過又委屈了如煙晴。」

「他一定會醒的。他是朕見過的最善良心軟的男人，知道妳和如煙晴這麼盼著他醒，他一定會醒的。」

「但願。」辛情說著，又走到蘇豫身邊笑著說道：「蘇豫，我又多了個兒子和女兒，叫朵朵，你醒了，我帶玨兒弦兒月兒和朵朵來看你。」

蘇豫還是那個表情，一動不動，即使離得這麼近，辛情也看不出他的眼睛究竟看向哪裡，伸出手摸摸他的眼睛，「即使不願意醒，為了她，你也睜開眼睛看看吧，有這麼個人不離不棄，不知道你修了多少輩子呢，要是錯過，恐怕還要修幾世。」

不知道是不是錯覺，辛情總覺得他的睫毛動了動。

吃過簡單的飯菜回宮，走出門口，看看站在門邊被如煙晴扶著的蘇豫，辛情笑了笑說道：「嫂子回去吧，改天我再來。」

回去的路上，拓跋元衡問她，「朕對妳可算不離不棄？」

辛情笑了，「按你的演算法，後宮的女人你都是不離不棄——除了昭儀。」

「那朕和妳有這一輩子又是修了幾世？」

辛情想了想，「我聽過三種說法，一種是，佛前五百年的修行換來今生一次回眸，另一種是十年修得同船渡，百年修得共枕眠。第三種是，今生嫁的人是上輩子埋葬了妳的人。看你信哪種。」說完了辛情忍不住笑了，「我覺得，上輩子你埋了很多女人。」

「又拐彎抹角，妳呀——」拓跋元衡拉她入懷，「知道的歪門邪說還不少，都是哪裡聽來的？」

「鄉野啊，鄉野裡這些神啊鬼啊報應啊輪迴啊的說法多了去了。」

「若真是如此，這一輩子，朕就只埋妳一個。」

辛情抬頭看他，然後笑著說道：「我下輩子不做女人。」

「那妳埋朕。」拓跋元衡也笑。

「我會死在你前頭。」

「駁回。」拓跋元衡俐落地說道。

「拓跋元衡，下輩子的事太虛無了，我不信。」辛情說道：「我只想把眼下的日子過得舒心些就好。」

拓跋心朵慢慢長大了，越看越像拓跋元衡，淘氣勁兒比心弦和心月更甚，就像個假小子。拓跋元衡有一天突發奇想將心朵女扮男裝當兒子養，男兒裝打扮的心朵，果然更像男孩。

一歲那年，趁著宮女們給熏籠添碳的功夫，剛剛脫離四肢著地行列的心朵去推那熏籠玩兒，不小心絆倒，頭碰在小鏟子上出了血，宮女們都嚇得要死，誰知道心朵只是哭了兩聲便接著玩去了。

辛情心疼地看著女兒頭上剛被太醫包好的藥布，輕輕摸摸她的小臉蛋，「朵朵，疼嗎？」小丫頭回給她的是一個張大著的沒有牙齒的小黑洞。辛情奇怪地捏捏她，「這都不哭，閨女，妳的臉是鐵做的嗎？」

拓跋元衡一把抱過心朵，「好兒子，這才是男子漢。」

「總這樣說，等她長大了會對自己的性別產生迷惑的，到時候她要是不愛男人愛女人怎麼辦？」這是什麼當爹的啊？怎能這麼引導女兒走入歧途。

「愛女人？那有什麼困難？宮裡男人沒有，女人多得數不清。」拓跋元衡又扔著女兒玩空中飛人，小傢伙高興得咿咿呀呀亂叫之餘，又手舞足蹈地表示自己的興奮。半天他才補充道：「哪裡會喜歡女人？頂多是有點男孩氣。」

辛情搖頭，一個完全不懂教育的男人由著性子教女兒，她都能看到她女兒百合的前景了。不行，她必須剝奪他的教導權，不能任由他毀了自己女兒。

等看到自己那兩個美美的女兒，辛情才稍稍放心了點，還好，在女兒性格定型之前是她在教導。不過，給心朵換回女裝，辛情發現她閨女還是該怎麼淘氣怎麼淘氣，完全不顧及美麗的小衣服。時常，她又弄出了傷，辛情看太醫給她包紮的時候就會想這孩子是不是本是男兒身，因為聽到娘親的擔心便給自己變了性出來了。

心朵一周歲生日之後的春日，辛情又帶著四個孩子去看蘇豫，因為沒有提前通知，所以吃了個閉門羹，不過，既然都出來了，辛情便帶著孩子們去郊外走走。拓跋玨小小的樣子已很沉穩了，經常隨著出宮旅遊，對這野外的風景沒那麼大熱情，心月長了兩歲更加臭美，尤其今天穿的是那件軟磨硬泡之下毀了的北地進獻給辛情的裙子，怕刮壞衣服，她便小心注意著。只有心弦和心朵跟脫韁的小野馬一樣，尤其是心朵，路都還走不穩呢，折騰得比心弦都歡，想當然摔跟頭是必不可少的了。辛情要抱她她又不讓，便在草地上磕磕絆絆跟頭把式地玩。

「母后，妳看……」心月拽拽她裙子，指向遠處。

一幕熟悉的風景，一個婦人推著輪椅，輪椅上一個成熟溫文爾雅的男子。

「舅舅……」心月鬆了她的裙子，也不顧著裙子了，撒丫子開始跑，心弦聽到了也跑，拓跋玨抬頭看辛情，「母后，那是舅舅？」

「嗯，走吧，玨兒，去見見舅舅。」辛情抱起又趴在了草地上的心朵，拍拍她一身的灰，朝著那邊走去。

心弦和心月早已撲到蘇豫身上表示親熱了。心朵看了會兒研究了一下，然後揮舞著胳膊，示意辛情把她放到蘇豫懷裡去。

看著鬧著蘇豫的三個丫頭，辛情搖搖頭，蘇豫要是醒著，估計會皺眉會頭疼。如果其中一個還喜歡往他臉上弄口水，不知道會不會發火，他那麼溫文的人應該不會吧……

「啊啊啊……」心朵特殊的語言，歪著小腦袋看蘇豫的臉，似乎研究下一次哪裡下口。

「啊啊什麼，瞧妳，弄了舅舅一臉的口水。」辛情拎起她放到地上，誰知道她又歪歪扭扭地走到如煙晴面前，一派天真自然狀地伸出胳膊，要抱抱。如煙晴彎腰抱起她，心月心弦便用同情的目光看如煙晴，然後回頭對辛情說道：「母后，妳管管朵朵，不要讓她到處弄口水。」

管得了早管了，這小崽子和那兩個還不一樣，這個不長記性，打過了拍過了下次見到美女美男還是要親。

如煙晴很是高興，抱著心朵笑得開心。辛情拿出手帕幫蘇豫擦臉，「剛才這個小東西就是朵朵，你新添的外甥女。」

「朵兒……」輕輕的聲音。辛情愣住了，蹲下身盯著蘇豫的臉。

「蘇豫，你再說……一遍……」辛情激動得有些語句不連貫。

「朵兒！」這回是清晰的有些力度的。抱著心朵的如煙晴立刻熱淚盈眶。

「舅舅醒了！」心弦和心月張著小嘴巴說道，然後問蘇豫記不記得她們，可惜，蘇豫一直只說「朵兒」兩個字。

「朵兒好好的呢，你放心。」辛情說道，看到蘇豫的臉有了淡淡的笑意。

因為蘇豫醒了，心弦和心月死活在這裡賴到黃昏時分才肯回宮。

「母后，為什麼舅舅會知道朵兒呢？」心弦問道。這是個嚴重的問題。

辛情想了想說道：「因為，舅舅和母后以前有個妹妹也叫朵兒，後來，她……不在了。」

「所以母后把妹妹取名朵兒，是為了懷念小姨？」心月問道。

「嗯，是啊。」辛情說道。紀念那個不知芳魂何處的蘇朵。

蘇豫醒了，辛情這才放了心，無論如何，如煙晴總算沒有白等。

之後，辛情又去看了蘇豫幾次，可惜他又恢復了沉默。

邯鄲留下已經一年多了，病也完全好了，拓跋元衡便準備派人送她回偃朝。辛情也藉著生產的旗號在溫泉宮住了一年多了，正好也該回京，便一起啟程返京。

一路上，辛情便發現邯鄲有些鬱鬱寡歡，似乎對回去並不開心，辛情有些納悶，從邯鄲以前對奚景莊的態度來看，她此時應該是歡喜雀躍的，可事實並非如此。

明天便可抵京了，晚上在驛站，辛情哄睡了女兒，想了想還是想去找邯鄲談談。自從又生了心朵，她的母愛愈加氾濫。到了邯鄲房外，宮女們都在門外齊齊站著，低著頭，大氣也不敢出。

「怎麼了？」辛情問道。

「皇后娘娘，公主正在生氣，不准奴婢們伺候。」宮女答道。

「開門。」辛情吩咐道，宮女們動作麻利地開了門，迎面一個酒杯差點砸到辛情，「玥兒這是怎麼了？」

邯鄲喝了酒，似乎喝了不少，因為辛情已經開口說話了，她還在揮手讓她滾出去。

辛情走到桌邊坐下，看看邯鄲，臉上似乎有淚痕。

「玥兒怎麼想起喝酒了？」

邯鄲似乎這才清醒了些，看向她，叫了聲「母后」。

「還沒喝醉，還認得母后。」辛情笑著說道，讓宮女又拿來兩個杯子，斟酒，「母后陪妳喝。」

「好，謝謝母后。」邯鄲笑著一飲而盡。辛情便陪她慢慢喝，不動聲色地看著她，大多數人酒後都會吐真言的。

看看喝的差不多了，辛情看似隨意地問道：「不想回去？」

邯鄲乖乖點頭，抓住她的手，「母后，我不想回去，妳再救我一次……好不好？」

「為什麼不想回去？」辛情問道。這個女孩子恐怕對奚景莊用了真感情，可是在皇室的婚姻中，最不需要最不切實際的就是真心和真情。

「他納了側妃……是他一直喜歡的女人……我剛嫁過去他便告訴我，他有了喜歡的人，那個人……不是我，他告訴我不要對他動心……母后……我沒見過他這樣的人，我知道……我知道不能喜歡……可是……」邯鄲哭了，「可是，我忍不住……我喜歡他……我學著母后的樣子，讓他納妃，可是，母后……玥兒太笨了，學不來母后的從容，玥兒控制不了自己的嫉妒……」

辛情嘆口氣，果然如此。不過這個奚景莊與其父相比算是個君子了，可惜，越是這樣便越是讓邯鄲這樣的女孩子動心，可是一旦動了心，對自己，便是萬劫不復，所以她才病得如此嚴重，根本就是心病。可是，這醫心病的心藥……

「母后幫不了妳，母后不是奚景莊，治不了妳的心病。況且，這病妳自己想不開，永遠不會徹底好。玥兒，改變不了他就改變自己——去接受。」

「不要，不要，我不要……我不要接受……我接受不了……母后，他真的不喜歡我是不是？為了讓他為我留住，我給自己服藥，可是……為什麼……他還是要回去呢？為什麼半點時間都不給我……」邯鄲的話讓辛情一驚。這個女孩，這個十一歲就琢磨著算計她的心機女孩，竟然為了奚景莊這樣殘害自己。

甩手給了她一巴掌，看得出，她清醒些了。

「妳這個蠢物，我是怎麼教妳的？我教妳為了個男人要殘害自己嗎？我教妳要天天為了個男人死去活來嗎？妳的自尊呢？妳的驕傲呢？」辛情冷聲問道。

「如果，他喜歡我，我不要我的自尊，也不要我的驕傲。」

甩手又是一巴掌，「我告訴妳，拓跋玥，如果一個女人連自尊和驕傲都沒有了，她就把自己丟了，一個連自己都沒有的人，沒有男人會喜歡，妳聽清楚了嗎？」

邯鄲愣了半晌，似乎在思考她的話，半天抬頭問道：「可是，我已經把我自己丟了，怎麼辦？我沒有自己了……母后，妳救救我……妳幫幫我好不好？」

辛情沒言語，吩咐宮女服侍邯鄲安歇便走了。

回到房間，拓跋元衡正坐等她，見她皺著眉頭便問她何事，辛情說丟了樣東西，琢磨著怎麼找回來。拓跋元衡問是什麼，辛情說是魂。拓跋元衡說她最近神神鬼鬼的。

回了宮，照例受了女人們拜賀，辛情見她們看著拓跋元衡的眼睛裡都冒著綠光，而看著拓跋元衡懷裡的自己閨女的眼神卻帶著刀劍。

新到的這個地方比溫泉宮還大，心朵玩得更是開心，反正沒有一時一刻衣服上是沒有灰的。拓跋元衡說心朵還是男裝好看，男裝更像他，便常趁著辛情不注意讓人給心朵換上男裝，顯然，穿著男裝心朵似乎更開心。不知道哪次在太華殿玩的時候見到了年輕帥氣的大臣，心朵更是沒事要賴著父皇。小小的腦袋裡已有模糊的概念，跟著父皇可以見到很多好看的人。

心弦和心月還是每天跟著拓跋玨去習武，不過差別在於，心月每天都覆上面紗，回來還要泡牛奶浴，心弦則是每日裡素面朝天，於是慢慢地，心弦變成了蜜色皮膚，看著就想咬一口，心月則嫩得像是牛奶做的。

自從被辛情甩了兩個耳光之後，邯鄲就沉默不語，拓跋元衡命人準備護送邯鄲回偃朝。

這天晚上，一輛普通的馬車停在千金笑後門，從車上下來兩個身材纖細的女子。直接上了四樓，那年輕的女孩子一直保持著驚呆的表情。鍾無豔來了，辛情讓她讓所有紅牌姑娘一個個出場表演，她要看。

「仔細看著。」辛情說道。

千金笑裡的靡靡之音很快響起，空氣中都是一股情慾的味道。

「為什麼妳會來這裡？這不合身分。」邯鄲才緩過神來。

「誰規定人只能有一個身分？」辛情看著下面，「我帶妳來，讓妳看男人，也看女人。在這裡看多了，心裡便會明白。妳看，這裡許多男人都是平日裡人人稱讚的君子，可是到了這裡，他們便拿下了那層道貌岸然的皮，往往最迷戀煙花的便是這些人。」

邯鄲不做聲，看著。看到一樓大廳中那些男男女女的醜態不禁羞紅了臉，轉過頭去不想看，被辛情一句「不敢看嗎」給激得又轉回了頭。

辛情悠然自得地喝著小酒看著，看下面的人也看邯鄲。

「這世間的男女真的都如此逢場作戲，沒有真心嗎？」邯鄲的臉上有失望。

「真心……那是很奢侈的東西，不是每個人這輩子都碰得到的。」

「母后也是在這裡明白這個道理的嗎？」邯鄲斟了酒雙手捧給她。

「我？我很早就知道了，這裡，不過是讓印象更加深刻而已。妳知道嗎，這裡的頭牌每一個都不會長久，到了一定的時間就會被替換掉，為什麼？因為男人們看夠了，即使再美貌也會老去也會厭膩，永遠都需要有新鮮面孔來滿足他們的眼睛。」辛情頓了頓，邯鄲正認真地聽，便接著說道：「民間尚且如此，又何況大富大貴之家呢？對於那些男人來說，女人也許還比不上一件古玩一件衣服一條小狗，換來換去不過是如物品一般。妳的幸運在妳的身分，奚景莊可以娶他現在還喜歡著的女人，將來也會不停地娶，但是無論怎樣換來換去，妳的身分和地位是不變的。既然有了這樣的身分便要明白，對於妳來說，相敬如賓是妳的宿命。奚景莊能這樣提醒妳，說來也算妳嫁了個人品不錯的人了。」

「那麼，我要回去面對這些？看著他不停娶進府的側妃們無動於衷嗎？」邯鄲頭低下了。

「看來妳還不是真的明白？等妳明白了，妳不會用無動於衷這個詞。反正妳還有些日子才會回去，若不介意，妳便自己來看吧，也許就明白了。」辛情說道。邯鄲仍舊低頭不語。

那晚之後辛情便不去管邯鄲了，專心照顧自己的幾個小崽子，有天晚上辛情卸完妝，見心月正拿著她的琉璃耳環看呢。

「月兒，妳喜歡耳環？」辛情問道，這小崽子臭美的毛病沒治了。

「母后，我也想戴耳環。」心月說道。

「可是，扎耳洞是很疼的很疼的。」好好的一對漂亮耳朵扎什麼耳洞？

「不怕。」心月說道。辛情無奈地點點頭，算是同意。

「到時候疼了可不要跟我抱怨，我可不管妳。」辛情說道，心月對著她甜甜地笑了。

本以為早起心月便會忘了，誰知一大早心月便讓宮女去給她找一位會扎耳洞的老嬤嬤來，宮女們看辛情，辛情揮手讓她們去了。美就美吧，現在不扎，以後上花轎也是要扎的。

老嬤嬤扎耳洞的方法是拿著兩粒米粒在耳朵上碾啊碾，碾到耳朵麻木中間只有薄薄的一層時取出泡在酒裡的針一下子扎過去。心月沒哭，估計是耳朵木了，還沒反應過來呢。心弦在一邊咧咧嘴。等耳朵不麻木了，心月捂著小耳朵跟辛情說疼，辛情點點她的鼻子說她自找的。

心月小心翼翼地每天看自己耳朵，不過有一天還是被心朵那個小淘氣給拽了下，疼得心月眼淚汪汪地滿殿追心朵說要教訓她。正巧拓跋玨來請安，這才給勸住了。

每天就這樣鬧，辛情覺得自己可能要少活個十年八年的。

心月的耳洞剛扎完沒兩天，本來要啟程的邯鄲忽然又病了，這一病，拓跋元衡都覺得奇怪。本來養了一年多了，怎麼說病就病了？辛情也納悶，空閒的時候去探病，見邯鄲又是臉色蒼白。

遣退宮人，辛情問道：「這病又是怎麼得的？」

邯鄲不語。

「妳要賴在宮裡一輩子不回去見奚景莊？」

「起碼現在不想見，母后，您……替我保守祕密好嗎？」邯鄲的眼神可憐巴巴的。

「妳愛拖就拖著吧，拖到奚景莊忘了妳最好，也不用痛苦了。得了，妳養著吧，我讓你母親來照顧妳。」辛情說道。

從她宮裡出來，回坤懿殿的路上，辛情想了一路，然後派人去盯著千金笑。果然，沒出兩天的一個深夜，邯鄲祕密出宮去了千金笑。

辛情第二天便去了千金笑，傳來了鍾無豔問她這些日子小姐來都見了什麼人說了什麼話，鍾無豔說小姐來了只是坐著看著，並不見什麼人也不說什麼話。辛情便問這些日子千金笑有些什麼人常來，鍾無豔想了想說道，有位年輕公子常來，來了只在大廳就坐，也不叫姑娘相陪。到簾邊往下看了看，鍾無豔說那位公子來了，辛情也忙去看，那男子和奚景莊年齡相仿，也許還大上個一兩歲，沒有奚景莊的滿身貴胄之氣，看著卻有些江湖豪氣，有女子主動迎上前去，他便毫無耐性地將女子們轟走，這男子與奚景莊是完全不同的兩種人，可是他們有一樣是相似的，這男子的相貌與奚景莊有七分像。

辛情明白了個大概，思索良久，吩咐鍾無豔如此如此安排，然後回宮去了。

第二天，辛情去看邯鄲，說三日後讓她陪自己去千金笑，邯鄲笑得有些勉強地答應了。

到了那天，進了千金笑，辛情藉口和莫夫人去看新來的姑娘，讓邯鄲去雅間自己先玩會兒，然後便出去了。

等她來到雅間，卻見邯鄲已不在了，鍾無豔說小姐說身體不舒服，先回家了。回到宮裡，去看邯鄲，卻見她眼睛紅通通的，撲通跪在辛情面前說她很快就會好了，很快就回偃朝。

辛情問她與那男子到底是何關係，邯鄲猶豫半晌才說，有一次她去千金笑，那時千金笑人正少，她也無聊，又對這裡的姑娘很是感興趣便偷偷出了雅間四處走走，不想卻被兩個登徒子拉住，非要拉她喝花酒，她嚇壞了，匆忙之中便叫「救命」，是那男子把她從登徒子的糾纏之中救了出來，因為那男子與奚景莊有幾分相似，所以她便一時衝動假裝自己是千金笑的姑娘，與那男子喝了幾杯酒。

「然後呢？」辛情問道。

「他醉了，他根本就沒有酒量，我便走了。母后，我知道自己的身分，知道什麼該做什麼不該做。我去，只是……奚景莊從來沒有他那樣對我好，雖然只那一次相對，他卻說替我贖身，帶我去雲遊天下，母后，請原諒玥兒……一時情難自禁，不過，玥兒與他是清白的，求求母后不要殺他。」邯鄲很是緊張。

「他是做什麼的？」

邯鄲搖頭。辛情又問了他的年齡、可有妻小之類的，她也一律搖頭，辛情感慨的同時也不禁嘆氣，平日裡看來挺精挺靈個孩子，怎麼在這種事上卻如此大意，萬一是被有心人利用可怎麼辦？

「妳嫌自己死得慢嗎？」辛情搖搖頭。

讓邯鄲保證以後再也不去見他，辛情說剩下的事她來處理，若那男子是有心接近邯鄲，便要殺他以保護邯鄲的名聲。若只是無意，她便放他一條活路。邯鄲聽了，默不作聲，跌坐在地。

邯鄲的病慢慢好了，每日來給辛情請安都是欲言又止的樣子。然後有一天，辛情輕描淡寫地告訴她，那個人以為她被送給達官貴人了，死心離開了。邯鄲聽了沒有什麼多餘的表情，只說謝謝她不殺之恩。

邯鄲去和拓跋元衡請求回南國，拓跋元衡點頭同意，來坤懿殿用膳的時候問辛情邯鄲是怎麼了，辛情說病去如抽絲，思抽完了就這樣了。拓跋元衡沒聽出來辛情話外的意思，也不深追問了，只讓辛情再操勞些，準備送邯鄲回南。

邯鄲要走了，來拜別辛情，說謝謝她這些年的教誨。辛情笑笑點頭，讓她以後別想亂七八糟的，既然走到那一步了便認命好好地活著。邯鄲說她懂。辛情並沒有親自到宮門口去送她，甚至沒有到城樓去看她的儀仗走遠。

日子舒心便覺得時光飛逝，孩子們慢慢長大，拓跋珏已初具了粗狂男子的雛形，心弦和心月繼續朝著大美女的行列邁進，唯一讓辛情操心的就是小閨女拓跋心朵，不只是辛情操心，宮裡的人都跟著操心。拓跋珏沒有繼承乃父的風流，卻被心朵承襲了，她不只愛美型男子，後宮年紀輕輕的美女們也沒少被她騷擾過，還有進宮請安的命婦誥命們，常常出宮的時候臉上都帶著些尷尬，不知道的還以為在宮裡被怎樣怎樣了呢。

心朵五歲多拓跋元衡便親自教她騎射，享受太子和兩個姊姊沒享受過的待遇，為了方便，還允許她穿男裝。捧著這個聖旨，便將辛情的勸導不放在眼裡，每每辛情說她，她便嬉皮笑臉地胳膊繞在辛情脖子上撒嬌，順便偷香，氣得辛情常捶她，她依舊一副好好脾氣，偷香不止，挨打不停。

長大了些，小時候被鏟子磕出來那個小疤痕越發像一片小小的葉子，心月常琢磨著弄些東西將心朵那個小疤痕除去或者填平，因此常和心弦將她按住塗抹藥膏，這時候心朵就叫得像是被熱水燙著一樣，只要兩人一鬆手她便用袖子將藥膏抹去，然後對著鏡子自己看看小疤痕，似乎還很是喜歡。看了幾次，辛情讓心弦心月別管她了，看著也挺好看。這個去了，估計下一個不久就會印上了。

女兒們慢慢長大，看著一個比一個水靈，排排站在一起像是一把小水蔥，兒子也像棵小青松。

拓跋珏十一歲那年，不知道怎麼忽然就病了，太醫剛開始來看過，說並無大礙，稍稍調理就好了，辛情稍稍放了心，留了兩名太醫日夜在東宮伺候湯藥，可是過了六天之後，拓跋珏非但沒有痊癒，甚至連絲毫好轉的跡象都沒有，消瘦得厲害，辛情一下子害怕起來，不僅傳來了太醫院所有太醫，自己也親自到東宮拓跋珏床邊守著。

拓跋珏每日裡昏昏沉沉，醒著的時候還好，一旦睡著了便滿頭冷汗，眉頭緊鎖，表情痛苦，似乎是經歷著什麼可怕的事情。

「太醫，太子到底是什麼病？」辛情冷著臉問太醫。

太醫們齊齊低了頭，不說話。

「說！」辛情口氣更冷。

「回娘娘，太子……並無實症，微臣等實在查不出太子是何病症……」太醫院院判說道。

「並無實症？你的意思是太子的病是心病？」辛情皺了眉看拓跋玨。心病？小小的年紀會有什麼心病？心頭微微掠過一絲不安。

辛情沉著臉思考問題，忽然握著拓跋玨的手被抓緊了，看去，拓跋玨微微躬著身子，嘴裡叫著：「母后……」辛情一愣，忙將他抱在懷裡，輕輕撫摸他的頭輕聲安慰：「玨兒不怕，母后在呢，玨兒不怕，乖啊！」

拓跋玨的手抓著她的衣服不放，不過卻不說了，安靜地靠在她懷裡繼續睡了。辛情便一直輕輕拍著他，看他似乎睡得熟了些便要將他放下以便讓他睡得舒服些，不想，只要一離開她的懷抱他便似乎很害怕，不得已辛情便只得抱著他。

拓跋元衡召見完了臣子也匆忙趕來，見辛情一直抱著拓跋玨，怕她累著便試圖自己接過去抱一會兒，誰知，拓跋玨一樣還是露出害怕的神色，重回到辛情懷裡才安穩了。

「沒事，我不累，皇上，你也早點歇著吧。」辛情輕拍著拓跋玨邊若有所思。

「玨兒為何如此害怕？」拓跋元衡問道。

辛情搖頭，「太醫們也查不出病因，我覺得玨兒似乎在做噩夢，不知道夢裡有什麼可怕的東西將孩子嚇成這樣。」

拓跋元衡皺眉，半晌不做聲之後，忽然叫了樂喜來耳語了幾句，樂喜匆匆忙忙便出去了。

夜深了，心弦心月心朵撐不住都睡了，辛情讓宮女小心照顧她們睡了，自己仍舊抱著拓跋玨不放手，拓跋元衡便在一旁陪著。

第二天一早，拓跋玨醒了，一睜開眼睛便見辛情衝著他笑著。

「母后……您還在……」拓跋玨的聲音聽著很是虛弱。

「母后一直在，怎麼了玨兒？」辛情捧著他的小臉問道。

拓跋玨搖搖頭，「母后，孩兒做了好可怕的夢，有好多可怕的人要來抓我，還好母后在。」

「有母后在，誰也不敢來抓走玨兒的，知道嗎？」辛情笑著說道。

拓跋玨點點頭也笑了，「嗯，知道。」

「好些了便吃些東西，從昨晚到現在玨兒什麼都沒吃過呢。」辛情說道，馬上就有太監去傳早膳了。等早膳擺好，拓跋玨看了看，皺眉，很沒胃口的樣子。

「母后，孩兒不想吃。」

「不吃身體會很虛弱的，乖，玨兒，就吃一點好不好？母后餵你吃。」辛情讓宮女端來粥，親自一口口餵他吃。

「母后，妳的左手在抖，怎麼了？是不是生病了？」

「沒有，母后沒有生病。」辛情將碗交給宮女，給拓跋玨換了衣服，「若是有些力氣了，母后扶你下床走走好不好？」

拓跋玨點點頭。

沒一會兒，心弦心月姊妹也來了，拓跋玨還跟她們玩了會兒，辛情的心這才微微放心了些。誰知到了晚上拓跋玨又是睡不安穩，離了辛情的懷抱便一副驚恐狀。這樣的狀況持續了四天才慢慢好轉。這天晚上，辛情實在撐不住昏昏睡去。

醒來，是因為懷裡的人在動，睜開眼睛，「怎麼了，玨兒，是不是不舒服？」

拓跋玨搖頭。

「那，想吃東西？餓了？」辛情欲起身，覺得左臂一陣麻。

拓跋玨還是搖頭。

「那是怎麼了？你跟母后說啊。」辛情一臉的焦急。

「母后，您受累了，都是孩兒不好，母后，您不用在這裡照顧孩兒，有太醫和宮女們就夠了，您好好歇著吧。」

辛情笑了，「他們都是笨人，他們照顧你母后不放心，再說，母后不累啊。」

拓跋玨的手摸摸她的臉和眼睛，「母后的臉色都不好，都有黑眼圈了，還說不累？」

「照顧自己兒子母后怎麼會累呢，就算是累，可是玨兒是母后的寶貝兒子，母后也不覺得累。」辛情捏捏他的鼻子，「兒子，母后知道你孝順心疼母后，可是母后也心疼玨兒晚上睡不好，就算累一點，只要玨兒能安穩睡著母后就開心了，知道嗎？」

拓跋玨點點頭，「可是，母后能好好歇著孩兒才開心哪！」

「好好好，母后知道了，等玨兒好了，母后便睡個三天三夜補回來好不好？」辛情笑著說道。

「好，到時候，孩兒守著母后。」

辛情便笑著又把他抱在懷裡，「真是母后孝順的好兒子。」

眼看著，心朵都十歲了。

這天，辛情正一如既往地練瑜伽，心朵跳了進來，也不講形象，盤腿在旁邊坐下了，「母后，都練了這麼多年了，您還沒出師啊？」

「貧嘴。」辛情瞪她一眼。出師？她又不是閉關練武。

「母后，您練這是什麼功夫啊？胳膊腿都快抻折了，您不疼啊，母后，別練了，來，去看看朵朵練劍吧。」心朵說道。

「心朵，妳給我好好坐著，站沒站相坐沒坐相。」

「父皇准的嘛……」心朵笑嘻嘻。

「父皇、父皇，去找父皇看啊，看妳到時候嫁不出去父皇管不管妳。」辛情練完了瑜伽，宮女忙拿來汗巾給她擦汗。

心朵笑著滾到她懷裡，順手在她臉上摸了一把，「母后，父皇說了，我嫁不出去你們養我。」

「美得妳。」辛情拍開她的小爪子，「到時候父皇覺得妳給他丟人，說不定就找個眼瞎腿瘸的把妳嫁了，到時候有妳哭的。」

「我不嫁，要嫁呢我也要嫁天下第一美男子。」心朵笑嘻嘻地說道。

辛情忍不住笑了，果然，她爹就是要搶天下美女，她就要搶天下美男。

「喲喲喲，我聽聽，哪個小花癡要強搶天下第一美男子？」門口傳來輕笑聲。

「月姊姊，妳開完屏了？」心朵骨碌爬起來，湊到心月身邊做陶醉狀說道：「香，果然香，十里外的蜜蜂都得逐香而來，難怪我覺得最近蜜蜂多了呢。」

「呀呀呀，妳離我遠點，滿身的汗臭味。」心月故意掩了鼻子，輕移步子故意一搖三擺走到辛情旁邊，「母后，這個小蘿蔔您也告訴她注意一下嘛，好歹也是公主，怎麼總是髒兮兮的。」

「月姊姊，我要是蘿蔔，那妳是什麼？開花的蘿蔔？」心朵仍舊笑嘻嘻，揪揪心月的頭上精緻的簪花，「果然開花了？還是朵金花……」

「弦兒呢？」辛情問道，若不阻止，這鬥嘴就得到天黑了。

「心弦？不知道跑哪兒去了，最近越來越神叨叨了。」心月笑著說道，看看辛情，「母后還是一樣苗條，臉色還是一樣紅潤呢。」

「又來這套？又看上我這裡的什麼東西了？」辛情無奈。這死丫頭打小愛臭美，還總是喜歡她的東西。

「母后啊，聽說邯鄲皇姊送給您偃國南海之濱的海珍珠珍珠粉……看母后的臉色很好用哦……」心月笑著說道。

「就知道妳要，那裡，我還沒拆開呢，就妳鼻子靈。」辛情笑罵，宮女捧來一個小小的玉瓶，封著鵝黃的籤子。

「哦，原來月姊姊才是蜜蜂啊，哪裡有香粉就飛到哪裡。母后，您管管這個小蜜蜂嘛……」心朵是不吃虧的典型。

「妳們倆，給我出去，看到妳們倆我就頭疼。」辛情揉著太陽穴說道，還是她的弦兒好，不像這兩隻刺蝟。

「妳們倆又吵母后？」門口一道威嚴的聲音。

「哪有，我們在哄母后開心呢。」這回倒是異口同聲。

「又來哄騙母后的東西？」拓跋元衡看到心月手裡的小玉瓶問道。

「是母后賞的，父皇，您看，這瓶子還沒拆封呢，母后不稀罕用，母后天生麗質，都是四個孩子的娘了，看著還是那麼年輕，從背影一看像二十，從前面看就是十八呀，哪用得著這些脂粉呢。」心月諂媚。

「明明是母后知道妳會來要，自己沒捨得用。」心朵拆臺。

「心月、心朵，看到門在哪兒沒有？」辛情問道。

「好嘛好嘛，我們滾蛋就是了嘛。」心月說道。

「父皇一來母后就趕我們……」心朵說道。

兩個傢伙心不甘情不願地走了。

她們走了，拓跋元衡朗聲笑了，「月兒說的沒錯，妳是越來越年輕了。」

「撿了個好笑話？」辛情搖搖頭，「孩子都跟你學的，油嘴滑舌。」

「乃父之風，學得好。」拓跋元衡拉她坐下，「今兒有大臣跟朕提了件事，猜猜是什麼。」

「提什麼？」辛情想了想，搖頭，「猜不著，你那些大臣一個個的人精一樣，猜不出來。」

「太子納妃。」拓跋元衡說道：「太子今年十六歲，也確實該納妃了。妳看呢？」

「按規矩辦唄！我能看出什麼來？大臣們動不動就把太子公主的婚事升格到國家大事，我要是插了嘴多說一句，說不定就是個後宮干政了。」辛情笑著說道：「可惜了，我自己肚子裡跑出來的兒子女兒竟然還不歸我管了。玨兒什麼意思？有沒有中意的人？」

「朕還想讓妳去問呢。」

「我去問……好，我去問，要是快，我明年是不是能抱孫子了？」孫子……多遙遠的詞，可是竟然就在眼前了。

「哈哈，那要看妳兒子的能力。」

「呵呵……」辛情也笑，「虎父無犬子，乃父之風。」

拓跋元衡睨她一眼。

既接著這個差事，辛情正好這些日子也閒，便帶著人親自往東宮來了，東宮很安靜，太監們請安也是輕手輕腳的。

「太子還在讀書？」辛情問道。太監們說是，來到書房，此時天有些熱了，門窗都開著，能看見拓跋玨伏案讀書，「玨兒怎麼不歇歇？太監說讀了好半天了。」

拓跋玨聽見她的聲音忙離案起身，「兒臣恭迎母后。」

辛情微微點頭，「玨兒最近禮數越來越多了。起來吧。」走到案邊看看，「玨兒在讀《史鑒》？」

「是，師傅吩咐的。」

「讀書是大事，不過玨兒也不能將心思都放在書上，也該抽空想想別的事。」

「母后所指……」拓跋玨英挺的眉毛皺了下，「請母后明示。」

「這東宮冷清了些，也是時候熱鬧熱鬧了，你說呢，玨兒？」辛情看著拓跋玨的臉色。

拓跋玨神色一變，少年的臉上有些不自在，「但憑母后做主。」

「母后做不了主，母后來問只是想抱孫子了，誰知道玨兒不知道母后的心思，也不急著給父皇母后添個孫子。」辛情笑著說道。

「幾位皇兄已有了子嗣，母后……」

「皇兄的子嗣是父皇的孫子，只有玨兒的兒子才是母后的孫子啊。呵呵，母后不是讓你現在就決定娶誰，只不過……你就體諒母后要抱孫子的心思好不好？」辛情儘量將話說的婉轉。拓跋玨是有兩個侍妾，不過一直也沒有子嗣出生。

「這……兒臣沒有想過，恐怕又要勞煩母后了。」

「這個，母后可不能管，萬一給你挑了你不喜歡的，還不要怨母后亂點鴛鴦譜？玨兒還是自己看著挑著的好。」辛情笑著說道。

「是，兒臣明白了。」

「玨兒的臉色不是很好，讀書不要太累，沒事出宮走走看看，宮外熱鬧得很，有趣的事也多，和銘辛出去走走也好。」辛情囑咐道。

「謝母后關心。」

辛情眉頭微皺，旋即便笑了，「你是母后的兒子，是母后的希望，母后自然希望你好。今兒天就不錯，你也別讀那些看著頭疼的東西了，讓銘辛陪你出去走走。」

「是，母后。」

辛情起身，拓跋玨忙過來扶她，辛情便握住他的手，「轉眼，玨兒都要納妃生子了，母后老了，真的老了。母后的心願就是死前還能看見玨兒的兒子和女兒，看著有個人能跟玨兒風雨同舟不離不棄。」

「母后怎麼說這樣的話，母后才不過剛過不惑之年，母后一定會長命百歲的。」

辛情搖搖頭，「好了，不說這個了，壞了你出門玩的心思，去吧。」

母子倆走到東宮門口，正巧一個女子嬌笑著衝進門來，見到辛情嚇得忙跪下請罪，拓跋玨便訓斥她沒有規矩。辛情見此女是他的侍妾也不說什麼，只讓她下次小心些，門檻高別亂跳，摔壞了就不好了。

宗銘辛早已在東宮外等著了，請了安安靜地立在一旁，辛情笑著讓他們出宮去玩，等他們走遠了，辛情的臉色有些沉，轉身看看東宮的建築群瞇了眼睛。

「娘娘，可是有什麼不妥？」在身邊伺候了十幾年的福寧見她神色不悅，忙問道。

「沒什麼不妥，福寧啊，以後多留意些太子的女人，要是哪個有了身孕小心著些，本宮還等著抱孫子呢。」辛情說道。轉身往回走，若有所思地回了坤懿宮，攆了眾人出去，對福寧如此這般吩咐了一遍。

正巧好些日子沒去千金笑，辛情深夜出宮來了，鍾無豔早已從良嫁做商人婦了，桃花便玩得開心，將幾個過氣的紅牌培養成了老鴇，省心不少，自己每個月每一旬最後一天便來看看，這是她和辛情定下的日期。

今天是初十，桃花自然在，辛情直接上了四樓。

「瞧著神色不太對啊，怎麼，妳家老頭子又花天酒地花心不改了？」桃花問道。

辛情搖搖頭，自己倒了酒來喝。

「那是小的不肯花天酒地？」桃花問道。她知道辛情的心病。

「這裡有沒有伶俐些的？給我找兩個。」

「幹什麼？教小的沉迷女色？何苦上這裡找？妳那個後宮就是個美人窩啊。」

「先找幾個預備著，我有用處。」

桃花見她如此說，也不開玩笑了，「這麼說，小太子還是有疑心了？」

「現在還不知道，不過，我要以防萬一。」

「好。」

兩人又喝了會兒酒，因為辛情心裡有事便早早回宮了。

坤懿殿裡很安靜，自從心弦和心月搬到自己的宮殿，這裡便安靜了許多。進了殿，到西閣看看，心朵不在，估計是和哪個姊姊擠去了。在床邊坐下，摸摸枕頭，拿起枕頭邊上的玩具，辛情有些感慨。

「都長大了，都要離開娘了，這坤懿殿終究只剩下我一個人了。」

「不是還有朕？」身後忽然而來的聲音令辛情一震，將玩具放好，辛情回頭。

「這麼晚了怎麼還不睡？」辛情問道。拓跋元衡五十幾歲了，看著像四十五六。年輕時的狂妄收斂成了成熟的霸氣，總在不經意間流露，似乎更吸引年輕的對男人存在幻想的女人們。

「娘子外出，為夫擔心，睡不著。」拓跋元衡在她身邊坐下，仔細看看她的臉，「這麼沒精打采，不舒服了？」

「沒有，只是，玨兒該娶了，弦兒月兒朵兒也該嫁了，養了這麼大，捨不得。」

「朕還以為什麼事，妳呀，又胡思亂想。」拓跋元衡抱抱她，「兒子女兒長大了妳愁，長不大那會兒妳不也天天說，鬧人的小崽子什麼時候長大嗎？」

「每個做父母的也許都是如此想吧。」辛情頭靠著他的胸膛嘆了口氣。

「妳……想妳母親了？」

辛情點點頭，眼淚不知怎麼就流下來了，「沒有，不想，我從來都沒想過。」

「還嘴硬。」拓跋元衡捧起她的臉給她擦拭眼淚，「想也是正常，不過……朕恐怕不能答應妳回去見她。」

「我不想，蘇朵死的時候便和蘇家沒有關係了，母親也沒有關係了。」這麼多年來，她多希望自己就是蘇朵，那樣她還有父母可以惦記。

拓跋元衡也不接她的話，只是抱著她輕輕拍拍她的後背。

沒幾日，福寧偷偷向辛情回奏了一些事情，辛情的臉立刻便沉了。讓福寧繼續盯著。

某日夜。東宮。錦帳內正紅浪翻滾，忽然一聲「皇后娘娘駕到」，讓一切都立刻恢復了平靜。馬上，錦帳內鑽出一個衣衫盡褪的年輕女子，看著比拓跋玨大了四五歲的樣子，正伏在地上慌亂地穿衣服，中衣還未穿完，幾個太監進來毫不憐香惜玉地架起她便走，來到寢宮外的大廳之中。那裡，一身玄色繡金鳳的辛情一臉寒霜。

「皇后娘娘饒命，奴婢知罪了。」女子慌忙伏地說道。

「何罪？」

女子一時哽咽，不敢抬頭亦不說話。

「穢亂宮闈，挑唆太子。」辛情走到她面前，「妳說，本宮治妳個死罪冤枉妳嗎？」

「皇后娘娘，奴婢是太子殿下的侍妾，奴婢侍寢並算不上穢亂宮闈……奴婢一心只知道服侍太子生活起居，從不曾挑唆太子何事。」女子的聲音有些抖，意思表達的倒也明確。

「妳是什麼來歷？」

女子身子一震，「娘娘，奴婢不懂娘娘的意思。」

「是嗎？真不懂？這幾年本宮見太子忙於學業便沒有給他納側妃，他自己幸了幾個本宮也睜隻眼閉隻眼任妳們去了，不過，妳們當本宮不知道妳們的來歷嗎？本宮只是顧及到太子還喜歡妳們才留著妳們，如今妳們竟敢挑唆太子與本宮的關係，那就別怪本宮不客氣了。」辛情看一眼福寧，「將這幾個先都關起來，若是死了一個，小心你們的腦袋。」

女子喊著冤枉被押走了。

「你們都下去。」辛情說道。緩步進了寢宮。

拓跋玨的衣服都歪歪斜斜地穿著，帶子還沒繫好，見辛情進來，索性也不繫了，迷濛著眼睛笑著看辛情，「我該說給母后請安，還是給皇后娘娘請安？」歪坐在地，頭髮散亂著，少年的臉紅暈一片。

「酒量差就不該喝這麼多酒，酒大傷身。」辛情走到他面前，替他將帶子繫好。

拓跋玨一直看著她，「酒大傷身……母后是真的怕兒臣傷了身嗎？不是做戲嗎？」拓跋玨問道，臉上的笑——很難看。

啪！

拓跋玨愣住了，看著眼前冷著臉的辛情。

「你若是自己不珍惜自己，我怕你傷身也沒有用，我也不會看著你一輩子。」辛情說道：「起來，像什麼樣子。」

「沒錯，沒錯……呵呵，妳是不會看著我一輩子……妳會死在我前頭的，是不是，母后？」拓跋玨搖搖晃晃站起來到椅子上坐下。

「沒錯，我會死在你前頭，所以要趁著我沒死好好教導你。」

「教導？妳憑什麼教導我？」拓跋玨看著她的眼睛裡有怨氣。

「因為你叫我一聲母后。」辛情也看著少年，終於他還是知道了。也好，在她死前知道，否則她就是死也不會瞑目。

「母后母后母后？哈哈，若我知道，我不會叫妳母后……我只是不知道，不知道。」

「有些事情是不能變的，對也好錯也罷，只能如此，就像你和我的關係。這些年來我們是母子，以後也是，就算我死了，在玉牒之上你仍是我兒子，我仍是你母親。除非……你成功為你生母翻案。」辛情停下看他，「你會嗎？你想嗎？」

「為什麼？妳為什麼要這樣？殺了我生母還不算，連我的姨母妳也不放過？妳的心為什麼那麼狠？」拓跋玨狠狠地問道。

「你記得你小時候我和你說過的嗎？我告訴你，你不該討厭後宮的女人，你應該感謝她們，今天我就告訴你原因。」辛情看著他慢慢開口說道：「雖然歷來不准後宮干政，但是太子的廢立你以為真的是朝臣們幾個摺子幾次死諫就可以嗎？母以子貴子憑母榮，雖是這麼說，可是生了兒子的女人你看有幾個得了你父皇的歡心？母以子貴不過是後宮女人們自我欺騙的一句話罷了，總想著生了兒子被皇上另眼相看一步登天，結果呢？你的大皇兄，他的生母在你父皇沒登基的時候便生下了他，你父皇登基做了皇帝，她得到什麼？一個小小的世婦封號。你父皇曾經的昭儀，還沒有生兒育女便已做到了昭儀。你的生母是一個小小的世婦，我都記不得她的樣子了，這樣容貌不出眾的女子，你以為真的會因為你一個小小的六皇子而尊貴起來嗎？你的上頭有五個哥哥，下面還有七皇子，當時七皇子的生母可是榮寵無限，怎麼排，這太子之位輪得到你嗎？不過，這後宮裡，子憑母榮倒是真的，你，是一個例子，五皇子七皇子也曾經都是好例子。只不過，他們的母親不再得你父皇的寵愛，所以他們便也連帶著失寵了，明白嗎？你有今日，不能說全是因為我的功勞，但起碼你母親只有生你的功勞。你恨我，我可以理解，你的母親雖說是因為頂撞昭儀而死，不過說到底是因為你父皇想要把你過繼給我，說來也是因為我才死的，不過，即使沒有我，你以為你和你母親會平安地活著嗎？後宮的女人們會讓你活著嗎？皇上當時寵愛七皇子已為他招來了鎮魘的災禍，你呢？你的母親有什麼能力保護你？」

「就算是死，我起碼知道生母是誰？不至於做了仇人的兒子，還對仇人孝順有加。」拓跋玨吼道。

「哼，孝順有加？這麼多年來我可曾虧待過你？我可曾打你罵你？我對你的好你竟一筆勾銷嗎？」辛情問道。

「妳對我好？那是因為妳要利用我，我做穩了太子的位子，妳才做得穩皇后的位子。」

「沒錯，我是需要一個兒子來幫助我鞏固皇后的地位，可是你以為我就只能認你做兒子嗎？這宮裡願意把孩子過繼給我的多了，你並不是我唯一的選擇，而我卻是你成為太子唯一的靠山，懂嗎？」辛情起身走到他面前，用力捧住他的頭，「我若想捨了你，當年你那個愚蠢的姨母跳出來的時候，我可以讓你不明不白的就死，可是為了保住你，我殺了你的姨母。你給我好好想想，若你不是我親生的這個祕密大白於天下，你有好日子過嗎？不只那個蠢女人要死，你也會死的，那麼今天，你也就沒有機會在我面前大吼大叫為你母親和姨母報仇了。」

「妳不敢，即使父皇再寵愛妳，再不喜歡我，可是我身上流著他的血，他不會任妳為所欲為的。」拓跋玨說道。

辛情笑了，「沒錯，我是不能殺你，不過，我可以廢了你。一個廢太子比王爺還不如，你不會不知道吧？而且，你以為我會笨到親自殺了你嗎？後宮裡恨我的人多，自然恨你的也多，隨便借誰的手你都活不到現在。這些年來如果沒有我保護你，你以為你會平平安安嗎？」辛情動手為他梳理頭髮，放輕了聲音，「其實你明白，殺母奪子這種事情在宮裡是多麼常見，這些年來，我已將你當成了自己的兒子，你也將我當成了生母，又何必節外生枝呢？即使你跳出來不認我這個母后，可是你的生母還能活過來嗎？玨兒，你知不知道我什麼時候開始把你當成親生兒子？有些事你忘了，可是母后沒忘，每每想起來母后都會高興得要笑出來。母后剛回宮那會兒，你便記得父皇告訴你母后愛吃菜心，母后忙，你便替母后照顧妹妹，你陪她們玩容忍她們的小脾氣，母后那時候真高興父皇挑了你做我的兒子。後來，我帶你去西都奉迎太后回宮，那時候你才幾歲啊，你拍著小胸脯說『要保護母后』，昭儀回來，你說你討厭別人欺負母后，你最愛母后，這些話母后一直都記著。沒錯，母后不是正人君子，母后會使手段會害人，可是你想想母后害過你嗎？為了讓你的對手少一點，這些年來除了太后的壽典母后便竭力阻止你的兄弟們入京，因為母后怕他們更優秀，怕父皇改了心思。為了鞏固你的地位，母后讓你捐出自己的東西去給百姓賑災，為了什麼？就為了你在百姓心裡有個好口碑，這樣即使將來你父皇想換掉你也不是那麼容易的，你懂嗎？你只看到你母親因我而死，那麼，你看到我這些年來為了你的地位不遺餘力的行為嗎？玨兒，你十六歲了，要娶妻生子了，很多事，我想你能想明白，我也希望你想明白。」

拓跋玨不做聲。

「如果你想不明白，我也不會對你如何，你這個兒子是你父皇給我的，我會求他來處置這件事。」辛情說道：「你好好歇著吧，等想明白了，那幾個人你自己看著辦吧。」

回到坤懿殿，辛情身子一軟，還好宮女眼疾手快扶住了。到榻上歪著，辛情揉著太陽穴，聲音雖低沉卻顯得有氣無力。

「福寧，你去傳旨，太子近些日子荒疏學業，這些日子罰他在東宮反省，不必來請安。」辛情吩咐道，福寧忙去了。

辛情手輕揉太陽穴，日子，總是這麼波瀾起伏的。

太子在東宮反省，辛情每日裡聽福寧向她彙報東宮的動靜。

拓跋元衡來坤懿殿，見辛情神色黯淡，以為她病了，便傳太醫。辛情說沒病，不必請太醫。

「玨兒的事？」拓跋元衡問道。

「嗯，玨兒的事。」辛情看著他，「我怎麼辦才好？怎麼辦才能保住兒子和女兒？」

「朕來處理。」拓跋元衡說道，臉色一凜。

辛情搖頭，「怎麼處理？廢了他，還是廢了我？」

「朕自有辦法，妳不必操心，瞧瞧這臉色又不好了。」

「辦法？什麼辦法能兩全其美？我不想玨兒與我為敵，怎麼辦？即使廢了他，那幾個皇子差不多也都恨我入骨，又有誰能替我保護弦兒月兒和朵兒呢？唉……拓跋元衡，你想錯了。」辛情沉默了半晌說道：「我不奢求什麼，無論你如何對我，替我保護好女兒就好。」

拓跋元衡握住她的手，「不要擔心，朕既然給妳一個兒子，他就一定是妳兒子。」

辛情苦笑了一下。

自那晚之後，辛情的臉上便時常現出鬱鬱之色，心弦姊妹三個也不出去鬧了，下了書房便跑到坤懿殿哄辛情開心。拓跋元衡見她這個樣子，便下旨帶她去溫泉宮靜養，心弦姊妹自然想跟著，這一次卻被拓跋元衡一道旨意留在京城，龐大的儀仗隊只有他和她北上。

辛情雖不解拓跋元衡的做法，但是也知道他一定是對女兒的安危有十成的把握才這樣做的，因此也不多說什麼。

天熱，辛情住了一晚上驛站就開始頭暈噁心，拓跋元衡自然又是老脾氣發作將御醫們大罵一頓，辛情不忍心便強忍著喝了些粥。

到了溫泉宮，本來御醫們說到了半山腰的宮殿裡，天涼些，中暑症狀便會好了，誰知辛情的病不見減輕反倒加重了，每日裡昏昏沉沉，水米少進，沒幾天便瘦了一大圈。

這天晚上喝完了藥，辛情有了些精神，讓宮女扶她到殿外坐坐透透氣。拓跋元衡喝退宮女，抱了她起來到殿外去。怕石椅上涼著她，便將她放在膝上抱著。

「拓跋元衡，你答應我幾件事好不好？」辛情靠在他懷裡，一點力氣也沒有。

「什麼事？」拓跋元衡緊緊攥著她的手。

「第一，將弦兒月兒和朵兒除去公主身分，在民間藏得好好的，永遠不准回來。第二，將我的身後事交給玨兒去辦，等你殯天之後我再下葬。」

「說什麼喪氣話？朕要妳陪著朕長長久久的。」

「呵呵，拓跋元衡，這麼多年我都不向你服軟，將死之時扮一次可憐，你看在我這樣委屈的分上，一定要替我安排好兒子和女兒，好嗎？」辛情頭靠著他的肩頭，笑著說道。

「記得朕說過的話嗎？天底下除了朕，沒有人可以要妳的命。」

「沒有人可以要我的命，可現在怕是天要我的命了。我這一輩子做孽太多，老天爺是公平的，不會讓我活得長長久久的。也好，該還的早晚也要還，都還完了就輕鬆了。」歪頭看他的側臉，辛情伸手輕輕攥住他的鬍子，「我還欠你嗎？」

「當然欠，不過，你欠朕的，生生世世都還不清。」

「記著吧，先不還了。」辛情笑著說道。

兩人沉默不語。天空一顆流星劃過，辛情指指流星，「我聽說，每一顆星星墜落都會帶走一個人，你說，哪一顆會是我的星星？」

拓跋元衡抱她起身進殿，「有這功夫胡思亂想胡說八道，不如好好養養精神。」

陸之章　塵封往事

京城，南山腳下一片茂密的竹林裡，兩個少年正對弈。說是兩位少年其實並不確切，其中一個是十五六歲的少年，他對面的卻是二十歲左右的年輕人。周圍並無一人，只有輕輕的風吹過竹林。

「太子殿下，你又輸了。」年輕人落了最後一顆白子，淡淡說道：「心有不忍？」

「與你何干。」少年拓跋玨一臉的冷冽。

「當然與我有關，否則我又何必費盡心思要結交你呢？」年輕人臉上仍是溫和的笑。

「你利用我，你該知道，敢利用拓跋家族的人是要付出代價的，你最好明白這一點，不要指望將來我對你手下留情。」拓跋玨的聲音冷冷的。

年輕人有些驚訝，抬頭直視他，又是微微一笑，「你在皇后面前也是如此說話？」

「你不配和我母后相提並論。」

「母后？即使那個女人親口承認了你不是她親生的，你仍舊叫她母后？」

「史沐，你要是再敢對我母后有一絲不恭，我立刻殺了你。」拓跋玨手摸向腰間的軟劍。

「呵呵，你難道忘了是誰告訴你真相的嗎？你難道想你生母一輩子含冤受屈？你不想替她報仇？」史沐很從容。

「你到底和我母后有什麼仇？」

史沐起身走了幾步，回頭看他，「給你看樣東西。」

拓跋玨起身隨他走進那幾間竹屋，竹屋裡所有的東西都是竹子做的，包括茶壺和茶杯。史沐挪開牆上一幅竹畫，裡面有一個小小的暗格，伸手拿了幾個小小的卷軸出來放到桌上，示意拓跋玨打開。

拓跋玨打開看過，滿臉驚異之色，「你大膽，敢私藏我母后的畫像。」

「急什麼？你看清楚，這畫紙如此陳舊怎麼可能是我私藏的？」史沐也看那些畫像，「畫得好吧？很生動吧？一顰一笑都如在眼前，這些年來，這些畫我不知道看了多少遍了。每次看我都想，笑得這樣純真的人怎麼會狠得下心親手殺我父親，你知道嗎？」

「你的意思是，這些是你父親留下來的？而我母后親手殺了他？」拓跋玨皺眉片刻，「一派胡言，我母后自入宮開始便居於深宮內院，你父親一屆草民怎麼有機會見過我母后。」

「太子殿下，我的身世你現在還認為是真的嗎？」史沐笑了笑，「我的父親並不是草民，他曾經是宮廷畫師，就因為那個女人才導致我家族的覆滅，你說我該不該恨她？」

拓跋玨看著他。

「我的父親曾是宮廷裡前途無量的畫師，有時會奉旨入宮為貴人娘娘們畫像，閒暇時候他除了揣摩臨摹先師的畫卷偶爾還會教我畫畫。可是自從他為那個女人畫過像之後就變了，我那時雖然還小，可是我卻清楚的記得，父親筆下經常只畫那一個人，我問父親那是誰，父親說是飛天，我信以為真，還跑去跟母親說看見了一幅好美的飛天。母親神色不悅，告訴我不要胡說八道，我當時不明白母親為何神色那樣慌張。自從母親說過之後，我就再也看不見父親畫飛天了。又長大兩歲，忽然家裡就發生了變故，父親和爺爺被抓起來了，我害怕，躲在母親懷裡，母親哭著說『早知道會有這一天』，那時候我還不明白，母親便讓丫鬟帶著我偷偷離開了京城。」史沐說道這裡，攥著畫像的手用了力，指節有些泛白，「離開京城之後，丫鬟帶我來了這裡，每次我問她為何我見不到父親母親，她便一臉哀戚。直到十二歲那年我無意中在暗格中發現這些畫像。」

「僅憑這些畫像你就憎恨我母后，是不是過於武斷？」拓跋玨小心收起畫像。

「我問丫鬟，為何這裡有我父親畫的飛天？丫鬟這才告訴我，那不是飛天，是當今的皇后娘娘。她告訴我，就是因為這個女人害得我史家滅族。她假借著畫像的旗號蠱惑我的父親，讓我父親不能自拔，私下裡畫了許多她的畫像，我母親知道這早晚會招來禍患，便不顧我父親的反對將那些畫都燒了，可是，這隱祕畫室裡的畫像我父親視若珍寶，不准任何人碰一碰。」

「一派胡言，我母后當時已是居皇后之下的貴妃，怎會勾引一個小小的畫師？可笑。」

「如果不是，她為何要在殿堂之上皇上面前親手殺了我父親？」史沐臉上如罩冰霜，「我父親臨死那一刻還顧著她的名聲，她卻毫不留情地殺了我父親，又把所有罪名都推到我父親頭上，害皇上因為我父親對皇妃大不敬而殺我全家，若不是我母親有先見之明，我也活不到現在。」

「這些事你是親眼所見嗎？」

「雖不是，但是這些年來我多方打聽，終於前幾年我透過關係買通了太后身邊的一個老太監，這些是他告訴我的，總不會有假。」

「哼，既不是你親眼所見，何以肯定是我母后所為？要怪，只怪你父親色欲熏心，對我母后心懷不敬才導致滅門之禍，與我母后何干？再說，我告訴你，太后一向與我母后不合，你以為那個太監告訴你的就一定是真的？」拓跋玨說完，想了想，半晌說道：「也許……我明白了。」

「明白什麼？」

「與你無關。但是從此後，我不會再來聽你胡言亂語。還有，若讓我知道你誹謗我母后的名聲，我會殺你。」拓跋玨起身。

「拓跋玨，你不是個男人，你認賊做母，貪生怕死，你不配做你母親的兒子。」

拓跋玨身形一頓，「這是我的家事，與你無關。若你早告訴我是太后的人告訴你這些事，我根本不會聽你這麼多惑亂之言。我勸你，就在這小小的畫室中繼承父業終了此生吧，等我將來登了大寶，沒準兒會召你回去效力。」

「拓跋玨，你……果然是皇家的孩子，眼前只有利益而沒有親情，算我看錯了你。」

「我的所想所為，你恐怕一輩子都理解不了。」拓跋玨出了竹屋，翻身上馬而去。

竹屋內，史沐看著桌上的畫卷，一向從容的臉上有了恨意，手臂一揮，畫卷叮叮噹噹散亂一地。

「獨孤氏，我一定要讓妳血債血還。」史沐攥著拳頭。

忽然脖頸上一涼，史沐欲回頭卻被一聲嬌喝制止。

「別動，否則我砍下你的頭。」聽著是一個年輕的女孩子。

「妳是獨孤氏派來的人？」

「要你管。」女孩子斥道：「這些畫像我會拿走處理掉，以後不准再畫這個，否則小心你的命。」

「妳到底是誰？」史沐問道。這女孩子到底是敵是友？

「我？我就是我囉！」女孩子慢慢挪到他前面，在他滿臉的驚訝中在他對面坐下，不過，手裡的劍卻仍舊放在他脖頸。

「妳是……獨孤氏的女兒？」史沐驚訝，這女孩子與畫中的獨孤氏何其相似。

「你敢直呼我母后的名諱，好大的膽子。」女孩子不悅，手下稍稍用了力氣。

「妳來殺我？」史沐問道，看著眼前只有十四五歲的小姑娘。

小姑娘搖搖頭，「要是殺你我才不自己來呢，我最討厭手上沾了血了。我是來警告你，不要和我哥哥胡說八道，否則我不介意自己手上沾血。」

「可是，小姑娘，妳哥哥已經知道事實了，與其擔心我對妳母親不利，還不如擔心拓跋珏要對付妳母親。」史沐微微笑著。

「你剛剛聽見的話我也都聽見了，我還擔心什麼呢？雖然我還沒見過珏哥哥殺人，可是我勸你，要想活命最好按照他說的去做。」小姑娘說道。

「我是妳母親的仇人，妳不殺我，我便總會想辦法殺她。」

小姑娘撇撇嘴，「你要是有那個本事，還用得著挑撥珏哥哥和我母后的關係嗎？我好心提醒你一句吧，別被人利用了，尤其是宮裡的人，他們利用完你，多數情況下會殺你滅口的。我看，你捨了這竹屋隱姓埋名去吧。我都能發現你的藏身之所，何況我父皇和皇祖母呢？若是他們中有一人動了殺機，你就見不到明天的太陽了。」

「那不是正遂了妳母親的心？」

「不要以你之心度我母后之腹。」小姑娘打量了史沐好幾眼，「我母后很少主動害人，我想，如果是我母后親手殺了你父親，那一定是你父親要害我母后在先。」

「不可能，我父親溫文善良，別說害人，連只雞都沒殺過。」

「我母后也沒殺過雞啊。史沐，你別告訴我你對宮廷之中的明爭暗鬥都不懂，既然身在宮廷就有很多身不由己，也許，你父親想害我母后也是身不由己，那我母后殺他也有可能是身不由己啊，你不能這麼偏激把所有的罪名都安在我母后頭上而袒護你父親。」

「小姑娘，我不想和妳辯論誰對誰錯，我只知道是妳母親親手殺了我父親，害我史氏滅族。」

「哼！頑固，偏執，固執！」小姑娘想了想，「你別急著相信我皇祖母讓人告訴你的話，那未必是真的，若我查到另一個說法，你信不信呢？」

「妳？妳肯定是偏袒妳母親，我不信妳。」

「話別說得那麼早，信不信到時候再說。」小姑娘說完了又加了一句，「我相信我母后不是要害你們的。」

「妳怎麼查？」史沐問道。

「你給我畫一幅畫像，然後署上你的名字，我自有辦法。」小姑娘說道，讓他去畫畫。

被劍指著到了書案邊，史沐畫筆蘸了墨汁，看看眼前的小姑娘開始動手畫像。

「我不會武功，妳可以把劍拿開。」

「呵呵，防人之心不可無。」小姑娘手上的力道絲毫不見減輕。

像畫好了，小姑娘看了看，「比你父親的功力差了好多，一點兒也不生動。哪，署上你的名字。」

史沐署好名字，小姑娘收了畫卷，又將地上散落的逼著他撿起來一併捆好，然後幾個起躍消失在竹林裡。史沐看看恢復平靜的竹林，臉上也恢復了平靜。

「怪就怪妳是她的女兒吧。」史沐小聲說道。

接下來的兩天靜悄悄的。

忽然有天黃昏時分，一個滿臉殺氣的小姑娘帶著兩個人來到竹林，當時史沐正在畫畫，兩柄涼涼的劍同時抵在了他的頸上，史沐不慌不忙抬頭看去，卻是一愣。

「妳來殺我？」史沐將畫筆放好。

「我是想殺你，你敢對心弦用毒。不過，現在不是殺你的時候，心弦心軟，不想讓你死得稀裡糊塗。你不是想知道你史家為何被滅族嗎？我今天就讓你知道答案，然後再殺你。」

「妳告訴我的真相，妳以為我會信嗎？」史沐微微一笑。

「不信也沒有辦法。」小姑娘一揮手，「帶走。」

史沐只覺眼前一黑就什麼都不知道了。

再醒來，卻是在房頂，往下看是一所小小的院落，滿院清幽，在這夏日的夜晚更添涼意，動動頭，發現小姑娘就在他左邊趴著，神態專注地看著下面。史沐雖不解，卻也無可奈何，他全身只有頭還能動動。

等了大半天，院子裡除了「叩叩」的木魚聲外一直都很安靜，只有兩個小丫鬟端了兩次茶進去。

又過了大半天，終於有叩門聲響起，本來不大的聲音卻被寂靜的黑夜放大了。有人去看門，未幾，一個少年邁步而來，身後是兩名侍衛。那少年是拓跋珏。

史沐更是疑心，不知道拓跋珏所來是何地，又是來拜訪何人。

拓跋珏並不直接進去，而是在臺階下說道：「拓跋珏來拜見八叔。」

屋內的木魚聲停了，過了會兒，一位身穿百衲衣光著頭的中年人邁出房門，「原來是你，太子殿下有何指教？」

「八叔不讓侄兒到屋裡坐嗎？」

「皇后來尚且是在院中，何況太子。」原來這中年人是寧王拓跋元弘。

「母后？母后來幹什麼？」

「喝酒啊，皇后娘娘和我也算是老朋友了，中秋佳節她念我身單影隻，特來陪我略飲一番。不知道太子殿下你今日來是為了什麼？」

「我是有些事要向八叔請教的，望八叔不吝賜教。」

「請教？」寧王斜睨他一眼，「請教什麼？讓我猜猜，是有關你身世的？」

拓跋玨沒作聲。

「果然。」寧王微微搖頭，在石桌邊坐下，示意拓跋玨也坐了才接著說道：「你的身世……差不多是公開的祕密了，你還有什麼要問的。」

「我的母后，我是說皇后娘娘，當年確實是為了我才要殺我生母的嗎？」

寧王斟了兩杯酒，自己端起一杯一飲而盡。

「你出生的時候獨孤氏還是右昭儀，當時正在溫泉宮思過，她甚至都不知道你出生吧？她對那個皇宮從來不關心。況且，她回宮的時候，你生母都死了快一年了，她哪兒有那麼長的手去殺人。」

「殺人不必親自動手。」拓跋玨也飲了一杯，「八叔與母后是相熟，是在為母后開脫嗎？」

寧王朗聲笑了，「開脫？我為她開脫？恐怕她不稀罕……我問你，你可曾親口去問她關於你生母的事？她是如何告訴你的？」

「母后承認我生母是因她而死。」

寧王搖搖頭，嘆口氣，「她既然已經承認了，你還要問什麼？」寧王說道：「有時候知道真相未必是好事，被蒙在鼓裡也未嘗不是一種福氣，有人願意為你做那面鼓就是福氣。既然沒什麼要問的了，你請回吧，我還要念經。」說著話起了身欲往屋裡走。

「八叔，我還有件事要問。」拓跋玨見他起身忙問道。

「何事？」寧王回頭。

「父皇為何選中我做母后的兒子？」

「你說呢？」寧王看看他，「這麼簡單的問題還要問嗎？因為你上面的幾個哥哥都已成年，即使過沒有不恨她的。」

繼，將來登基之後又怎麼能一心對獨孤氏孝順？況且，獨孤氏自入宮就是招嬪妃們恨的，那些皇子估計

「真的只有如此？不是母后見左昭儀誕下皇子而……」拓跋玨有些猶豫。

「拓跋玨，我告訴你件事情。」寧王復又轉身回來在他面前站定，「獨孤氏之所以被罰到溫泉宮思過，是因為她親手打掉了自己第一個孩子。」

拓跋玨一愣，吃驚不已，「果真如此？」

「當然如此，給她弄來藥丸的太監是我的心腹，這事又怎麼瞞得過我。」

「可是，母后為何如此？若那是皇子……她就不必……」拓跋玨疑惑不解。

「因為她根本不想給你父皇生兒育女。並不是天下間所有女子都願意做皇帝寵妃的，起碼，她不是。」寧王說道：「你打聽得如此詳細，還有什麼不知道的，也許我可以替你解惑，若能因我的說辭而讓你改變主意不再去對付皇后，我會把知道的都告訴你。」

「八叔為何如此……如此……」拓跋玨猶疑。

「如此什麼？如此維護皇后？」寧王問道，見拓跋玨點了點頭他才繼續說道：「我欠她太多，我一直在利用她，最後甚至打算除掉她，以她的死來擾亂你父皇的注意力，雖然她沒有按我設計的被你父皇賜死，不過卻讓她心灰意冷自求死路，不僅承認謀害皇子，竟然還剪斷青絲交給一個小小的畫師，糟踐自己的名節。」

「母后久居深宮，怎會和畫師扯上關係……」

「本來是沒有關係，不過，若是有心人讓她有關聯，自然就有關係了。」寧王苦笑了一下，「那有心人，有我、有太后、有皇后，只是可憐了那年輕的畫師。」

「八叔好陰險的手段。」

「畫師私藏她的畫像，本也不能說明他們有私情，我本是想逼她燃起對付太后的鬥志，我萬萬沒有

想到她居然承認這根本沒有的事，還對畫師許下下輩子做情人的誓言。」
「我聽說，是母后親手殺了畫師。」
寧王立刻抬頭看他，「你知道如此清楚，這樣想來，剛才你不過是假意套我的話，拓跋珏，你到底要知道什麼？」
拓跋珏不語。
「你既然知道她親手殺了畫師，想必你也知道在她見到畫師之前畫師已是遭受酷刑奄奄一息了，也知道畫師之所以強留最後一口氣，就是為了到皇上面前還她一個清白了？」寧王目光忽然淩厲起來。
拓跋珏搖頭，「不，這些我都不知道，我打聽到的，是母后為了保住自己，將罪名全部推到畫師身上並殺了他。」
「太后告訴你的？哼，這個老太婆還是念念不忘要除掉她。只是不知道，這次又是什麼下場，哈哈……」寧王笑著搖頭邁步走了，「我倒要看看，這個老太婆最後到底是什麼下場……」
拓跋珏看著他邁步進了屋卻只是默默注視，等那扇門關上了，他說道：「今天打擾八叔了，多謝八叔賜教。」
「以後這些事不要來問我了，直接去問你母后吧。她雖然不是正人君子，但對自己的所作所為卻從不否認。」寧王的聲音傳來。
「是，謝八叔。告辭。」拓跋珏說完轉身走了。
他走了有一會兒，房頂上的人也悄悄消失了。
又是那片竹林，此時夜深風大了些，竹林發出了比白日裡大些的聲響。
「不管你信不信，我已經讓你知道了另一個真相，你信哪一個？」心月問道。
「我不知道。」史沐說道。
心月一個閃身，下一刻她手裡的匕首已抵在了他的脖頸上，「既然不知道，就下去問問你父親吧。」

叮噹！匕首落地。

「誰？大膽。」心月冷聲斥道，侍衛立刻來到她身邊保護。

「月兒啊，妳母后說這個人不能殺。」隨著聲音，門口出現一大一小兩道人影。

「桃花姨，妳怎麼來了？」心月問道。

「妳母后讓我看著妳們，不能讓妳們手上沾血。」原來那美婦人是桃花。

「可是，他給心弦下毒，害心弦差點瞎了，這種人難道要放過他嗎？」

「這個，等妳母后回京之後再說吧。妳母后吩咐過，史家的人誰也不能動。月兒，妳不會想妳母后不高興吧？」桃花笑著說道。

「母后什麼時候回京啊？她這次病著去溫泉宮，又不准我們跟著，好著急啊。桃花姨，我母后好些了嗎？」

「不知道，她的信裡可沒提這個，大概不會死吧。」桃花說著邁步進屋，身邊那個十歲左右的女孩子看看心月說道：「月兒姊姊，妳把匕首放下吧，他脖子上有血印了。」

心月收回匕首，「算你命好，看在我母后的分上，我今天不殺你。我覺得，像你這麼老的人應該有辨別是非的能力，誰對誰錯孰是孰非你心裡該有數了吧？心弦對你說過的話你最好記住，否則……不用我們動手，我父皇就容不下你，你好自為之吧。」

轉身往出走，到了門口又停下，「這個竹屋還不錯，不過你還是出門去避避風頭吧，畢竟，我皇祖母也不是好惹的。」

幾道人影很快消失不見，史沐看著屋外搖曳的竹林很久，「父親，孩兒錯了嗎？」

除了竹葉瑟瑟涼風習習和偶爾幾聲鳥鳴更無他響，自然也不會有人回答他。

皇宮內，寧安殿。

「心弦，妳的眼睛沒問題了吧？」心月問道。

「心月，這個問題妳已經問了二十幾遍了，我懶得回答妳。」心弦轉移話題，「桃梓很久都不進宮來了，去哪了？」

被問到的人——南宮桃梓聳聳肩膀，「回南國，剛回來沒多久。」

還沒說幾句話便被心朵拉走了，說拓跋玨給她弄來的蛐蛐兒，拉著桃梓一起看。她們出去了，心弦心月對視一眼。

「心弦，妳為什麼去找史沐？」心月問道。

「跟著玨哥哥去的，妳也跟著玨哥哥？」

「父皇的意思，當然不可能只諭示妳不告訴我。」

「不知道玨哥哥什麼時候會想通？」心弦輕聲說道。

「我們都能想通的事，我想玨哥哥也一定能想明白，若還是想不明白……心弦，妳會怎麼辦？」心月的臉上露出了和少女的臉龐極不相稱的冷酷。

「這個世界我可以失去任何人，但是不能失去母后，就算是玨哥哥也一樣，可是……我不希望走到那一步，玨哥哥其實……也很可憐。」心弦說道。

「說來，都是皇祖母和八叔的錯！哼，母后太放縱皇祖母了！」

「皇家的無奈。」

「心弦，妳還記得我們小時候的家嗎？」

心弦點點頭，「記得，越長大我就越想那個家，想想，還是那裡好。」

「難怪母后當年說父皇家不舒服。」心月撇撇嘴，秀氣地抻了個懶腰，「果然不舒服。好了好了，不說了，不能讓朵朵知道了。」

心弦姊妹在宮裡一切如常，每日裡去向皇太后請安，偶爾陪老太太一起看看花聊聊天，一個個笑靨如花，哄得老太太開心。

心弦心月已十四歲，男女有別，便不去上書房聽師傅授課隨高手學武了。心朵才十歲，有些男孩子氣，又有旨意可以女扮男裝，所以仍跟著拓跋玨一起讀書習武。

這天，師傅教了新招數讓他們各自練習，心朵和往常一樣纏著拓跋玨陪她練，劍光閃爍了幾個來回，只聽心朵「哎喲」一聲，手裡的劍也叮噹墜地。看去，她英氣的眉毛輕皺著，拓跋玨快速邁步過去抓起她的手，「小妹，怎麼了？」

「哥，你怎麼了？我又不是你的敵人，用那麼大力氣，震得我虎口疼！」心朵嘟囔著。

「對不起，小妹，是哥哥不好。下次不會了。」拓跋玨幫她輕揉虎口。

心朵看看他的臉問道：「哥，你是不是有心事啊？臉色沉得像鉛一樣。」

拓跋玨手輕輕一頓，馬上恢復正常，「沒有，哥哥沒有心事，只是有些擔心母后的病。」

心朵想了想，「哥，是不是因為母后攆了你的侍妾，你不高興了？」

拓跋玨笑了笑，「沒有，不過是幾個女人，哥哥怎麼會為了她們和母后生氣。」

「哥，如果是因為這個，你千萬別真和母后生氣，母后也是怕你……那個……什麼……你是太子嘛，母后說，你一定要比其他皇兄優秀才行，所以母后對你可能嚴厲了些，不過，母后沒有壞心的，母后還念叨著哥哥成親了她要抱孫子呢。」說完了，很八婆地賊笑著問道：「哥，你有沒有看上眼的女人？要不要我替你挑挑？我的眼光很好喔。」

拓跋玨輕輕拍拍她的頭，「妳個小丫頭胡說八道什麼，相看也是父皇和母后做主，沒妳的事。」

「我可以偷偷幫你看嘛！萬一你有中意的人你就去求母后，母后答應了就會想辦法說服父皇的，就等於成功了一半哪！」心朵笑著說道。

拓跋玨搖搖頭，有些無奈。

回到寧安殿，心月正無聊撫琴，心弦拿著本不知道什麼書在看。

「美人兒，我回來了。」心朵笑著說道。宮女服侍她洗澡更衣，換了女裝出來跑到心月身邊伸手去撩撥琴弦，心月一把撥開她的手，只聽她「唉喲」一聲。

「怎麼了？」心月看她的手，好好的，好像沒什麼傷。

「虎口有點疼，美人兒，來，給我揉揉。」心朵伸手到心月面前。

「笨，怎麼那麼不小心？」心月抓住她的手看了看。

「誰知道哥哥今天用那麼大力氣，我沒防備嘛！」心朵說道，享受心月的按摩。

「妳說，是玨哥哥弄的？」心月的眼神和心弦快速交換了一下。

「我覺得哥他不高興，估計著是因為母后攆了東宮的幾個女人，他最近太寂寞了。」心朵賊笑。

「嗯，很可能，玨哥哥正青春年少呢。」心月也笑著說道。

「月美人，別這麼笑，我聽著冷颼颼的。」心朵說道。

「小鬼頭，妳占我便宜？」心月捏了捏她的虎口，心朵唉喲唉喲地慘叫起來。

「小鬼，妳很吵。」心弦說道，看看兩人。

「月姊姊捏我的傷口，明明是她欺負我。」心朵說道。

「哼哼，每天都被你占便宜，我今天就要欺負回來。」心月衝著她挑挑嘴角，兩人在殿內開始飛來蕩去。

晚上等心朵睡著了，心弦和心月說了好一會兒的悄悄話。

第二天大清早，心弦心月搖醒了還迷迷糊糊的心朵，說好久沒和她比劃了，不知道她進不了多少，不由分說拖著睡眼迷濛的心朵到殿外比試。兩人的招式也不如往日般柔和，帶了些凌厲。

二十幾個回合下來，心朵的光潔的腦門上冒了汗，氣息有些不穩。

最後，心朵氣喘吁吁地一屁股坐在地上，扔了手裡的劍。

「弦月美人兒，妳們也心情不好啊？幹嘛啊，怎麼個個都這麼凌厲？我是妳們的小妹，又不是妳們的仇人……」心朵說道。

「看來，妳每日和玨哥哥練功也沒什麼大長進啊！要不，明兒起，姊姊們陪妳們練得了，玨哥哥是太子，要忙的事多了，哪有時間陪妳個小丫頭玩兒啊！」心月笑著說道。

「我負傷了嘛，再說，妳們是二比一，不公平。」

「我們兩個陪會比玨哥哥一個人陪妳練提高得更快，懂不懂？」心月笑瞇瞇地說道。

「會嗎？可是我覺得哥他比較厲害一點。」

「雙拳難敵四手，玨哥哥再厲害也不過是一雙拳頭，看妳現在的小小力道，恐怕玨哥哥也厲害不到哪裡去吧？」

「朵朵，最近玨哥哥心情不好，萬一哪一下不小心出手重了又傷了妳，妳疼，玨哥哥心裡也不好受，不如，最近就別去了，我和心月陪妳練吧。」

「說的也是，萬一一個刀劍無情怎麼辦？那就有勞弦月美人了。」心朵恢復了力氣又開始油嘴滑舌。

「登徒子，看劍！」心月輕輕一劍刺去，心朵就地一個翻滾奪過，順手摸了自己的劍在手裡，姊妹幾個開始第二輪過招。

過了好幾天，心朵覺得在內宮有些憋悶，便仍舊回上書房和拓跋玨一起上課。拓跋玨問她手好些了沒，心朵說早就沒事了，看看拓跋玨的臉色才笑嘻嘻地問道：「哥，你不生氣了？」

拓跋玨拍拍她的頭，「哥哥本來也沒生氣。這幾天怎麼不來上書房了？」

「弦月美人兒說哥心情不好，怕一時心不在焉又手重傷了我嘛，所以她們兩個暫時陪我練習。」心朵笑著說道。

「弦兒和月兒考慮得很周到，小妹，是哥哥不好，以後不會了。」

心朵踮腳拍拍他肩膀，「唉喲，這位太子殿下，這個刀劍無情不長眼，傷到也難免的，你就不要總是這樣自責了。」

「小妹，妳不怪哥哥？」

「怪你幹嘛？哥對我最好，弦月美人都只會欺負我，只有哥你讓我欺負，嘿嘿。」

拓跋玨笑了。

第二天早上去慈壽殿請安，拓跋玨也在，問完了安，拓跋玨向太后說要告假去溫泉宮探病，不僅太后愣了下，心弦心月也立刻看向他，只有心朵高興地跳起來，讓拓跋玨帶著她一起去。

太后說皇上離宮之前讓他們留京不得隨意出京，還是不要抗旨的好。拓跋玨便說實在擔心母后的病，這些日子溫泉宮又沒有信來，實在是放心不下，若是父皇怪罪下來，他一力承擔。太后的臉色登時非常不悅，目光嚴厲地看著拓跋玨，只是拓跋玨的神色十分堅定，似乎此次北上勢在必行。

出了慈壽殿，心朵高興地問拓跋玨什麼時候啟程，拓跋玨笑了笑，回頭問心弦和心月要不要一同北上，心弦心月也笑，說當然一起。等拓跋玨回頭繼續回答心朵的問題時，心弦和心月交換了一個會心的微笑。

本來，按照拓跋玨的計畫，他們是隔天就要啟程的。誰知道，那天黃昏時分，聖駕忽然回京，出乎所有人意料，去城外接駕的臣工甚至有人官帽都沒來得及戴，在內宮迎駕的宮妃們也是個個看著很是倉促。

因為皇后也一起回京，所以宮妃們按例要去坤懿殿請安，可是卻被聖旨擋在了外面，拓跋玨和心弦姊妹去問安，也是等了大半天才被召進去。心朵是最小的，一向也是最膩著辛情的，可是，當看到在錦榻上歇著的辛情，她也皺了眉。

「母后，妳……妳怎麼了？」心朵在榻邊坐下，抓住辛情的手。

「沒事，母后有點不舒服，你們幾個有沒有乖乖的？」辛情笑問。

幾個人點點頭。

「母后，太醫怎麼說？」拓跋玨問道。

辛情看了他半天，然後說道：「太醫說不妨事，可能是變天的原因，玨兒不必擔心。」

「母后，您不舒服還跑來跑去的幹什麼？在溫泉宮養著就好了，天兒又不好，您這麼一折騰不是更難受？」心弦心月說道。

辛情笑了笑，「沒事，回來也是養著。再說，不親眼看著你們幾個，我放心不下。」

「母后，我很乖的，絕對沒有搗亂。」心朵忙說道。

「朵朵會很乖？」辛情故意皺眉，「母后不太相信，嗯，要問問哥哥才信。」

「哥，你跟母后說我乖不乖？」心朵眨巴著眼睛看拓跋玨。

「嗯，小妹很乖，母后放心，有孩兒在，會照顧好妹妹們的。」

「好，母后放心。」辛情的眼睛掃過四個人，「你們先下去吧，母后路上累，先歇一會兒，明天再來請安吧。」

四個人有些依依不捨，但是看辛情的臉色也不便多留，便兩步一回頭地出了坤懿殿。

辛情的身體狀況似乎很不好，拓跋玨和心弦姊妹便很是擔心，每日裡有時間就陪在坤懿殿。沒過兩天，拓跋元衡又下了道聖旨，說九月下旬將與南帝會獵於邊境，皇后與太子隨行。聽到這道聖旨，心弦心月很是擔憂，擔心辛情的身體，說要去和拓跋元衡說讓辛情留在京中養病，辛情搖頭，讓她們姊妹好好在宮中好好待著不要惹禍。

準備了些日子，拓跋元衡和辛情帶著拓跋玨離京了。

晚上，驛站。辛情讓宮女吹熄了燭火，倚在窗邊看月亮。

「妳這個人，就沒有聽朕話的時候。」拓跋元衡說著邊攬住她的肩膀，扶她到榻邊坐下，「快到了，很快妳就能見到蘇棐了。」

「拓跋元衡，謝謝你。」辛情笑著說道。

「本不該答應妳來，現在朕有些後悔了，臉色越來越差。」

靠在拓跋元衡懷裡，辛情笑了，「後悔也沒辦法，難道現在掉頭回去把奚祁晾在邊境上？他面子上掛不住恐怕要開戰了。」

「見了蘇棻，妳就給朕好起來，這是妳答應朕的。」

「我……量力而為。」病哪是說好就好得了的。

「妳敢？妳若是不好起來……」拓跋元衡看她。

「怎樣？」辛情也看他，微微笑著。

「朕就不饒妳。」

「聽膩了，拓跋元衡，你威脅我就不能換個說法嗎？」辛情仍舊笑著。

拓跋元衡看著她，表情很是認真，「好，妳若敢不好起來，朕就不替妳管兒子女兒了，妳自己看著辦。」

辛情立刻捶了他胸膛一下，「我的兒子女兒難道不是你的？說這什麼話？」

拓跋元衡捉住她的手，「沒錯，他們也是朕的兒女，可是，因為妳是他們的母親朕才格外恩寵他們，若妳不在……朕不知道會不會一如既往。」

「你若是對他們不好，冷落他們，讓我如何安心？拓跋元衡，你不要小孩子氣，在溫泉宮我已說過了，我能不能過此劫在天不在人，你威脅我又有什麼用，我鬥不過老天的，我們現在能做的不過是盡人事聽天命而已。拓跋元衡，如果……如果我不在了，你就把對我的那一份恩寵都給我的兒女吧，我會記住的，好不好？」

「不好。」

辛情抬頭看他，「拓跋元衡，你若是對他們不好，我生生世世記恨你。」

「獨孤情，妳若是不好，朕生生世世纏著妳。」拓跋元衡很快說道。

兩人對視了大約三十秒鐘，拓跋元衡嘆了口氣，輕輕擁她入懷，「妳就只會威脅朕。」

「你這麼頑固，只有威脅這一招好用。」辛情感受著他心臟的平穩跳動，一時兩人都不說話。後來，辛情因為旅途太過勞頓便睡著了，拓跋元衡抱了她放到床上，給她蓋好被子，看著她眉頭輕蹙，

「朕這一輩子，只心甘情願受了妳的威脅而已。」

越快到邊境，辛情的神色似乎越好，拓跋元衡臉上的擔心就越明顯，拓跋玨也每日裡儘量陪在辛情身邊。又行了十幾日，終於到了邊境圍場。

「有空了，我想回老房子看看。」辛情說道。

「有什麼可看的，不過是座房子。」拓跋元衡說道。

「算了，不和你說了，說了你也不懂。」辛情笑著說道。

過了兩日，奚祁的儀仗到了邊境，朝廷上相見的禮儀拓跋元衡都帶著拓跋玨，折騰了一天，晚上還有盛大的歡迎晚宴，辛情只得了一個多時辰的時間休息便開始換衣服，重新又上了妝。看看鏡中的自己，辛情不自覺伸手摸摸自己的臉。

「福寧，你看我是不是老了？」

「沒有，娘娘還是一樣年輕美貌。」

「老了也是正常的，孩子都那麼大了。你說，再過十年，我會變成什麼樣子？」

「這，娘娘，等到十年之後您自然就知道了。」

「呵呵，十年，那麼久，不知道還能不能等到……」

「娘娘福澤深厚，自然會等到，娘娘不必多慮，好好養著就好。」

「嗯，養著。其實啊，人不用活得太久，該還的該討的都還了討了就夠了，這一輩子就算圓滿了。」

福寧不做聲，忽然跪倒在地，殿裡的宮女太監見他如此也都跟著跪下了。

「請娘娘放寬心，切不可有此想法。」

「好了好了，我不過說幾句閒話而已，起來吧。時辰也該到了吧？走吧。」

福寧等人忙起身，過來扶著她，還沒出殿門就見拓跋元衡帶著人往這邊走。

「還撐得住？」拓跋元衡問她。

「撐得住，沒事。」辛情笑著說道。

晚宴的場景幾乎就是當年鄢陵的再現，她的身邊仍舊坐著蘇棻，日間雖已見過，可是礙於禮節，沒有私下裡說話的機會。

「多年不見，蘇貴妃還好嗎？」辛情問道。

「謝皇后掛念，還好。」蘇棻的口氣很是平淡。

「那就好。」

「皇后娘娘也一切安好？」

「還好。」

談話到此結束，兩人不做聲，看著場上的歌舞表演，偶爾說幾句場面話。餘光看看蘇棻的表情，辛情不知道她是否也在回憶往事。

晚宴並沒有進行到多晚，又是一番繁縟的禮節之後辛情才回到寢宮。卸了妝換了衣服，辛情坐著發呆。蘇棻看著也滄桑了，若不是蘇鎮原的自私，蘇棻如今每天都會是笑著的吧？

「穿這麼少？有沒有不舒服？」拓跋元衡高大的身影立在她身後，出現在鏡子裡，雙手搭在她的肩頭。

「謝謝你，拓跋元衡，真的，謝謝。」辛情對著鏡子裡的人說道。

「這麼客氣，是不是又算計朕？朕告訴妳，朕只縱容妳這最後一次，其他的提都不要跟朕提。」

辛情站起身和他面對面，「我還沒提，你確定不聽嗎？」

「不聽。」拓跋元衡拉著她到床上躺好，「見也見了，再過幾天就啟程回京。」

「好。」辛情點頭，將頭往他懷裡縮了縮，「等回京了，就給弦兒和月兒找婆家吧。朵朵還小，還不著急，朵朵比較男孩子氣，性子跟你一樣不好，到時候挑個脾氣好的人給她，知道嗎？」

「越來越嘮叨，趕緊睡吧，明日要是精神不好，朕就不准妳見姊姊。」

辛情輕聲笑了，不言語了。

第二天，辛情命人備好了酒宴去請蘇貴妃。蘇棻很快來了，和當年一樣的一襲紫衣。

「姊姊，妳來了。」辛情一直在涼亭臺階下等著，早已遣退了宮女太監，周圍無人，便直接省略了場面話。

蘇棻點點頭，辛情主動牽住她的手邁步進入涼亭，「姊姊請坐。」

「朵兒，妳……妳不恨姊姊嗎？」蘇棻有些猶疑地問道。

「我要是恨妳，便不會要見妳了。我們雖不是親姊妹，可是這麼多年妳替我受了這麼多委屈，我對妳的恨又從何而來？要說恨，只有妳恨我的份兒。」

「妳怎麼知道？」蘇棻忙問道。

「妳覺得我該怎麼知道呢？」辛情看看她，「當然是知情人告訴我的，妳說還能有誰？」

「蘇豫……蘇豫他早就告訴妳了？」蘇棻的神色立刻變得憂傷。

「一個多月前不算太早吧？」辛情端起酒杯輕輕喝了一口。

蘇棻手裡的杯子應聲落地，她抓住辛情的手，聲音有些顫抖，「妳是說，蘇豫，他還活著？」

「一直都活著，只是不能回到蘇家，不能再以蘇豫的身分出現在南朝了。他現在很好，妳不必擔心。」

「活著就好，活著就好，只要他活著，我就沒有什麼牽掛了。」

「十二公主呢？」

「裕兒……她也快長大了，接下來奚祁要給她賜婚了，這些事我都沒有說話的份兒，我就是想牽掛也沒有用。」

「我的外甥女今年十三歲了吧？想必和姊姊一樣漂亮。」

蘇棻不答，「蘇豫他還好嗎？他當年傷得那麼重，這些年一定吃了好多的苦，朵兒，謝謝妳照顧他。」

「沒有早點告訴妳這個消息，讓妳擔心了。」

蘇棻搖搖頭，「沒關係，只要他幸福，一輩子瞞著我都沒有關係。」

「若不是蘇家人自私，妳會和他一起幸福著的。蘇家欠妳太多了，而這一切都是因為我，妳代我進了那個宮廷，替我去做那個棋子，不過，我想這輩子我是還不清妳了，如果還有輪迴，我再還妳吧。」

「沒錯，都是因為妳，若早知道妳一生註定要生活在宮廷裡，我就不會是這個命了。就像妳說的，也許我就會很幸福。可是，蘇朵，事情是沒有回頭路的，從我被蘇鎮原收養的時候就已經都註定了。妳不必還我什麼，我這輩子也許就是在還妳，不過，也該快要還完了。」

「蘇棻，妳在做什麼打算？」

「妳來又是為何呢？」蘇棻不答反問。

「我……我想把所有的事都安排一下，免得以後太倉促來不及。」

「交代後事？蘇朵，妳變得很勇敢，也……也很冷酷。」

「經歷過殘忍的事人都會變得冷酷。」

「也包括對自己，是嗎？」

辛情笑了笑，「不說這個了，其實我來見妳，除了告訴妳蘇豫還活著，我還要告訴妳，蘇豫娶妻生子了，他的妻子是個溫柔善良又很固執的人，就算我告訴她蘇豫死了，她仍是一直守著蘇豫的牌位終身不嫁。蘇豫醒了，就是因為她的精心照顧，現在，他們生活在一個小小的鎮子上，有了一雙活潑可愛的兒女。」

「他是善良的人，老天不會虧待他的。」

「還有一件事，我想安排玨兒和裕兒的婚事，妳覺得如何？」

蘇棻一愣，「妳是說，要裕兒嫁給妳的太子？」

辛情點頭，「沒錯，嫁過來做太子妃，等太子登基做皇后。」

「妳為什麼要這麼做？」

「我欠妳的雖然這輩子還不清，但是能報答一點就是一點，我心裡也不會那麼愧疚。以奚祁的為人，他一定會把妳的裕兒指給他有用的人，妳也不想裕兒和妳一樣被當做棋子吧？所以，與其都是嫁，不如嫁給我的太子，將來做皇后。」

「皇后又不是永恆的。」

「沒錯，皇后不是永恆的，可是裕兒是異國公主，一朝冊封便不會輕易被廢，這一點我想妳不用擔心。」

「裕兒不是皇后所出，怕是會有困難吧？」

「不會。」辛情握住她的手。

「蘇朵，我信妳，因為妳是拓跋元衡很珍視的人，他應該明白妳的心思，也不會讓裕兒受委屈。我這輩子除了蘇豫，就只有她了，只要她不受委屈我就安心了。」

兩個人聊著說著，不知不覺已斜月西沉，天也涼了許多，辛情不小心打了個噴嚏。

「回去歇著吧，身子又不好，別又折騰重了。」蘇棻說道。

「總得把想說的都說出來才放心，怕以後身子不好更沒有機會說。蘇棻，既然蘇豫還好好的，妳也想開些吧，就算為了他，好好的活著，以後，等我不在了，我希望還有個人知道他在這個世上的某個角落活著，為他祈禱祝福，那個人，除了妳，我想不出別人。就算我求妳，蘇棻，妳好好活著好吧？」

「蘇朵，如果我答應妳，妳也答應我好好活著，只有妳活著，我才知道妳會因為內疚而補償裕兒，我才放心。」

「好，我們都好好活著，等到八十歲的時候我們再見。」

「好。」蘇菉扶了她起來往涼亭外走，遠遠地一直朝著這邊張望的奴才們見她們出了涼亭，忙都跑了過來。

「蘇貴妃，謝謝妳的體諒，先告辭了。」辛情說道，又打了個噴嚏，福寧忙給她披了厚斗篷，扶她上了肩輿走了。

「妳一定要好好活著。」對著她離去的方向，蘇菉小聲說道。

回到寢宮，拓跋元衡正在地上走來走去。

「這麼晚怎麼還不歇著？」辛情笑問，氣色看起來非常好。

「說什麼話非要吹風臨水的？」拓跋元衡聲音有點火氣。

「悄悄話唄。不過，有幾句不是，還正想說給你聽呢！」辛情拉著他坐下，「這件事還要拜託你答應。」

「不准提，提了也沒用。」

辛情遣了所有人出去，在他身邊坐下說道：「我想讓玨兒娶蘇菉的女兒。」

拓跋元衡皺眉，「任性，讓奚祁的女兒做將來的皇后，不行。」

「為什麼不行？獨孤一族除了宗家就沒有人了，將來玨兒登基做皇帝勢單力薄，若是為了鞏固勢力立大臣的女兒為后，長此下去難免不會外戚干政。外戚和後宮干政都會導致皇權分散，玨兒的皇位又怎麼做得安心？但是奚祁的女兒就不一樣，她的身後是南朝沒錯，可是奚祁若想通過一個女兒就控制玨兒那是天方夜譚，於我們卻有好處，一來可以避免外戚干政，二來隨時提醒玨兒小心南朝，這不是很好嗎？」

拓跋元衡搖搖頭嘆口氣，「這些都不是最主要的，最主要的是她是蘇菉的女兒對不對？」

「對，沒錯。因為她是蘇棻的女兒，蘇棻之所以會有今天都是因為我，我欠她太多了，永遠都還不清，讓她的女兒做皇后是我現在唯一能替她做的。」

拓跋元衡不言語，眉頭輕皺，若有所思。

「妳不怕將來玨兒知道真相？」

「我想奚祁不會讓他知道真相的，他不會想自己女兒成為廢后。」

「妳呀，總是給朕出難題。」

「你是無所不能的皇帝，這哪裡算是難題，這是好事。」辛情笑著說道，打了個噴嚏，用帕子擦擦眼角說道：「好累啊，我想睡了。」

「先看過太醫再說。」拓跋元衡說道，辛情有些無奈地搖了搖頭。

晚上說完了，隔了一天的宴席上，拓跋元衡向奚祁求聘十二公主為太子妃，當時席上兩國臣子多數都愣住了，奚祁反應很快，口頭上應承了。等宴會結束，拓跋玨急匆匆來跟辛情彙報，辛情聽完了說了句「老狐狸」來評價奚祁。

「母后，父皇怎麼忽然會為孩兒提親？」拓跋玨問道。

「你不願意？」辛情問道。

「不是不願意，只是這事提得實在有些突然。」

「突然嗎？來之前就有大臣上摺子提你納妃的事，那會兒你父皇應該就已經盤算了吧？今天做這個安排怕不是一時興起。」

「父皇從未向孩兒提起。」

「兒女婚事，父母之命媒妁之言。當年你玥兒皇姊也是這樣嫁到南朝去的。玨兒，難道你有意中人了？」

拓跋玨忙搖頭，「不，孩兒沒有。孩兒一直專心課務，不曾想過兒女私情。再說，孩兒的婚事理應由父皇母后做主。」

「你還肯叫我一聲母后？」

拓跋玨離座，跪在辛情面前，「母后的養育之恩，孩兒沒齒難忘。孩兒只是聽信惑亂之言，一時之間沒有想得清楚明白。現在孩兒已想通了，母后永遠是孩兒的母后。」

「想通了就好，母后還以為等不到了。」辛情親自扶他起來。

「請母后諒解兒子的失言。」

「天底下哪有當娘的真生兒子氣的，你打小就十分懂事特別孝順，一時頂撞母后，母后知道你是無心的。」

「謝母后原諒兒子。」

「要讓母后原諒，就快點成了親生個小金孫給母后抱。從你小時候起啊，母后就時常想等玨兒長大了，有了孩子，一個和玨兒長得很像的孩子，他就叫我奶奶，想著想著就會笑出來，如今，終於快能看到了。」

「母后……」拓跋玨有些不好意思。

「不好意思了？呵呵，你知道嗎，你父皇十五歲就有了你大皇兄了。」

「說朕什麼壞話？」拓跋元衡的聲音在殿門口傳來，身邊跟著一個小小的太監。

「朵朵？」辛情看著小太監對自己擠眉弄眼。

「嘻嘻，被母后認出來了。」心朵笑瞇瞇地跑過來，「母后，您是不是很高興在這兒能見到朵朵？」

辛情扯扯嘴角，「福寧，把這丫頭給我速速遣送回京關禁閉。」

「母后，不要這樣嘛，您要體諒一下女兒不忍和您分開的心思嘛……您看看，我這一路扮小太監多辛苦哪？母后，求求您了……」轉頭去央求拓跋元衡，「父皇父皇，您看嘛，母后就只疼哥哥，人家辛辛苦苦來了，母后還要關人家禁閉。」

「我問妳，妳是在哪兒扮小太監啊？」辛情問道。

「跟著哥啊。」心朵說道。

「哦，跟著哥哥啊……哥哥居然知情不報。來人，把他們兩個都給我關起來，沒我的命令不准放出來。」辛情說道。

「母后，都是孩兒的錯。朵朵還小，您就關孩兒一個吧。」

「本來打算只關你們一個晚上的，既然如此，就都給我關到明天黃昏。」

「母后！」心朵嘟嘴欲抗議。

「再說就接著關到後天早上。」

「父皇救命啊！」心朵使勁搖拓跋元衡的胳膊。

「再鬧就一直關著吧。」拓跋元衡看著小閨女跳腳的憨態，臉上露出笑容。

「父皇永遠都站在母后那一邊……偏心偏心偏心！」心朵嘟囔著。

兄妹兩個去關禁閉了，辛情無奈地搖搖頭。

「這個性子將來怎麼嫁得出去啊？」辛情說道。

「皇帝女兒不愁嫁，妳愁什麼？現在妳該愁的是拿什麼給奚祁做聘禮。」拓跋元衡在她旁邊坐下。

「聘禮？這種事不該是禮部的事嗎？」

「這麼沒有誠意，不怕蘇棻不高興？」

「她會體諒我的，畢竟是這麼多年的姊妹。」

「玨兒那裡呢？」

「玨兒應該會原諒我的。」

「朕呢？」

辛情疑惑地抬頭看了看他，「你？你什麼？」

「妳忘了答應朕什麼了？」拓跋元衡瞪著她，「朕不僅答應了妳的條件，而且還附贈了一條，妳不會想反悔吧？」

辛情笑了，「拓跋元衡，這件事我們不是談過了？這件事你不該問我，你該問老天爺。我也想好好活著，看兒女成家立業，可是……拓跋元衡，我盡力，盡力活著好嗎？」

「不是盡力，是一定。和朕一起給兒女操辦婚事，等著抱孫子抱外孫，聽說民間的公公婆婆要帶孫子，將來我們孫子外孫一起帶。」

辛情笑了笑，沒接話。

行宮輕水閣。

「哥，你覺不覺很無聊又很餓？」一個小小的太監說道，手托著腮幫子，看著對面的少年，少年正讀書。

「小妹，妳又餓了？」拓跋玨抬頭看她。輕水閣裡的水果和糕點都已經被她在一個半時辰之內消滅掉了。

「這位太子哥哥殿下，小的正在長身體，會餓也很正常啊。母后不是這麼狠心吧，連飯都不給吃……早知道我就不去看她了……」

「小妹，妳不是主動去見母后的，是被父皇抓住了。」拓跋玨提醒道。

「說到這個……嘿嘿，哥，我看到一個絕世美男喔！」心朵眼睛裡心花朵朵開。

「絕世美男？」拓跋玨皺了眉，「妳指誰？」為什麼他沒看見絕世美男？

「就是那個……貌若潘安、星目劍眉、鼻若懸膽、唇若朱丹、髮黑如漆的那個……」

拓跋玨搖搖頭，一隻手探上她的額頭，「小妹，哥從來不知道妳會這麼多詞……」

「哥，我說的是真的。嘿嘿，哥，你是不是因為自己沒有他玉樹臨風生氣了？」心朵賊兮兮地問道。

「嗯，很可能。」拓跋玨說道：「不過，妳說的那個……到底是誰？不會是妳做夢夢見的吧？」

……咕嚕嚕……

拓跋玨看看心朵，「小妹，要不，妳先睡吧，睡著了肚子就不餓了。」

「哥，你還不如叫我畫餅充飢，還顯得有點誠意。」心朵說著，兩手捂著肚子慢慢往下滑，下巴擱在桌子上。

「小妹，畫餅是充不了飢的。」拓跋玨笑著說道。

「睡覺也不能充飢，哥……」心朵說道，騰出一隻胳膊慢慢抓向拓跋玨的手，「哥，難道你忍心讓我餓死嗎？如果我餓死了，你如何向爹娘交代……」

「拿你沒辦法。」拓跋玨搖搖頭，「等著，哥哥我去給行將餓死的小妹弄吃的去。」

拓跋玨起身看了看周圍的侍衛，發現守衛還是很森嚴的，正想辦法，一直跟在他身後的心朵嘿嘿笑了，「哥，附耳過來……」

過了一會兒，一個小個子的宮女離開了輕水閣，低著頭。仔細看便會發現她骨碌亂轉的眼珠子。小心走著，好不容易出了輕水閣的範圍，小宮女抬頭輕輕呼出口氣。

「現在的問題……御膳房在哪裡呢？」小宮女小聲嘀咕著。

這個時候雖已是深夜時分，可是兩國皇帝駐蹕的行宮守衛還是很森嚴的，小宮女想找人打聽御膳房的位置，估計沒幾個人會告訴她。小心翼翼地七拐八拐，鼻端隱隱約約聞到了香味兒，為了不被守衛發現，她仗著個子矮小，在花叢中伏身前進，臉上不小心還被薔薇的刺兒刺到，疼得她一咧嘴。

跟著香味前進，忽然發現香味消失了，直起身，四目遠望之下發現這裡自己並不熟悉，想了想忽然明白，這應該是南朝皇帝住的那一半行宮。正準備循著花叢潛行回去，剛蹲伏前進了兩步忽然停住了，既然是南朝皇帝的住處，那絕世美男應該也在，書上說秀色可餐，既然找不到御膳房，看看美男飽眼福也算沒白來。只是不知道美男住哪裡……蹲著太累，一屁股坐在地上，小宮女研究路徑。

沒一會兒，花叢中又傳來窸窸窣窣的穿行聲。在深沉的夜幕掩護下，一個小小的身影一會兒貼著牆壁，一會兒在柱子之間小心穿行。

「唉，累死我了，算了，回去睡吧。」小宮女坐在花叢中自言自語。

「是誰？」伴隨著這道清冷的聲音，一把劍抵在她的鼻尖。

小宮女目光集中在鼻端的劍尖，活這麼大，頭一次有人敢用劍指著她的鼻尖。由於驚訝，小宮女便一直盯著劍尖看，直到看成了對眼兒。

「說，妳是誰？」那聲音接著問道，讓對眼小宮女一下子清醒了，眼珠兒也自動歸位。不顧劍尖抬頭看去，眼睛差點又從眼眶裡跳出來。

絕、世、美、男！

「美男！」小宮女很是興奮。

「我問妳是誰？不要顧左右而言他。」絕世美男仍舊是冷冷的表情。

「我？你不知道我是誰？」小宮女的眼睛捨不得眨一下，免得少看了美男讓眼睛餓著。

「妳是戎國的宮女，為何深夜到此？」絕世美男問道。

宮女……對啊，見著美男太激動，差點忘了自己宮女的身分了。

「來找你。」小宮女說道。

鼻尖的劍尖輕輕晃了晃。

「找我？為何？」這個回答簡直太出乎絕世美男的意料，他好歹也是個小王爺，一個小小的宮女開口竟然是找他？雖說有很多女人對他投懷送抱，可是這個小小的宮女是不是也太小了？

「因為……」小宮女低了頭，一副猶豫狀。

「不管因為什麼，趕緊回去，否則我便將妳交給巡夜的人。」絕世美男說道。他才十八歲就這麼招蜂引蝶……真是太鬱悶了。

「求求你，不要。」小宮女隔著花叢一把抓住他的袖子，「你要是將我交給巡夜的人，我就見不到明天的月亮了。」會被她母后接著關禁閉到後天早上。

絕世美男顯然愣了一下，「只要妳交代清楚為何深夜至此，他們不會隨便殺妳。」

呃……殺？

「我交代了他們一定不信的，怎麼辦？我求求你，少爺，你是好人，求求你放過我。」小宮女打蛇隨棍上。

「那妳說妳來找我是為何？」

「嗯，因為……因為……」小宮女很是猶豫。

「因為什麼？」絕世美男不耐煩了。

小宮女伸手入袖掏了半天，拿出三條絲帕兩個香囊遞到他面前，「幾個姊姊讓我把這些東西交給妳。」

絕世美男星目帶了火星，劍眉帶了殺氣，「姊姊？什麼姊姊？這是什麼東西？」

「就是年長的宮女啊，這些是她們平日裡做的，一直捨不得戴。我也不知道她們為什麼要我拿給你。」小宮女說道。

「拿走，我不要。趕緊離開這裡。」絕世美男將東西摔到地上，轉身就走。

走了兩步，聽到輕輕的啜泣聲，回頭看那小宮女正在撿東西，肩膀一聳一聳的。

「妳哭什麼？」絕世美男走回來，平時他是絕對沒有這個好心的，不過，這個戎國傻乎乎的小宮女……實在太可憐太傻了，居然大半夜的人家讓她來送東西就來，還不知道人家為什麼讓她送。

「你不要，回去她們就不會讓我吃飯了，而且她們這幾天值夜的事又都會讓我替，我都五天晚上沒睡過覺了，再繼續下去，不用她們餓著我，我就會因為值夜不小心睡著被主子殺了。我娘還盼著我回家呢，這下子看不到了。」小宮女撿好東西又遞到他面前，「少爺，我看得出來你是好人，你就收下吧，求求你了。」

絕世美男劍眉又皺了起來，就見小宮女迅速地把東西塞到他手裡，然後轉身就跑，很快跑得無影無蹤。

美男看著她消失的方向，無奈地搖了搖頭。這是第一次有人拿命威脅他收下女人們愛慕的禮物……還是個小宮女。

看看手裡的東西，其中一方手帕的一角繡著一堆花朵。他還是在一方手帕上見到如此多的花兒，想了想，隨手將手帕丟進花叢，然後走了。

第二天，拓跋珏被釋放了，因為要去見未來的老泰山奚祁，心朵仍舊處在關禁閉狀態，不過她臉上倒是沒了愁色，下巴放在桌子上嘿嘿傻笑。

見了老泰山奚祁，作為男方家長的拓跋元衡和辛情便就著方便，請了親家吃飯，拓跋珏侍立在旁伺候著。席上山珍海味龍肝鳳髓的，不過幾個人都沒動幾次筷子，他們的級別比較高，已經修煉到聞味兒就能吃飽的境界。奚祁也老了許多，狐狸臉看著也收斂了些，比較人性化一點了。

「自從鄢陵一別，已有十餘年未見皇上皇后了，算來我們早已是兒女親家了，沒想到今日還能再結良緣。」奚祁說道。

「這是兒女們的緣分，也是兩國的福氣。」拓跋元衡說道。

「太子和燕國公主一個是皇后的兒子一個是皇后的養女，看來，皇后和敝國也是十分有緣哪，妳說是嗎，皇后？」奚祁說道。

「不只珏兒和玥兒，其餘的皇子皇女也都叫我一聲母后，也都是我的孩子，所以只要兩國聯姻，我和貴國的緣分就是必然的。」辛情說道。

「沒錯，皇后言之有理。」奚祁說道。

拓跋元衡在桌下輕輕握了握她的手。

「是皇帝陛下過獎了。」辛情說道。

「玨兒，還不給你岳丈敬酒？」拓跋元衡說道，簡簡單單轉移了話題，接下來的話題就轉移到可憐的拓跋玨身上，不僅要當飯托還要被品頭論足。好不容易這飯算是吃完了，也該曲終人散了，拓跋元衡遣了拓跋玨離去，自己推說有些不勝酒力先到亭子裡吹吹風醒酒，讓皇后代她送兩位親家。

飯桌上就剩下了三個人。

「皇后有話要囑咐？」奚祁笑問。

「既然都是老相識，就不必做戲了。」辛情說道：「姊姊，妳先到內裡迴避一下，我有話要跟他說。」

「皇……好，我知道了。」蘇棻說著起身到內裡去了。

「若朕當初不放妳走，如今妳應該是朕的皇后了，可惜，棋慢一著。」奚祁笑著說道。

「你不會不放我走，因為你是奚祁。我現在終於知道你為什麼要和我定下三年之約了。」辛情看著奚祁，嘴角是冷笑，「你早就知道蘇棻不是蘇家的親生女兒，得到蘇朵你才是真正有了威脅蘇鎮原的棋子，可是你猶豫，你知道蘇棻可以被控制，可是蘇朵——太出乎你意料之外了，她竟然是不按理走棋。這顆棋子若到了你手中，你不知道是否能完全控制她讓她為你所用，可是蘇棻不同，你瞭解蘇棻的弱點，只要牢牢地掐住那個弱點，蘇棻就會被你所用，就因為你的猶豫，讓蘇朵有了不同的人生，我替蘇朵謝謝你。」

「沒錯，朕是猶豫，在朕的眼裡，蘇朵一直是不諳世事只會刁蠻任性的千金小姐，可是蘇朵妳導演的那場假死棄夫的好戲讓朕心驚，朕觀察了妳一個下午，越看朕越是不解，除了容貌，朕在妳身上找不到一點蘇朵的影子，若妳是朕，自以為看透的人忽然搖身一變成了陌生人，妳會不會猶豫？只能說蘇朵妳將自己隱藏得太好，讓朕都看走了眼。」

「謝謝你的誇獎。」辛情嘆口氣，「不過，我今天並不想和你回憶往事，那些事過去就過去了。」

「妳要和朕說什麼？」

「說蘇豫，說蘇家。」

「妳想知道朕為什麼殺蘇豫？」

辛情一愣，沉默片刻說道：「十年前我很想知道，可是現在，不重要了。我想說的是，蘇豫活著，但是看在你利用蘇棻這麼多年的分上請你放過他，他已經不會再背叛你，不會是你心裡的刺了，而蘇家，這麼多年來在你的打壓之下應該已經日薄西山了，得饒人處且饒人，放蘇家一條生路。」

「放蘇家一條生路？哈哈……」奚祁笑得眼睛瞇成彎月狀看她，「朕可是記得當初妳說過的話，妳說蘇家除了蘇豫，任何人都和妳沒有關係，為何妳現在要朕放蘇家一條生路？」

「當初年少不懂事，以為父親只將蘇朵當做棋子籠絡靳王鞏固自己的權勢，可是現在知道，父親懂得你的心思，明白你的下一著棋，他不想親生女兒淪為你的棋子，而蘇朵這麼多年一直在錯怪他。」

「妳這是人之將死其言也善？」奚祁忽然說道。

「就算不死，很多事情還是會隨著年齡的增長而想清楚的，而我，很高興自己在死前終於想明白了，也很高興他們都還活著，讓我有補償的機會。」

「妳的補償？就是讓蘇棻的女兒做皇后？妳不怕將來拓跋玨知道妳和蘇棻的關係？不怕他知道他視若生母的母后的過往？」

「蘇朵一輩子任性，並不知道什麼是害怕，我敢承認太子的生母是因我而死還能有什麼害怕的？倒是你，若是玨兒對我仍有恨意，又不小心知道了我的過往，你猜他會不會以為我是在你的幫助下殺了他的生母？若是如此，你的十二公主恐怕不會有好日子過，當然，也許你並不在意一個女兒的幸福，可是，我想你該在意偃朝的公主將來做了皇后能不能長久，對不對？」辛情笑著說道。

「這麼會猜人的心思，若在我身邊恐怕我會殺妳。」

「還好我沒在你身邊，那麼，皇帝陛下，我們算是達成共識了？這個祕密你會儘量安排讓它變成永遠的祕密吧？」

「這是自然。我偃朝的公主若是被廢，我朝顏面何存。」奚祁說著起身離席，辛情也跟著站了起來，手扶著桌邊撐著，奚祁看她如此了然地笑了笑說道：「蘇朵，妳可曾後悔用心太過？」

「不曾。」辛情說道。用心不到她還能活到現在？

「蘇朵式的固執。」

「出了這個殿門，蘇朵就永遠死了，皇帝陛下。」

「朕……倒是希望她永遠死了。」奚祁說著跨出殿門而去。

辛情支撐不住在桌邊坐下。

「喝點兒水吧。」溫柔的聲音，是蘇棻。

「我剛才說的不是真心話。」

「我知道，妳是怕太子知道了會對裕兒不好。朵兒，謝謝妳。」

「我應該做的，我欠妳的。」辛情握住她的手，「永遠不要對裕兒提起往事。」

「妳費了這麼多心思做成的事，我怎麼會說呢？朵兒，回去歇著吧，臉色不太好。」

「好，姊姊，妳也回去歇著吧，放寬心，什麼事只要放寬了心就好了。」辛情笑著說道。

蘇棻點點頭，「朵兒，妳……保重。」然後疾步邁步出門。辛情走到殿門口，只看到蘇棻急匆匆的背影，似乎還抬了袖子拭淚。

「蘇棻，妳也保重。」辛情小聲說道。

辦完了這件大事，拓跋元衡下旨返京。因為辛情狀況很糟，隊伍便一路慢行。心朵小心翼翼地陪著辛情，有好幾次辛情午睡的時間長了些，她便使勁搖醒辛情，小臉上滿是擔心。

回京的路上已快到十月尾聲了，天空顯得高遠而寧靜，官路兩邊放眼望去是一片蕭瑟的深秋景色。

「別看了，外面冷。」拓跋元衡拉下她撩著簾子的手，握在自己手裡。

「拓跋元衡，你看，天那麼高那麼遠還那麼乾淨，真好看。」

「好看什麼，年年看天天看。」

「秋天也很好看，金黃金黃的，看著好溫暖。」辛情不理他，接著自說自話。

「朕最煩這些酸唧唧的話妳又不是不知道，故意說來惹朕煩的是不是？」

「以前心思都用在沒用的地方折騰沒用的事，這麼好看的風景沒留心看過，真是後悔。」

「又故意惹朕，多大年紀了還不改這個臭毛病。」拓跋元衡捏了捏她的手。

「拓跋元衡。」辛情側頭看他。

「幹什麼？」拓跋元衡故意不耐煩。

「你也老了，身體要緊，以後別總和年輕女人們鬼混，有空了多和兒女說說話，不願意和兒女說了，就找老熟人一塊兒說說話看看風景，回憶回憶往事。」

「除了妳，朕想不起什麼老熟人。」

「慢慢想，總會想起來的，你還沒到那麼健忘的年紀。」

「好，找了老熟人來，團團圍坐，讓他們陪著太上皇和皇太后喝茶聊天看景。」拓跋元衡說道：「等玨兒及冠親政了，朕就和妳去溫泉宮養著，帶帶孫兒孫女，算計了一輩子，也該過幾天清淨日子了。」

「我不做太后，聽著像老妖婆。」

「本來就是妖精，做了太后就是老妖精。」拓跋元衡笑著說道。

辛情將頭靠在他肩膀上不言語了。老天爺在耍她，好不容易熬到他老了，不花心也不風流了，她卻要被老天收了。

終之章　桃花妖嬈

回京之後，皇后病重時日無多的消息長了翅膀一樣飛遍了宮裡的每個角落，各人臉上便現出了不同的神情，有高興的有哀戚的，各地為皇后祝禱的奏摺擺了一案。拓跋元衡命人搬到了坤懿宮，辛情靠著錦榻聽心弦念給她聽。

「別念了，都一個模子。」辛情說道。心弦便放下摺子。

「要念要念，求神拜佛的都念阿彌陀佛，不也挺準的嗎？」心月拿起摺子接著念。

念了幾個，辛情睡著了，心弦輕輕為她拉了拉被子，示意心月別念了。心月也不抬頭看她，只是一直念，幾滴眼淚滴到摺子上，手裡的摺子忽然被抽走，抬頭看看，「父皇。」

「妳母后福大命大，不會有事，不必念這些東西。」拓跋元衡說道：「出去吧，讓妳母后好好睡會兒。」

心弦和心月出去了，拓跋元衡在床邊坐下，辛情睡著的表情很是平和。

辛情睡到了晚上也沒醒，太醫看過卻說不知道原因，脈息很平穩，病情也沒有加重，為何昏睡他們也說不出所以然來，想當然又被拓跋元衡一頓臭罵，若不是拓跋玨和心弦姊妹三個攔著，可憐的太醫就會馬上變成屍體了。

這樣不好不壞的情況持續到了第二天，拓跋元衡沒忍住砍了兩個太醫，然後冷眼看著太醫們滿頭大汗地跪在地上抖著。

「皇后什麼時候會醒？」拓跋元衡的口氣裡滿是威脅。

眾太醫肩頭一抖。

「微臣等……實在不知。」愈發老態龍鍾的盧太醫說道。

「盧廷周，你再給朕說一遍。」拓跋元衡一字一字說道。

「皇上，從脈象上看，娘娘實在沒有什麼病症，這種症狀臣等翻遍了醫書也沒有記載，因此，臣等……不知。」盧太醫說道。

「滾，都給朕滾。」拓跋元衡揮袖。

「父皇，我們要不要……滾啊……」心朵小小的聲音。

「都出去吧。」拓跋元衡口氣不善。

幾個人出去，心朵偷偷瞪了拓跋元衡一眼。

「父皇讓我們滾……父皇不愛我們了。」心朵說道。

「小妹，父皇是因為擔心母后的病才心情不好，不是故意的，妳要體諒父皇。」拓跋珏說道。

「我知道啊，可是，我們也都擔心母后……」心朵扁嘴。

「等母后好了就好了。」心月說道。

心弦看了她一眼。

又過了兩日，拓跋元衡上朝還未回內宮，拓跋珏來到坤懿殿，心弦姊妹去向皇太后請安也還未來，殿內靜悄悄的。

「母后，父皇已下了旨意，年後兒臣就會迎娶偃朝公主了，明年您就可以抱孫兒了。父皇說，給新媳婦準備的東西問您來要，母后，您給兒媳準備什麼了？」拓跋珏在床邊半蹲下。

辛情沒回答他，仍是安靜地睡著。

「母后，兒臣知道您是心病，都是做兒子的不好，惹您生氣，兒臣知錯了，您說不跟兒子真生氣的，那您就醒來為兒子籌備婚事吧，好嗎？母后，兒臣不懂事才說了那些混帳話，其實，兒臣從來就未真恨過您，想想從小到大，兒臣恨不起來，您沒回來那會兒，父皇告訴我瑤池殿裡那最美的飛天是母后，沒事了受了委屈了我就躲到瑤池殿去，看著母后的畫像才覺得好過一點兒，那時候總問父皇母后什麼時候回來，父皇總說，快了，等母后身體好了就回來了。盼了好幾年，您回來了，知道的時候我去瑤池殿坐了一個晚上，想著見到母后第一句話說什麼，想著母后看到兒臣是什麼表情。見到母后第一面，只覺得母后看著好溫暖，雖然總覺得您對兒臣有一層疏離，心裡有點難過，可是您回到兒臣身邊兒臣就很高興了，您教兒臣怎麼在宮裡生存的那些道理，其實在父皇身邊兒臣都已知曉了，可是您教兒臣，兒子高興，非常高興，知道您是真為了兒臣好的。每次兒臣生病都是您照顧，十一歲那年兒臣生病，您衣不解帶照顧兒臣，您還記得兒臣說過的話嗎？」拓跋玨握著辛情的手低著頭問道，似乎在回憶。

「好像，還記得。」一道輕輕的聲音說道。

「母后，您聽見了？您醒了？」拓跋玨的聲音裡帶著驚喜。

「兒子著急娶媳婦來找娘要錢，怎麼能不醒？」辛情睜開眼睛，臉上帶著微微的笑意，臉色還不是很好。

「母后，兒臣不是那個意思。」拓跋玨臉上現出些微不好意思。

「扶我起來。」辛情說道，拓跋玨忙小心翼翼扶她坐起來，宮女早拿了軟軟的羽枕放在她背後，「年後什麼時候？哎呀，給兒媳婦的東西我還不知道準備什麼她喜歡呢，你幫母后想想。」

「母后準備什麼都行。」拓跋玨想想又說道：「母后身體還未完全康復，這事就不要勞心費力了，兒臣來準備就好。」

「你這孩子，你準備的還是母后送兒媳婦的禮物嗎？等我好好想想，一定給你們準備著。」辛情笑著說道。

「謝謝母后。」拓跋玨說道。

「有了媳婦兒，成了家，就是真正的男子漢了，玨兒終於長大了。」辛情說著些微有些喘，拓跋玨忙命人宣太醫，又命人去稟告拓跋元衡。

拓跋元衡急匆匆趕來的時候，太醫正為辛情把脈。把完了脈自然也是沒什麼說法的，不過拓跋元衡因為高興也沒對太醫怒吼，拓跋玨早識趣地帶著宮女太監們退下了。

「好了？」拓跋元衡問道。

「這回僥倖大概是死不了。」辛情笑著說道。

「回頭讓盧廷周開幾劑藥好好補補，瞧瞧這臉色，要是太子妃見了妳，還以為將來做皇后都這樣呢，可丟了戎國的臉了。」拓跋元衡也笑著說道。

「老了也沒句正經話。對了，年後什麼時候迎娶十二公主？」

「桃花開的時候。」

辛情的病就這樣慢慢好了。拓跋元衡說她該去護國寺上個香謝謝菩薩保佑。選了日子，拓跋玨和心弦姊妹陪伴她來到護國寺。幾個月沒來，護國寺當然還是那個護國寺，不過多了些東西，寺裡的香火味濃的有點嗆人。

到正殿燒香，香爐裡還燃著一大把一大把的香燭。上完香，辛情想著好不容易出來透透氣，在這裡待會兒，靜靜也好，便請住持給她準備了清幽的禪房準備歇一歇。

去禪房的路上，辛情問道：「近來寺裡香火很旺？到處都是香火味。」

「這是百姓為娘娘祈福而上的香。」住持說道。

「為我祈福？」辛情疑惑，她的人緣有這麼好嗎？

「是，自從知道娘娘鳳體違和，京城百姓便來寺中為娘娘祈福為娘娘祝禱，因為護國寺平日裡是不對百姓開放的，老衲請示了皇上的意思特意開放門禁，准許百姓來寺中為娘娘祈福。」住持說道。

辛情笑了，「住持說反了吧，想必是皇上讓百姓來為我祈福的？我也沒做什麼善事，百姓哪會有這個心思。」

住持一笑，「真真假假又何必較真，真即是假假即是真，誰分得清楚。」

「大師，我不懂佛法，不過，在凡人心中總要分個真假的。」

到了禪房坐下，拓跋玨、心月扶著辛情在榻上坐了，心弦和心朵忙給她捏肩捶背。

「弦兒和月兒小時候說過，如果我來上香祈福，妳們就一個把風一個拿墊子，記得嗎？」辛情笑著問道。

「記得啊，因為母后說好辛苦，膝蓋都疼嘛。」心月說道。

「母后，您肩膀舒服了沒有啊？」心朵笑眯眯地問道。

「舒服，朵朵最會捏肩膀。」辛情笑著說道。

「朵朵心疼母后嘛。」心朵抱著辛情的脖子，「母后，以後我一直給您捏肩膀，好不好？」

「好是好，可是哥哥現在娶親了，再過幾年姊姊們出嫁了就輪到妳了，嫁了人哪會回來天天給母后捏肩膀呢。」

「母后，我都說了不嫁了，我就讓妳和父皇養一輩子。」心朵說道。

「話別說那麼早，到時候說不定攔都攔不住妳呢。」辛情笑著說道。

「母后，哥哥的新媳婦是什麼樣兒的？聽說是偃朝的十二公主呢，好看嗎？」心朵問道。

辛情想了想，「十二公主的母親是蘇貴妃，蘇貴妃是大美人，十二公主就算不好看也不會差到哪兒去。怎麼，打聽這個幹嘛？」

「她喜歡看美女美男。」心月說道。

「嘿嘿，我是喜歡看啊，不過，這個十二公主主要是給哥哥看的，哥哥不好意思問，我幫哥哥問。」心朵笑眯眯地說道。

「妳這丫頭，佛門淨地，別說這些。」辛情拍拍她的腦袋，心朵做了個鬼臉，捏肩膀。

回了宮，太華殿的小太監飛奔著就來了，說是皇上賜晚宴，心朵便問有什麼好吃的，小太監愣了下才小聲說：「皇上沒說請公主同去。」

「父皇好偏心啊……」心朵拉拉辛情的袖子，「母后，父皇偏心怎麼辦？」

「妳呀妳呀，沒事湊什麼不該湊的熱鬧，非禮勿視，非禮勿聽，懂不懂？」心月扯扯心朵的小耳朵。

「非禮？誰非禮誰啊？」心朵笑嘻嘻地問道。

「弦兒，把她關起來。」辛情說道。這個小女兒的德行絕對的乃父之風。小丫頭在抗議聲中被兩個姊姊架走了。拓跋玨也忙告退了，低著頭不知道是不是在笑。

「又搞什麼神神祕祕的？」辛情問小太監，小太監低著頭說：「奴才不知。」

回寢宮小睡了會兒，福寧請她起身換衣服。

「福寧，你有什麼好事？」辛情在化妝，福寧在旁邊滿臉笑意，沒有鬍鬚的粉白臉上看著一團和氣。

「回娘娘，一想到能伺候娘娘奴才就高興。」

「得了得了，這話說多少年了？你說的不累我聽著耳朵都長繭子了。」

「奴才說的是真心話。」福寧忙道。

辛情看他一眼，笑了。真真假假何必分得那麼清？

剛穿戴整齊了，樂喜帶著小太監笑著進殿了，請了安，說奉聖旨請娘娘。

「都勞動樂總管了，皇上這是要擺什麼宴啊？」

「老奴不知，娘娘到了自然知曉。」

「哪兒啊？說了半天還沒人告訴本宮是哪兒呢。」

「回娘娘，是瑤池殿。」

「既然是瑤池殿就不勞煩你帶路了，我知道怎麼走。」辛情邁步出殿，本來跟著的宮女太監都被樂喜攔下，辛情便一個人往瑤池殿來了。心裡琢磨著老了還是一樣沒正形的拓跋元衡折騰什麼。

到了瑤池殿前，安靜得連水面都沒波紋，更別提人氣了。辛情皺皺眉，更是犯嘀咕，推門進殿人影沒有，鬼影也沒有，只有那大屏風上的飛天居高臨下斜睨她。

「拓跋元衡？」確定殿裡無人，辛情試探著叫道。沒人回答，瑤池殿說大不大，說小也不小，拓跋元衡這是要跟她玩藏貓貓？穿過正殿，後面是偏殿和一處小小的軒室，上次她醉了酒就是睡在那兒的。

「拓跋元衡？」又叫了一聲還是沒有回應，辛情便推開偏殿看了看，也沒人，那就只剩下軒室了，除非——他還沒來。想想，這個可能性也不小，拓跋元衡這人從來不按理出牌。

不經心地推開軒室的門，腰上便多了一雙手臂。辛情未料到，小小地驚呼了一下。

「嚇著了？」耳邊有暖暖的氣流吹得耳朵癢。

「這黑咕隆咚的怎麼吃？」辛情問道。嚇著？虧了病好了，否則嚇死都是可能的。

「該怎麼吃就怎麼吃。」拓跋元衡把她抱在懷裡，「不過，朕很久沒用膳了，怎麼辦？」

「吃啊。」辛情說道。

拓跋元衡笑了，「好，那朕先用了。」擁著她向床邊走。

「拓跋元衡，我晚上還沒吃東西，怎麼辦？」這男人……

「別著急，一會兒朕再陪妳吃。」拓跋元衡笑著說道。

「可是我餓了。」

「妳餓了一頓，朕餓了兩個月，所以，朕先吃，不得有異議。」拓跋元衡輕輕捂住她的嘴，「有異議一會兒再說。」

一會兒再說？等有時間說了已經是很大一會兒了。

「好好的跑這兒來，弄得跟偷情一樣，看來，人有些習慣是改不了的是不是？」辛情枕著他的胳膊，頭靠在他胸膛上，有點餓。

「嗯，是啊，就像妳，喝醉了總喜歡躲起來睡，以前是躲床底下，後來躲到偏僻的地方。為什麼要躲？」拓跋元衡握著她的手。

「女人醉了酒不好看，怕人看見丟醜。」辛情笑著說道。

「騙朕。」拓跋元衡捏捏她的手，「朕給妳一次機會，老實交代。」

「本來也沒騙你，交代什麼。」辛情裹著被子起身，「餓了，吃些東……」

「交代完了再吃。不過，妳不說朕也知道，要不要朕說給妳聽？」拓跋元衡將她環在懷裡問道。

「好，臣妾恭聽聖訓。」辛情笑著說道。看你能說出什麼花兒來。

「有些人死鴨子嘴硬，什麼事什麼話寧可爛在肚子裡也不肯說一句，可是卻有個說醉話的毛病，喝多了酒就會竹筒倒豆子，怕人聽見，所以要躲，是不是？」

果然是這麼猜，看來皇帝的話也不都是對的。

「皇上聖明。」辛情說道：「你怎麼知道？」

「朕聽過。想不想知道朕都聽到了什麼？」

「呵呵，不想。」辛情笑著推推他的胸膛，「我餓了，要吃飯。」知道是啥就不用聽了，浪費時間。

「妳啊，上次喝醉了就是睡在這兒的，拽著朕的袖子說不喜歡朕和別的女人鬼混，還說討厭昭儀。平日裡總是一副對朕滿不在乎的樣子，喝醉了才說真話，妳這個人哪，彆扭。」拓跋元衡笑言。

辛情笑了，這人自戀，說得好像她是個大醋罈子。還好還記得自己說了什麼，若真不記得，聽了這話還不窘死。

「這話真是我說的？我怎麼沒印象？」辛情笑著問道，不想笑，忍不住。

「難道是朕編的？酒後吐真言，早知道朕早就灌醉妳了。妳說，當年妳躲到床底下，是不是因為朕去了昭儀那兒，沒去陪妳？」

當然——不是。那是因為一些無辜的人因她而死，她難過。

「您說是那就一定是。」辛情笑著翻出他的懷抱，「不聽您說這些沒影兒的事了，聽不下去。」

「敢說不敢認，原來妳也沒多大膽子，還一直跟朕張牙舞爪的。」拓跋元衡笑著披衣起身，拍了拍手，不知道哪裡冒出來的宮女太監進來服侍他們更衣，都穿戴好了，膳食也已備好，兩人到桌邊坐下用膳。

拓跋元衡喝了些酒，嘴邊一直帶著笑意，笑得辛情不自在。

「妳怎麼不問朕高興什麼？」

貓吃了魚還用得著問他滋味如何？

「您高興什麼呢，說來臣妾也高興高興。」

「晚上朕告訴妳。」

現在聽他說「晚上」怎麼帶著曖昧色情的味道呢？

辛情沒搭理他，自顧自吃飯。

至於晚上怎麼告訴的，起居注上沒記載，沒有查證。

辛情的病眼看著到年底了才好得差不多，加上兒子明年要娶媳婦，辛情高興，拓跋元衡似乎比她還高興，早早下旨說這個年要隆重些，辛情便很忙，不過，心弦和心月這兩年一直都在幫忙，所以倒不是很累。坐在坤懿殿裡看女兒井井有條的安排各項事務，辛情又高興又感慨。

「歇會兒吧，福寧啊，來的人先都擋了吧。」辛情說道：「去準備些熱點心和湯來。」

「母后，您累了？都說讓您歇著了，就是不聽話。」心弦說道。

「母后，來來來，月兒給您捶腿啊。」心月笑著跑到她身邊坐下，幫她捶腿。

「我是怕妳們累，過了這兩天就都歇著，母后來安排。」

兩人對視一眼笑了。

「您怕我們給您丟臉是不是？您放心，有什麼不懂的我們會問福寧公公和樂總管的，而且，這兩年您也都教過了，該怎麼辦我們知道啊。」心弦說道。

「讓妳們學會不是非要讓妳們做。」

「學以致用嘛，再說，現在不練練，以後萬一出了差錯，人家該說母后教的不好了。」心月笑著說道。

「我知道妳們心疼母后，總是不好好說話。」辛情笑著說道。多好，兩個小崽子三歲的時候就說保護她，現在才十四歲就知道幫她分擔「家務」了。

「尊老愛幼不是您教的嗎？母后，過了年我和心弦就十五了，您給我們準備什麼禮物啊？」心月問道。
「嗯，準備什麼呢？準備兩個駙馬，怎麼樣？」辛情笑問。十五及笄，可以著手先定下人家了。
兩人聳聳肩膀，「不要。」
正好膳食也備好了，兩人便岔開話題，拉著辛情去吃東西。
「不要駙馬，難道妳們也和朵朵一樣讓我養一輩子？」
「哎呀，母后，不要說這麼掃興的話題，駙馬有什麼好的，如果出嫁了像玥姊姊那樣，寧可不要。」心月說道，心弦點頭，「像父皇也不要。」
「像你們父皇當然不行，不過，這世間還是有好男子的，比如說舅舅。」辛情笑著說道。
「可是，像舅舅那樣的人就只有一個呀，其餘的男人，您看都不是什麼專一癡情的人，哦，南宮伯伯也除外。」心月說道。
「所以，母后，您就不用操心我們的婚事了，隨緣。」心弦笑著說道。
「唉，除了哥哥，沒有一個讓我省心的。」辛情說道。不錯，女兒們很有主見，不會委屈自己。
「是啊，不過，最讓母后操心的是父皇，可不是我們喔。」心月賊兮兮地笑著說道。
「貧嘴，幹活去。弦兒陪母后聊天。」辛情拍她一下，心月還是笑，辛情忽然覺得她那個笑和自己年輕時候怎麼那麼像。
可能是心情好，宮裡還是和往年一樣，辛情看著哪裡卻順眼了些，不自覺地臉上便常帶著笑。這天去給太后請安，太后這些日子氣色有些不好，眼神都沒有往常冰冷和犀利。妃子們請完了安，等著辛情是走是留。太后讓她們出去了說有些話要和皇后說，辛情便笑著讓妃子們退下了。
「太后有什麼吩咐？」
「妳贏了。」太后說道，口氣聽著很是淒涼。
「贏？我不記得和誰定下過什麼賭約，太后這話從哪兒說的。」

「怎麼，看哀家老了，對哀家手下留情了？」

辛情笑了笑，想了想說道：「因為您老了，就算我手下留情，您也對我構不成威脅，尤其……玨兒並沒有如您的願和我反目成仇，您一定比我當時受的打擊更嚴重，我還怎麼忍心對您如何呢？不過，那幾個年輕女人不是您的什麼親戚，殺了也不算對您不敬，是吧？」

「拓跋玨會恨妳的，將來一定會的。」

「您恨了我二十年了，從我第一天踏進宮廷您便不喜歡我，您覺得一切都是我造成的，我害死了您的兒子，我害您赫連氏沒了傾天權勢，可是，您仔細想過沒有，要對付您的不是我，是您的兒子，我只是被他利用著罷了。這幾年我一直在想，其實您心裡並不真的憎恨我，因為您知道歸根結柢這不是我的錯，不過，在拓跋元衡和我之間您只能選擇恨我，只有這樣您才能不怨恨自己的兒子，對不對？我不過是代替拓跋元衡被您怨恨的人罷了。」

「不要以為妳很會看人的心思，我恨妳，妳難道不恨我嗎？」

「既然您會因為慶王的死恨我，我義父的死我又怎麼會無動於衷呢？我恨過您，不過，這些年我覺得您遭受的報應夠了，我儘量不去恨您。」

「又在做戲？」太后冷哼。

「做戲也好不做戲也罷，您老了，我也不年輕了，我不想把剩下的時間都用在跟您鬥心思，我只想過些平靜的日子。」

「我鬥不過妳，妳有皇上。」

「如果只有這麼想您才不會與我鬥，那麼……您就這樣想吧。」辛情起身，「快過年了，過完了年您又要添一位孫媳了，您也高興高興吧，臣妾告退。」

走出慈壽殿，辛情深呼口氣，但願老太太剩下的歲月能輕鬆點，也讓別人輕鬆點，天天繃著神經好累。

年依舊熱鬧依舊累人。陪著拓跋元衡祭祀祖宗接見大臣除夕守歲，忙得好像沒一刻能消停，魚兒和宗家來觀見也都是急匆匆的，好不容易過了十五，年味兒淡了些，辛情才有空請了魚兒進宮來敘舊。宗銘辛這幾年一直在東宮當值，和辛情熟稔些，魚兒的小女兒宗新晴不常隨母親進宮便有些生疏，不過，因為幾個女孩兒年齡相仿，很快便混熟了。

宗銘辛來請過安，因為拓跋玨還有事要辦便告辭了，只剩幾個女孩兒留在殿裡。

「姊姊氣色看起來好多了，前些日子嚇死我了。」魚兒的臉上猶有憂色。

「有什麼怕的，誰不死呢，呵呵。」辛情笑著說道。

「本來要進宮來請安，可是姊姊居然很快又出京了，唉，身體不好怎麼還跟著皇上出京？」魚兒嗔怪。

「出去散散心回來不就好了？我的病啊就是在宮裡憋的，出去走走就好了。」辛情笑著說道。不是跟著拓跋元衡出京，是央求拓跋元衡帶她出京，當時也沒想到自己還能活到現在。

「要是覺著宮裡憋得慌就去府裡坐坐，就像當年姊姊去老宅子，偷偷地帶兩個人就好，然後我煮麵給妳吃，沒準兒也好了。」

「好啊，哪天有空了，我帶著丫頭們去你們家鬧一天。」

「母后，要去姨娘家啊？什麼時候？」心朵耳朵尖，聽見了便跑過來問。

「快了。」

「母后，是因為銘辛哥哥要娶親了嗎？」心朵笑瞇瞇地。

「說到這個……魚兒，銘辛也快到成親的年紀了，有沒有看中的小姐？」

「沒有吧，沒聽他說過，回頭我問問。不過，倒是有幾個媒婆上門要給他說親的，我說銘辛還小就給回了。」

「不小了，妳看看，玨兒都要娶了。如果銘辛和玨兒一起成親，那我們兩個老太婆就可以一起抱孫子了，多好。」

「姊姊這麼一說，我還真想抱孫子了，回頭我趕緊讓人找媒婆來。」

「姨娘，不用那麼麻煩，銘辛哥哥若有看上的人，讓母后下道旨意就可以了呀，京城哪個媒婆能有母后面子大啊……」心朵說道。

「是啊，我這個京城面子大的媒婆給銘辛哥哥做了媒，就輪到妳們幾個丫頭了。」辛情笑著說道。皇后媒婆……面子是挺大，僅次於皇帝了。

「我說過了，母后，我不嫁，除非是天下第一美男子。」心朵臉上毫無女兒家的羞怯。

「朵朵，不是告訴妳要矜持點兒嗎？否則，別說天下第一美男子了，是個男人都會被妳嚇跑的，妳就真不用嫁了。」心月笑瞇瞇地說道。

「反正父皇和母后會養我，等父皇母后老了就換哥養我。」心朵說道。

「哥哥到時候有了太子妃，有了兒子女兒，還有空管你？」心月說道。

「母后，心月欺負我。」心朵撒嬌。

「好了好了，湊到一起就吵。早點都嫁了，也讓我耳根子清靜清靜。」辛情搖搖頭，「福寧，傳膳。」

用過膳，魚兒看辛情有些累了，便帶著女兒告退出宮去了。晚上和拓跋元衡說起這事兒，拓跋元衡說她越來越喜歡熱鬧了，辛情便笑，說人老了都喜歡熱鬧。

心朵的生日大年初一那天睡過去了，二月裡又是拓跋玨和心弦心月的生日，不過因為三月裡就是拓跋元衡的萬壽，所以他們的生日都是簡化處理。今年四月又是拓跋玨大婚，所以生日更是簡化到不能簡化。兄妹三個每人被辛情賞了兩個雞蛋和一碗長壽麵，拓跋元衡說她這個當娘的偷懶。

過完了年，辛情一直籌備著拓跋玨的婚禮，因為是太子大婚，藩王和地方官進京祝賀是不能避免的，不過，拓跋玨在月初禮部開始著手準備太子大婚的時候便自己上了道摺子，大意說太子是諸王之首，因此更該為諸王表率，皇室大婚本已奢華，藩王及地方官進京祝賀，一來荒疏政務，二來勞民傷財，故而特上奏請旨免藩王及地方官進京之禮，各地只上呈賀表即可。這道摺子被拓跋元衡發下各州、府、縣，一時之間天下百姓皆盛讚太子。

「哥，你將來一定是個好皇帝。」下了上書房，兄妹倆練劍的空兒，心朵笑著說道。

「為什麼？」拓跋珏問道。

「哥將來做了皇帝一定很愛民又很節儉，母后說，守成之君都要這樣的。」

拓跋珏拍拍她的頭，「小丫頭，妳懂什麼。」

「懂啊，當然懂，哥是好兒子好哥哥，一定也是好皇帝。」心朵笑著說道。

拓跋珏輕笑不語。

三月初九是拓跋元衡的壽辰，三月二十二是拓跋珏大婚的日子，月初的時候，偃朝的送親大隊伍已到了，被安排住在宮中南苑。那日拓跋元衡下朝回來，一臉似笑非笑。

「有什麼高興的事，臉上都藏不住笑了？」辛情笑著問道。

「今天偃朝送親使者來覲見了。」

「嗯，是該高興，再過不到二十天兒媳婦就進門了。」

「奚祁派了個老熟人做使者，妳猜是誰？」

辛情想了想，扯扯嘴角，「奚祁不至於這麼無聊吧？」

「就是這麼無聊，靳王來了。以前妳剛剛封貴妃那會兒，靳王就來過，現在朕明白，奚祁是故意的，那時候……」拓跋元衡斜眼看她，「妳是否也知道他是故意的？」

「知道，寧王可是特意告訴我的這麼問什麼意思？」辛情笑了。

「妳說什麼意思？當年朕還說若有適齡的公主便招了靳王做駙馬，還好沒有，否則朕就丟醜讓你們看笑話了。」

「都是過去的事了還提它幹什麼，反正你的面子也沒丟，再說，即使說有人心裡不舒服，也是靳王窩火，呵呵。」辛情笑著說道，能不窩火嗎？前妻變成丈母娘。

「妳還看笑話，妳這個人一點同情心都沒有。」

「同情也要看對象。」

「當年額頭的疤是怎麼來的？」拓跋元衡手撫上她額頭。

「撞的，柱子上撞的，命大沒死了。」辛情抓下他的手，「不過很疼，覺得腦袋都要碎了。我要是再同情他，就是真撞壞腦袋了，呵呵。」

拓跋元衡皺皺眉，使勁握了握她的手。辛情仍舊笑著。

拓跋元衡的萬壽，時隔十幾年，辛情再次見著了靳王──蘇朵的前夫。辛情看他一眼，想起那晚的談話便低頭笑了，立刻感到桌下拓跋元衡捏了她的手，轉頭看他，他正端著酒杯一飲而盡。

等他放下酒杯，辛情從太監手中接了玉壺親自斟酒，「慢些喝，酒喝急了不好。」

拓跋元衡看看她笑了。歌舞表演折騰了一個多時辰，拓跋元衡忽然想起來問她：「弦兒那幾個丫頭跑哪兒去了？」

「說是要給你驚喜，不知道折騰什麼呢。」辛情小聲說道。她那三個女兒每年給他們準備壽禮都是神神祕祕的，她們小時候還把她推出殿過。

「驚喜？」又看她一眼小聲說道：「果然有其母必有其女。」

正「交頭接耳」的兩個人忽然發現宴會安靜了，抬頭看看，霄游苑明鏡湖中那個本來沒有光亮的高臺之上忽然燈火通明起來，映得周圍的水面更加絢爛。

等了半天沒動靜，拓跋元衡笑了，「幾個丫頭這是搗什麼鬼？」

辛情也不知道，沒法回答他。

等到辛情也快沒耐性的時候，忽然琴聲響起，不疾不徐的調子，伴著琴聲一艘輕紗圍住的小船不緊不慢飄近了。船快到高臺，一道人影由遠而近「飄」過來。
「飛的那個一定是月兒，彈琴的是弦兒……朵朵哪兒去了？」拓跋元衡小聲問道。
「朵朵啊，下午的時候有些發熱，估計正睡著。」辛情笑著說道。
說這話，心月已飄落在高臺之上，隨著琴聲起舞，飄飛的長長水袖和飄帶讓她看起來很是輕盈，雖然離得遠看不清楚她的臉，但是只這舞姿便會讓人相信肯定是個美人兒。
曲住舞終，心月又飄然離去，連個回眸一笑都不曾給觀眾，小船更不用說了，曲未終的時候便漸行漸遠，最後只留下嫋嫋餘音，配合得倒是不錯。
「妳教的？」拓跋元衡問道。
「我哪會這個。」辛情笑著說道。
「哦，想起來了，妳欠朕的，說腳好了跳給朕看，都拖了十幾年了。」
辛情搖搖頭，不理。
晚會折騰完了，大隊人馬護送拓跋元衡和辛情回到坤懿殿，卻見心弦姊妹都在，心月還未卸妝，一副喜氣洋洋狀。心弦在一邊錦榻上歪著，似乎在閉目養神。心朵臉紅撲撲地，兩手托著下巴。見她回來，心月臭美兮兮地跑過來說道：「父皇，壽禮合心意嗎？」
「差強人意。」拓跋元衡笑著說道。
「嗯？難道還有人比我跳舞好看嗎？」心月臉上滿是不相信。
「好不好看朕不知道，不過，她可是從來沒親自跳給朕看。」
「敢違抗父皇旨意的……那不就是母后？母后，您跳的什麼舞？為什麼沒教過我？」心月問道。
「教了妳妳也沒地方跳，還是不教的好。」辛情笑著說道。那個舞教了，以她女兒的身分，自己在室內跳給相公看還差不多。
「咦？母后，您是故意吊我胃口的喔？母后，正好今天是父皇萬壽，您就表演一次，讓女兒開開眼界啊！」心月笑瞇瞇地說著還跑去勾搭心弦心朵一起，心朵本來是趴在被窩裡的，也披著被坐起來，紅著小臉等著看。

「總不好拂了我們的意，掃了我們的興吧？」拓跋元衡笑著問道。

辛情心情好，想了想說道：「好啊，總不好被你說是欠了你的。」

轉身去讓宮女找了那百鳥羽毛裙來到屏風後換衣服，照著當年的裝扮穿戴好了，忽然想起，沒有夜明珠，總不能在明晃晃的燭光下跳吧？趕緊吩咐了宮女去吹熄了好多蠟燭，營造了個昏黃的氛圍。

跳著舞，看著三個女兒一個個張大了嘴巴的呆樣兒，辛情忍不住笑。還好，虧了這些年還保持著練瑜珈的好習慣，動作還不算僵硬。跳完了換了衣服出來，見三個女兒還瞪著眼睛。

「看什麼？」

「母后，您不該姓獨孤。」心弦說道：「您該姓風。」

「是哦，風情才對。」心月邊說著邊轉眼珠，「母后，您那裙子我怎麼沒見過……寶裙喔。」

「什麼寶裙，鳥毛做的，喜歡就拿去，不過，大庭廣眾的可別穿。」辛情說道。心月早高高興興地去讓宮女找她那裙子了。

姊妹幾個告退了，辛情囑咐了回去不許再鬧，早點睡覺。一轉身，拓跋元衡滿臉的笑。

「這又是笑什麼？」

「討了債，高興。」拓跋元衡拉著辛情在地毯上坐下，在她耳邊低聲說道：「朕忽然想起妳進宮的第一個晚上了，嫵媚至極。妳年輕那會兒，一舉一動都狐狸精一樣的，讓朕時時想著念著，明知道妳對朕沒什麼真心，還是想著念著。」

「說這些幹什麼？難道還能時光倒流？」

「若真能時光倒流，妳……會不會對朕有些真心？」

「不會。」辛情笑著說道：「拓跋元衡，你和我註定就是要這樣走過來的，除非你不是皇帝我不是妃子。否則，就算時光倒流一百次也是一樣的。」

「妳……年輕的時候還會說些讓朕開心的話，現在好了，句句頂朕。」拓跋元衡斜睨她。

「良藥苦口。」辛情笑著說道：「起身吧，地上涼。」

三月二十一拓跋玨來向辛情請安，心月和心朵便問他是不是興奮得好幾天沒睡了，弄得拓跋玨一臉的不自在。

晚上，不知道拓跋玨睡著沒有，辛情坐在殿中倒是有些興奮得睡不著。福寧催了幾次辛情才安寢了，那時已過了子時。第二天一早辛情醒的時候天還黑著，宮女服侍她梳洗更衣未完，福寧匆忙趕來服侍了。

「老奴起晚了，娘娘恕罪。」福寧忙說道。

「我起早了。福寧啊，明兒起你早上別來服侍了，她們在就夠了，也沒什麼事。你也上了年紀，別折騰了。」

「謝娘娘體諒。」

起來了穿戴完了也沒事，心弦姊妹還睡著，沒人和她說話，殿裡值夜的宮女太監還時不時打個瞌睡。辛情命人將殿門全部打開，空氣還很涼，不過可以看著天色一點點變化。

「娘娘，太子大婚要到了晚上呢，您還是歇會兒。」福寧說道。

「睡不著。」

坐在殿中，直到殿外亮了起來。

心弦心月早上過來陪她去向太后請了安便留在坤懿殿，太監宮女們來往請示各項事宜。

「朵朵又跟著湊熱鬧去了？」辛情問道。

「嗯，據說偃朝送親的使者裡有一個絕世美男，朵朵一定是聞香而去了。」心月笑著說道：「沒準兒，哥哥大婚之後，朵朵求您去搶那個絕世美男了。」

「絕世美男？是哪個？我怎麼沒見？」她就知道一個靳王是絕世美男，難不成還有一個？

「那個……什麼靳王。」心月說道。

辛情正喝著茶，手一抖，茶水灑在手上。小草要吃老牛？這孩子什麼審美眼光。

「母后，您別多想，朵朵就是看看，靳王的年齡……」心弦安慰她。

「沒事，剛才有點吃驚而已。」辛情說道。她女兒的審美觀遺傳了蘇朵的。想到這兒，辛情有點不舒服，借了身體還是借的，遺傳的基因還是蘇朵身體裡的。

宮裡的熱鬧一直沒有消停，到了黃昏的時候，十二公主的十二人抬大轎才從皇宮的大正門進了宮，直接到東宮的泰儀殿舉行典禮。這一切辛情與拓跋元衡都不必到場，自有禮部官員和內宮主管等人在辦，所以辛情也不知道這皇室的婚到底是怎麼結的，此時她和拓跋元衡坐在太華殿裡，聽三位大臣回來覆旨，說已宣封完畢，太子妃奚氏已受寶冊並叩謝皇恩。

侍立的大臣們都跪下口稱道賀，然後魚貫退出去了。

「這就禮成了？」辛情問道。敢情她這婆婆也沒人來給磕頭行禮。

拓跋元衡看她，「禮成了。」

「哦。」辛情點點頭。看來當皇帝家的媳婦是好，進門都不用拜高堂。估計也沒人敢鬧洞房。洞房？

「福寧。」辛情想到「洞房」這個詞忽然想起來什麼似的叫道。福寧忙躬身到了她跟前，辛情對他囑咐了幾句，福寧臉上帶著疑惑去了。

「妳不讓他們洞房？」拓跋元衡看她，也是滿臉疑惑。

「十二公主才十四，還是個孩子，再晚幾年，等她大些了再說。」辛情說道。以前拓跋玨有侍妾她就覺得怪怪的，這要是再讓兩個「娃娃」洞房，她會崩潰的，她無法想像一個十四歲的孩子挺著大肚子的樣子。

「玨兒怎麼辦？」拓跋元衡笑問。看熱鬧的語氣。

「怎麼辦？我記得你說過，後宮什麼都不多，就是女人多。那麼大個東宮想找個暖床侍寢的還不容易？」辛情說道，還好，前些日子她想起了這件事，否則可真對不起蘇棻母女了。

「妳對蘇棻的女兒還真是好。」拓跋元衡笑著說道。

「嗯，我以後把她當自己女兒養。」辛情小聲說道。

長夜漫漫，一早辛情又起身，拓跋元衡瞇著眼看她，「還沒到時辰。」到了時辰太監會來請他們起身。

「睡不著。」辛情說道，錦帳外燭火昏黃，沒有一絲聲響。

拓跋元衡拉著她躺下，「最近睡得越來越少，身子又不舒服？」

「沒有。」辛情說道。只是忽然覺得壓力大了，本來覺得孩子長大了好些，可是真長大了更費心，本來是四個孩子的幸福，現在又加上奚景裕，她要奚景裕有絕對地位。她貪心，還想讓她和拓跋玨幸福。可是……好難。

「那又有什麼煩心的事？說說，沒準兒朕一時好心就幫幫妳。」

「就是因為我幫不上忙才睡不著，你——估計也幫不上忙。」辛情說道，手指頭上繞著他一綹頭髮，有一下沒一下地繞。

「玨兒和十二公主？」

辛情點點頭。

「操閒心，孩子們都長大了，有些事能自己處理，況且，感情這回事妳能左右？」

「所以才煩，這兩個不算，還有三個，不知道都走什麼樣的路，想想就睡不著。」

「朕覺得有個辦法可以解決。」拓跋元衡小聲說道。

「什麼？」辛情抬頭看拓跋元衡，卻發現有點……不對。

「再多一個小的，妳就沒時間管大的了……」拓跋元衡笑著說道——淫笑。

就知道不是什麼好主意，辛情很想一腳踹他下床去。

「皇上，該起了。」錦帳外樂喜輕聲喚道。

裡面一聲輕輕的「嗯」。

「安靜些，別吵醒了皇后。」拓跋元衡說道，輕輕離了錦帳，任宮女太監們服侍洗臉更衣，換朝服。

一切都安靜地進行著，直到拓跋元衡出了大殿。等辛情起身殿內已滿是日光了。

「怎麼不叫我？」今天早上可是兒子媳婦要來朝拜的日子。

「回娘娘，皇上說不要吵醒您。」宮女小心答道。

不吵醒也不看時間地點……這人……

趕回坤懿殿，三個女兒都在，個個不懷好意地看著她。重新換了禮服去了慈壽殿，所有妃子看著她的眼神裡都帶著不滿，不過辛情一眼掃過去便都低了頭。

殿外有太監躬身進來回話，說太子、太子妃來請安。

看著逐漸走近的略微低著頭的大紅衣的女孩子，辛情滿是期盼。

「孫臣（臣妾）給皇祖母、母后請安。」兩人異口同聲。

「平身。」太后說道，聲音裡有些高興。

兩人起身，奚景裕大大方方地抬頭，辛情笑了，有八分像蘇棻，估計以後長大了便會多像些。奚景裕看向辛情的眼神裡似乎也有那麼一些驚豔。

「哀家這個孫媳婦真是漂亮得很，氣質也好，大大方方的。」太后說著從腕上褪下一串祖母綠的寶石手串，「這手串雖不名貴，不過是哀家當年的陪嫁，今天就送給孫媳婦吧。」

奚景裕上前接過，行禮謝過。

拓跋元衡下了朝來到慈壽殿，妃子們該送的禮都已送完了，只辛情沒送。

「都送了？朕是不是也該送點什麼？」拓跋元衡在主位坐下，笑著說道。

「父皇，母后還沒送。」心朵笑著說道。

拓跋元衡看看辛情，「朕代皇后一起送了吧。」褪下手上的綠玉扳指，示意拓跋玨到他面前來，「這個扳指朕戴了三十幾年，以後你戴著吧。」

拓跋玨一愣，「父皇？」

「父皇的心意，玨兒快謝恩啊。」辛情說道。這扳指現在就是權利的象徵。

「兒臣謝父皇。」拓跋玨小心翼翼收了，仍退後幾步。

見也見過了，散了。

「朕送的禮還滿意？」去坤懿殿的路上，拓跋元衡問道。

「太重，這樣一比，我都不知道送什麼給媳婦兒了。」辛情笑著說道。

「昨兒送的還不是大禮？兒媳婦不知道怎麼感謝妳呢。」

大婚之後，一切又都歸於平淡，不過心月和心朵挑理，說辛情對兒媳婦比對親生女兒還好。一段日子看下來，奚景裕是個冷人，不是故作的冰冷，而是天生的。十二萬分高興拿到她面前的東西，她看了一眼多數人都會覺得掃興，因為她似乎根本不感興趣。心朵便偷偷問辛情：「嫂子這個性格，不知道每天和哥怎麼說話。」辛情聽了也想，這個性格……還真挺悶，不過也好，做皇后的還是深沉點好，不說就不錯，不錯就不會被廢。

到了六月份天熱起來了，辛情要去溫泉宮，那裡有溫泉還是在山腰，熱了就在外面涼快，冷了就泡溫泉。拓跋玨剛大婚，雖然辛情私下裡不准他們圓房，可是面上也不能拆開新婚小夫妻，所以北上只帶了三個女兒。

「母后，這次父皇沒來，您會不會無聊啊？」心朵問道。

「不是還有我們陪著母后嘛。」心月說道。

「其實我們不陪，母后更開心。」心弦說道。

心月心朵姊妹倆就看她，「為什麼？」

「因為妳們兩個很鬧人。」

姊妹三個在鳳輦上鬧成一團，辛情搖搖頭，都說了那兩個很鬧人，現在好，心弦也跟著鬧人了。

溫泉宮還是老樣子，因為拓跋元衡沒來，姊妹三個便和辛情擠在長信殿，有時候四個人一起去泡溫泉，有時候晚上在殿外的臺階上坐一排聊天看星星，偶爾也喝一點葡萄酒，心月還纏著辛情教她跳舞，學會了便換上那鳥毛裙子，披著辛情的夜明紗到月影臺上跳舞。心弦和心朵都說她像個妖精，聽到這兩個字，辛情的心沒來由地抖了下。

來到溫泉宮自然要去溫泉鎮，辛情讓人準備了非常普通的馬車帶了幾個侍衛微服出宮。蘇豫家的那處院落仍舊小而雅致，開門的仍是當年的女孩子，現在已是婦人了，帶著她們來到後院。廊下蘇豫正教一雙兒女讀書，如煙晴在一邊坐著做女紅。

「舅舅。」三個女孩子一起叫道。

四人齊齊看來。

「姑姑，姊姊。」兩個孩子笑著撲過來。

「小情，來了。」蘇豫語氣仍一如既往淡淡的。

「夫人。」如煙晴輕笑著。

大孩子帶著小孩子去一邊說話了，三個大人便進了廳坐下說話。

「病，無妨了？」蘇豫問道。

「沒事了，走走就好了。」辛情說道。

「你們先說著，我去燒水泡茶，再看看孩子們。」如煙晴起身出去了。

「蘇豫，你最近生病了嗎？」辛情問道，看著覺得蘇豫似乎憔悴了些。

「沒有。妳……怎麼會病得那樣嚴重？」

「現在不是好好的嗎？過去了就不提了，我好不容易來了，別說這個了。」辛情笑著說道。

「好，不說。今年怎麼這麼早來？」

「因為要告訴你個好消息，玨兒成親了，娶了奚祁的十二公主，也就是貴妃的女兒。」

蘇豫淡淡點頭，「這件事我知道了。」

「知道了沒什麼想法嗎？」

蘇豫看她半天，「妳又何必給自己找麻煩，妳根本誰也不欠，不必為蘇朵擔負這些。」

「做這些我心裡會好受一點，我不欠蘇棻不欠蘇家，可是蘇朵欠。」辛情說道。她占用著蘇朵的身體，蘇朵的債就是她的。

蘇豫看她，有些無奈地搖搖頭，「還是這樣固執。」

「和你相比，我還有能力去做些事情補償蘇棻，雖然晚了些，單薄了些，可是，我能做的就這麼多了。」辛情說道：「蘇豫，你……後悔過嗎？」

蘇豫淡淡笑了，「妳後悔過？」

辛情點頭，「後悔，後悔很多事情。」

「可是後悔是沒用的，只能面對。小情，妳已經做了很多，以後不要為難自己，死了一次病了一次還想不明白嗎？」

「我啊？好。」辛情笑著說道：「對了，等有機會我帶景裕來看你。」

「不必了，我的存在並不需要太多人知道。」

辛情愣了下，點點頭。

如煙晴端了茶進來，笑著說今天小茜買了些野味，讓她們也嘗嘗，辛情笑著點了點頭。吃飯的時候心朵坐在蘇豫旁邊，邊吃邊時不時笑瞇瞇地看蘇豫。

「朵朵，妳再看下去，舅舅就吃不下去了。」辛情輕斥。這個朵朵……蘇豫都四十多了，她還……難道她偏愛「玉樹臨風」的老頭？

回到溫泉宮，心月和心朵不知道抽哪門子風，說要賽馬。夜裡賽馬，若是在京裡辛情是不會同意的，不過在溫泉宮便由著她們去了，只不過多派了些人手保護，自己和心弦在蘭湯泡溫泉。

「母后，奚景裕和舅舅有什麼關係？」心弦問道。

辛情正閉目養神，聽了她的話眉毛，不自覺地動了動，「心弦，妳怎麼想起來問這個？」

「好奇啊。母后，十幾年前父皇追封的蘇國公其實就是舅舅吧，我想父皇一定不是隨口封了一個『蘇』字，奚景裕的母親也姓蘇，還是位貴妃，而且，母后您對奚景裕太好了，依我對您的瞭解，除非是您親近的人，否則您不會這麼喜歡她的，對不對？」

「都是些陳年舊事，妳不必知道，知道也沒什麼好處。」

「這些我是不太感興趣，我最感興趣的是母后您的身分，我一直在想，母后您是不是南朝蘇家的女兒，如果是，您為什麼會成為北國的皇后。」

「有這個時間想點什麼不好，研究這些陳芝麻爛穀子的幹什麼。是與不是有什麼用，如今也都不是了。心弦，母后不希望妳們姊妹和我一樣一輩子操心太過，簡簡單單的就好，如果可能，母后希望妳們像舅舅一樣生活。」

心弦遊到她身邊，「可是母后，您知道，我們註定不能像舅舅一樣。」

「女兒啊，即使不能像舅舅一樣隱姓埋名，但是答應母后，千萬別像母后一樣用心太過，這樣活著，太累。」

「好啊，不過，母后，您先給我講講您的故事好不好？真的很想知道母后您的傳奇呢。」心弦笑著說道。

辛情輕輕搖頭，「什麼傳奇，不過是一步錯步步錯……」娓娓地，辛情小聲地給心弦講那些往事，當然，沒有講自己是借屍還魂。

講完了，心弦看辛情，「母后，這麼多年，您好辛苦。母后，您是不是很想母親？」

辛情搖頭，「沒有。」

「母后又嘴硬……不過，想了也是白想，見蘇棻還有些藉口和機會，見母親——真的很難吧。」

辛情沒說話，心弦抱住她，「和母后比，我們三個真得很幸福，可以天天看到母后。」

「有妳們，母后也很幸福。」辛情笑著說道。

話音剛落，心月和心朵就進來了，撲通撲通跳進蘭湯，笑著說誰負誰勝，可能是騎馬還沒過癮，在水裡開始撲騰，濺起了無數水花，一時間蘭湯裡笑聲連連。

誰想，沒過兩天早起，清點人數時發現少了一個，辛情以為那一個晨練去了，可是早膳時也沒回來，辛情便讓福寧派人去找，心月笑瞇瞇攔住了，說有事稟告，然後拽著辛情到一邊說了一遍，氣得辛情使勁拍了她一下，「胡鬧！簡直是胡鬧！」

「那怎麼辦啊，母后？我是不會告訴您她往哪裡去了的，您別指望我，您就是天天抽我一百鞭子我也不告訴。」心月笑嘻嘻地說道：「而且您看，為了怕您想，不是還留下我給您看了嗎？」

「好，這筆帳留到她回來一起算，妳們兩個一個都別想躲過。」

「呵呵，母后，如果到時候您狠得下心下的去手，不念女兒們一片孝心，您就懲罰我們吧，女兒們一定毫無怨言。」心月仍舊笑著，「不過，您現在趕緊找個藉口吧，否則到時候宮裡丟了個公主可麻煩了。」

「有本事偷溜自然把藉口找好了，自己跟妳們父皇說。」

「嗯，想好了，去給母后尋找青春常駐的藥了，父皇一定贊同。」心月笑著搖搖她的胳膊，「母后，您就不要生氣了……」壓低了聲音，「外孫女去外婆家探親也說得過去啊，對不對？」

「妳們哪，等我把她抓回來再說。江湖險惡，居然就這麼跑出去了。」辛情說道，心弦那張臉即使冷著也會招蜂引蝶，居然一個人就敢上路。

「母后，您丟了樣東西。」心月忽然說道。

「東西？權杖？」辛情挑眉，若是拿著權杖也還好，萬一有了事還可以救急。

「面皮。」心月湊近她耳邊嘀嘀咕咕說了半天。

辛情無奈地搖頭，「我還是派人抓她回來的好。」

「那您就試試看吧，昨兒晚上我已經把高手都調走了喔。」心月笑著說道，被辛情又拍了一巴掌。

辛情派出的人還沒有找到心弦，讓她有些著急，拓跋元衡已派人接她們母女回宮了，心朵對於心弦獨自「出宮去尋找高手學武玩兒」十分不滿，若不是辛情看得嚴，估計她也跑了。

對於心弦的離宮，心朵的嚷嚷就夠了，辛情也沒解釋什麼。

拓跋玨和奚景裕來請過安，福寧告訴辛情，東宮的人說太子和太子妃的感情很融洽。

「融洽？怎麼個融洽法？」辛情問道。融洽？難道和拓跋玥一樣的相敬如賓？

「這個，娘娘，聽說太子殿下這半年來從沒幸過哪個侍妾，還時常讓人弄了新鮮玩意給太子妃。」

福寧笑著說道。

辛情看看他，「太子妃可高興？」

「這個是自然，娘娘也可以放心了。」

辛情笑了，「放心，如果這是真的，我自然放心。」

福寧動動嘴角不說話了。

從秋天開始，邊境上時有風波不太平。

入冬，辛情有些咳嗽，拓跋元衡忙於處理邊境和南朝的問題，有時深夜才有空過來看一眼，偶爾聽到辛情夢中的咳嗽聲便罵太醫無用。太醫換了又換，太子拓跋玨每日來請安侍奉湯藥，心月和心朵更是寸步不離。太醫院的人都傳完了，辛情的病才有了些好轉，喝了一個冬天的湯藥，弄得她吃什麼都沒胃口，拓跋元衡便常命各地呈新鮮東西來。

這些東西大多精緻，辛情看著就不想吃，忽然有一天想起多年前隨拓跋元衡前往鄢陵駐蹕在邊境行府時吃的那碗刀魚汁麵，看她有了想吃的東西，拓跋元衡命廚房做了。辛情嘗嘗，果然和當年吃的味道是一樣的。辛情吃得津津有味，心月和心朵只聳聳肩膀。

忽然興起想見見這廚子，便命人宣了。等廚子跪到她面前說著「老奴叩見皇后娘娘」的時候，辛情一愣。

「有勞你了，沒想到，你都這麼大年紀了。」辛情讓福寧給他賞賜，並賜了座，「當年在邊境行府，吃了一碗麵覺得好吃，如今你做的也是一樣的味道。」

「回娘娘，當年為您做那碗麵的人就是老奴，老奴還沒有機會謝娘娘當年的重賞。」御廚說著起身欲跪。

「免了免了，坐著吧。」辛情說道：「除了這麵，你還會做什麼？」

「老奴會做所有的麵，不過，最擅長的是刀魚汁麵。」御廚說道。

「那明兒起，把你的手藝亮亮，這段日子忽然想吃麵，你就做了給我吃吧。」

御廚千恩萬謝地出去了。

晚上太監端來一碗雞蛋麵，辛情吃了便皺了眉頭，太監們惴惴不安。

「娘娘，可是這麵不合胃口？」福寧小心問道。

辛情搖搖頭，這麵很合胃口，很熟悉。

「福寧，明天去宗府請宗夫人入宮來。」辛情說道。福寧應承著去了。

第二天，魚兒進宮來請安，見辛情神色好了許多，臉上也有了笑意，很是高興。

「姊姊怎麼這麼高興？」

「中午請妳吃樣東西。」辛情說道。又和她說了會兒家常。

午膳，看著那簡單的一碗麵，魚兒愣了，「姊姊就是吃著這個高興了？」

「妳嘗嘗味道。」看著魚兒吃了一口，辛情便問道：「怎麼樣？比妳做的如何？」

「一樣的味道。怎麼，宮裡的御廚也只能做成這樣？難道是我的手藝太好了？」魚兒笑著說道。

「我就說，魚兒做的麵是最好吃的，妳還不信，這回信了吧。」辛情笑著說道：「沒準兒，那御廚就是跟妳偷師學藝呢。」

「姊姊這麼說，我倒是想起來了。當年和我爹住在京郊老宅的時候，曾有宮裡的一位師傅要我教他做麵呢，不知道是不是他。」

辛情笑了，「魚兒那時候就有名氣了？」

「姊姊，妳別笑我了。那位師傅說是奉旨來學的。」

「皇上愛吃麵？我怎麼不知道？嗯，我看哪，這廚子是打著皇上的旗號去騙妳手藝的，呵呵。」想了想，讓人傳做麵的御廚，「妳看看是不是他？」

御廚來了，辛情讓他抬頭，魚兒仔細看了半天有一絲猶豫，「都二十多年了，恍惚還有點當年的樣子，記不清了。」

「你可認識這位元夫人？」辛情問御廚。

「認得，說起來，宗夫人是老奴的師傅，老奴這做麵的手藝是夫人傳授的。」

「果然？」辛情疑惑，「皇上讓你去的？」

「是。」御廚答道。

辛情和魚兒面面相覷。

「皇上愛吃魚兒做的麵？所以讓你去學藝？」辛情問道。

「當年總管大人告訴老奴，這面是右昭儀娘娘家鄉的口味，皇上怕娘娘思鄉情切，便讓學著，等娘娘想吃的時候隨時伺候著。」

「這麵，你是第一次做？」

「回娘娘，不是。從學會到現在，老奴共做了十一次麵，兩次是娘娘要的魚汁麵和昨日今日兩次雞蛋麵、魚丸麵，其餘七次是進給聖上的。」

辛情不做聲，半天，讓福寧重重賞賜了御廚讓他下去了。魚兒見她若有所思的樣子便也說話，只坐著相陪。

晚膳時分。太華殿。燈火通明的太華殿裡雖站著許多人，卻沒有一絲動靜。門口出現一個紫色的身影，揮了揮手，人都無聲地退了下去。紫色身影看向龍案後對著地圖的高大人影，放輕了腳步過去了。

「請問客官今天要吃什麼麵？」聲音很專業化，服務態度良好。

拓跋元衡的身形動了動，沒回頭，說道：「最貴的麵。」

「請稍等。」辛情回頭示意宮女將食盒放到檀木桌上，「客官，請移步。」

拓跋元衡步出龍案後邁向桌邊，坐下，看了看然後抬頭看辛情，「這就是貴店最貴的麵？」

「客官好挑剔，不想吃就換別家。」辛情笑著在他旁邊坐下，「除了本店，可沒有老闆娘陪吃的服務。」

拿了筷子放到他手裡。

「要不是看上了老闆娘，還真不想吃這麼簡單的飯菜。」拓跋元衡說道，握住她的手，「老闆娘吃過了？」

「嗯，吃過了，剛出鍋就吃過了，本店老闆娘從來不吃剩的。」辛情笑著說道，給他倒了熱茶放在旁邊。

看著他吃完，辛情遞上了帕子讓他擦拭嘴角，他問道：「怎麼想起吃這個了？」

「老闆娘思鄉情切，想吃家鄉的口味，誰知道還真有人會做。」

「很是感動是不是？有這麼體貼的夫君。」拓跋元衡拉著她起身到偏殿去坐了，那裡面更暖和。

辛情咳了兩聲，不是病，純粹是被拓跋元衡嚇的。夫君……

「這群廢物，治到現在也不好。」拓跋元衡說道。

「總是這樣的脾氣，動不動就罵太醫，太醫也不是神仙，什麼病都治得。」辛情笑著說道。

馬上又快過年了，邊境上似乎消停些了。辛情這些日子身體不好，拓跋元衡命正德夫人籌備宮中節慶。

沒想到大年初五，邊境忽然有了大風波，南朝竟然趁此時發起突襲，雖然已有防備，不過因為太過突然，仍是有了不少的傷亡。拓跋元衡震怒，欲御駕親征。群臣雖極力反對，但是也知道拓跋元衡登基以來，他說的事再多人反對都沒用。

坤懿殿。辛情坐著，慢慢啜飲清茶。

「皇上真是這麼說的？真的要御駕親征？」面前站著已有了許多白髮的大太監樂喜。

「回娘娘，千真萬確，臣工雖極力反對，但是皇上主意已定，怕是……」樂喜猶豫。

「我知道了，你先回去伺候吧，我再想想辦法。」辛情讓他退下了。

又有人來了，說太子殿下求見。

「兒臣給母后請安。」拓跋玨行禮請安。

「玨兒，你坐吧。」辛情說道，看看他，「怎麼了？眼圈都黑了？沒睡好？」

拓跋玨跪下了，「兒臣有一事要求母后幫忙。」

「說。」辛情點點頭。

「兒臣想求母后說服父皇打消御駕親征的念頭，若非要如此，兒臣願代父皇親征。」

「你？玨兒，你想清楚了？戰場可不是鬧著玩的，你此去，勝了還罷了，若敗了，顏面無光，於你的太子之位恐怕不好——你父皇不讓你去，也有這方面的考量，你可想清楚了？」

「母后，兒臣幾夜未睡已想清楚了，兒臣自知文治武功難望父皇向背，但是，父皇年過半百，此時又是天寒地凍，萬一有個閃失如何是好？兒臣雖不才，但為了父皇和大戎兒臣便不怕了。若兒臣不能勝利歸來……」拓跋珏的話被打斷。

「珏兒，你有這份心就好。想做就去做吧，將來這個天下也是你的，提前歷練一下也好。你去將你剛才的話說給你父皇聽，其餘的我來想辦法。」

「母后，您同意了？」

點點頭，辛情說道：「母后也希望珏兒坐穩江山，此去雖冒險，但是，不是有句老話嗎，富貴都是險中求來的。若這個軍功被人搶了，你將來登基怕是不會坐的那麼穩當。再者，你代父皇出征，勝了當然好，敗了也讓父皇知道你對他、對國家的一片忠心，將來他也放心將江山交到你手裡。」

「謝母后。」拓跋珏站起身，看看辛情的臉色，「兒臣此去，不能日日侍奉母后身邊，母后要保重。」

「好，母后等著你凱旋。」

拓跋珏告退出去了，辛情閉目沉思良久。

晚上，辛情昏迷不醒，睡了兩天，拓跋元衡才改了主意，下旨讓太子代聖駕親征。大軍出京的那天，辛情醒了。從手腕上褪下那串帶了二十幾年的血珀念珠，讓福寧急速到城外交給太子。

拓跋元衡回宮來到坤懿殿，見她正神清氣爽地坐著喝茶。

「睡醒了？」拓跋元衡除了斗篷，在她身邊坐下。

「兒子出征這麼大的事要是還睡著就太過分了。」

「朕就知道妳是裝的。達到目的高興了？」拓跋元衡橫她一眼，眼睛裡有無奈。

「果然哪，二十多年了，還不信臣妾會有好心。」辛情嘆口氣，「虧臣妾還擔心著天寒地凍的，皇上龍體的重要呢，看來，又白費了。」仍舊悠閒得喝茶。

「哼，別跟朕陰陽怪氣。」拓跋元衡哼了一聲。

辛情低頭笑了。

因為有戰事，宮裡的歌舞宴樂全部停了。年的味道也淡了，心月心朵說宮裡冷清要去宗府湊熱鬧，辛情准她們去了。不過，元宵節，宗家進宮請安辛情才知道，這兩個丫頭肯定跟著去前線湊熱鬧了。三個女兒都不在身邊辛情有些擔心。

前線南國軍營大帳裡。

角落裡，一個女孩直愣愣地站著，只有眼珠骨碌碌地轉來轉去，大帳正中的書案邊，兩個年輕人正商量軍報。商量完了看向女孩，笑了。

其中一個笑著走了過去，「真是絕色，沒想到北國還有如此美貌的女人。還是不肯說妳是誰？不肯說，本王就帶妳回去做側妃了。」笑得不正經。

門外傳來一聲「有密報」的聲音。

「進來。」年輕人收了手，看那進來的黑衣人，「什麼？」

那人拿了小小的白紙奉上，兩人看完了，皺了眉，揮手讓那人出去了。

「大戎皇后彌留。」年輕人念道，邊念著還用餘光看女孩的反應，果然，她眼中有淚流出來了，杏核眼裡是滿滿的哀傷，嘴裡喃喃說著：「母后……」

「母后？果然是公主殿下。失禮了，公主殿下。」年輕男子蹲下身，看著她。

聽了他的話她也不做聲，只是哭。

年輕男子皺了皺眉，稍稍靠近了些。結果，他的脖子忽然被她不知道哪裡抽出來的短匕首抵住，「站起來。」

「謀殺親夫？」男子笑了，輕鬆得很。

刀用了力，將他的脖頸上劃出了道血痕，他皺了皺眉，「果然是蛇蠍皇后的女兒。」

「少廢話。走，詛咒我母后，這只是小小的懲罰，若這消息是假的，我就將你碎屍萬段。」心月看向帳中那個滿臉烏雲的美男，「你要是不想他死，就老實點，否則，死了奚祁的兒子你沒有辦法交代。備馬，我要離開。」

「放了七殿下。」美男說道。

「不想奚祁的兒子死就備馬，否則我的刀不長眼睛。」心月說道。

「彥澤，備馬，我陪公主回京。」男子說道。

「景翔，你小心。」

「虧你們是男人，少婆婆媽媽，唐彥澤，照著我說的去做，否則你就等著送奚景翔的人頭回去。」心月說道。

唐彥澤派人去了，心月點了奚景翔的穴道，從腰帶中抽出兩條細細的繩子，將他手腳綁了，「你最好別動，越動這繩子越緊，弄得你手腳殘廢可別怪我沒提醒你。」

「最毒婦人心。」奚景翔笑著說道，被心月用手掌砍暈，橫在馬上，很快兩個人消失在夜幕中。士卒欲追，唐彥澤伸手攔下，「不准追，七殿下心裡有數。」

戎國軍營中的瞭望兵忽聞遠處似有馬蹄聲傳來，馬上以火光傳令戒備，並派人進去稟告太子殿下。馬蹄聲越來越近了，瞭望兵大聲喝止：「來者何人？」

「圓月公主，快去回報。」女孩子大吼著。

「中氣十足嘛。」奚景翔不知何時醒了，微笑著說道，藉著軍營的火光，他看見這個女孩子對他露出了嗜血的笑，然後又砍暈了他。

順利進入軍營，拓跋玨看到她紅了眼，大吃一驚。

「月兒怎麼了？」拓跋玨問道。

「皇兄，你有沒有收到京中急報，母后她……」心月說著有點哽咽，「奚景翔說，母后處於彌留之際……」心月狠狠看了眼在地上「扔著」的奚景翔，「如果你胡說八道，我把你五馬分屍，然後餵狗。」

拓跋玨一震，「我沒有收到。」

心月想了想，「我先回京了，玨哥哥，這個人你處置吧。」

拓跋玨點頭，「我命人送你們回京。」

很快，邊境風波平息，原來是兩國亂臣賊子故意製造假像，意圖使兩國開展好趁亂謀反。虧了奚景翔隻身到北國面見皇帝將他們的懷疑及這些日子以來所查到的證據一一擺明，拓跋元衡命人徹查，證實了奚景翔的話，也因此，兩國休戰，各自鎮壓了亂臣。而作為平息此次風波的大功臣奚景翔，求了父親奚祁向北國皇帝求親，欲迎娶圓月公主。

坤懿殿裡。

「拓跋心月，妳不能去和親。」奚祁家都是狼，她的寶貝女兒不能去狼窩裡生存。

「母后，和親也沒什麼不好啊？沒準兒您女兒我將來還能做皇后呢！」心月笑著說道。

「好個鬼。那個地方人生地不熟，舉目無親，堅決不行，就是嫁也要在我眼皮子底下。」

「母后……」心月低了頭，「如果，我喜歡奚景翔呢？」

「不行，喜歡也不行。奚景翔有什麼好的，肯定是花花公子紈綺子弟，這種人有什麼可喜歡的。」辛情說道。

「母后……」心月抬起頭，「母后，這輩子女兒非奚景翔不嫁。」

辛情劇烈地咳嗽了起來，心月忙起身端了水給她，被辛情一揮手拍掉，「福寧，把她給我關起來，不准她見任何人，也不准任何人見她。」

心月垂首，「母后，您闔吧，只要您高興就闔吧，不過，我還是那句話，女兒這輩子非奚景翔不嫁。」

心月被太監帶走了，辛情手撫著心口，大口大口地喘氣。

「娘娘，您別生氣，公主到底是年輕，過兩天就好了。」福寧輕聲勸道。

「好什麼好，我生的我養的我會不知道她的脾氣？唉……」辛情長長嘆口氣。

殿內鴉雀無聲，除了辛情的嘆息聲。

寧安殿。

「公主，您就答應皇后娘娘吧，娘娘這兩日都沒有用膳，咳嗽得厲害，就算老奴求您，您答應皇后娘娘吧。」福寧站在殿外，小聲說道。

「福公公，你去稟告父皇，去請太醫。你幫我轉告母后，我一定要嫁給奚景翔。」

「公主……」福寧聲音裡透著無奈。母女兩個一個比一個頑固。

「快去吧，還有，如果良辰公主回來了，你讓她替我跟母后求情。」

「是，老奴知道了。」福寧搖搖頭，嘆息著走了。

殿內，心月坐在桌邊，咬著嘴唇，小聲說道：「母后，對不起。」

母女倆僵持了三天，這天福寧高興地進了殿說是良辰公主回來了。心弦的臉白白的，應該是面具戴久了的結果。

「母后？」心弦看辛情陰沉著臉，便小心翼翼地問道。

「終於知道回來了？」辛情示意她坐下，「怎麼瘦得這麼厲害？」

「母后，您的氣色不好，生病了？」

「先回答我的問題，妳怎麼瘦了？臉白得像鬼一樣。」辛情皺著眉。

「行走江湖飢一頓飽一頓，餓的唄，所以女兒就回來了。母后，您怎麼了？」心弦笑著問道。

「氣的，心月要嫁給奚祁的兒子。弦兒，妳去勸勸她，不能嫁給奚景翔。」

心弦垂下眼簾想了想，「好，我去問問。」不說勸勸，只說問問。辛情著急著，也沒注意到，忙讓人帶她去看心月了。

結果，過了一個時辰心弦回來了，卻是勸辛情答應心月去和親。辛情一氣之下，將她也關了起來。一時之間後宮的氣氛沉悶到可怕，所有人說話都放低了音量，生怕一個不小心惹了辛情不高興。

拓跋元衡勸了兩天，答應辛情回絕南朝的和親請求，不過辛情臉上還是一絲笑容也沒有。心朵每天來逗她開心，她也是扯扯嘴角而已。

這天早上，奚景裕來向辛情請安，坐下說了會兒話，忽然眉頭一皺，似乎是有些泛酸。辛情一驚。

「裕兒，妳和太子……圓房了？」

奚景裕點點頭。辛情只覺得頭更疼，一個個的就沒有讓她省心的。

「福寧，去傳太醫看看太子妃是否有喜了。」今年的「喜事」還真是多。

太醫來了，小心請了脈，回奏說太子妃確實有了身孕。辛情讓人小心送了奚景裕回東宮安胎，並將自己身邊的宮女調了四個過去伺候。辛情使勁揉太陽穴，「這日子怎麼就沒一天安生呢。」

「妳呀，孩子大了，妳還操這麼多心能安生嗎？」拓跋元衡的聲音。

「沒一個省心的。」

「要省心也容易，明兒朕挑兩戶妳看得上的人家把閨女都嫁了，妳就省心了。」

「拓跋元衡，你來擠兌我是不是？」辛情停下動作，不滿地看拓跋元衡。

「朕怎麼是擠兌妳？」拓跋元衡在她身邊坐下，「妳看，朕不是回絕了和親的事？妳關著弦兒月兒，朕不也支持妳了？」

「怎麼辦才好？死丫頭不撞南牆不回頭的性子。」

「關著，關到改了主意為止。」拓跋元衡笑著說道。

辛情看他一眼，餿主意，「那個奚景翔是什麼樣的人？」

「小夥子不錯，有膽有識。」

「這個不重要，他花心嗎？他會對心月從一而終嗎？死丫頭，不知道吃錯了什麼藥，居然跟我說喜歡他，為了什麼呀？」辛情嘆著氣說道。

「喜歡了就喜歡了，哪有那麼多理由？妳不也是一口就否決了奚景翔？」拓跋元衡笑著說道。

「怎麼，我看著你倒是想讓心月嫁過去啊？也是，你會有好處的。」辛情說話帶了刺。

「朕是有好處啊，朕心愛的女兒遠嫁了，然後皇后便對朕不滿了，朕就孤家寡人了，朕有什麼好處？別拿朕和奚祁比，奚祁喜歡耍陰的，朕可是光明正大的。」

「你的意思是，奚景翔是個可以託付終身的人？」

「妳該相信月兒的眼光。」

「我要找她談談。」小崽子到現在還不肯屈服，再餓下去就餓死了，她這個當娘的怎麼狠得下心讓她餓死。

寧安殿。

「你們都出去。弦兒，妳也出去。」辛情說道。殿門被緩緩關上了，心月跪在她面前，臉色憔悴，不過神色仍然堅定，辛情坐下，「妳還是不改主意？非奚景翔不嫁？」

「是，非奚景翔不嫁。」心月說道。

「妳怎麼就這麼鬼迷心竅？奚景翔到底對妳做了什麼？」

「什麼也沒做，母后，實話對您說吧，奚景翔，我並不喜歡他，最主要的是嫁給他，將來可以做皇后。」

「皇后皇后，狗屁皇后！皇后有什麼好，這些年來，妳看我這個皇后做得舒服嗎？」辛情一拍桌子。

「可我就是想做皇后，我想一人之下萬人之上。」

「一人之下萬人之上，妳以為好嗎？妳知道要付出多少代價？沒有一天不是提心吊膽的，沒有一刻不要防著別人的，從來都沒有安穩覺睡，還要忍受無數個女人和妳分享一個丈夫，妳傷心難過的時候也許妳的丈夫正和別的人飲酒作樂，確切的說，做了皇后，妳就不是女人了，所謂的一人之下萬人之上妳知道是什麼？是皇帝的陪襯，是皇帝的管家，要大度，要忍常人所不能忍，還要做許多違背自己良心的事，妳想這樣嗎？」

心月躊躇了下，還是肯定地點了點頭，「母后的日子我都看在眼裡，不過，母后，這是我自己的生活，您就讓我自己做主吧。如果月兒要做皇后，就只有這一個機會，您就成全女兒吧。」

「妳會後悔的，心月，母后不想妳後悔，不想妳一輩子像母后這樣，妳懂不懂？」

「我知道母后的心思，可是，如果能做皇后，女兒會很開心的。」

辛情拄著額頭，「我看妳是要氣死我才高興。妳呀妳，拓跋心月，妳等我死了妳再去嫁給奚景翔。」辛情起身，眼前一黑。

等辛情醒了，福寧告訴他，南朝的求親國書又到了，圓月公主逼著皇上答應她和親去了，辛情半天眼珠都沒眨一下。

報應，果然是報應，只不過是她替蘇朵承受的報應。

原來，兒女不聽話心會這麼疼。

「娘娘？」福寧小聲喚道。

「報應，這就是報應。」辛情囁嚅道。翻身面朝裡一動不動。

婚事定了下來，一切便開始有條不紊地開始準備了。辛情雖不樂意，但是該準備的都在準備，她甚至到千金笑讓桃花給她弄來了毒藥，又讓桃花給她弄來了幾個身懷武功的女子進宮給心月做宮女，以便將來陪嫁過去。桃花說做她的女婿晚上都睡不好覺，丈母娘天天算計著要他命呢。辛情聽了也不說話，只是不停地想還要準備什麼。

還是桃花盛開的季節，心月披上了嫁衣。紅毯上，心月盈盈跪倒拜別父母，心朵看著看著，躲在心弦懷裡哭了。心弦低聲安撫她，只有心月笑著，美得傾國傾城。

辛情扶她起來，「到了南朝，一切小心。」

「母后，您放心，女兒會小心的，您也要好好保重身體。」心月說著，眼圈終於紅了，撲進辛情懷裡，「母后，女兒會想您的。」

「我不會想妳這個固執的丫頭。」

「母后，您不想我我會很難過的。」心月笑著，臉上還有淚痕，「母后，您答應我，天天想著我時時念著我，好不好？要不然我會睡不著覺的。」

「好，母后天天想著妳。」辛情仔仔細細地看著女兒，親手將她的紅蓋頭放下，「時辰到了，走吧。」

宮女扶著心月轉身走向花轎，文武大臣都躬身行禮恭送心月。

花轎離地了，儀仗緩緩地移動，最終移出了辛情的視線。辛情站著，袖內手緊緊地攥著。

回到坤懿殿，心朵還哭著，心弦低頭默不作聲，辛情命人將宮裡所有的紅色都撤掉。

「母后，心月出嫁是好事，這個還是多留兩天的好。」心弦說道。

辛情看著她，和心月一模一樣的臉。

「母后看見這些心裡難受。」

「我知道，可是，母后，女兒大了終究要嫁人的。」心弦在她面前蹲下身，笑著說道：「女兒一輩子都不嫁，陪著您。」

辛情苦笑了一下，「說什麼傻話，妳要是不嫁，母后比今天還難受呢。」

「那，女兒聽您的安排，您讓女兒嫁給誰女兒就嫁給誰，好不好？」心弦笑著說道。

「算了算了，不聽妳們哄我了，到時候都把母后的話當耳邊風了。」

「不會的，母后，我真的聽您的話，如果您不嫌棄，我就陪您在宮裡一輩子。」

「傻瓜，妳的一輩子還長著呢，母后的一輩子可沒多久了。如果，母后活著的時候看見妳們都有了好歸宿，母后就開心了。」

心弦笑著點點頭。

心月走了，辛情不高興了很久，還特意去西都住了兩個月，心情才慢慢平復下來，注意力轉向了奚景裕的肚子，似乎自懷孕一起來，奚景裕那張常常淡得看不出表情的臉時時有了笑意。拓跋玨也很緊張，辛情生過三個，也算經驗豐富，可是被初當父母的小倆口給鬧得也時不時緊張一下。

一轉眼奚景裕的肚子都七個月了，心月也離開三個多月了，八月十五的時候辛情覺得心裡空落落的，雖然拓跋玥修書給她說心月安然抵京一切安好，可是辛情還是不舒服。而且她發現心弦有點怪怪的，有時會心不在焉，宮女端茶給她她居然接不穩掉在了地上，明明是臥在榻上看書，問她看什麼了也不知道。已經有一個女兒「誤入歧途」了，辛情實在很怕心弦出了次門也和什麼人私定終身，感情受傷之類的，再來一次她的心臟可受不了。而且比較詭異的地方，心弦以前說不能隨便嫁人，要隨緣，可是這次回來卻說全憑她安排，這一點太不像她從小到大的性子了。

「心弦，這一年多妳都到什麼地方了？」

「江湖。」心弦轉轉眼珠，「母后，您問這個幹嘛？是不是怕我學壞了？」

「怕妳誤入歧途。」辛情說道：「跟母后說說，妳都認識了些什麼人？」

「男人女人老人年輕人還有……死人。」心弦抱抱她的脖子，「母后，您放心，我這一路都是戴著面具的，從來沒有人見過我的臉，所以像我這麼平凡的小人物在江湖上就只能是看熱鬧的，根本不會有人對我怎麼樣的。」

「母后不怕別人對妳怎麼樣，怕的是，妳對人家怎麼樣了。懂嗎？」辛情問道，怕女兒對不該動心的人動了心。

心弦笑了笑，「母后，要是我對人家怎樣，那只能是他們惹到我了。唉，看了這一年多的熱鬧，發現江湖也就是那麼回事，就是把宮廷放大了而已。」

辛情搖搖頭，「知道江湖險惡了?哦，對了，我記得心月跟我說有人離宮出走是去看外婆，怎麼外婆家沒到，反倒在外溜達了一年呢？」

「外婆家不好找，而且覺得江湖有趣就先看看了唄。這回心月到了南朝，反正總有人代您去看了。」心弦說道。

「希望不會嚇到外公和外婆。」辛情說道，偷看一眼女兒，她雖然在笑著，可是那笑怎麼也沒到眼底。

辛情肯定女兒有了心事，或許是不該有的心事，可是現在她只求女兒平安在自己身邊就好。

奚景裕的肚子到了八個月多些，辛情便如臨大敵，不僅免了奚景裕到處請安，而且每天還要冒著寒冷的天氣去東宮看看奚景裕，問問太醫她的肚子是否一切都好。辛情最信任的是盧廷周，奚景裕的肚子八個月之後辛情便讓盧廷周常駐東宮直到皇孫出生。

到了十一月，天氣愈發寒冷，那幾天天常常陰著，看得人心裡憋得慌。奚景裕馬上就到了產期，辛情每日在東宮待的時間更長了，她在，東宮裡的人便大氣都不敢出，走路都用飄的。

十一月初十傍晚時分忽然飄起了小雪，並且有越下越大的趨勢。辛情從東宮回坤懿殿，本來是坐肩輿的，看著下雪便忽然很想下去走走，還沒走回坤懿殿視力所及便都已一片雪白了。

「看樣子這場雪小不了。」辛情喃喃說道，南國也有這麼大的雪嗎？她的月兒在做什麼？有沒有想她？

快走到坤懿殿，聽見心朵開心地笑著的聲音，辛情便笑了，朵朵永遠都是這麼開心。

「弦美人，妳怎麼不躲啊？我都打到妳好幾次了。」心朵嚷嚷。

辛情微微皺眉，太監推開厚重的院門，正打雪仗的心弦和心朵停了下來往這邊看了，心朵笑著飛奔過來，心弦站著沒動。

「打雪仗呢？」辛情笑著問道。

「嗯，是啊，母后，太子妃嫂子的肚子還好嗎？」心朵問道。

「還……」辛情只說了這一個字就聽得院外上氣不接下氣的太監扯著脖子喊著：「生了生了……」

「生……了……？」心朵嘴張成了圓形，「母后，太子妃嫂子生了！」

「生什麼生，這是要生了，太監緊張呢。妳和姊姊好好在宮裡待著，母后去看看。」

「母后，我也去。」心朵忙說道，很是興奮的樣子。

急匆匆趕回東宮，果然是要生了，倔強的奚景裕咬著帕子，額頭上都是冷汗，身上也都濕透了，就是一聲不吭，實在忍不住了低低呻吟兩聲，聽著很是壓抑。見辛情來了，她扯出個勉強的笑，「母后……」

握住她的手辛情給她擦擦額頭的汗，「沒事，生孩子都這樣，到時候按著穩婆說的去做就好。」

奚景裕點點頭。

「玨兒在外面，不方便進來，母后陪妳，好不好？」辛情問道。

奚景裕笑了，很放心的樣子。

辛情生產過兩次，每次也都疼得死去活來，可是當時身在其中只想著怎麼生下孩子解除痛苦，現在奚景裕壓抑的痛苦呻吟總是刺激辛情的心臟，聽著別人痛苦，那是把痛苦拉長放大的感覺。

穩婆指揮著宮女太監們忙忙碌碌，辛情握著奚景裕的手，隨著時間的推移，辛情感覺到自己手上一陣疼似一陣，不過她仍舊笑著幫奚景裕擦汗鼓勵她。

這樣的陣痛持續了好幾個時辰，直到殿外亮了才聽得嬰兒響亮的哭聲。辛情覺得手已經麻木了。

「回皇后娘娘，是一位小郡主殿下。」穩婆過來道喜，其餘的在忙著給嬰孩洗澡包裹。

「裕兒，妳有女兒了。」奚景裕閉著眼睛，似乎昏睡過去了。

辛情鬆了她的手，讓宮女們給她換了乾爽衣服安靜地睡了，自己在一邊等著看小孫女。過了好一會兒，穩婆才抱了小嬰孩過來。

「讓我看看我的小孫女，好乖啊。」辛情抱過嬰孩親了親，然後把孩子放在奚景裕身邊，「好好照顧太子妃和小郡主，天氣寒冷，小心別凍著了大人孩子。」

穩婆們答應著，辛情讓福寧重賞在場的人，並讓他吩咐下去準備三日後的洗兒會和湯餅之類。出了內室發現拓跋玨還在原地繞來繞去，見她出來忙迎上來問道：「母后，她們母女還好？」

「還好，正睡著，你進去看看，小心些別吵了她們，裕兒累壞了。」辛情笑著囑咐。

「是，母后。」拓跋玨答應著，一眼看到辛情的手，「母后，您的手？」

「沒事，進去吧，母后回去歇一會兒，過了晌午再來。」

出了殿，大太陽明晃晃地映著雪，忽然而來的刺眼光亮讓她睜不開眼睛，忽然才想起心朵怎麼不見了，福寧忙說小公主撐不住半夜回去睡了。

回到坤懿殿拓跋元衡也在，見她滿臉倦色便說道：「那麼多人在也不少妳一個，回來等不也一樣的。」

「兩個還都是孩子呢，我要是不在恐怕就都沒了主意。」辛情說道，精神緊張了一個晚上，現在放鬆下來就有點頭重腳輕，趔趄了一下，還好拓跋元衡近在眼前，忙伸手抓住他的胳膊。

「這手怎麼都青青紫紫的？裕兒捏的？」拓跋元衡皺著眉頭。

「那孩子倔強，疼得那樣也不吭一聲。」這個性子怕是像蘇棻。

「隨便抓哪個宮女不行？」拓跋元衡握著她的手輕揉。

「她一個人離家去國，這個時候肯定想親娘在身邊。」辛情嘆口氣，「只盼著等我的月兒生產的時候也有人這樣照顧她。」

「我們的小月兒會和妳一樣堅強。」拓跋元衡說道，算是安慰。

「再堅強也是娘的孩子，想到月兒到時候會自己面對那些我就難受。拓跋元衡，我越來越沒出息了是不是？」辛情的，眼睛酸酸的，好想她的寶貝月兒。

「嗯，是越來越沒出息了。」拓跋元衡說道：「不過，朕覺得妳也該放心，我們的女兒都會像妳一樣頑強，妳該欣慰才是，妳若總是這樣，孩子們不也擔心？」

「本來也是，只不過，以前有的女人強硬得像男人，不需要朕安慰。」

辛情看看他，笑了，「拓跋元衡，妳越來越像個好丈夫好父親了。」

「那是為了把機會留給更多的女人。」辛情笑著說道。

「妳還有那個好心？」拓跋元衡拍她手一下，辛情躲了躲，拓跋元衡說道：「好好歇一會兒吧，剩下的事讓奴才們去辦。哦，對了，咱們這個小孫女好看不？」

「現在哪兒看的出來？不過我們兒子和媳婦都漂亮，孫女也一定好看。」

「要是個皇孫就好了。」

「著什麼急？珏兒才多大。這倆孩子也真是的，小小年紀就當了爹媽，還不知道養孩子的辛苦呢。」這年代的男人滿腦子都是香火和傳宗接代。

「怕什麼？不是還有皇爺爺皇祖母？」

皇祖母……好蒼老。再看一眼拓跋元衡，「皇長孫今年二十一，皇太孫今年都三歲了。」

「說起來，朕好幾年沒見過皇子們了。」

「正好後年你六十萬壽，皇子們也該進京來賀壽了。」辛情說道。皇子們進京來，老熟人應該也會來。

小郡主是十一月十一雪後初晴的時候誕生的，拓跋元衡欽賜了名字雪霽，小字初晴。因為還沒有正式冊封的名號，宮裡便叫她雪郡主，辛情聽了有些無奈，蘇豫家有個煙晴，宗家有個新晴，拓跋家又添了初晴，都跟「Qing」過不去。

雪郡主的降生，沖淡了宮裡因為心月遠嫁而產生的低氣壓，每日裡去東宮看小娃娃成了辛情必做的事，一向那個怕冷的習慣都快忘了。

到了拓跋雪霽滿月，辛情拿自己的私房錢將東宮上上下下都賞賜到了，還辦了熱熱鬧鬧的滿月宴。天冷不便抱著小嬰孩跑來跑去，拓跋元衡和辛情一起駕臨東宮為小郡主慶滿月。裹著紅被子的拓跋雪霽被抱到拓跋元衡面前，他很是笨拙地抱過小孩子，笑著對辛情說道：「小孫女看起來很有福氣。」

「託您的福。」辛情笑著抱過去孫女，小東西果然有福氣，這麼人還能睡得那麼四平八穩的。

「像弦兒和月兒。」拓跋元衡說道。

「要再過段日子才看得出來呢。不過，像誰都好。」辛情笑著說道。

熱熱鬧鬧地吃了湯餅，辛情和拓跋元衡帶著浩浩蕩蕩的人離了東宮，雖然每天來，可是也沒忘囑咐好好照顧太子妃和小郡主。

剛回到坤懿殿，心弦宮裡的太監正在殿外哆哆嗦嗦。辛情皺眉，這是怎麼了？

「有什麼事回報？」

「回娘娘，公主……昨日下雪公主在御花園賞雪不想……不想……」太監吞吞吐吐。

「不想什麼？摔著了還是凍著了？」

「公主……患了雪盲症，暫時看不見了。」太監說道，頭又低了低。

「看不見？你是說公主的眼睛瞎了？」辛情急切地問道。

「只是暫時看不見，太醫說兩三天內便可痊癒。」

「知道下過雪不能立刻出去，你們不攔著？要你們何用？如果公主真看不見了，我就挖了你們的眼珠子給公主。」辛情急匆匆去看女兒。

在宮殿群裡穿行，看著正忙碌著掃雪的太監們，辛情忽然放慢了腳步。

進了寧平殿，太監宮女正跪了一殿。辛情沒理會直接進了內室，卻見心弦正在桌邊坐著，頭髮還沒梳，柔柔地垂著。

旁邊侍立的宮女撲通跪下了，口中說著：「給皇后娘娘請安。」

心弦站起身，笑著看向這個方向，不過眼睛卻沒有往日靈動。

「母后，您來了。雪霽的滿月宴還好？」心弦笑著說道。

「眼睛好些了嗎？」辛情揮揮手，本來就提心吊膽的下人們第一時間跑得無影無蹤。

「沒事了，母后不要擔心，太醫說幾天就好了。」心弦略微低了頭。

「不疼嗎？」

心弦遲疑了一下，搖搖頭。

「那就好，不疼就好。」辛情看著女兒，有些心疼，這應該也是她能想出來的不牽連無辜的人的最好辦法了吧？患了雪盲症，眼睛周圍卻沒有絲毫水腫眼中也沒有絲毫充血的跡象，那眼睛明亮得和正常人一樣。

「母后，是我看雪下的好非要出去的，您別怪下人們，和他們無關。」

「哦，反正不過是雪盲症，太醫也說了兩天就好了，既然能好我還怪他們幹什麼，弦兒，這兩天妳別出殿去，患了雪盲症最好待在暗的地方，再用濕帕子捂著些才好。」辛情看著女兒的臉，美麗的臉上雲淡風輕。

「嗯，我知道了，母后。」心弦笑著說道。辛情看著她沒有焦距的眼神和那抹笑，忽然感到害怕，這一切似乎在心弦的預料之中，難道她真的會瞎？

辛情走到她旁邊，拉著她的手到床邊，「雪盲症最好少用眼，這幾天正好天也冷，妳就多睡睡懶覺好了，也好得快點兒。」

「母后，那會睡成豬了。」心弦聽話地躺好，眼睛看著辛情的方向，視線卻落在辛情身後的錦帳上。

「是睡美人，母后的女兒個個漂亮著呢。」辛情給她拉好被子，看她閉上眼睛，「睡吧，等妳睡著了母后再走。」

心弦長長的睫毛在眼下形成了小小的弧形陰影。過了會兒，看她睡了，辛情輕輕起身，剛走了兩步，只聽心弦很小聲叫她：「母后……」

「怎麼了，睡不著？」辛情輕聲問道。

心弦坐起身了，手向她這個方向摸索著，辛情便重新走到床邊坐下，「眼睛不舒服了？」

心弦低頭靠在她肩頭，「母后，我騙了您，我沒有雪盲症，我……」

辛情不說話，等著她說。

「母后，您生氣了是不是？氣我騙您了是不是？母后，對不起，我只是不想讓您擔心，我只是害怕連累無辜的宮人。母后，對不起……」

「告訴母后，是誰把妳弄成這個樣子。」辛情說道。從小心弦就維護宮人，常常會替他們到辛情面前求情。

「母后，我跟您保證，沒有人對我做過什麼，也許我早有了這種病，只是沒有發作而已，現在長大了點便發作了。」

「如果妳有，妳和月兒是雙生姊妹，那她恐怕也要看不見了。」

「不會的，母后。至於什麼原因，您就不要問了好嗎？反正我跟您保證，月兒不會看不見。母后，我不怕，一點兒也不怕，看不見了也沒什麼，反正以前該看的我也都看過了。」

「真不肯和母后說？非要讓母后自己去查？」找到了下毒的人，她要將他碎屍萬段，挫骨揚灰。

心弦摸索著下了床，鞋子都沒穿，跪在地毯上，「母后，我求求您，不要查了。」

「為什麼？弦兒，妳在袒護誰？」辛情問道。

心弦搖搖頭，沉默了半晌說道：「母后，這個世界對我來說看不看得見已經沒有差別了，您別問我為什麼，我不會告訴您的，女兒這輩子只有這個祕密會瞞著您，因為女兒自己也不想提起。過去了就過去了，以後就這樣子也好，眼不見心不煩，安安靜靜地陪著母后和父皇。」

辛情扶她起來，「傻瓜，妳這個樣子，父皇和母后怎麼能安安靜靜的？不管妳在維護誰，弦兒，母后不會放過他。」

「母后……」心弦美麗的臉上都是焦急。

「妳知道母后的脾氣。」扶著她坐下，「任何想要傷害妳們的人都是母后的敵人。」

心弦笑了，「母后，他沒有傷害我，是我自己要走的，我都已經要把他忘了，您何必呢。」

「總之，這件事母后去辦，到時候他是生是死妳就別管了。」辛情的臉上一片冰冷。

心弦的手摸索著摸上她的臉，「母后的臉好冷，一定十分生氣。」

「母后會治好妳的，放心吧，寶貝。」辛情將女兒抱進懷裡。

聽辛情說心弦的眼睛看不見了，拓跋元衡大發雷霆，差點又讓人將寧平殿的人全拖出去斬了，辛情攔下了，不讓拓跋元衡插手，怕他又大開殺戒，讓女兒難過。

辛情讓太醫重新檢查了心弦的眼睛，太醫卻查不出什麼原因，最後得出的結論說大概是中了毒。辛情聽了也很想把太醫都劈了。一邊讓太醫給心弦看眼睛，私下裡派了大量的人去各地尋找名醫，另一方面調查這幾年來心弦身邊的人，結果卻是一無所獲，還是心朵無意中的一句「前幾年弦姊姊看了一幅畫差點瞎了，月姊姊說要去殺了那個人」提醒了辛情，那個人——就很好查了。

幾日後。南山腳下一處竹林，一個藍衣男子正在喝酒，鬍子拉碴地仰臥在竹林中。幾不可聞迅速移動的人影他也完全沒有察覺到，直到被人架了起來拖著走。

「你們是誰？來殺我的？」他笑著問道，似乎這一天早在他意料之中。

沒人回答他，仍是拖著他快速移動。小小的竹編門被拍飛，藍衣男子睜開眼睛，被響聲刺激得精神了些。

被毫不留情地扔到地上，藍衣男子使勁抬頭看看，朦朧中看到石桌邊坐著一位紫衣婦人，似乎很美麗。

「妳是誰？」藍衣男子笑著問道。

「你的殺父仇人。」婦人開口說道。

「妳是獨孤氏？」藍衣男子原來是史沐。

「沒錯，我是獨孤氏，是當今的皇后。」

「妳終於要殺我了？」史沐問道。

「良辰公主失明了。」辛情說道，看著眼前不修邊幅的年輕男子，眉宇中還看得出當年畫師史沭的影子。

「失明？那怎麼來找我？」

「與你父親相比，你實在不夠光明磊落。我來找你自然是因為你有解藥，你可以治好她的眼睛。」辛情說道。

「我治不好她的眼睛，我只會下毒，不會解毒。」

辛情起身走到他面前俯下身，「我告訴你，我不管你會不會解毒，如果你不能讓弦兒眼睛復原，我跟你保證，我會讓你史家徹底從歷史上消失。相反，如果弦兒的眼睛好了，我不會虧待你，我會讓你們史家光明正大地重返宮廷。」

「我不會解毒。」

「說吧，你還要什麼？說出來。」辛情的聲音冰冷。

「就算全天下都給我我也治不好她，那毒的解藥已經失傳了。」

「失傳了？失傳了……那好，我給你用同樣的毒，然後我會讓太醫製作各種解藥用在你身上，總有一天會配出正確的藥來解我弦兒的毒。」辛情說道：「你是一個畫師，一個畫師沒了眼睛就是廢物，你爺爺和你父親寄託在你身上的希望，你們史家的希望就完全沒有了。」

「妳如此惡毒，我父親又怎會為妳而死。」

「惡毒？你不惡毒嗎？沒有本事對付我便對付我的女兒。跟你相比，我有一點比你好，我惡毒，但是我比你光明正大。而且，我會感恩，會因為感念你父親的犧牲而保護你，你卻狼心狗肺，弦兒好心放過你，你卻恩將仇報。」辛情說道：「如果你還有一點善念還有一點愧疚之心，你就治好弦兒，到時候我會給你對付我的機會。」

「我治不好，就算我盡全力也未必會成功。」

「我相信只要你肯，只要你盡力，弦兒會看得見的。」辛情嘆口氣，「我知道你恨我，沒關係，弦兒好了，我會給你報復我的機會。」

「如果我要殺妳呢？」

「可以。不過，最好不要用下三濫的手段了。」辛情起身，「那麼，就這麼說定了？」

「我會盡力，但不是畏懼妳的權勢，而是知恩圖報。」

「好。」辛情轉身走了。

史沐在地上苦笑了會兒，踉踉蹌蹌地走進竹屋，東翻西找起來。

知道辛情去找了史沐，也知道史沐答應盡力為她治眼睛，心弦笑彎了眼睛，半開玩笑似的說道：「母后，如果我不想治好呢？」

「那我就殺了史沐。」

過了半個多月，史沐進宮來給她看眼睛，沒有什麼起色。

又來了好幾次，心弦嫌他折騰，又說自己在宮裡悶著也是悶著，不如出去走走，便隔些日子帶幾個人去南山竹林。

辛情心裡雖然著急但也無可奈何，不能完全指望著史沐，私下裡還在派人尋找名醫。

因為心弦的眼睛，這個年辛情過得不舒服。只有看到拓跋雪霽的時候才能暫時忘了這些揪心的事，暫時不去想遠在千里之外的女兒心月。

偃朝京都。年已經到了十三了，味道淡了許多，不過，沒人鬆懈，都準備著上元節的賀禮呢，雖很費心思不過一年也就這麼一回上元節，怎麼也不能白送得讓皇帝有點印象才好。

站在皇后身邊的一個年輕女子不小心咳了兩聲，引得許多「家人」都看向她。

「月兒，身子不舒服？」皇后問道。

「沒有，謝母后關心。」月兒答道。

「嗯，正過著年呢，可別病了，不吉利。」

月兒點點頭。

奚祁宣佈散了，兒子媳婦們都齊刷刷地告退出來。

還沒走多遠，皇后宮裡的小太監追著趕上來了，「奴才給七爺請安。」胳膊上搭著一件很是華麗的袍子。

「何事？」奚景翔問道。

「回七爺，這是皇后娘娘賞王妃的鶴氅。」小太監雙手奉上鶴氅。

「呀，好漂亮，公公代我謝過母后。」月兒甜甜笑著說道：「有勞公公跑這一趟。」

小太監忙也笑了，聲音裡帶著愉悅，「王妃客氣，奴才這就回去覆命了。」

小太監走了，月兒將鶴氅交給身邊的丫鬟，轉回頭見奚景翔似笑非笑地看著自己。

「王爺為何如此看著妾身？」月兒笑著，嬌媚如花。

奚景翔看看那鶴氅，「只是在想王妃穿上這鶴氅一定更美。」

「謝王爺誇獎。」月兒笑著說道。

等上了馬車，心月收了笑，對那鶴氅看也不看一眼。

「夫人。」奚景翔叫她，心月抬頭看他：「王爺何事？」

奚景翔忽地靠近她，手攬上她的肩膀，「為夫就是想知道妳這人前和煦春風人後千里冰封的臉是怎麼長的。」

「彼此彼此，王爺在皇上皇后面前不也是玩世不恭的面目。」

「所以，我們是天生一對。不枉為夫我厚著臉皮第二次求親。」奚景翔的嘴角有一絲冷笑。

「此言差矣，全天下的人都知道是我圓月公主尋死覓活要嫁給你的。」月兒笑著說道。

「哈哈。」奚景翔拉著她的手撫上自己脖子那道細細的疤痕，「妳送給為夫的定情信物一輩子都丟不了，為夫總算知道月兒妳喜歡為夫到了什麼地步，非我不嫁？拓跋心月，妳想從我這裡得到什麼？」

月兒笑了，湊近他耳邊耳語道：「不是跟你說了，我對你一見鍾情。」

「小月兒，為夫早晚會知道。」奚景翔笑著說道。

回到王府，冷冷清清的。

「這府裡也該添些人，冷冷清清的一點也不熱鬧。」心月說道。腰被一雙手臂環住，肩頭放了一顆頭。

「生幾個孩子府裡就熱鬧了。」奚景翔嬉皮笑臉。

「孩子太吵，多幾個女人才好，衣香鬢影花團錦簇的，再說，你不娶幾個擺在府裡，兄嫂們以為是我攔著呢，皇上皇后也不高興。」心月想躲開他的懷抱。

「皇上皇后？當著面，怎麼父皇母后叫得那麼親熱？天生就會討好人，怎麼不來討好為夫？」奚景翔死皮賴臉地抱著她。

「每天都在討好啊。」心月拍拍他的手，「注意形象，被下人看見了不好。」

「看見就看見，我們可是拜過天地高堂入過洞房的夫妻，不礙著誰。」奚景翔順勢親親她的臉，「為夫就是每日看妳看不夠，怎麼辦？」

「呵呵，那就看啊，我不是天天杵在你面前嗎。」心月右手握拳，很想打飛眼前這個涎著臉的傢伙。老管家在外輕輕敲了敲門問是否傳膳，心月一把拍開他，笑著吐出個字：「傳。」

到了上元節，心月特意穿了皇后賞的鶴氅進宮共慶元宵，大紅的鶴氅映得幾位少王妃的眼睛都紅了，皇后很是滿意，特意拉了她的手細細看了看。上元節最熱鬧的不是白天而是晚上賞燈，在宮裡陪了小半夜奚祁才好心解放了大家。

雖非夜深，可是大家陪了一天也都累得慌了，而且有些人還有餘興節目，因此一個個都有些行色匆匆。幾位皇子被公子哥們拉走了，幾位王妃便各自返家。

回到王府，雖也是燈火通明，可是就覺得冷清。心月攆了所有人出去，自己到廊下看月亮，「母后，月兒好想您，您想月兒了沒有？」

想了想，也不讓人跟，自己在府中順著廊廡走看花燈，有的花燈上有謎語她便猜猜，多數都猜得到。

「月兒！」有人叫她。

她回身，奚景翔站在院中，離她不遠。

「怎麼這麼早回來？酒喝盡興了？」心月笑著問道。

「帶妳去個好地方。」奚景翔走過來，看看她也沒穿什麼厚衣服便說道：「大冷天穿這麼少，要是凍著了，為夫可是會心疼的。」邊說著便把她裹進自己大大的玄色斗篷裡。

「去哪兒？」心月問道。手被他握著才知道自己的手冰涼的。

「看花燈，南朝的花燈你還沒看過。」奚景翔笑著說道。

雖已是半夜，可是上元節沒有宵禁街上還是熱鬧得很，熙熙攘攘的都是人。

「如何？比北朝如何？」奚景翔笑問。

「不知道，沒看過。」心月說道，她們上元節都陪著父皇母后的。走在街上，聽著不很熟悉的口音，心月有些不高興。

「累了？」奚景翔看她神色不快。

「嗯，累了，回去吧。」心月說道。

回了府，心月說累，要泡澡放鬆，奚景翔笑嘻嘻地說洗鴛鴦浴，心月便皺眉看他，好色之徒，然後關上門。

「唉喲，又要謀殺親夫。小月兒，妳怎麼對為夫這麼狠心？要不是為夫閃得快，今天就殘廢了。」奚景翔在門外大呼小叫。心月左右看看，燭臺……真想扔出去砸暈他讓他閉嘴。

泡在大大的木桶裡，心月頭扎進水裡，聽著水泡咕嚕嚕地浮出水面。

「只有個破木桶……母后一定帶著心弦和朵朵在泡溫泉……」甩甩頭，心月嘟囔著說道。鑽進水裡使勁撲騰兩下，晃出了好多水。

……母后，為什麼水不會涼？……

……因為底下有火在燒，妳們再不出來就被煮熟了……

胳膊搭在桶沿上拄著下巴，心月喃喃道：「真想被溫泉煮熟了……」水還熱熱的，心月想著想著便覺得困意來襲。

「先睡一會兒就好……」

「哈啾！」打了個噴嚏，下意識地往溫暖的地方鑽了鑽。

「哈啾！」又一個噴嚏，「母后，月兒生病了……」

「太醫馬上就來，忍會兒。」一個還算得上好聽的聲音在她耳邊說道。

「哦。」

本來十六也要進宮請安的，可是七王妃拓跋心月偏偏著涼生病了。

「怎麼還是著涼了？」皇后問道。

「都是兒臣不好，非讓她陪著看燈，凍著了。」奚景翔說道。

馬上就有竊笑聲。

「你也是，她前幾天就不大好，天寒地凍的你還拉著她看燈。怎麼樣？太醫看過沒？」

「看過了，說是喝幾服藥就好了。」

「以後小心著些。」皇后囑咐道，想了想，轉向拓跋玥，「三王妃和月兒是親姊妹，有時間也多走動走動。月兒年輕，初來乍到，難免想家有些心火。」

「是，臣妾遵旨。」拓跋玥忙說道。

拓跋玥到了七王府，心月剛喝了藥睡下了，臉燒得通紅，不過看著卻是愈發豔麗。

「若母后知道妳病了，怕是要心疼死。」拓跋玥小聲說道。

心月睡得天昏地暗，不知道拓跋玥來。拓跋玥坐了會兒便走了。

等心月好了已是好幾天之後了，看看鏡中，心月摸摸自己的臉，「這麼難看，哪裡還像是母后的女兒？」

然後仔細地化了妝容，挑了亮麗顏色的衣服穿了，在鏡子前轉圈轉到一半兒才發現門框上斜倚著一個人，還抱著胳膊笑著。

「看來是好了。」奚景翔說道。

「嗯，好了，謝王爺這些天悉心照顧。」

「客氣什麼，夫妻本就是一體。」奚景翔笑得有點曖昧。

「我要進宮請安，好些日子沒去了。」

「為夫代妳請過安告過假了，上頭讓妳在府裡好生養著。」奚景翔晃過來上上下下打量她，「還是這樣好，病懨懨都沒個精氣神。」

心月對他笑笑，說的都是廢話。

「既然不用去請安，我要去上香。」心月說道。在宮裡的時候，每次生病了，母后都要去奉先殿上香，等她好了讓她去還願。

「好，為夫陪妳去。」

心月點點頭，奚景翔笑得真狐狸。

上香的路上，奚景翔打著皇后讓他好好照顧她的旗號將她裹在懷裡。

「王爺，你對我真好。」心月說道。不就是想知道她為什麼尋死覓活嫁給他嗎？猜吧，不怕費腦筋就猜好了。

「想起月兒妳對為夫的一見鍾情和非君不嫁，為夫就感動得很，怎麼捨得對妳不好，妳說是不是？」奚景翔笑著說道。

進了廟，雖年也快過完了，不過來上香的人還不少。拈著香跪在佛前，心月默默祈禱，奚景翔在旁邊看著她，眼神裡有探究。未幾心月起身，小沙彌接過香小心插進香爐裡，心月又雙手合十拜了拜。

「辛弦。」有個男人的聲音叫道。

心月肩膀微微動了下，半天才慢慢轉過身看著在門口處的男人。他背著光，看不清樣子，但是個子很高，周身散發著冷氣。

心月看著他，眼神裡全然是陌生。不過，她還是慢慢地一步步地走到他面前，抬起頭和他對視。

「妳還記得心弦？」心月笑著問道。那笑奚景翔很熟悉，她當年拿刀劃他脖子就是這種笑。

男子忽然皺了一下眉，不解地看著她，「妳不是辛弦。」

「是與不是都不重要，重要的是——你沒機會再見她了。」心月的右手迅速地拔出來，看著刀尖上的血，然後輕輕用帕子拭去，「這是你傷害心弦的代價。」

男子腹部的衣衫很快染紅了，他只是皺皺眉，「辛弦在哪兒？」

「有本事就自己去查，我是不會告訴你的。」心月冷笑著說道，然後轉頭看看奚景翔，「夫君，我們回府吧。」

奚景翔還未到她身邊，男子動作如風地扼住了心月的脖子，「辛弦在哪兒。」

心月便笑了，「你敢傷我一根毫毛，信不信心弦恨妳一輩子，一輩子對你視而不見？」輕輕挪開他的手，「別激動，激動了，血流得快，死得也快。」

奚景翔牽起她的手，「又淘氣，走了，回家了。」

回去的馬車上奚景翔手摸摸她的脖子：「疼嗎？」

「不疼。」

「為夫發現小月兒生氣起來是要死人的，脾氣怎麼這麼不好。」

「沒辦法，被我父皇寵出來的，以後我會注意的。」心月笑著說道。

「為夫還發現一件事。」奚景翔思考了很久才說出來。

「什麼？」心月抬抬眉毛。

「小月兒只有在最親近的人受了傷害時才會生氣，以前是妳母后，現在是良辰公主。」說完了湊近她，和她鼻尖碰著鼻尖，「要是哪天有人傷害了為夫，妳會不會這樣生氣？」

「會啊，夫君妳現在就是我最親近的人哪。」心月笑著挪開他的臉。在南朝她只有他一個依靠，在他將來登基之後更是她的依靠。

坤懿殿。

「乖孫女，來，奶奶抱抱。」辛情笑著從宮女手中接過小孫女，小娃娃長開了些，會對著人笑了，還時不時揮舞著小拳頭，「和姑姑小時候一樣也喜歡吃拳頭。呵呵。」
「母后，我小時候也喜歡這樣？」心朵好奇地看著小侄女，偶爾用手碰碰她的小臉蛋。
「嗯，哥哥姊姊還有妳都這樣。」辛情忽然想起沒見著心弦，便問道：「姊姊呢？」
「去南山了。」心朵說道。辛情點點頭。
「妳這麼愛湊熱鬧，今天怎麼沒跟著姊姊去啊？」
「不去了不去了，去了礙眼。」心朵笑瞇瞇地說道。
「礙誰的眼？」辛情笑問。難得她居然不去看史沐那個美男了。
「一個彈琴一個畫畫，我去了可不是礙眼嗎？」
「彈琴畫畫？」辛情皺皺眉，聽著怎麼像隱居世外的高人夫婦？
「對啦對啦，弦姊姊現在琴彈得越來越好，史沐的畫也越來越好。」心朵撇撇嘴。
「哦。」辛情哦著，心裡開始犯嘀咕。

南山竹林。

竹林還是那處竹林，人也還是那些人，只不過，現在林中縈繞著琴聲。青衣女孩子正低頭撫琴，她對面的男子正低頭作畫。
「心弦，妳該回去了。」男子放下畫筆說道。
琴音未止。
「史沐，我求你一件事。」
「什麼事？」史沐看著她。
「我的眼睛就這樣吧。」心弦看向他，眼神卻落在他身後的不知某處。
「妳……不想看見？」

心弦搖頭，「該看的都看過了，看不看得見也不重要。」

「對不起，我不能答應妳。」

忽然，似乎是一陣風吹過，桌上的畫紙飄飛起來，等畫紙落地，一個男子負手立在桌邊，緩緩彎腰撿起畫紙，看向兩人。

「史沐，是有人來了嗎？」心自從看不見，耳朵便極敏感。

「是。」史沐看著那男子皺著眉頭看手裡的畫像。

「是你的朋友？那我先回去了，我今天說的話，你考慮一下。」心弦站起身，「小棠，我們走吧。」摸索著找平日裡伸手可及的宮女，卻摸到了一段粗糙的布料，心弦收回手，「史沐，小棠呢？」

「辛弦。」近在咫尺的聲音。

心弦驀地收回手，將視線看向聲音的來源處，習慣性地眨眨眼睛。

「小棠，我們走了。」心弦手向一邊摸索著，卻被握住。

「眼睛怎麼了？」男子一用力，心弦便在他懷裡了。

「瞎了啊。」心弦笑著說道，手摸索著撫上他的臉，「你來幹什麼？」

「找妳。」男子說道。

「找我幹什麼？」

「我喜歡妳。」男子很是直接。

心弦笑得很美，沒有焦點的眼睛並不妨礙她的美貌，「曾經，我也喜歡你。可是，曲終就該人散，我和你，沒有……」

話音未落，男子抱起她騰空飛起，幾個起躍便消失在竹林中，只留下輕飄飄的一句「轉告皇帝，夜白帶辛弦回去成親了」。

史沐看著他們消失的方向，變了神色，轉頭看看，宮女小棠在不遠處站著，手上還端著茶壺，卻只有眼珠能動，想必竹林外的侍衛也是一樣。

「為了他，妳才不願再看這個世界吧……」史沐喃喃說道，收拾起飄落在地上的畫紙。

這件事很快被上報到坤懿殿。

當時辛情還逗著孫女玩兒，聽到這個消息只是動作略頓了頓。

「母后，弦姊姊被搶走了？」心朵很是驚訝。

「嗯，搶婚。」夜白，很江湖的名字，不過聽著很有高手的味道。

「母后，您怎麼不著急啊？」心朵問道。真難得她母后還能這麼開心逗娃娃笑。

「著急有什麼用，妳沒聽說那個人很厲害嗎？再說也不知道把妳姊姊搶到哪裡去了，怎麼追？」辛情說道。

「可是母后，我覺得您根本一點都不擔心，好像……還有那麼點點點的高興。」心朵嘟囔道。

「高興嗎？母后看起來很高興嗎？」

心朵點頭，「很高興。」

「那就對了。」辛情說道。雖然這個女婿不怎麼懂禮貌，也不知道要先爭得女方父母的同意就去拜堂成親，不過他總得來給岳父母看，到時候再收拾他也不晚。而且，剛剛被心月給捅了刀子，現在就教訓他，怕他真死得早，那她女兒就真要傷心難過一輩子了。

秋天又來了，桃花一家要回南探親，心朵惦記著到南國看美男，因此和辛情軟磨硬泡了很久，終於被允許和桃花一家一起南下了。為了掩人耳目，心朵扮作男裝，和南宮桃梓扮兄妹，看著倒也像那麼回事。

拓跋雪霽越長越漂亮，看著倒有幾分像心弦和心月小時候。

這個秋天天氣有些反常，忽冷忽熱。辛情的病也隨著反反覆覆，拓跋元衡便折騰得太醫一個個看起來比辛情都像病人。

剛到了十月頭上，宮裡的桃花一夜之間全開了，宮裡上上下下都說宮裡今年會有喜事，辛情忽然想到紅樓夢裡那十一月開的海棠花，心裡想著怕不是吉兆，只不過是應在誰身上的問題罷了。那天下午，拓跋元衡召見了欽天監的人之後，下令將宮裡的桃花樹全部砍了。

看見帶著鋸和斧子等工具的花匠、太監等浩浩蕩蕩的人馬，當時辛情帶著嬪妃們正在御花園看桃花，見他們欲動手砍樹，忙下令制止了。太監說是皇上的命令，辛情便說晚會兒砍也行的，等她看完了再說。

太監們便帶著人退了出去。

遣退了嬪妃，只留了一個福寧伺候。桃花隨風飄落在辛情身上頭上，忽然想起當年也是在這裡，拓跋元衡命人做桃花李花詩，她還忍不住顯擺了四句，回去洗澡就因為念了首《釵頭鳳》惹得他大發雷霆。

想到拓跋元衡當年那張鉛塊臉兒，辛情笑了，一揮手，撒了一地的桃花。

「這桃花有什麼看的？作怪！看完了？朕命人砍了。」拓跋元衡冒著火氣。

辛情回頭，見他一臉恨恨地看著桃花樹，揮手屏退了奴才，「我記得當年有人說過，我和昭儀就像桃花和李花，砍了桃花是要砍了我嗎？」

「這桃花根本是開得妖異。」

「有我這個桃花妖在，當然不敢不開。」辛情笑著轉移話題，「還記得我當年念得那幾句詩嗎？後面還有我沒念完，想不想聽？」

「不聽。反正也沒什麼好寓意。」

辛情知道他怕是想起了那《釵頭鳳》。

「桃花塢裡桃花庵，桃花庵裡桃花仙；桃花仙人種桃樹，又摘桃花換酒錢。酒醒只在花前坐，酒醉還來花下眠；半醒半醉日復日，花落花開年復年。但願老死花酒間，不願鞠躬車馬前；車塵馬足貴者趣，酒盞花枝貧者緣。若將富貴比貧賤，一在平地一在天；若將貧賤比車馬，他得驅馳我得閒。別人笑我太瘋癲，我笑他人看不穿；不見五陵豪傑墓，無花無酒鋤作田。」辛情笑著念道。

拓跋元衡半天不做聲，想了想說道：「什麼該殺的瘋癲人寫的東西？」

「其實，有件事我一直沒想明白。」辛情頓了頓，「我當年不過念了首《釵頭鳳》詞，你怎麼大發雷霆？」

「朕哪有大發雷霆，不是封了妳做貴妃？」拓跋元衡握住她的手，「看也看過了，回宮吧，風大。」

「當年那麼多人一起看花兒，我還只是個配角，今天，就屈尊陪我一個人看吧，實在是煩了一群人嘰嘰喳喳的。」辛情邁步前行，拓跋元衡皺了眉跟著。

走得累了，辛情在一塊枯木上坐了，拍拍木頭，拓跋元衡在她旁邊坐了，「年紀大了倒是多愁善感了？年輕時候怎麼不見。」

「女人有了愛情才多愁善感，你不知道嗎？」辛情扯著斗篷接桃花。

拓跋元衡看她。

「我這一輩子，本來以為會平平淡淡，誰知道卻如此波瀾起伏，始料未及。還好，現在老了，生活還算平穩。」辛情說道。

「妳還是怪朕？」拓跋元衡的聲音裡有淡淡的失落，帶著滄桑的失落。

「怪，當然怪。」辛情很肯定地說道：「年輕的時候怪你毀了我想要的生活，怪你害死我最想珍惜的人，怪你逼我殺死自己的孩子，怪你逼我走到要自殺的地步。以為死了便是解脫，然後你放我離開，你讓人一點點告訴我你為我做了多少我不知道的事，不過，那時候我仍然無法釋懷，在我看來，你為我做的也不足以彌補我失去的。我甚至想，就算你給了我天下，我都不會原諒你。」辛情轉頭看拓跋元衡，他一臉的陰沉，轉過頭去不看她。

「事情總是那麼不可思議，就像我怎麼能想到你會真的把天下捧到我的面前？給我兒女雙全，我怎麼能想到，當年有人怕我思鄉情切，特意讓人去學做我愛吃的東西，雖然那個人的手藝只施展了十幾次。我又怎麼能想到，我自己都快遺忘的家鄉口味，有人比我吃的還多？拓跋元衡，我現在怪，只怪老天給了我們一個不好的開始，讓我們互相折磨得傷痕累累。怪，怪你是個帝王，有帝王的手段和帝王的不得已。」辛情頓了頓接著說道：「如果你不是帝王，就算你再強硬再霸道，我想我們也不會經歷這麼多磨難。」

「妳現在不怪朕了？」

「你先回答我一個問題，我再決定。」辛情笑了笑，「你為什麼喜歡我這個人？」

拓跋元衡說道：「朕要的東西一定要得到，朕說過要妳的身也要妳的心，妳不肯給，朕自然不會放開妳。」

「偷換話題。我說的是你為什麼喜歡我這個人，你說的是為什麼不肯放了我，跟喜歡我一點關係都沒有。」辛情說道。

「朕喜歡一個人不需要理由，就像朕殺一個人一樣，同樣不需要理由。」拓跋元衡說道，卻不肯看著辛情。

「總有一天，你會告訴我的。」辛情起身，抖了一下斗篷，漫天飛起了桃花，「拓跋元衡，這桃花別砍了，如果我不在了，她們可以代我存在。」

「住口。」拓跋元衡幾乎是吼的。

辛情不理他，繼續往前走，「如果這桃花能讓你記著我，就別砍。」

結果桃花都沒有砍，茂盛地開了近一個月才慢慢地落了。

這天晚上，吃過晚飯，辛情喝了藥，忽然想去看看拓跋元衡。盛裝打扮了帶著人去太華殿，遣了所有人出去。

拓跋元衡皺眉看她，「大晚上的，作什麼妖？」

「我來問你那個問題，你還沒告訴我。」辛情有點累，在拓跋元衡身邊坐下，靠著他的肩膀，「最近總感覺不好，每天早上都想著睡過去算了，可是弦兒、月兒、朵朵還都沒回來，我想等著她們回來再看看她們，有些話要囑咐呢，以後你替我照顧好孩子們。」

「很快就回來了。」拓跋元衡攬住她的肩膀，「要問朕什麼？」

「問你為什麼喜歡我？」辛情笑著說道：「你總不想我就這麼不清不楚地沒了吧？現在不說，以後我可聽不見了。」

「朕說了，沒有理由。」

「果然，喜歡一個人是沒有理由的，恨才有。」辛情握住他的手，「雖然沒有理由，編一個給我吧，否則我會去的不安心。」眼睛慢慢地閉上了，嘴角帶著笑，手還握著他的，「拓跋元衡，我們做一個約定，如果下輩子遇見了，我們轉身向兩個方向走，我不想這麼累了，所以，如果你遇見我，先轉身好嗎？」

「好。」

「那就好……」辛情說道。

殿外的風忽然吹了進來，將殿內的燭火全部吹滅，紗簾在黑暗中呼啦啦地飛舞著……

「記住，不想和朕糾纏的話就千萬別回頭，若妳回頭，朕還是不放手。」拓跋元衡說道。

皇后之喪來的突然，井井有條的後宮忽然失去了主人，陷入了混亂。

拓跋元衡在太華殿坐了一天，不准任何人為辛情換衣服。一天之後，下了道旨意，命太子料理皇后喪儀，太子妃暫攝後宮。全國禁樂一年，禁嫁娶三個月。

番外篇

番外篇之一　拓跋元衡的思戀

她走了，徹徹底底地走了，這次朕無力回天，不能讓躺在水晶棺裡的她再睜開眼睛。走了也好，這一輩子，恐怕只有離開才能讓她真正再開心起來，才能重拾二十多年前水越城中的歡顏。可惜，朕看不到了，只能靠著回憶去想她。

初見她，在南朝水越一座小小的橋上，她正小心折一枝梅花，完全不顧及旁人的目光，悠然自得地折了那梅花拖走，一路上只和身邊的女孩子笑談幾句，碰見賣陶器的小販，她挑了只燒壞的，說是古樸。這女子似乎不喜愛太美麗的東西。

細看，卻發現這女子的眉眼都分外精緻，她卻將額頭醜陋的疤痕大咧咧地露出來，也完全不顧別人的目光。

知道她開著一家小小的店，閒來無事便去看看，多年後，每每看著她或虛偽或冷酷或無奈的笑，朕都會想起冬日的午後，窗邊那托腮凝神看梅花的笑顏，悠閒懶散，滿滿的幸福味道。即使二十幾年過去，那個她依舊清晰如昨日。只是，她從來不知道，朕也從未告訴她——朕只是等著，想盡辦法讓她重拾歡顏。

她來到朕身邊，依舊笑，那笑裡卻忽然帶了玩世不恭的意味，她笑得順從笑得嫵媚笑得妖嬈，只有偶爾一個失神朕才能捕捉到她眼裡的冰冷。她的笑是盛開在外的豔麗花朵，她的心卻如冰般冷硬。越是如此，朕便愈想剝去她心上那一層層堅冰，讓她的心會因為朕而變得柔軟。

人就是這樣，愈難得到的東西便愈有鬥志，皇位如此，她亦如此，仔細想想，也許在她初入宮廷的時候朕更多的是將她當做一個對手，朕喜歡猜她接下來會做什麼會求朕什麼朕要不要答應諸如此類，她也從來沒讓朕失望，偶爾會氣得朕怒火中燒，價值連城的夜明珠她弄碎了，和妃子們打牌拿朕來賭輸贏，肚子裡的龍嗣她偷偷打掉，宮殿她看著不順眼也會一把火燒掉，宮妃們不敢做的她開了先河，卻沒有人敢步她的後塵。

最初的那些年裡，朕沒有享受過征服的快樂，因為她從未被征服過，在朕和死亡之間她毫不猶豫地選擇後者，而且選擇最殘酷的方式去死——灰飛煙滅，讓朕連她的骨灰都尋不到，朕不知她對朕的恨已如此入骨。

她躺著，氣若游絲，臉白得像鬼。若是旁人將是不可原諒的，因為會連帶害死朕的骨肉，可是對她，朕一向格外開恩。即使她醒了仍固執地選擇帶著孩子一起死，朕仍舊捨不得殺她，也許，她就是朕的剋星。

那一次的出走有三年，第一年，朕沒有宣佈她還活著，如果可以，朕想當她真的死了。後宮的女人們依舊討好朕迎合朕，朕卻意興闌珊，只常去昭儀殿裡坐坐，南朝的五個美人只剩下這一個了，她仍舊淡淡的，不過坐臥談笑卻多了一份小心翼翼，曾經朕以為她也是與眾不同的，不過經歷過這樣的腥風血雨，她終究怕朕了，也終究和普通的宮妃一樣，多的，不過是一份美貌。

這個後宮開始讓朕覺得無趣，朕便時常親自教導六皇子，在宣佈她「薨逝」之前，朕將這個皇子歸到她名下。小小的孩子常問母親哪裡去了，朕便帶他去瑤池殿，告訴他那是他的母后，他就很高興，說母后好美，像仙女。朕聽了常想笑，想告訴他，他的母后是妖精不是仙女。

梅花開了，照常賞梅折梅，看著妃子們精緻的笑臉，朕卻沒了看的興致，為了賞而賞、為了折而折原來竟是如此無趣，折梅於她們不過是做戲給朕看罷了。

批過摺子信步走去瑤池殿，卻見屏風下那一枝枝梅花，六皇子正抱著一枝往瓶裡插，他說她一定會喜歡這些梅花，所以折來放著。喜歡？這宮裡的東西她從未喜歡過什麼，如果非得說有，恐怕就是她那隻黑色的波斯貓了，那貓兒救了她一命，在她離開之後不久便死了，曾經的鳳凰殿也只剩下一片焦黑，她將自己的印記消滅得乾乾淨淨，唯一留給朕的是瑤池殿的這一尊屏風。

朕不想去想起她，後宮之中也無人敢提起她，可是朕卻無時不刻不在想起她。

對著舞著的妃子和歌姬，朕會想起那個夏日裡她偷偷在鳳凰殿跳舞，跳了只是自娛，朕要她跳便說扭了腳。

又是花溪流觴，妃子們吟詩作賦，朕便會想起她甘願受罰喝了酒酡紅的臉。她並非不會，只是不願，抑或是不屑。

朕的萬壽，歌姬們翩翩起舞，朕卻透過這許多人，恍惚中見著了她在殿外冷笑。

六月初六，她的壽辰，妃子們敬酒，卻總覺得她仍舊醉著酒靠著朕的肩膀嫵媚地笑。去到瑤池殿，似乎那屏風上的人走下來披著夜明紗踉蹌地轉圈圈，還說著要飛到天上去。

中秋佳節，太液池仍舊波光瀲灩，遠遠畫舫上的女子似乎又成了帶著面紗的嫣水月。熱鬧的時候，朕常想起她狐狸一樣嫵媚的笑臉。夜深人靜時，她的悲傷便會浮現眼前。

……我只是太累了，想歇一會兒，一會兒就好……

這句話常在耳邊繚繞。

想起來便是百般滋味在心頭，她強硬，所以從不和朕說苦說累。朕以為她強硬，所以以為再過些日子，還她清白的時候，她會明白朕的苦心，可是一切出乎朕的意料，她尋死，她將後宮女子最害怕的罪名安在自己身上，她甚至翻出前朝舊案，目標直指朕的母后。朕以為她只是兄長逝去一時心內鬱結而口不擇言，可是鳳凰殿的大火，朕明白她說那番話的時候死意已決，朕一直不願相信的她恨朕詛咒朕原來也全部是真。朕從未對一個女子如此容忍過，對她，朕破例、朕開恩，甚至違背祖制，為她設一個尊貴無比的位置，可是這一切從來沒有感動她分毫。朕氣，從未見過這樣鐵石心腸的女人。

可是她走了，這句話在朕心裡盤繞出了另外一種意味，她說在試著信任朕，可朕將她這份萌發的信任扼殺了，直白地說，若她萌生了去意，朕便是加速了她的死亡，是朕讓她對這裡徹底絕望。朕忽略了，再強硬的她終究也是女人，所以她恨朕也是事出有因，朕不該氣。

還好，朕再氣還是沒捨得殺她，才讓朕有補償的機會。

找到她易如反掌，她為朕生了兩個漂亮的小女兒，精靈古怪的樣子和她一樣。她不願回來卻拗不過朕不得不回來。她們母女回來，似乎宮裡的一切又都亮了起來，不管如何，回來便好。雖然回來不可避免的還有爭鬥，不過朕會為她們遮風擋雨，不會再將她放在浪尖風口。

回宮的這十幾年，朕遵守了諾言，只是仍是讓她帶著遺憾去了，但願今日所感她於九泉之下會知曉。水晶棺中她安詳地睡著。

「下輩子，梅花開的時候，朕折好了梅花在越女橋邊等妳。」這是朕的心願。

可惜，她聽不見，此時南國的梨花開了，也許她已回轉那小小的城中去賞滿山遍野的梨花了。

番外篇之二　拓跋玨的決絕

「父皇，夜深了，請您移駕回宮吧。」拓跋玨輕聲說道。

「夜深了，你母后也要歇著了，朕在這兒擾了她睡覺，她又該不高興了，走吧。」拓跋元衡起身，拓跋玨忙扶著他的胳膊。

出了瑤池殿，雖在深夜之中，可是放眼望去，滿目的白，連瑤池殿前的這方小小水塘水面也是白的。

「這一次是真的喪儀了。」

「父皇，母后若知道您這樣傷神會不安心。」

拓跋元衡笑了笑，搖搖頭。

「她一輩子從未為朕不安心過，她放不下心的只有你們幾個。朕——怕她是巴不得離了。」拓跋元衡到桌邊坐下，示意拓跋玨在他對面坐下。

「不會的，兒臣所見，父皇母后這些年來恩愛有加，母后不會捨得離父皇而去的。」

拓跋元衡沒言語，想了想問道：「玨兒，你恨她嗎？」

拓跋玨搖頭，「兒臣想恨過，可是恨不起來。」

「要恨，你便恨朕吧，這一切都是朕安排的。」

拓跋玨立刻跪地，「父皇這樣說讓兒臣情何以堪？兒臣年少時是傷了母后的心，可是兒臣已知錯了，請父皇明察。」

「你沒錯，所有的人裡最沒錯的就是你，不過，若要說恨，也不該恨你母后，一切錯都在朕。」拓跋元衡示意他坐到對面，「你母后一生都被朕安排著，不管她想不想要不要，都只能接受，她恨朕，所以你也應該恨朕。」

拓跋玨一驚，「父皇……」又要跪，被拓跋元衡一個手勢止住了。

「驚訝？」拓跋元衡問道，拓跋玨點點頭。

「兒臣從未……想過。」

「何止是你沒想過，朕也是用了多少年才想明白。」拓跋元衡頓了頓，「這麼多年，她沒有一天不想著離開這個宮廷，如今她去了，也算得償心願。和朕鬥了這麼多年她也累了，歇著也好。」

拓跋玨欲言又止，低了頭。

「這麼多年，宮裡上上下下背後叫她南妖，說她迷惑朕，可是誰知道是朕搶了她來的？宮裡人都看著她囂張跋扈心狠手辣，可誰知道她是被朕逼的？她反抗朕，她不要朕的子嗣，寧可去冷宮終此一生。」

「兒臣聽八……前寧王提過此事。」

「你知道這件事，你可知道回宮之後她還不想要朵朵？」

拓跋珏驚得抬起了頭看拓跋元衡，「母后她……」

「她怕朵朵是個皇子，怕將來她和你爭皇位。」拓跋元衡看著他，「第一次不要子嗣是因為她不想多個牽絆，第二次不要朵朵是因為你。你只聽你皇祖母讓人告訴你她殺了你的姨娘和你生母，你可知道，你姨娘的出現是朕安排的？你可知道你母后殺了她之後找朕吵架？她不忍心，可是卻沒辦法，這也都是因為你。她將你當成自己的兒子，便不會讓任何人阻了你的路。」

「兒臣不知道這些，母后也未告訴過兒臣，父皇，您為何不早些對兒臣說，否則兒臣也不會誤會了母后，也不會讓母后傷心難過。」

「什麼事都讓朕告訴你，你還做得了這個太子之位？若連這個你都想不明白，朕怎麼會放心將江山社稷交到你手裡？」

「兒臣謝父皇當年提點。」

「提點……朕不只是要提點你，還是要監視你，看你什麼時候能想明白，是否真的能明白。」拓跋元衡說道：「還好，你還算聰明，雖然朕暫且不知道你是真心還是假意，不過，至少還沒繼續往你母后心上撒把鹽。對了，還有件事兒你母后當年交代給你的。」

「父皇請講，兒臣萬死不辭。」拓跋珏躬身說道。

「不是上刀山下火海的事，是你母后的喪儀。」拓跋元衡看著他，「朕之所以將喪儀的事交給你是你母后的意思，她說等朕龍馭歸天之後再下葬，你明白是什麼意思？」

「母后……還是不信兒臣。」拓跋珏很是失落。

「信或者不信都在你怎麼做，生者做逝者看，朕和你母后在天之靈會看著。」

「兒臣明白了。」

「回吧，夜深了，該歇了。」拓跋元衡說道，拓跋玨忙過來扶了他回宮去，「弦兒、月兒和朵朵也該回來了……」

拓跋玨亦不做聲，只是眉頭微皺。

三年之後。皇宮之中鼓樂齊鳴，王公貴族、王妃誥命等皆入宮為皇帝祝壽。

在太華殿接受了百官朝賀之後，拓跋元衡有些累，回到南內桃花苑歇息。

已上了年紀的樂喜小心進了暖閣，對正閉目養神的拓跋元衡說道：「皇上，太子殿下求見。」

「他來幹什麼？朕不是命他在外應酬著。」拓跋元衡擺擺手，「讓他進來。」

樂喜揮揮手，小太監去了，一會兒，太子拓跋玨進來了，行了禮垂首侍立。

「你最好有正經的事。」拓跋元衡手撫著額頭輕輕捶著。

「父皇，各地藩王及百官全部來京賀壽，其中一人，兒臣以為父皇也許想見見。」拓跋玨恭敬地說道。

拓跋元衡沒作聲，半晌才揮揮手：「宣。」睜開眼睛，示意拓跋玨去扶他起來。

小太監帶著一個年輕人進來，他身著藩王服色，跪地叩首，「臣拓跋璵恭請聖安，吾皇萬歲萬歲萬萬歲。」

「起來吧。賜座。」拓跋元衡有些倦色。

小心謹慎地坐下了，拓跋璵低了頭。

「朕有二十幾年沒見著你了，可還好？」

「託皇上洪福，臣……還好。」

「還好就好，聽說封地管理得還不錯。」

「謝皇上誇獎，臣不過是食君之祿忠君之事。」拓跋璵說道。

「雖說將你過繼給了慶王，不過說來你也是朕的兒子，不必這麼生分，皇上臣子的聽著彆扭，叫父皇吧。」

拓跋璵立刻雙膝跪地，「父皇，兒臣給父皇請安。」

「起來吧。」拓跋元衡揮揮手，拓跋珏馬上過去扶他起來了，「七弟請起。」

「珏兒，你去替朕招呼臣工，朕和你七弟說會兒話。」拓跋珏馬上領旨而去，「你們也都下去吧。」都走了，殿內只剩下兩人，拓跋璵略低著頭。

「你怨朕吧？」

「兒臣……不敢怨父皇。」

「不敢怨，還是怨。」拓跋元衡看著拓跋璵，他的容貌和他母妃像，「朕不怪你，朕對你也確實絕情了些，畢竟你也是朕的親骨肉。不過，事已至此，就這樣吧，做這個慶王也算豐衣足食，不爭皇位將來還能落個好下場。」

「兒臣知道，母妃當年所為極大觸怒了父皇，母妃和兒臣才受到了如此嚴懲，這些年來，母妃從未教導兒臣憎恨父皇，母妃說一切都是她的錯，她不該妄圖安排嗣君人選。這些年，母妃一直在懺悔，兒臣……雖知母妃所犯實乃不赦之罪，不過，父皇，母妃這些年隨兒臣在偏遠之地已是身體羸弱，看在母妃這些年受苦和時刻思念父皇的分上，兒臣斗膽請父皇恩准母妃回宮居住。」拓跋璵一口氣說完。

拓跋元衡偏轉了頭，望著窗外想了半天才說道：「既如此，便回來吧。」

「謝父皇成全。」拓跋璵叩頭謝恩。

「好了，你也出去吧。朕累了，要歇會兒。」拓跋元衡揮揮手，「此次回了屬地，千萬安分守己。」

「是，兒臣謹遵聖旨。父皇安歇著吧，兒臣……告退。」聲音裡有不捨，但還是無奈地退了出去。走到殿門口，又抬頭深深地看了正閉目沉思的拓跋元衡一眼。

月餘後，南內桃花苑。

「今年的桃花開得好，四月末了還開著。」桃花林中，拓跋元衡在木桌邊坐著，看著滿眼的桃花。

「是，這些桃花樹自移了來就一直開得好。父皇，今兒看了半天的桃花了，坐著也累，不如回宮歇息一下吧？」拓跋玨說道。

「玨兒，你還記得你母后沒了那年的桃花嗎？冬日裡那一樹樹桃花看著真是美，如今，桃花依舊，卻只有朕一個人看了。」拓跋元衡看著木桌上落著的桃花，慢慢念道：「紅酥手，黃縢酒，滿城春色宮牆柳。東風惡，歡情薄。一杯愁緒，幾年離索。錯、錯、錯。春如舊，人空瘦，淚痕紅浥鮫綃透。桃花落，閒池閣，山盟雖在，錦書難托。莫、莫、莫。」

拓跋玨看著拓跋元衡，不言語。

「這詞是當年你母后念的，在她心裡朕就是那惡東風，只是到現在朕都不知道她這詞是念給誰的。桃花……桃花……是念給誰的……」拓跋元衡喃喃道。

「父皇，也許母后只是一時感念而發，並不是念來思念誰的。母后一生得父皇如此深情相待，又怎麼會思念別人？」拓跋玨說道。

拓跋元衡只是笑了笑，拾起一瓣桃花在手心，若有所思。

一個小太監跑來見他正出神也不敢打擾，便跑到拓跋玨身邊小聲回報了些什麼，拓跋玨聽了微微皺了眉，讓那小太監下去了。

「什麼事？」拓跋元衡問道。

「父皇，昭儀娘娘輿駕已進了宮門，他們來問如何安置。」

拓跋元衡的手頓了頓，想了片刻說道：「住她原來的地方吧。」

拓跋玨忙吩咐了小太監去了。

「你母后曾說過，等她不在了讓朕和老熟人常說說話。老熟人倒是不少，卻不知道和誰說說話，現在倒是回來一個，朕卻不知道和她說什麼。」

「既是老熟人總有些話要說的，雖不比母后，卻也……」拓跋玨似乎不知道怎麼往下說了。
「卻也什麼？」拓跋元衡看他。
「卻也比一般的人還近便些。」拓跋玨說道。據宮裡人說，這位昭儀娘娘當年的寵愛幾乎和她母后比肩的。只是他母后走了，她也跟著失寵了。
「近便些？」拓跋元衡笑了，「你就是為了這個『近便』，想方設法讓她回來？」
「父皇這三年來總是鬱鬱寡歡，兒臣愧不能為父皇排憂解煩，問了許多人才想到這一點。」拓跋玨說道。
「這做派倒像是你母后了。」拓跋元衡冷眼看了看他，「自以為是的聰明。」
聞得此言拓跋玨忙俯首稱錯。
幾個月後，太華殿。百官靜立，一個渾身縞素的年輕人邁步進殿，神情沉痛，進了偏殿脫了喪服，再出來已是明黃龍袍。原來這是新君登基大典。
兩日後，翔鸞殿。一位清瘦的中年婦人渾身縞素在庭中坐著，雖瘦削但還可見年輕時的美麗容貌。她神態平和，近看，眼睛裡卻有著絕望。
有人進來了，是新帝帶著人來了，她起身施禮。
「太昭儀免禮。」拓跋玨面無表情。
「不知皇上駕臨所為何事？」原來這婦人是二十年前的天仙昭儀。
「父皇遺旨，命昭儀雲氏殉葬。」拓跋玨說道：「父皇如此不捨太妃，朕自然要來親自送太妃一程。」
昭儀笑了，「是你要我死吧？為了你的母后，還是你的生母？」
「不管為了誰，太妃都要死，否則朕費了那麼大心思請您回來不是白費了力氣？不過，太妃不要誤會，朕不恨妳，母后曾告訴朕，後宮的女人有太多的不得已，朕仍舊活著能當上太子，能繼承皇位，朕就不該怨任何人，相反的，朕要感謝妳，太昭儀，若不是妳的到來，父皇不會讓我成為母后的兒子，也不會讓我做這個太子。所以，朕不恨妳，但是妳必須要死，朕必須給生母和母后一個交代。朕的生母因妳而死，妳又是母后心上的一根刺，所以對不起了，太昭儀。」

「是獨孤氏害死了你的生母。」

「是父皇要她死，她不得不死。不必把所有的過錯都推到朕母后的身上，太皇太后以前讓人這樣告訴過朕，現在太昭儀妳也如此說，妳以為朕還是當年那個衝動的少年嗎？」拓跋玨笑了笑，「沒錯，父皇是因為要把朕給母后做兒子才殺了朕的生母，可是歸根結底，是因為妳來了，朕恨妳是不是也有理由？」

「是你要我死，還好，不是先皇要我死。」昭儀臉上一絲微笑。

「太昭儀何必糾結這個，就算父皇要妳死也是為慶王考慮，妳不死……朕可不保證會放過慶王。」拓跋玨說道：「妳死了，朕會對外宣稱妳是主動提出殉葬的，而且朕會將妳葬入妃園陵寢，居於沖和法師之後，也算給足了妳和慶王面子。相信慶王也明白父皇和朕的一片苦心。」

「我可以死，但是希望你遵守諾言不要傷害璵兒，他不會與你相爭。」

「人不犯我我不犯人，人若害我一分我便還他一分，這是母后的教誨，朕銘記於心。慶王，朕不動他，若他沒有異心的話，否則朕不保證。」拓跋玨揮揮手，太監端來一杯泛著血紅色光芒的酒杯，「請太昭儀上路吧。」

昭儀平靜地端起酒杯，一飲而盡，血從嘴角慢慢溢出……

「厚葬太昭儀。」拓跋玨說完，轉身離去。

番外篇之三　心朵情傾

出了京城，一想到可以看到南國的俊男美女，心朵便很是興奮，不願與桃花和南宮桃梓坐馬車便騎著馬，和南宮行雲並行，雖說路上人來人往，可是入得眼的帥哥沒見一隻，倒是有不少小姑娘跟心朵拋媚眼，南宮桃梓偶爾看見便十分開心地笑。

行了許多日子終於到了南宮家的老巢，待了幾日心朵覺得無聊，正好到了這裡又十分想念心月，便琢磨著去偃都，留下一封書信深夜翻牆走了。

也許是偃朝正要秋闈考試，所以一路上還真給她碰到不少白面書生，不過因為不是心朵欣賞的類型便提不起太大的興趣，不過在快到偃朝的時候碰到了件讓她興奮的事——路見不平拔刀相助，被她幫助的還是位嬌弱的小姐，看樣子還是大門戶出身的，不只這被救的小姐，連她的僕人隨從丫鬟等等，看心朵的眼神都變了——因為為了從色狼手下救下她，心朵情急之下抱著她閃開了一刀。那小姐還直追問她尊姓大名，一副誓不甘休的樣子，心朵說自己姓南宮。

到了偃都，心朵沒直接去七王府，而是找了熱鬧地段的客棧住下了，打算先看看偃都的風物。第二天剛吃完早飯正琢磨哪裡溜達，一隊錦衣華服的人進來了，指名找她。心朵的眼睛都瞪大了——絕世美男，早知道那小姐和絕世美男沾親帶故，她一定親自送她到閨房。

原來那絕世美男是小姐的兄長，長得真不像。絕世美男自我介紹說是靳王府的世子，姓唐名彥澤，心朵點著頭，心裡暗笑，盯著美男一直看，直看得唐彥澤俊臉上一陣青一陣紅。王府的感謝肯定不是說聲「謝謝」那麼簡單，於是心朵便「應邀」來到了靳王府，住進了清幽的客房。

唐小妹這下子來得勤了，每次都是羞答答的樣子。唐彥澤不在，心朵就逗逗她，唐彥澤在，她便正經八百。

「南宮少爺是哪裡人？」唐彥澤問道。這少年唇紅齒白，怎麼看都像是他們南國人士。

「哦，我祖上是偃朝，現居北戎。」心朵說道。

「祖上是京都人？」唐彥澤問道。

「不，來訪親問友。」

單獨對著美男她還有點緊張。

「南宮少爺貴庚？」唐彥澤沒話找話，實在是因為平日不善與人交往的緣故。

心朵笑了笑，唐彥澤便更有些不自在。

「唐兄貴庚？成親了嗎？」心朵不答反問。

「在下二十有二，還未成婚。」唐彥澤的臉紅了下。

「真巧，我也沒成親呢。」心朵笑瞇瞇地，真好呀，絕世美男沒有成親。

「南宮少爺年紀尚小，不著急。」唐彥澤說道，喝了杯酒，心裡琢磨著這南宮少爺看起來真是怪異。

「不小了，十四歲了，我父……我父親十四都有好幾個老婆了。」差點說漏了。

唐彥澤笑了笑。

「喝酒。」心朵忙說道，對著美男不知道說啥了。

喝著喝著就多了，臉蛋紅撲撲地趴在桌上睡著了，嘴角還帶著笑和口水，還口齒不清地嘟囔著：「小桃子，我看到絕世美男了……」

唐彥澤臉上一陣紅似一陣，被一個少年這樣說，實在有些不好意思。見他睡得香甜也不好打擾了，便起身打算扶他去休息。不期然他袖子中掉下一方錦帕，撿起來看看，一角繡著滿滿的花朵，一時覺得眼熟卻想不起來。將他扶著到床上躺下拉了被子給他蓋好，欲走，卻聽見他嘟囔著：「天下第一美男是我的……呵呵……」

唐彥澤搖搖頭，小小年紀還想當天下第一美男。

住了兩天，公幹在外的老靳王和王妃回府了，接見「南宮少爺」，老靳王沒說什麼，靳王妃似乎對南宮少爺很是滿意，讓他和唐彥澤唐小妹常走動才好。以心朵的角度考慮她自然希望「多多走動」了，可是，她沒料到靳王妃是讓她從「南宮少爺」的角度考慮，看心朵欣然答應，靳王妃比她還高興。

既然美男的娘說了讓「常走動」，唐小妹可是很身體力行的，每日一大早總是拐來叫心朵一起去吃飯，心朵住著便不舒服了，要不是為了每天晚上那一點點時間還可以看看美男養眼，她早跑了。

這天美男居然沒事，賦閒在家，實在是怕了唐小妹，心朵便藉口說沒來過偃都，讓美男帶她到處走走。美男雖沒什麼熱情，不過，他妹子的救命恩人可不能怠慢，而且看自己娘親的意思是要招贅呢。

這樣的美男出門雖然不至於說導致交通癱瘓，可是小小的堵塞還是有的，看著那些女子們對美男也流口水，心朵心裡開始冒酸水。想了想，心朵抱住唐彥澤的胳膊，裝作自己渾身無力狀。

「南宮，你怎麼了？」唐彥澤扶著他，不疑有他。

「忽然頭暈，可能是初來南國水土不服。」心朵微瞇著眼。

唐彥澤微微皺眉，來了這麼久才水土不服？

「那——」唐彥澤環顧四周，「去茶樓坐坐，喝些茶水也許會好點。」

心朵忙點頭。進了茶樓喝著茶水心朵嘴角邊的笑就沒停過，笑得唐彥澤有點毛毛的。

「唐兄，為何你二十二了還不成親？」

唐彥澤俊臉一紅，這位南宮小少爺關心他比關心他妹妹還多。

「沒有心上人嗎？」心朵接著問道。看唐彥澤的臉有點紫。

「南宮可有了心上人？這是他娘親交代的任務，讓他旁敲側擊這南宮的情況。

心朵很用力地點了點頭，「有，我喜歡他好幾年了。」

好幾年？看一眼心朵，唐彥澤有些詫異，今年十四的少年喜歡一個人好幾年？這是不是太早了。喝了口茶掩飾，唐彥澤不知道說什麼了。

「我的心上人是天底下最好看的人，有點冷冷的，不過心腸應該還不壞。」對小宮女的態度還滿好的。

唐彥澤不自然地笑了笑，「南宮的心上人一定不是普通人。」

心朵點頭，「嗯，很不普通。唐兄，你想找一個什麼樣的呢？要不要我幫你？」

唐彥澤搖頭，「多謝，不過不必了。在下不急。」

「還不急？都二十二了，不年輕了，我的姊夫也二十二了。」

唐彥澤笑笑，喝茶。回了府偶爾便躲著心朵，真是怕了她再問心上人的問題。

又住了兩天，心朵雖然不捨美男，可是也住了好幾天了，若再去不去看心月，估計會被她揍，於是便和靳王一家告辭。靳王妃問她家在何處，心朵說戎國帝京東府胡同南宮府上，靳王妃笑瞇瞇地派人送她走了。

心朵偷偷摸摸躲躲藏藏地在一個深夜翻進七王府的後園，差點沒被守衛的當成和丫鬟有姦情的小子給揍一頓，還好心朵跑得快。

雖說心朵是微服前來，可是大半夜翻牆那一幕有不少人看見，若是傳到宮裡怕是惹人誤會，因此心月和奚景翔商量過後第二天便帶心月進宮請安了，還逼著心朵換了女裝。心朵開朗不認生，皇后十分喜歡她的性子，非要留她在宮裡多待兩天。心月雖怕她大大咧咧犯了啥忌諱，不過也沒辦法，只得小心囑咐了。

在宮裡還沒一天，心朵便極受公主郡主們的歡迎，拉著她從這宮走到那宮看各樣新鮮玩意兒，還帶著她去宮裡烏鱧湖看殘荷和游魚。看得高興玩得興起，女孩子們攆了太監宮女們下船，一個個換著撐篙玩兒。平日裡沒做過，此時便把那船劃得歪歪擰擰，一時間嬌喊聲此起彼伏，玩著玩著，遠遠看到了烏鱧湖中那龍舟便琢磨著往回划。一位小郡主拿了船篙撐了幾下，不知道纏住了什麼，小郡主便用力拽了，卻不曾想那篙被纏得緊，小郡主一時失了平衡一頭栽進了水裡。公主們一下子愣住了，還是撲通一聲讓她們回了神。

龍舟上幾道人影踏水飛來，拎起了正撲騰的兩個人。

心朵抹抹冰涼的湖水睜開眼睛一下子愣住了，眨眨眼睛。

「公主殿下還真是古道熱腸，熱衷於英雄救美。」那人冷著臉說道，將她扔在船上便不做聲了。撐篙讓船平穩靠岸，一直到宮女們擁了她們走，那人也沒看心朵一眼。

三年後。戎國皇宮桃花苑。

一個渾身縞素的女孩子呆呆坐在秋千上，她不動，秋千自然也不動。

披著深藍斗篷的年輕人走了來，見她沒發現便輕輕推了推秋千，女孩兒一驚回頭看了來人一眼，見是他才叫道：「哥？」

「小妹，怎麼還坐在這兒？天涼了，別凍著。」解下斗篷給她披上，拉她下了秋千，「瞧瞧這小爪子都凍涼了，要是病了喝苦藥湯，可別怪哥沒提醒妳。」

「哥，你今天沒修理大臣嗎？」心朵問道。

「修理完了，太監說朵朵公主又傷心難過，哥就趕緊過來看看。」

「哥，我只是想父皇母后了。」心朵低了頭。

「小妹，哥哥知道，不過，有些事不能避免也不能挽回，我們還在，便要替父皇母后好好活著，知道嗎？」拓跋珏想了想，「在宮裡悶著妳也不高興，要不，小妹出去走走，順便去看看月兒，也勸勸她。」

心朵想了想搖搖頭，「不去了，月姊姊有奚景翔勸著，哥雖然有嫂子，可是哥的煩心事多，我還是幫哥的忙好了。」

拓跋珏點點頭，「幫哥的忙……還真有件事要小妹幫忙呢。」

「什麼事，哥，你說。」

「南朝的使者，他初來北地，對我們戎朝的風物很是感興趣，可是大臣們最近正被哥修理著沒有時間，若是派個下人又失了禮，不如……小妹，妳代勞一下？」

「哥，那麼多大臣都被修理？」

「嗯，一個個都在反省思過呢。」

「好，沒問題。不過，哥，我要穿男裝。」

拓跋玨笑著點頭，還說早給她準備好了衣服和腰牌，心朵覺得她哥哥的笑有點可疑，仔細一瞧卻見拓跋玨已是一本正經了。

「嗯，既然妳答應了，那明早兒便來太華殿吧。」

「哥，他對什麼風物感興趣？」心朵問道，免得走了冤枉路。

「這個我倒沒問，明天妳自己問問。」

第二天一早，心朵換了男裝直奔太華殿來了，進了殿，沒見她皇帝哥哥，只見一個背影正對著她。想起今天自己要扮豪門貴胄，心朵便放慢了腳步走到他身邊，側頭偷偷看了一眼，一下子便愣住了。

那人轉身看她，說道：「好久不見了，南宮。」

番外篇之四　心弦與夜白

岳坪鎮。青石路上一輛不起眼的馬車駛進了鎮子，在一處已雜草叢生的院落前停了下來，馬車夫停了車，很是疑惑地回頭看了看車簾，裡面的兩位客人當真是要住這兒？

「心弦，到了。」一個高大的男子跳下車，抱了一個裹得只剩下兩隻眼睛的女孩子下了車，付了錢，馬車夫飛快調轉車離去。

心弦從袖中小心拿出一把鑰匙，「夜白，你把門打開，不知道過了這麼久鑰匙還好用不。」

夜白接過鑰匙，仍舊牽著她的手，「小心些，長了許多草，別刮到。」

「這裡也有許多草吧？看來要費力氣清理了。」心弦伸手摸索著。

「妳小時候住這裡？」夜白小心翼翼為她撥開擋路的草，這些草已長了一人多高。

「嗯，小時候，娘、舅舅、桃花姨都住在這兒。」摸索著向草叢中那石桌走去，「我和心月小時候常趴在這兒讀書識字，夏天的時候我們全家坐在這兒吃飯。你看，廊下還有花盆嗎？那個方的是我的，圓的是心月的，種過蒜苗。」

夜白不做聲，聽她嘮叨，看著她滿臉笑容。

心弦還在到處摸索著，小聲而甜蜜地絮絮叨叨。

「進去歇歇吧，趕路累得慌。」夜白牽起她的手推開門，一開門滿是灰塵的味道，客廳早已佈滿灰塵，牆角處已被蜘蛛佔據。

心弦掙脫夜白的手衝著牆角去了，那裡有兩隻小木馬。心弦抱著其中一隻，也不管弄了滿袖子的灰土，「桃花姨買給我們的，我和心月小時候最喜歡的玩具。」

夜白不自覺笑了。

看看天還沒黑，夜白四處找了找，找了掃帚銅盆抹布開始掃除，心弦摸索著過來幫忙，把那桌子擦得一道道泥漿，不過總算在太陽落山之前屋子裡總算還能住人了。

夜白和心弦兩個人對著火灶忙了大半天總算燒了些熱水，弄得兩人一頭一臉的灰。坐在桌邊喝著熱水，就著乾糧，心弦小口小口地吃著。夜白看著她，伸手給她擦擦臉，「心弦，委屈妳了。」

心弦搖搖頭，「十歲以後我就常想著回到這兒來，可是不能離開母后，如今……如今母后不在了，我就可以放心離開皇宮了。這裡，是母后這一輩子最留戀的家，我替她守著。」說著低了頭。

「心弦，人都有這一天。」夜白看慣了江湖的打打殺殺，於生死早已看淡了。

「我知道，只是習慣了有母后的日子，一時之間很難過。」心弦說道：「小時候住在這裡的日子好快樂啊，春暖花開了，母后帶著我們一家子去野外看花，夏天每天給我和心月泡在水盆裡涼快，過年的時候還有新衣服穿，每次我和心月躍躍欲試要去放煙火都會被母后罵，然後牽著我們不讓動。一轉眼，就沒了。」

夜白也不說話，只是靜靜看著她，在他看不見的時候，她說她是個普通得不得了的人，沒等他看得見她走了，留給他一幅小小的畫像。眼睛復明見著那一幅畫像簡直驚呆了，那樣美麗的人是她嗎？於是費了千辛萬苦找到了一個容貌相同的女子，卻不是她。不過，卻也給了他線索，那南朝的王妃是她的雙生妹妹，難怪一樣。

循跡找到她，清靜的竹林中她正撫琴，和一個藍衫男子對面。一個撫琴一個畫畫，看來很是諧美，但卻礙他的眼，他擄走她成親。原來她走是因為看不見了，怕連累他。

「母后走了，心月嫁了，只有我回來了。」

「還有夜白。」夜白握住她的手。

「嗯，還有夜白。」心弦笑了，「夜白，心月……你別怪她，說起來，是因為她覺得你傷害了我，怪我在宮裡的時候沒跟她說明白。不過，萬幸，這一刀並不致命，也萬幸不是母后先找到你，否則……」

「否則夜白現在就是死人了？」夜白笑著問道。

那位皇后，他聽說過了，北朝的一個傳奇。

心弦點點頭，「嗯。我求過母后，可是她生氣了，很生氣。從小到大，母后一直將我們保護得很好，她見不得我們受到一點點傷害。」捧著水杯，心弦緩緩說道：「說起來，我們姊妹三個，月兒的脾氣是最像母后，她愛美、任性，可是她卻比我有決斷。夜白，你見過月兒了，她好嗎？」

「還好，看來還不錯。」

「月兒所做的這些本來是我的責任，我是姊姊，保護妹妹的責任應該由我來負，現在卻讓月兒擔著了，我不是一個好姊姊。」心弦的眼睛不知看向了何處，「嫁到南朝的本來應該是我。」

「和親？」夜白問道。

心弦搖頭，「七王爺是皇后的兒子，是南朝皇帝的嫡長子，若無差錯將來便可繼承大統，月兒會成為皇后，那時候我和朵朵除了是北朝的公主，還是南朝皇后的姊妹，看在她的分上，若有人對我們不利，也至於太放肆。」

夜白皺眉，似乎聽不太懂，「妳們忌憚的是誰？」

心弦捧著水杯慢慢說道：「我們的哥哥，現在的太子，將來的皇帝。」

夜白眉頭更皺。

「玨哥哥的生母被父皇殺了，這樣玨哥哥才成了我母后的兒子。」心弦說道：「雖然玨哥哥說不恨母后了，可是月兒總是不放心，她說，若父皇不在了，任何情況都會出現，我們要保護好自己，而這是她能想出來的最好辦法。」

夜白握住她的手，「還有更好的，殺了他。」

「就是因為不能殺了他才這樣，這麼多年母后都不忍心的事，我們若去做，母后會傷心的。」心弦說道。

「夜白活著，就沒人可以傷害妳。」夜白說道。

心弦笑了，眼睛彎彎的，「夜白，你會陪我一生一世嗎？」

夜白點頭，想起她看不見便說道：「會。」

一年之後的夏日午後，嬰兒響亮的啼哭聲吵醒了心弦。摸索著下了床卻不小心絆著了，手肘碰在地上疼得她一咧嘴，好不容易到了搖籃邊，摸著了兒子的小身子，「乖，怎麼又餓了嗎？」打算抱著他起來，不料手上蘸了黏黏的東西，還溫熱著。

「這小子怎麼又……」說話的是夜白，去廚房給心弦煮糖水回來，便見心弦手足無措地抱著兒子。

夜白抱過嬰孩兒，手腳麻利地為他換了尿布，然後拉著心弦去洗了手換了衣裳。

「夜白，我們請幾個人吧。」夜白的手是拿劍的，現在卻每日裡洗手做羹湯，還要給孩子換尿布。

「不行。」夜白拉著她坐下，抱了兒子放在她懷裡，「我討厭外人。」

「可是我又幫不上忙，現在又多了他……」

「再多幾個也沒問題。」夜白說道。他的妻兒在身邊足夠了，不需要外人插手。

「夜白……」心弦微皺眉。

「喝點糖水，我來抱這小子。」夜白抱過兒子，將碗放到她手裡，看她喝了一口便問：「好喝嗎？」

心弦笑了，「好喝，如果少放點鹽多放點糖就更好了。」

夜白濃眉微皺，又分錯了鹽和糖。

過了些日子，抱著兒子的時候心弦總是有些走神，夜白看在眼裡記在心上。

「心弦，想家了？」

「一年多沒見父皇，不知道父皇好不好，還有朵朵，還有哥哥，不知道他們好不好？」

夜白握住她的手，「既然想，我們就回去看看。」

「可是我又怕父皇見了我會想起母后，又會難過。」心弦說道，站起身摸索著去桌邊找了那幅小小的畫像。夜白見她找了它來，有些奇怪。

「怎麼，讓我送這個回去給你父皇？」夜白問道。那是她當年留下的小小畫像，就是憑著它，他才能找到她。

心弦搖搖頭，笑了，「你也覺得很像是不是？其實，這是我母后的畫像，那一年我離宮出走本來是要替母后去看看外婆的，特意帶了母后的畫像。」

「難怪這畫紙看著陳舊。」夜白接過那畫像，其實仔細看，兩人的氣質還是有些不同的，只不過相貌還是很像。

「這畫像是二十年前一位畫師畫的，之所以特意拿了他畫的是因為看著靈動，有我母后的神韻。」心弦笑著說道。

「妳沒到外婆家，卻把畫像留給了夜白。」

「本來是要去外婆家的，可是被你的手下抓去給你當丫鬟了嘛！」心弦說道，微微低了頭，似在回憶往事。

「後來不辭而別是因為眼睛？」夜白握住她的手。

「嗯，本來你都看不見了，再多我一個就是拖累了。」

「就算看不見，夜白也能保護好妳。」夜白說道，這個傻丫頭。

心弦笑了，輕輕靠進他懷裡，「兩個人在一起不能總是一方保護另一方，我怕你累了的時候我沒有辦法保護好你，所以……」

「夜白不會累。」

「夜白是人不是神，總會累的。如果有人能比我更好的守護你，我會很高興。」

「傻瓜。」夜白抱著她，心裡是滿滿的溫暖，「回去看看妳父皇，讓他和妳母后放心。」

心弦輕輕點點頭。

二十幾天後，南內桃花苑鳳凰閣。

「你就是夜白？」拓跋元衡問道，看不出臉上什麼表情。

「是，在下夜白。」夜白答道，直視皇帝。

「早二十年，朕非砍了你不可。」

「夜白，父皇的意思就是不會殺你了。」心弦笑著說道。

「弦兒，瞧瞧妳找的好駙馬，也不知道規矩。」

「哎呀，父皇，您就別怪他了，他這是江湖人不拘小節，您要相信弦姊姊看人的眼光嘛，再說，母后也同意了的。」心朵笑著說道。

「妳這丫頭！」拓跋元衡哼一聲：「要不是看在孩子的分上……哼。」

「父皇，要說到您的小外孫可真是好看得緊，白白胖胖的，那個活潑勁兒，五個雪霽加在一起還差不多。」心朵搖搖拓跋元衡的胳膊，「走了走了，父皇，朵朵陪您去看小夜遠。」

在宮裡一住半年，見拓跋元衡好了許多，還有心朵和拓跋珏陪著，心弦才放心離開了。

「母后在的時候沒覺得怎樣，現在聽父皇的聲音都覺得他老了，夜白，我父皇蒼老了是不是？」心弦問道。

「人都會老的。」夜白說道。

「不想父皇老。」心弦靠在他肩頭，「在我心裡，父皇一直是意氣風發的，我怕是接受不了父皇老去。」

夜白便輕輕拍拍她的手。

掀開簾子，路兩邊的花兒正開得好。

番外篇之五　月兒彎彎

奇異的，南國的十一月下了場不小的雪。七王府後花園假山的涼亭裡，一個白衣女子正在彈琴，琴聲流暢，卻聽得出彈琴人心緒不寧。她已彈了一個時辰了。

「公主，您歇一歇吧，這樣下去會傷了手指的。」一個丫鬟說道。

彈琴的人不理她，又過了一刻鐘她忽然停了，「去拿些酒來給我。」

「是，公主。」丫鬟福了福忙去了。

一頂緋呢轎子停在王府門口，有隨從掀開轎簾，主子下了轎。進了府只聽得似有若無的琴聲傳來，奚景翔略皺了皺眉。找了下人來問，說王妃在花園，幾人便疾步向花園走來。

假山上的涼亭中，一個白白的人影正在撫琴，琴聲急促慌亂。

「公主，您的手流血了，奴婢求求您別彈了。」丫鬟跪地說道。

啪！琴弦斷了，琴聲停了。

奚景翔幾乎是跑上了假山，看見身著喪服的心月趴在琴上一動也不動，桌邊還放著一小罈子的酒。

「月兒？」奚景翔慢慢走近。

心月還是一動不動。

奚景翔來到她身後，只見她抱著琴，枕著自己的胳膊，眼角都是眼淚。扶住她的肩膀，奚景翔輕聲叫著她的名字。

「琴弦斷了，斷了。」心月說道。

「琴弦斷了換根新的就好。」奚景翔說道。

「琴弦可以換新的，人呢？我母后不在了。老天爺會把母后還給我嗎？」心月說道，似是在問他，又似是在自言自語。

「月兒，人死不能復生。」奚景翔說道：「乖，手傷了，讓丫鬟們包紮一下，否則傷了風。」

心月這才抬起自己的手放在眼前，仔細看了看，似乎不認得那是自己的手，「流血了，這是我的血嗎？」

奚景翔握住她的手扶她起來，「月兒，我知道妳難過，可是，妳這樣妳母后在天之靈會不安。」

「母后是被我氣死的，我沒聽母后的話，所以母后氣得病了。父皇不讓我回去見母后最後一面，一定是母后不想見我，怎麼辦？母后不會原諒我了。」心月喃喃說道。

奚景翔抱了她起來，「不會的，妳母后不會怪妳。」

「是嗎？」心月將頭輕輕靠在他肩膀上，抓著他的衣襟，「奚景翔，我要是不嫁給你，母后就不會生氣了，母后不生氣就不會……不會這樣了，是我氣死母后的，我是母后的壞孩子……父皇也不要我了，都不讓我回家。」

「妳父皇怕妳太過傷心。」奚景翔說道。

心月不言語，安安靜靜地靠在他懷裡。

回房包紮了手指，心月呆呆看著也不說話。奚景翔握著她的手，看她一臉的哀戚。

「睡吧，月兒。」奚景翔扶她躺下，見心月笑了。

「嗯，睡著了就能看見母后了。」心月往被子裡縮了縮，閉上眼睛。

奚景翔便在一邊看著她睡。

心月睡得沉，眉頭緊鎖，嘴巴緊緊抿著。

「這樣難過，妳母后會心疼，為夫也會心疼。」奚景翔輕撫她的臉，還握著她那隻手。

雪未停，一聲聲撲打在窗戶上，像是要推窗而入。

翻了個身，覺得身邊空空的，奚景翔睜開眼睛，身邊卻不見了心月，匆忙起身推門出去，院中也不見她的影子，只有雪還不停地下著。奚景翔有些慌，看著她到了深夜，不知不覺睡過去，卻把她看丟了。

攆著丫鬟們去尋人，未幾有人跑著來回話，說王妃在小樹林中跳舞。

待奚景翔趕到樹林，只見心月穿著紅裙正長袖飄飄翩翩起舞，襯著那漫天的雪花很是妖豔，不過，看起來，似乎那個不是心月而是別人。

心月一直沒停下來，直到最後大概是累了，跌坐在雪地上，她的紅衣裙鋪成了一朵豔麗的紅花。

「月兒。」奚景翔慢慢走近她。

心月在咯咯地笑，嘴裡還喃喃自語說著什麼。

奚景翔停在她面前，她這才有所察覺，抬頭看是他，便笑著伸了手給他，拉著他的手站起來，雀躍得像一隻歡快的紅雀。

「母后原諒我了，她說不氣我了。奚景翔，我母后不生我的氣了。」心月的聲音裡都是止不住的高興。

奚景翔有些擔心，怕她受了刺激過度，心月掙開他的手步子有些踉蹌地在他旁邊跳來跳去，高興地敘說著。

「母后去了一個好美好美的地方，那裡都是盛開的桃花，桃花花瓣到處飄落，香香的，母后穿著鮮花做的衣服拉著我的手說話，還教我跳舞，母后還說，她會時時刻刻想著我會保佑我的。」

奚景翔笑著點點頭。

「奚景翔，你說我母后去的是哪裡？」

「是仙境。」

「母后回去做神仙了……」心月想了想，拉起他的手，「奚景翔，我好想去找母后。」

奚景翔使勁握住她的手，「不行。」

「為什麼？」心月停住腳步看他。

「妳要陪著為夫走完這一輩子的路。」
心月笑了，有些妖媚，「奚景翔，你知道我為什麼嫁給你嗎？」
奚景翔搖頭。
「我小時候很喜歡母后的鳳冠，很想做皇后。可是母后說，做皇后一點兒也不好，就像戴著那鳳冠，明明很重很難受也不能拿下來，她不要我做皇后，所以我嫁給你母后很生氣，她以為我是為了要做皇后的。」心月說道，奚景翔看著她的頭頂也不做聲。這一點他也想過，北國的公主將來做了皇后，對北國朝廷還是有力的。
「母后說，做了皇后是做皇帝的陪襯和管家，要忍許多自己不能忍的事，也許自己傷心難過的時候，丈夫正和別的女人飲酒作樂，所以她不要我做皇后。其實，我知道，從小到大看著母后那麼累，我知道。可是我沒有選擇，如果我不來嫁給你，就要心弦來。心弦的眼睛看不到了，她又一向心軟，會過得很辛苦，母后會更擔心。所以，只能我來，我嫁給你，你做了皇帝，我就可以保護心弦和朵朵了，母后就不用擔心了。」心月說著抬起頭看奚景翔，「奚景翔，你別喜歡我，我是個壞人，我利用你的。不過你放心，如果你有了心愛的人我不會害她的，我要的，只是要做皇后和一個兒子，可以嗎？」
奚景翔搖搖頭，「好像不可以。」
心月低頭，很是頹喪的樣子，奚景翔擁她入懷，「只生一個兒子，怎麼這麼偷懶。」
「母后說生孩子很疼。」心月說道。
「多生幾次就好了。」奚景翔笑著說道，見她穿得單薄，便抱了她起來往回走。回到房裡，卻見心月已睡著了，嘴角翹翹的。將她小心抱在懷裡躺下，奚景翔拉了被子蓋好，「傻瓜，妳父皇允婚的唯一條件就是奚景翔這一輩子只能有月兒妳一個女人，而且——」摸摸她的臉，「而且奚景翔好像喜歡月兒了，妳現在告訴他不要喜歡好像晚了。更難辦的，本來，奚景翔不想當皇帝的……」
心月熟睡著，不知道他的自言自語。

早起，心月見自己一身大紅的衣衫很是驚訝，母喪未過，若被人傳出去可不得了了，只是她似乎對自己如何穿著這一身衣服很是奇怪。奚景翔上朝未歸，心月換了素衣靠著窗戶看雪。

門開了，一道人影出現在門口，心月太過入神不知道。

「月兒？」來人叫她一聲，心月轉頭看看。

「皇姊。」

「大冷的天就別開窗戶了，凍著了又該難受。」拓跋玥說道，讓丫鬟關了窗戶。

「難得下了場雪，好久沒見著像北國那樣的雪了。」心月說道，請拓跋玥坐了。

「昨兒喝酒了？一身的酒氣。」拓跋玥說道：「以後少喝些，喝多了都是自己遭罪。」

心月點點頭。

「母后的事……妳往開了想，人都有這一天，我們將母后記在心裡便是了。」

「皇姊，妳不恨母后嗎？」

拓跋玥搖搖頭，「不懂事的年紀已過去了，若不是母后的教導，我也不會有今日。」

「皇姊，謝謝妳不恨我母后，少一個人恨她，她在天之靈會安穩些。」

拓跋玥看看她，苦笑了一下，「妳和母后一樣，都不會輕易相信別人的好心。」

心月湊近她抱住她的胳膊，「皇姊，我不太會相信別人，可是我再多疑也不會疑心到皇姊妳。前幾年妳回去省親，我是親見了妳對母后的感情的，雖然那時候小，可是這些事也都還記得。」

拓跋玥點點頭。

心月一直鬱鬱寡歡，沒事便坐著抄往生經，到了辛情的五七，心月說要去廟中將這經書燒給她母后，奚景翔要陪她去她說不用，他去忙他的事好了。

廟中。佛前銅盆裡。心月跪在蒲團上慢慢地燒著那一疊厚厚的手抄經文，殿裡只有她一個陪嫁來的丫鬟陪著。

有一位滿頭白髮的老夫人在丫鬟們的攙扶下進殿來了，丫鬟們便都退了出去，老夫人在佛前也跪下，雙手合十祈禱了半天，然後十分虔誠地磕了頭。

「太夫人請起吧。」心月燒完了經書，小心扶了老夫人起來，那老夫人只盯著她的臉看，眼眶裡都是淚水，卻說不出一句話。

「臣婦見過七王妃。」老夫人說道。

「外婆這是要折殺孫女嗎？」心月扶她坐下，自己在她面前跪了，「外婆，這些年我們才代母后來看您實在不孝，月兒代母后向您請罪。」

「朵兒，我的朵兒……」老夫人撫著她的臉喃喃道，控制不住眼淚。

心月也不說話，只是眼淚汪汪地看著她。

祖孫倆在廟中坐了一會兒，直到心月的丫鬟來提醒她，心月又給老夫人磕了頭才緩緩起身回去了。

春分夏至秋來，一年又一年便這樣過去了。

兩年後。七王府。

一個黃門小太監模樣的人飛奔著進了府，和管家說了幾句話，管家那滄桑的老臉上立刻笑開了花兒，施展著不太利索的腿腳帶著小太監往內院去。

一個撫著腰的身影正在賞花。

「王妃大喜了。」老管家說道。

「什麼大喜？」未回頭，閒閒問道。

「管家說錯話了，應該是太子妃大喜了。」

身影動了動，轉過頭，「太子妃？」丫鬟攙著她站起來。

「是，朝上剛剛宣佈的聖旨，皇后娘娘讓奴才來給您說一聲。」

心月點點頭，笑了，「有勞公公。管家，帶公公去喝茶。」

老管家去了，心月叫了貼身丫鬟來囑咐了幾句，丫鬟忙去了。

忽然心月眉頭一皺，雙手撫上了肚子，一直跟著的穩婆們立刻讓人去準備了。折騰到了快到中午，兩聲響亮的啼哭聲打破了王府的平靜。

等到華燈初上，被拽著忙了一整天的奚景翔回府時，府裡正人來人往，道喜的送禮的絡繹不絕。

奚景翔推門的力氣大了些，弄出了聲響，兩個剛睡著的小東西便醒了，心月抬頭看他，「完了，好不容易睡了又醒了，你自己哄吧。」

「好好好，丫頭小子，爹爹錯了，不哭了啊，乖。」奚景翔兩步邁到床邊看著並排的兩個小傢伙，「呃，哪個是閨女，哪個是兒子？」

「自己不會看？」心月說道，抱起那個哭得厲害的輕聲哄著，奶娘們想抱另一個被奚景翔止住了，他看看心月又看看小娃娃，「你娘親抱一個，你就歸爹爹抱吧。」

動作僵硬地抱著孩子，奚景翔說道：「我猜我抱著的這個是兒子。」

心月笑笑。

小倆口正哄著孩子，下人說皇后鳳駕駕臨，奚景翔將孩子交給奶娘抱著，忙出去接駕。心月也略略攏了攏頭髮，靠在床邊等著。

皇后來了，見心月在床邊坐著忙讓她好好回去躺著，快步到了床邊看兩個小傢伙，臉上那個笑就沒停過，還直說這兩個小傢伙是福星。小傢伙什麼也不知道，呼呼睡了。皇后帶來了兩個小東西的名字，一個奚承乾，一個奚吉兒，心月笑著說謝父皇母后垂愛，皇后便看她，「這兩個小的是福星，妳是大功臣，這下子好了，心總算放下了，過幾日搬到了東宮就更好了，到時候承乾天天在皇上面前長大一切才安穩。」

心月笑了笑。

時候不早，皇后不能久留，奚景翔出去送駕，心月貼貼兩個孩子的小臉輕聲說道：「對不起，逼你走這麼辛苦的路。」

「是啊，到了皇爺爺面前可要捱辛苦了，小子，以後可要好好表現，別讓爹娘失望。」奚景翔已回來了，點點兒子的小鼻子笑著說道。

「奚景翔，我……」心月還沒說完，被奚景翔打斷。

「這兩個到了宮裡估計咱是見不著了，要不，咱再生兩個自己養吧。」奚景翔說道。

「不生。」心月說道。疼死了。

「這倆小東西將來父皇和母后霸占著，咱東宮裡冷冷清清的不好，再生兩個咱自己玩兒。」奚景翔說道。

心月瞪他一眼，笑了。

漾小說 38

梨花雪後 下

國家圖書館出版品預行編目資料

梨花雪後 / 東籬菊隱 著. -- 初版. -- 臺北市：
麥田, 城邦文化出版：家庭傳媒城邦分公司發行,
2012.04
面；公分. --（漾小說；38）
ISBN 978-986-173-744-7（下冊：平裝）

857.7 101001931

城邦讀書花園
www.cite.com.tw

作　　者　東籬菊隱
繪　　圖　游素蘭
責任編輯　施雅棠
副總編輯　林秀梅
編輯總監　劉麗真
總 經 理　陳逸瑛
發 行 人　涂玉雲
出　　版　麥田出版
城邦文化事業股份有限公司
104台北市中山區民生東路二段141號5樓
電話：（886）2-25007696　傳真：（886）2-25001966
發　　行　英屬蓋曼群島商家庭傳媒股份有限公司城邦分公司
104台北市中山區民生東路二段141號2樓
客服服務專線：（886）2-25007718；25007719
24小時傳真專線：（886）2-25001990；25001991
服務時間：週一至週五上午09:00~12:00；下午13:00~17:00
劃撥帳號：19863813；戶名：書虫股份有限公司
讀者服務信箱：service@readingclub.com.tw
麥田部落格　http://blog.pixnet.net/ryefield
香港發行所　城邦（香港）出版集團有限公司
香港灣仔駱克道193號東超商業中心1樓
電話：852-25086231　傳真：852-25789337
E-mail：hkcite@biznetvigator.com
馬新發行所　城邦（馬新）出版集團【Cite (M) Sdn Bhd】
41, Jalan Radin Anum, Bandar Baru Sri Petaling,
57000 Kuala Lumpur, Malaysia.
電話：(603) 90578822 傳真：(603) 90576622
Email：cite@cite.com.my
美術設計　洸譜創意設計股份有限公司
印　　刷　鴻霖印前數位整合股份有限公司
初版一刷　2012年04月17日
定　　價　250元
I S B N　978-986-173-744-7